Fred Vargas
Fliehe weit und schnell

Fred Vargas

FLIEHE WEIT UND SCHNELL

Roman

Aus dem Französischen
von Tobias Scheffel

Aufbau-Verlag

Die Originalausgabe unter dem Titel
»Pars vite et reviens tard«
erschien 2001
bei Éditions Viviane Hamy, Paris.

ISBN 3-351-02970-5

2. Auflage 2003

Einbandgestaltung Andreas Heilmann, Hamburg
Druck und Binden Ebner & Spiegel, Ulm
Printed in Germany

www.aufbau-verlag.de

1

Und dann, wenn Schlangen, Fledermäuse, Dachse und all die anderen Tiere, die in den Tiefen unterirdischer Gänge hausen, in Massen auf die Felder strömen und ihren angestammten Lebensraum verlassen; wenn Obst und Gemüse zu faulen beginnt und von Würmern befallen wird (…)

2

Die Leute in Paris laufen viel schneller als in Le Guilvinec, das hatte Joss schon lange festgestellt. Jeden Morgen strömten die Fußgänger mit einer Geschwindigkeit von drei Knoten durch die Avenue du Maine. An diesem Montag machte Joss fast dreieinhalb Knoten, um eine zwanzigminütige Verspätung aufzuholen. Das lag daran, daß sich der gesamte Kaffeesatz über den Küchenboden verteilt hatte.

Das hatte ihn nicht weiter überrascht. Schon lange hatte Joss begriffen, daß den Dingen ein geheimes, bösartiges Leben innewohnte. Abgesehen vielleicht von bestimmten Deckaufbauten, die ihn noch nie angegriffen hatten, war die Welt der Dinge seit bretonischem Seemannsgedenken ganz offensichtlich von einer Kraft erfüllt, die auf nichts anderes abzielte, als den Menschen zur Weißglut zu treiben. Jeder kleinste Fehler bei der Handhabung löste – indem er dem Ding eine wenn auch noch so unbedeutende plötzliche Freiheit bot – automatisch eine Kettenreaktion von Vorfällen aus, die sich von einer bloßen Unannehmlichkeit bis zur Tragödie steigern konnten. Der Korken, der den Fingern entgleitet, war dabei das Grundmodell in kleiner Form. Denn ein fallengelassener Korken rollt nicht einfach vor die Füße des Menschen zurück, der ihn fallen läßt, keineswegs. Wie eine Spinne, die an einen unzugänglichen Ort flüchtet, zieht er sich bösartig hinter den Herd zurück und stellt seinen Verfolger, den Menschen, vor eine Reihe unterschiedlichster Bewährungsproben – Verschieben des Herdes, Lösen des Anschlusses, Hinunterfallen des Werkzeugs, Verbrennung. Der Fall heute morgen war eine etwas komplexere Verkettung mehrerer Elemente, ausgelöst durch einen harmlosen Fehlwurf, der zur Destabilisierung des Abfalleimers sowie seinem seitlichen Kippen und zur Verteilung des Kaffeefilters samt Inhalt auf dem Fußboden geführt hatte. Auf diese Weise gelang es den Dingen, getrieben von legitimen Rachegelüsten, die sich aus ihrem Sklavendasein speisten, für kurze, aber intensive Augenblicke dem Menschen ihrerseits ihre geheimnisvolle Macht aufzuzwingen, ihn dazu zu bringen, sich zu winden und zu kriechen wie ein Hund, wobei sie weder Frauen noch Kinder verschonten. Nein, um nichts in der Welt hätte Joss den Dingen vertraut, ebensowenig wie den Menschen oder dem Meer. Erstere rauben einem den Verstand, die zweiten die Seele und letzteres das Leben.

Als kampferprobter Mensch hatte Joss das Schicksal nicht herausgefordert und den Kaffeesatz aufgesammelt bis zum letzten Krümel, ergeben wie ein Hund. Ohne zu murren, hatte er Buße getan, und die Welt der Dinge hatte sich wieder ins Joch gefügt. Dieser morgendliche Zwischenfall schien unbedeutend, allem Anschein nach nur eine harmlose Unannehmlichkeit, für Joss aber, der sich nicht täuschen ließ, war er eine unmißverständliche Erinnerung daran, daß der Krieg zwischen den Menschen und den Dingen weiterging und daß der Mensch in diesem Kampf nicht immer siegreich war, bei weitem nicht. Eine Erinnerung an Tragödien, an entmastete Schiffe, an zerschmetterte Trawler und an sein Schiff, *Le Vent de Norois*, das am 23. August um drei Uhr morgens und mit acht Mann an Bord in der Irischen See leckgeschlagen war. Joss hatte die hysterischen Anwandlungen seines Trawlers bei Gott immer respektiert, und Mensch und Schiff brachten einander bei Gott einiges Verständnis entgegen. Bis zu jener verdammten Sturmnacht, als er in einem Wutanfall mit der Faust auf den Dollbord eingeschlagen hatte. *Le Vent de Norois* hatte schon fast auf Steuerbord gelegen und war im Heck jäh leckgeschlagen. Die Maschine war buchstäblich abgesoffen, so daß der Trawler die ganze Nacht auf dem Meer trieb, die Männer hatten pausenlos Wasser geschöpft, bis das Schiff schließlich bei Tagesanbruch auf ein Riff gelaufen war. Vor vierzehn Jahren war das gewesen, und zwei Männer hatten dabei ihr Leben gelassen. Vierzehn Jahre war es her, daß Joss den Schiffseigner der *Norois* mit Tritten vermöbelt hatte. Vierzehn Jahre, daß er den Hafen von Le Guilvinec verlassen hatte, nachdem er neun Monate wegen Körperverletzung mit Tötungsabsicht im Knast gesessen hatte. Vierzehn Jahre war es nun her, daß beinahe sein ganzes Leben in jener Wasserstraße versunken war.

Joss ging die Rue de la Gaîté hinunter, mit zusammengebissenen Zähnen und jener Wut im Bauch, die ihn jedes Mal packte, wenn die im Meer versunkene *Vent de Norois* auf den Wellenkämmen seiner Erinnerung auftauchte. Im Grunde war es nicht die *Norois*, gegen die sich sein Groll richtete. Der gute alte Trawler hatte mit dem Ächzen seiner im Lauf der Jahre verrotteten Planken einfach nur auf den Stoß geantwortet. Joss war vollkommen davon überzeugt, daß das Schiff die Tragweite seines kurzen Aufbegehrens nicht ermessen haben konnte und sich seines hohen Alters, seiner Gebrechlichkeit und der Wucht der Wellen in jener Nacht einfach nicht bewußt gewesen war. Mit Sicherheit hatte der Trawler den Tod der zwei Seeleute nicht gewollt, und jetzt, wo er wie ein Idiot in der Tiefe der Irischen See ruhte, bereute er vermutlich alles. Häufig bedachte Joss ihn mit Worten des Trostes und der Absolution und hatte das

Gefühl, daß es dem Schiff, wie ihm selbst, mittlerweile gelang, Schlaf zu finden, und daß es sich dort unten ein neues Leben geschaffen hatte, ebenso wie er, Joss, hier in Paris.

Absolution für den Schiffseigner jedoch kam nicht in Frage.

»Auf, Joss Le Guern«, hatte dieser gesagt und ihm auf die Schulter geklopft, »bei Ihnen macht's der Kahn noch zehn Jahre. Er ist kampferprobt, und Sie wissen, wie man mit ihm umgeht.«

»Die *Norois* ist gefährlich geworden«, hatte Joss hartnäckig wiederholt. »Sie schlingert, und die Beplankung verzieht sich. Die Lukendeckel haben sich gelockert. Bei schwerer See übernehme ich keine Verantwortung mehr. Und das Beiboot entspricht auch nicht mehr den Vorschriften.«

»Ich kenne meine Schiffe, Kapitän Le Guern«, hatte der Eigner in schneidendem Ton erwidert. »Wenn Sie vor der *Norois* Angst haben, dann brauche ich nur mit den Fingern zu schnippen und hab zehn Männer, die bereit sind, Ihren Posten zu übernehmen. Männer, die Mumm in den Knochen haben und nicht ständig wie Beamte über die Sicherheitsvorschriften jammern.«

»Und ich, ich hab sieben Jungs an Bord.«

Der Eigner hatte sein fettes Gesicht bedrohlich vorgeschoben.

»Falls Sie auf den Gedanken kommen sollten, zum Hafenamt zu gehen und sich dort auszuweinen, Joss Le Guern, dann verlassen Sie sich darauf, daß ich dafür sorge, daß Sie auf der Straße sitzen, bevor Sie's merken. Und von Brest bis Saint-Nazaire werden Sie nicht einen mehr finden, der Sie einstellt. Ich rate Ihnen, sich das gut zu überlegen, Kapitän.«

Ja, Joss bereute immer noch, daß er den Typen am Tag nach dem Untergang der *Norois* nicht richtig fertiggemacht, sondern ihm nur einen Arm gebrochen und das Brustbein eingeschlagen hatte. Aber ein paar Besatzungsmitglieder hatten ihn mit aller Kraft zurückgehalten. Mach dir nicht alles kaputt, Joss, hatten sie gesagt. Sie hatten sich ihm in den Weg gestellt und ihn davon abgehalten, dem Schiffseigner den Garaus zu machen – und auch dessen Knechten, die ihn nach der Entlassung aus dem Knast aus den Verzeichnissen gestrichen hatten. Joss hatte so laut in allen Kneipen herumgegrölt, die hohen Tiere im Hafenamt würden Provisionen kassieren, daß er der Handelsmarine hatte Lebewohl sagen können. Nachdem er in einem Hafen nach dem anderen abgelehnt worden war, hatte sich Joss schließlich an einem Dienstag morgen in den Zug Quimper–Paris gesetzt und war, wie so viele Bretonen vor ihm, an der Gare Montparnasse gestrandet. Er hatte eine Frau hinter sich gelassen, die ohnehin schon abgehauen war, sowie neun Typen, die er lieber hätte umbringen sollen.

In Sichtweite der Kreuzung Edgar-Quinet angekommen, verstaute Joss seine nostalgischen Haßgefühle in seinen Gehirnwindungen und beeilte sich, die Verspätung aufzuholen. Diese ganzen Geschichten mit dem Kaffeesatz, dem Krieg der Dinge und dem Krieg der Menschen hatten ihn mindestens eine Viertelstunde gekostet. Nun war aber gerade Pünktlichkeit ein Schlüsselelement seiner Arbeit, und er legte großen Wert darauf, daß die erste Ausgabe seiner ausgerufenen Nachrichten um acht Uhr, die zweite um zwölf Uhr fünfunddreißig und die Abendausgabe um achtzehn Uhr zehn begann. Zu diesen Zeiten war der Andrang am größten, und die Zuhörer hatten es in dieser Stadt viel zu eilig, um auch nur die geringste Verzögerung zu dulden.

Joss nahm die Urne von dem Baum, an dem er sie immer

mittels eines doppelten Bulinknotens und zweier Schlösser für die Nacht befestigte, und wog sie in der Hand. Nicht schwer heute morgen, er würde die Lieferung recht schnell sortieren können. Er lächelte kurz, während er den Kasten in die Werkstatt hinter dem Laden trug, die Damas ihm zur Verfügung stellte. Es gab noch anständige Typen auf der Welt, Typen wie Damas, die einem einen Schlüssel und die Ecke eines Tischs überließen, ohne gleich Angst zu haben, man würde mit der Kasse abhauen. Damas, was für ein Vorname. Er war Inhaber des Rollerskates-Geschäfts am Platz, *Roll-Rider*, und gewährte Joss Zutritt, damit er seine Ausgaben im Trockenen vorbereiten konnte. *Roll-Rider*, was für ein Name.

Joss entriegelte die Urne – einen groben Holzkasten, den er eigenhändig aus Schiffsplanken gezimmert und auf den Namen *Le Vent de Norois II* getauft hatte, um dem lieben Verstorbenen die Ehre zu erweisen. Vielleicht war es ja nicht sehr schmeichelhaft für einen großen Hochseetrawler, einen gemeinen Briefkasten in Paris als Nachkommen zu haben, doch es war schließlich kein beliebiger Kasten. Es war ein genialer Kasten, entworfen nach einer genialen Idee, die vor sieben Jahren das Licht der Welt erblickt und es Joss ermöglicht hatte, wieder fabelhaft auf die Beine zu kommen, nach drei Jahren Arbeit in einer Konservenfabrik, sechs Monaten in einem Spulenwerk und zwei Jahren Arbeitslosigkeit. Die geniale Idee war ihm in einer Dezembernacht gekommen, als er, zusammengesackt, ein Glas in der Hand, in einem zu drei Vierteln mit vereinsamten Bretonen gefüllten Café in Montparnasse das ewige Dröhnen der Stimmen seiner Heimat vernahm. Ein Mann hatte von Pont-l'Abbé gesprochen, und so geschah es, daß der Ururgroßvater Le Guern, geboren im Jahre 1832 in Locmaria, Joss' Kopf entstieg, sich an die Bar lehnte und »Salut« zu ihm sagte. »Salut«, erwiderte Joss.

»Erinnerst du dich an mich?« fragte der Alte.

»Jaja«, brummte Joss. »Ich war noch nicht geboren, als du gestorben bist, und hab nicht geweint.«

»Sag mal, Söhnchen, könntest du aufhören, Blödsinn zu faseln, wenn ich dich schon mal besuchen komme? Wie alt bist du?«

»Fünfzig.«

»Das Leben hat's nicht gut mit dir gemeint. Siehst älter aus.«

»Ich kann auf deine Bemerkungen verzichten, ich hab dich nicht um Rat gefragt. Und du sahst auch nicht besonders gut aus.«

»Paß auf, wie du mit mir sprichst, Junge. Du weißt, wie es ist, wenn ich mich aufrege.«

»Jaja, das haben alle gewußt. Vor allem deine Frau, die du ihr Leben lang vermöbelt hast.«

»Na ja«, erwiderte der Alte und verzog das Gesicht, »so war halt das Jahrhundert. Das wurde von einem verlangt.«

»Das Jahrhundert, leck mich doch. *Du* warst es, der es so wollte. Du hast ihr ein Auge eingeschlagen.«

»Sag mal, wir werden doch nicht noch zwei Jahrhunderte über das Auge reden?«

»Doch. Ist ein gutes Beispiel.«

»Ausgerechnet du kommst mir mit Beispielen, Joss? Der Joss, der auf den Kais von Le Guilvinec einen Mann fast zu Tode getreten hat? Oder irre ich mich?«

»Erstens war das keine Frau und zweitens nicht mal ein Mann. Es war ein Geldsack, dem es scheißegal war, ob die anderen verreckten, Hauptsache, seine Kasse stimmte.«

»Jaja, ich weiß. Du hattest nicht unrecht. Das ist aber nicht der einzige Grund, warum du mich herbestellt hast, Söhnchen, oder?«

»Ich hab's dir schon gesagt. Ich hab dich nicht herbestellt.«

»Du bist ein sturer Hund. Hast Glück, daß du ganz nach mir kommst, sonst hätt ich dir längst eine verpaßt. Kapier endlich, daß ich nur hier bin, weil du mich herbestellt hast, so ist das, und nicht anders. Übrigens gehe ich nicht in solche Kneipen, ich mag die Musik nicht.«

»Gut«, meinte Joss und gab sich geschlagen. »Soll ich dir einen ausgeben?«

»Wenn du den Arm noch hochbringst. Ich muß sagen, du hast schon ganz schön einen sitzen.«

»Behalt's für dich, Alter.«

Der Vorfahr zuckte mit den Achseln. Er hatte schon ganz andere Sachen erlebt, und diese Rotznase würde ihn nicht auf die Palme bringen. Aber ein Le Guern, der Klasse hatte, dieser Joss, da konnte man nichts sagen.

»Du hast also keine Frau und keine Kohle?« fuhr der Alte fort und stürzte seinen *Chouchen* hinunter.

»Du triffst den Nagel auf den Kopf«, antwortete Joss. »Zu deiner Zeit warst du nicht so helle, nach allem, was man sich so erzählt.«

»Das kommt, weil ich ein Gespenst bin. Wenn man tot ist, weiß man Sachen, die man vorher nicht gewußt hat.«

»Sag bloß«, erwiderte Joss und winkte lasch in Richtung Kellner.

»Was die Frauen angeht, hätte sich's nicht gelohnt, mich um Rat zu fragen, da kenn ich mich nicht so gut aus.«

»Das hab ich fast vermutet.«

»Aber das mit der Arbeit ist kein Hexenwerk, mein Junge. Mach einfach das, was deine Familie gemacht hat. Im Spulenwerk hattest du nichts verloren, das war ein Fehler. Außerdem, denk dran, man darf den Dingen nicht trauen. Mit Tauwerk geht's noch, aber Trommeln und Draht ... Von Korken will ich schon gar nicht reden, da sucht man besser gleich das Weite.«

»Ich weiß«, sagte Joss.

»Man muß seine Begabungen nutzen. Mach's wie die Familie.«

»Ich kann nicht mehr Seemann sein«, entgegnete Joss gereizt. »Ich bin unerwünscht.«

»Wer spricht denn von Seemann? Es gibt doch noch mehr im Leben als Fische, Herr im Himmel, das fehlte noch. War ich etwa Seemann?«

Joss leerte sein Glas und konzentrierte sich auf die Frage.

»Nein«, sagte er nach einer Weile. »Du warst der Ausrufer. Von Concarneau bis Quimper warst du der Nachrichtenausrufer.«

»Jaa, mein Junge, und darauf bin ich stolz. ›Ar Bannour‹ war ich, der ›Ausrufer‹. Es gab keinen Besseren an der Südküste als mich. Jeden Tag, den Gott schuf, ist Ar Bannour in ein neues Dorf gegangen und hat mittags die Nachrichten ausgerufen. Und ich kann dir sagen, daß da eine Menge Leute standen, die seit Tagesanbruch auf mich warteten. Siebenunddreißig Dörfer hatte ich in meinem Gebiet, ist das nichts, na? Ganz schön viele Leute, wie? Eine Menge Leute, die Verbindung zum Rest der Welt hatten. Und zwar wie? Dank der Nachrichten. Und dank wem? Dank mir, Ar Bannour, dem besten Nachrichtensammler des Finistère. Meine Stimme schallte von der Kirche bis zum Waschhaus, und um Worte war ich nie verlegen. Jeder reckte den Kopf, um mich zu hören. Meine Stimme brachte die Welt, das Leben, und das war was anderes als Fische, das kannst du mir glauben.«

»Jaja«, sagte Joss, während er sich nun selbst aus der Flasche nachschenkte, die auf der Theke stand.

»Das Zweite Kaiserreich, das habe ich ausgerufen. Bis nach Nantes bin ich gegangen, um Neuigkeiten zu erfahren, bin dann mit ihnen zurückgeritten, und immer noch waren sie so frisch wie Ebbe und Flut. Die Dritte Republik habe ich über alle Strände ausgerufen, das Spektakel hättest du sehen sollen. Ganz zu schweigen von den lokalen Ereignissen: Hochzeiten, Todesfälle, Streitigkeiten, Fundsachen, abhanden gekommene Kinder, zu beschlagende Hufe, ich war es, der all das verbreitete. Von Dorf zu Dorf gab man mir Nachrichten mit, die ich zu verlesen hatte. Die Liebeserklärung von dem Mädchen aus Penmarch an einen Jungen aus Sainte-Marine, ich erinnere mich noch genau. Ein Skandal, der sich gewaschen hatte, und danach ein Mord.«

»Du hättest dich zurückhalten können.«

»Mensch, ich wurde für's Vorlesen bezahlt. Wenn ich nicht vorgelesen hätte, hätte ich die Kunden bestohlen, und die Le Guerns sind vielleicht eine rohe Sippe, aber keine Gauner. Die Dramen, Liebesgeschichten und Eifersüchteleien dieser Fischer waren nicht meine Angelegenheiten. Ich hatte genug damit zu tun, mich um meine eigene Familie zu kümmern. Einmal im Monat bin ich im Dorf vorbeigekommen, um die Bälger zu sehen, in die Messe zu gehen und mir einen hinter die Binde zu gießen.«

Joss seufzte in sein Glas.

»Und um Geld dazulassen«, ergänzte der Ururgroßvater mit fester Stimme. »Eine Frau und acht Bälger, die fressen einem die Haare vom Kopf. Aber glaub mir, Ar Bannour hat sich immer um sie gekümmert.«

»Mit Ohrfeigen?«

»Mit Moneten, Dummkopf.«

»Das hat soviel eingebracht?«

»Soviel du wolltest. Wenn es irgend etwas gibt, das auf der Welt immer geht, dann sind es Nachrichten, und wenn es einen Durst gibt, der nie gestillt wird, dann ist es die menschliche Neugier. Wenn du Ausrufer bist, gibst du der ganzen Menschheit die Brust. Und du kannst sicher sein, daß die Milch nie ausgeht und es immer genügend Münder gibt. Aber wenn du soviel säufst, Söhnchen, kannst du nie Ausrufer werden. Das ist ein Beruf, der einen klaren Kopf erfordert.«

»Ich will dich nicht enttäuschen, Großvater«, sagte Joss kopfschüttelnd, »aber ›Ausrufer‹ ist heutzutage kein Beruf mehr. Würdest nicht mal mehr jemand finden, der das Wort kapiert. ›Schuster‹ schon, aber ›Ausrufer‹, das steht nicht mal im Wörterbuch. Ich weiß nicht, ob du dich seit deinem Tod auf dem laufenden gehalten hast, aber die Welt hier hat sich ganz schön verändert. Man muß niemandem mehr auf dem Kirchplatz die Ohren vollschreien, alle lesen Zeitung, haben Radio und Fernsehen. Und wenn du in Loc Tudy ins Internet gehst, erfährst du, ob in Bombay jemand gegen 'nen Baum gepißt hat. Denk mal drüber nach.«

»Hältst du mich für einen alten Idioten?«

»Ich klär dich bloß auf. Jetzt bin ich dran.«

»Dir entgleitet das Ruder, armer Joss. Geh wieder auf Kurs. Hast nicht viel verstanden von dem, was ich dir gesagt habe.«

Joss richtete seinen leeren Blick auf die stattliche Gestalt des Ururgroßvaters, der von seinem Barhocker heruntersteig. Ar Bannour war für seine Zeit groß gewesen. Und es stimmte, er selbst hatte Ähnlichkeit mit diesem Grobian.

»Der Ausrufer«, sagte der Ahn mit Nachdruck und schlug mit der Hand auf die Theke, »ist das Leben. Und sag mir nicht, daß niemand mehr versteht, was das Wort bedeutet, und auch nicht, daß es in keinem Wörterbuch mehr steht, oder du sagst damit, daß die Le Guerns aus der Art geschlagen sind und es nicht mehr verdienen, es auszurufen, das Leben!«

»Armer alter Idiot«, brummte Joss, als er seinem Urahn hinterhersah. »Armer alter Schwätzer.«

Er stellte sein Glas auf die Theke und grölte ihm nach:

»Ich hab dich nicht um Rat gefragt, damit das klar ist!«

»Jetzt reicht's aber«, rief der Kellner und packte ihn am Arm. »Seien Sie vernünftig, Sie stören die anderen Gäste.«

»Ich scheiß auf die Gäste!« brüllte Joss und klammerte sich an die Theke.

Dann, so erinnerte sich Joss, hatten ihn zwei Typen, die kleiner waren als er, aus der *Bar d'Artimon* hinausbefördert, und er war gut hundert Meter die Fahrbahn entlanggewankt. Neun Stunden später war er in einem Hauseingang aufgewacht, mehr als zehn Metrostationen von der Bar entfernt. Gegen Mittag hatte er sich in sein Zimmer geschleppt, die Hände um seinen berstenden Schädel gepreßt, und dann bis zum nächsten Morgen um sechs Uhr geschlafen. Unter Schmerzen hatte er die Augen aufgeschlagen, die schmutzige Decke seines Zimmers angestarrt und voller Starrsinn gemurmelt:

»Armer alter Idiot.«

Sieben Jahre war es nun her, daß Joss nach einigen schwierigen Monaten der Einarbeitung – den richtigen Ton treffen, der eigenen Stimme Natürlichkeit verleihen, den Standort aussuchen, die Rubriken bestimmen, Stammkunden gewinnen, die Preise festlegen – den veralteten Beruf des »Ausrufers« ergriffen hatte. Ar Bannour. Mit seiner Urne hatte er verschiedene Stellen in einem Umkreis von siebenhundert Metern um die Gare Montparnasse abgeklappert, von der er sich nicht zu weit entfernen wollte – »für alle Fälle«, wie er sagte –, und sich schließlich vor zwei Jahren an der Ecke Edgar-Quinet-Delambre niedergelassen. Dort zog er Marktgänger und Anwohner an, gewann die Büroangestellten, die sich mit den diskreten Stammkunden der Rue de la Gaîté mischten, und erwischte en passant noch einen Teil der aus der Gare Montparnasse strömenden Menschenmenge. Kleine, dichtgedrängte Gruppen sammelten sich um ihn und hörten sich die Neuigkeiten an, gewiß weniger zahlreich als jene, die sich um den Urahn Le Guern geschart hatten, aber man mußte in Betracht ziehen, daß Joss täglich seines Amtes waltete, und das dreimal.

Dafür kam in der Urne eine recht stattliche Anzahl von Nachrichten zusammen, durchschnittlich um die sechzig pro Tag – morgens viel mehr als abends, da die Nacht heimliche Briefeinwürfe begünstigte –, jede in einem verschlossenen Umschlag und mit einem Fünf-Francs-Stück versehen. Fünf Francs, um die eigenen Gedanken, die eigene Annonce, die eigene Suchanzeige hören zu können, die man dem Wind von Paris anvertraute, das war nicht zu teuer. Joss hatte es am Anfang mit einem Billigtarif versucht, aber die Leute mochten es nicht, wenn man ihre Worte für einen Franc verschleuderte. Das entweihte ihre Opfergabe. Der Preis kam sowohl den Gebern als auch dem Empfänger entgegen, und so strich Joss monatlich seine neuntausend Francs netto ein, die Sonntage inbegriffen.

Der alte Ar Bannour hatte recht gehabt: An Material hatte es nie gemangelt, das mußte Joss während eines Saufabends in der *Bar d'Artimon* zugeben. »Vollgestopft mit Sachen, die sie loswerden wollen, die Menschen, ich hab's dir doch gesagt«, hatte der Vorfahr erklärt, sichtlich zufrieden darüber, daß der Kleine das Geschäft wiederaufgenommen hatte. »Vollgestopft wie alte Strohmatratzen. Vollgestopft mit Dingen, die sie zu sagen haben, und auch solchen, die man nicht sagt. Du, du sammelst alles ein und erweist der Menschheit damit einen Dienst. Du bist so was wie der Entlüftungshahn. Aber aufgepaßt, Söhnchen, so ganz ohne ist das nicht. Beim Wühlen in der Tiefe wirst du klares Wasser hochpumpen, aber genausogut auch Scheiße. Paß auf deinen Arsch auf, die Menschen haben nicht nur Schönes im Kopf.«

Der Vorfahr hatte recht. Am Boden der Urne fand sich Sagbares und Nicht-Sagbares. »Unsagbares«, hatte der Gelehrte – der Alte, der neben Damas' Laden eine Art Hotel führte – verbessert. Nachdem Joss den Kasten geleert hatte, begann er zwei Stapel aufzutürmen, den Stapel des Sagbaren und den des Nicht-Sagbaren. Gewöhnlich floß das Sagbare auf natürlichem Wege ab, das heißt durch den Mund der Menschen, als kleiner Bach oder als dröhnender Strom, was verhinderte, daß die Menschen unter dem Druck der angehäuften Wörter explodierten. Denn im Unterschied zur Strohmatratze kam beim Menschen jeden Tag neues Material hinzu, wodurch die Frage des Ablassens geradezu lebenswichtig wurde. Von diesem Sagbaren gelangte ein trivialer Teil bis in die Urne zu den Rubriken VERKAUFEN, KAUFEN, SUCHE, LIEBE, DIVERSE ÄUSSERUNGEN, TECHNIK, wobei Joss die Zahl der Anzeigen der letzten Rubrik begrenzte und sie mit sechs Francs berechnete, als Entschädigung für den Verdruß, den sie ihm beim Vorlesen bereiteten.

Was der Ausrufer aber vor allem entdeckt hatte, war die ungeahnte Menge an Unsagbarem. Ungeahnt, weil in der Strohmatratze keine Öffnung vorgesehen war für das Ablassen dieser Wortmasse. Etwa weil die in ihr steckende Gewalt oder Dreistigkeit die Grenzen des Zulässigen überschritt, oder, im Gegenteil, weil sie nicht zu einem Grad allgemeiner Wichtigkeit emporsteigen konnte, der ihr Dasein gerechtfertigt hätte. Diese maßlosen wie auch die kümmerlichen Worte waren zu einem Leben in völliger Abgeschlossenheit verdammt, im Füllmaterial versteckt, unfähig, einen Ausgang zu finden, im Schatten, in der Schande und im Schweigen dahinlebend. Und doch starben sie nicht einfach ab, das hatte der Ausrufer in sieben Jahren Erntetätigkeit begriffen. Sie häuften sich an, überlagerten sich gegenseitig, verbitterten im Laufe ihrer Maulwurfsexistenz und sahen dabei wutschäumend dem aufreizenden Kommen und Gehen der flüssigen und zugelassenen Worte zu. Mit der Urne, die mit einem schmalen, tags wie nachts geöffneten Schlitz von zwölf Zentimeter Länge versehen war, hatte der Ausrufer eine Bresche geschlagen, durch die die Gefangenen wie ein Schwarm Heuschrecken entkamen. Es verging kein Morgen, an dem er nicht Unsagbares vom Boden seines Kastens schöpfte, Standpauken, Beschimpfungen, Verzweiflung, Verleumdungen, Denunziationen, Drohungen, blanken Irrsinn. Unsagbares, das mitunter so armselig, so hoffnungslos schwach war, daß man Mühe hatte, den Satz zu Ende zu lesen. Manchmal so verschachtelt, daß man den Sinn nicht zu fassen bekam. Bisweilen so zäh, daß einem schier das Blatt aus der Hand fiel. Und manchmal so haßerfüllt, so zerstörerisch, daß der Ausrufer es beiseite legte.

Denn der Ausrufer sortierte aus.

Obwohl er ein pflichtbewußter Mensch und darauf bedacht war, den am stärksten bedrängten Ausschuß des menschlichen Denkens dem Nichts zu entreißen und das erlösende Werk, das der Vorfahr begonnen hatte, fortzusetzen, nahm der Ausrufer für sich das Recht in Anspruch, auszusondern, was er selbst nicht über die Lippen brachte. Die nicht vorgelesenen Mitteilungen konnten zusammen mit dem Fünf-Francs-Stück wieder abgeholt werden, denn – und das hatte ihm der Vorfahr eingetrichtert – die Le Guerns waren keine Gauner. Jedesmal, wenn Joss ausrief, breitete er den Tagesausschuß auf seinem Kasten aus, der ihm als Podest diente. Es war immer etwas dabei. Alles, was Frauen aufs Korn nahm, alles, was Schwarze, Braune, Gelbe und Schwule zum Teufel wünschte, wanderte in den Ausschuß. Instinktiv ahnte Joss, daß er durchaus als Frau, Schwarzer oder Schwuler hätte geboren werden können und daß die Zensur, die er ausübte, keine Großmut war, sondern schlicht ein Überlebensreflex.

Einmal im Jahr, während der Flaute zwischen dem 11. und dem 16. August, brachte Joss die Urne ins Trockendock, um sie auszubessern, abzuschleifen und ihr einen neuen Anstrich zu verpassen – hellblau über der Wasserlinie, ultramarinblau darunter, den Schriftzug *Le Vent de Norois* in Schwarz auf der Vorderseite, in großen, säuberlich geschriebenen Lettern, die *Geschäftszeiten* auf Backbord und die *Preise* sowie *Weitere diesbezügliche Bedingungen* auf Steuerbord. Diesen Ausdruck hatte er bei seiner Verhaftung und dann bei seiner Verurteilung oft gehört und als Andenken mitgenommen. Joss dachte, die Wendung »diesbezüglich« verleihe dem Beruf des Ausrufers etwas Seriöses, auch wenn der Gelehrte aus dem Hotel was daran auszusetzen hatte. Ein Typ, bei dem er nicht recht wußte, was er von ihm halten sollte, dieser Hervé Decambrais. Ein Adliger, ohne jeden Zweifel, jemand, der wirklich Stil hatte, aber finanziell derartig heruntergekommen, daß er die vier Zimmer seiner ersten Etage untervermieten und seine bescheidenen Einkünfte durch den Verkauf von Häkeldeckchen und den Vertrieb von küchenpsychologischen Ratschlägen aufbessern mußte. Er selbst lebte eingegraben in zwei Zimmern im Erdgeschoß, umgeben von Bücherstapeln, die ihm immer mehr Platz wegnahmen. Und auch wenn Hervé Decambrais Tausende von Wörtern verschlungen hatte, fürchtete Joss nicht, daß er daran ersticken würde, denn der aristokratische Pinkel redete ziemlich viel. Er verschlang und spie den ganzen Tag Wörter, wie eine richtige Pumpe, mit komplizierten Wendungen, die man nicht immer verstand. Damas begriff auch nicht alles, was irgendwie beruhigend war, aber Damas war nicht gerade eine Leuchte.

Als Joss den Inhalt seiner Urne auf den Tisch schüttete und sich anschickte, das Sagbare vom Unsagbaren zu trennen, verharrte seine Hand auf einem großen, dicken Umschlag in gebrochenem Weiß. Zum erstenmal fragte er sich, ob nicht der Gelehrte der Verfasser dieser großzügigen Botschaften war – im Umschlag steckten immer zwanzig Francs –, die er seit drei Wochen erhielt, die unangenehmsten, die er in den sieben Jahren je vorgelesen hatte. Joss riß den Umschlag auf, der Ahn blickte ihm über die Schulter. »Paß auf deinen Arsch auf, Joss, die Menschen haben nicht nur Schönes im Kopf.«

»Schnauze«, erwiderte Joss.

Er faltete das Blatt auseinander und las mit leiser Stimme:

»Und dann, wenn Schlangen, Fledermäuse, Dachse und all die anderen Tiere, die in den Tiefen unterirdischer Gänge hausen, in Massen auf die Felder strömen und ihren angestammten Lebensraum verlassen; wenn Obst und Gemüse zu faulen beginnt und von Würmern befallen wird (...)«

Auf der Suche nach einer Fortsetzung drehte Joss das Blatt um, aber der Text brach an der Stelle ab. Er schüttelte den Kopf. Er hatte schon viele verstörte Worte ans Tageslicht befördert, aber dieser Typ war rekordverdächtig.

»Bescheuert«, brummte er. »Reich und bescheuert.«

Er legte das Blatt wieder auf den Tisch und öffnete rasch die übrigen Umschläge.

3

Hervé Decambrais erschien ein paar Minuten vor dem Beginn des Halb-neun-Ausrufens. Er lehnte sich an den Türrahmen und wartete auf das Erscheinen des Bretonen. Seine Beziehung zu dem Fischer war von Schweigen und Feindseligkeit geprägt. Decambrais gelang es nicht, herauszufinden wieso. Er neigte dazu, die Verantwortung dafür dem ungeschliffenen, wie aus Granit gemeißelten und wahrscheinlich gewalttätigen Burschen zuzuschieben, der vor zwei Jahren mit seiner Kiste, seiner albernen Urne und seiner Ausruferei, mit der er der Öffentlichkeit dreimal am Tag eine Tonne kümmerliche Scheiße vor die Füße warf, aufgetaucht war und die empfindliche Ordnung seines Lebens durcheinandergebracht hatte. Anfangs hatte er dem keine Bedeutung beigemessen, er war überzeugt davon, daß der Kerl keine Woche durchhalten würde. Aber die Sache mit dem Ausrufen hatte bemerkenswert gut funktioniert, der Bretone hatte seine Kundschaft fest vertäut und hatte sozusagen Tag für Tag volles Haus, wirklich eine Belästigung.

Um nichts in der Welt hätte Decambrais auf das Schauspiel dieser Belästigung verzichtet, und um nichts in der Welt hätte er das zugegeben. Jeden Morgen nahm er daher mit einem Buch in der Hand seinen Platz ein, hörte dem Ausrufer mit gesenktem Blick zu und blätterte dabei die Seiten um, wobei er in seiner Lektüre nicht eine Zeile weiterkam. Zwischen zwei Rubriken warf Joss Le Guern ihm manchmal einen kurzen Blick zu. Decambrais mochte diesen kurzen Blick aus blauen Augen nicht. Es schien ihm, als wolle der Ausrufer sich seiner Anwesenheit vergewissern, als stelle er sich vor, auch ihn mit der Zeit an der Angel zu haben wie einen gewöhnlichen Fisch. Denn der Bretone hatte nichts anderes getan, als seine rohen Fischerreflexe auf die Stadt anzuwenden und wie ein wirklich professioneller Fänger die Schwärme der Passanten in seinen Netzen zu fangen, als handele es sich um Kabeljau. Passanten, Fische – das war ein und dasselbe in seinem runden Kopf: Er nahm sie aus, um ein Geschäft zu machen.

Aber Decambrais hatte es gepackt, und er kannte die menschliche Seele zu gut, um das nicht zu wissen. Nur das Buch, das er in der Hand hielt, unterschied ihn noch von den anderen Zuhörern auf dem Platz. Wäre es nicht angemessener, das verdammte Buch wegzulegen und dreimal am Tag dazu zu stehen, daß er nichts war als ein Fisch? Also ein Besiegter, ein von dem albernen Ruf der Straße mitgerissener Homme de lettre?

Joss Le Guern hatte sich an diesem Morgen ein wenig verspätet, was höchst ungewöhnlich war, und aus den Augenwinkeln beobachtete Decambrais, wie der Fischer herbeieilte und die leere Urne solide am Stamm der Platane befestigte, diese Urne in schreiendem Blau mit dem anmaßenden Namen *Le Vent de Norois II.* Decambrais fragte sich, ob der Fischer noch ganz richtig im Kopf war. Er hätte gern gewußt, ob Le Guern auf diese Weise wohl seinen ganzen Besitz benannt hatte, ob seine Stühle, sein Tisch einen Namen trugen. Dann sah er zu, wie Joss sein schweres Podest mit seinen Hafenarbeiterhänden umdrehte, es ebenso leichthändig auf den Bürgersteig stellte, wie er mit einem Vogel umgegangen wäre, mit einem großen, energischen Schritt hinaufstieg, als ginge er an Bord, und die Blätter aus seiner Matrosenbluse zog. Etwa dreißig

Personen warteten geduldig, darunter Lizbeth, immer treu auf ihrem Posten, die Hände an den Hüften.

Lizbeth bewohnte bei ihm das Zimmer Nr. 3, und statt Miete zu zahlen, trug sie dazu bei, daß seine kleine inoffizielle Pension reibungslos funktionierte. Eine entscheidende, strahlende, unersetzbare Hilfe. Decambrais lebte in steter Furcht vor dem Tag, an dem ihm jemand seine herrliche Lizbeth klauen würde. Irgendwann würde dies unweigerlich geschehen. Lizbeth war groß, dick und schwarz und von weitem zu sehen. Es bestand daher keinerlei Hoffnung, sie vor den Augen der Welt zu verbergen. Um so weniger, als Lizbeth kein diskretes Temperament hatte, laut redete und großzügig ihre Meinung zu allem und jedem verbreitete. Das gravierendste dabei war, daß Lizbeths Lächeln, das glücklicherweise nicht häufig auf ihrem Gesicht erschien, ein kaum zu unterdrückendes Bedürfnis auslöste, sich in ihre Arme zu werfen, sich gegen ihren dicken Busen zu drücken und sich dort für immer häuslich einzurichten. Sie war zweiunddreißig Jahre alt, und eines Tages würde er sie verlieren. Einstweilen machte Lizbeth dem Ausrufer Vorhaltungen.

»Du bist heute spät dran, Joss«, sagte sie mit zurückgebogenem Oberkörper, den Kopf zu ihm emporgereckt.

»Ich weiß, Lizbeth«, keuchte der Ausrufer außer Atem. »Das liegt am Kaffeesatz.«

Lizbeth war mit zwölf Jahren dem Schwarzenghetto von Detroit entrissen und gleich nach ihrer Ankunft in der französischen Hauptstadt in ein Bordell gesteckt worden, wo sie vierzehn Jahre lang auf dem Straßenstrich der Rue de la Gaîté Französisch gelernt hatte. Bis zu dem Tag, an dem alle Peep-Shows des Viertels sie wegen ihrer Korpulenz vor die Tür gesetzt hatten. Zehn Nächte hatte sie bereits auf einer Bank auf dem Platz verbracht, als Decambrais an einem kalten, regnerischen Abend beschlossen hatte, sie dort aufzusuchen. Von den vier Zimmern, die er im Obergeschoß seines alten Hauses vermietete, war eines frei. Er hatte es ihr angeboten. Lizbeth hatte eingewilligt, sich, kaum war sie im Zimmer, ausgezogen, mit im Nacken verschränkten Armen, den Blick zur Decke gerichtet, auf den Teppich gelegt und darauf gewartet, daß der Alte der Aufforderung nachkam.

»Das ist ein Mißverständnis«, hatte Decambrais gemurmelt und ihr ihre Kleider hingestreckt. »Ich habe nichts anderes zum Bezahlen«, hatte Lizbeth geantwortet und sich mit übereinandergeschlagenen Beinen aufgerichtet. »Ich komme mit dem Haushalt, dem Abendessen für die Pensionsgäste, den Einkäufen, dem Servieren hier nicht mehr zurecht«, hatte Decambrais, den Blick starr auf den Teppich geheftet, gesagt. »Helfen Sie mir ein bißchen, und ich überlasse Ihnen das Zimmer.« Lizbeth hatte gelächelt, und Decambrais hätte sich beinahe an ihren Busen geworfen. Aber er fand sich alt, und er war der Ansicht, die Frau habe ein Recht auf Ruhe. Diese Ruhe hatte Lizbeth sich genommen: Sechs Jahre war sie jetzt da, und er wußte von keiner Liebschaft. Lizbeth erholte sich, und er betete darum, daß das noch ein bißchen andauern möge.

Das Ausrufen hatte begonnen, und eine Anzeige folgte auf die nächste. Decambrais merkte, daß er den Anfang verpaßt hatte, der Bretone war bereits bei Anzeige Nr. 5. Das war das System. Man merkte sich die Nummer, die einen interessierte, und wandte sich an den Ausrufer »wegen weiterer diesbezüglicher« Einzelheiten. Decambrais fragte sich, wo er diesen Gendarmerieausdruck wohl aufgeschnappt haben mochte.

»Fünf«, rief Joss. *»Verkaufe einen Wurf Katzen, drei Kater, zwei Katzen. Sechs: Diejenigen, die gegenüber von Haus Nr. 36 mit ihrer Urwaldmusik die ganze Nacht Radau machen,*

werden gebeten, damit aufzuhören. Manche Leute möchten schlafen. Sieben: Tischlereiarbeiten aller Art, Restaurierung alter Möbel, bestes Ergebnis, Abholung und Lieferung. Acht: Strom- und Gaswerke sollen sich zum Teufel scheren. Neun: Die Kammerjäger sind die reinsten Abzocker: Hinterher gibt es genauso viele Kakerlaken wie vorher, aber dafür wollen sie sechshundert Francs. Zehn: Ich liebe dich, Hélène. Ich warte heute abend auf dich im ›Chat qui danse‹. Bernard. Elf: Schon wieder ein verregneter Sommer, und jetzt ist schon September. Zwölf: An den Fleischer am Platz: Das Fleisch gestern war zäh, und das zum drittenmal diese Woche. Dreizehn: Jean-Christophe, komm zurück. Vierzehn: Bullen gleich korrupt gleich Dreckskerle. Fünfzehn: Verkaufe Äpfel und Birnen aus dem Garten, aromatisch, saftig.«

Decambrais warf Lizbeth einen Blick zu, die sich die Zahl 15 notierte. Seitdem es den Ausrufer gab, fand man ausgezeichnete Ware zu moderaten Preisen, was sich als vorteilhaft für das Abendessen der Pensionsgäste erwies. Decambrais hatte ein Blatt Papier zwischen die Seiten seines Buches gesteckt und wartete, einen Bleistift in der Hand. Seit einiger Zeit, drei Wochen vielleicht, deklamierte der Ausrufer ungewöhnliche Texte, die ihn nicht stärker zu irritieren schienen als der Verkauf von Äpfeln oder Autos. Diese außergewöhnlichen, raffinierten, absurden oder bedrohlichen Botschaften tauchten jetzt regelmäßig in der Morgenausgabe auf. Vor zwei Tagen hatte Decambrais sich entschlossen, sie sich unauffällig zu notieren. Sein vier Zentimeter langer Bleistift verschwand vollständig in seiner Hand.

Der Ausrufer begann gerade mit der Wetterberichtpause. Er verkündete den Wetterbericht, indem er von seinem Podest aus mit emporgestreckter Nase den Himmel studierte, und endete dann mit einem Seewetterbericht, der für alle Umstehenden absolut nutzlos war. Aber niemand, nicht einmal Lizbeth, wäre auf den Gedanken gekommen, ihm zu sagen, er könne seine Rubrik einpacken. Man hörte zu, wie in der Kirche.

»Unwirtliches Septemberwetter«, erklärte der Ausrufer, das Gesicht zum Himmel gewandt. *»Aufklaren nicht vor sechzehn Uhr zu erwarten, abends etwas besser, wer ausgehen will, kann das tun, nehmen Sie dennoch was Warmes zum Drüberziehen mit, frischer Wind, nachlassend, dann heiter. Seewetterbericht, Nordatlantik, allgemeine Wetterlage heute und weitere Entwicklung: Hochdruckgebiet 1030 südwestlich Irland, mit sich verstärkendem Hochdruckrücken über dem Kanal. Sektor Cap Finistère, Ost bis Nordost, fünf bis sechs im Norden, sechs bis sieben im Süden. Bewegte See, örtlich stark, West bis Nordwest.«*

Decambrais wußte, daß der Seewetterbericht seine Zeit dauerte. Er drehte sein Blatt um, um die beiden Annoncen auf der Rückseite zu lesen, die er an den Tagen zuvor notiert hatte:

Zu Fuß unterwegs mit meinem kleinen Diener (den ich nicht zu Hause zu lassen wage, denn bei meiner Frau faulenzt er stets), um mich dafür zu entschuldigen, daß ich nicht zum Diner bei (…) gegangen bin, die, wie ich sehr wohl merke, verärgert ist, weil ich ihr nicht die Möglichkeit verschafft habe, wohlfeil ihre Einkäufe für das große Festmahl zu Ehren der Ernennung ihres Mannes zum Lektor zu erledigen, aber das ist mir egal.

Decambrais runzelte die Stirn und kramte erneut in seinem Gedächtnis. Er war überzeugt, daß es sich bei dem Text um ein Zitat handelte und er es irgendwo, irgendwann in seinem Leben schon einmal gelesen hatte. Wo? Wann? Er sah sich die nächste Botschaft an, die vom Vortag:

Zu derlei Zeichen gehöret eine außergewöhnliche Fülle kleiner Tiere, die aus Fäulnis erstehen, wie es Flöhe, Fliegen, Frösche, Kröten, Gewürm, Ratten und dergleichen sind, welcherlei Gethier große Zersetzung bezeugt, sey sie in der Luft, sey sie in der Feuchtigkeit der Erde.

Der Seemann war beim Vorlesen mehrfach gestolpert, hatte »Get-hier« gesagt und das Verb »sej« ausgesprochen. Decambrais hatte den Auszug einem Text aus dem 17. Jahrhundert zugeordnet, war sich jedoch nicht ganz sicher.

Zitate eines Verrückten, eines Besessenen, das war das Wahrscheinlichste. Oder eines Oberlehrers. Oder eines Machtlosen, der danach trachtete, sich Macht zu verschaffen, indem er unverständliche Botschaften verbreitete, sich genüßlich über das Gewöhnliche erhob und dabei dem Mann von der Straße dessen krasse Unbildung demonstrierte. In diesem Falle hörte er ganz sicher zu, stand in der kleinen Menge, um sich an den stumpfsinnigen Gesichtsausdrücken zu weiden, die die gelehrten Botschaften hervorriefen, welche auch der Ausrufer nur mit Mühe las.

Decambrais klopfte mit dem Stift auf das Blatt. Selbst unter diesem Gesichtspunkt betrachtet, blieben Absicht und Persönlichkeit des Verfassers für ihn im dunkeln. Sosehr die Anzeige Nr. 14 vom Vortag, *Leckt mich doch am Arsch, Ihr Schweinebande,* die in ähnlicher Form wohl schon tausendmal gehört worden war, mit ihrer kurzen, summarischen Wut den Vorzug der Klarheit hatte, so sehr sträubten sich die gewundenen Botschaften des Oberlehrers gegen jede Entschlüsselung. Er mußte seine Sammlung vergrößern, um zu verstehen, er mußte sie Morgen für Morgen hören. Vielleicht war es ja ganz einfach das, was der Verfasser sich wünschte: daß man jeden Tag an seinen Lippen hing.

Der Seewetterbericht war kryptisch zu Ende gegangen,

und mit seiner schönen Stimme, die bis an die andere Seite der Kreuzung trug, nahm der Ausrufer die Litanei wieder auf. Er beendete gerade seine Rubrik *Sieben Tage in der Welt*, in der er auf die ihm eigene Weise die internationalen Nachrichten des Tages in Form goß. Decambrais schnappte die letzten Sätze auf: *In China hat keiner was zu lachen, und als ob nichts wäre, regiert dort noch immer der Prügelstock. In Afrika steht's nicht zum besten, heute nicht mehr als gestern. Die Chance, daß es sich morgen bessert, ist nicht groß, da sich niemand für die Afrikaner den Arsch aufreißt.* Jetzt machte der Ausrufer mit Anzeige 16 weiter, in der ein elektrischer Flipper aus dem Jahr 1965 zum Verkauf angeboten wurde, verziert mit barbusigen Frauen und in einwandfreiem Zustand. Gespannt wartete Decambrais, den Bleistift fest in der Hand. Und die Anzeige kam, deutlich zu identifizieren unter all den *Ich liebe dich, ich verkaufe, leckt mich doch* und *ich kaufe.* Decambrais glaubte zu bemerken, daß der Fischer eine halbe Sekunde zögerte, bevor er sich daranmachte. So daß man sich fragen konnte, ob der Bretone den Eindringling nicht selbst bemerkt hatte.

»*Neunzehn*«, verkündete Joss. »*Und dann, wenn Schlangen, Fledermäuse, Dachse und all die anderen Tiere, die in den Tiefen unterirdischer Gänge hausen, in Massen auf die Felder strömen ...*«

Decambrais kritzelte rasch auf sein Blatt. Immer diese Geschichten mit Getier, diese alten Geschichten mit diesem fiesen Getier. Nachdenklich las er den ganzen Text noch einmal, während der Seemann das Ausrufen mit der traditionellen Rubrik *Blätter aus der Geschichte Frankreichs für alle* beendete, die unweigerlich mit dem Bericht eines historischen Schiffbruchs schloß. Möglich, daß dieser Le Guern eines Tages Schiffbruch erlitten hatte. Auch möglich, daß das Schiff *Le Vent de Norois* hieß. Ganz sicher hatte der Kopf des Bretonen dabei ein Leck bekommen, genau wie der alte Kahn. Dieser so gesund und entschlossen wirkende Mann war ganz tief innen verrückt, er klammerte sich an seine Obsessionen wie an treibende Bojen. Also genau wie er selbst, Decambrais, der weder gesund noch entschlossen wirkte.

»Ville de Cambrai«, erklärte Joss. *»15. September 1883. Französischer Dampfer, 1400 Tonnen. Kommt von Dunkerque, auf dem Weg nach Lorient, beladen mit Eisenbahnschienen. Vor Basse Gouach läuft er auf Grund. Explosion des Dampfkessels, ein Passagier stirbt. Besatzung 21 Mann, gerettet.«*

Joss Le Guern brauchte kein Zeichen zu geben, um sein Publikum auseinanderzutreiben. Jeder wußte, daß das Ausrufen mit dem Bericht über den Schiffbruch beendet war. Dieser Bericht wurde so sehr herbeigesehnt, daß sich manche angewöhnt hatten, Wetten auf den Ausgang des Dramas abzuschließen. Die Rechnungen wurden dann im Café gegenüber beglichen oder im Büro, je nachdem, ob man auf »alle gerettet«, »alle verloren« oder »weder noch« gewettet hatte. Joss mochte diese Art, aus einer Tragödie Geld zu schlagen, nicht besonders, aber er wußte auch, daß das Leben nun einmal auf Ruinen zu erblühen pflegt und daß das auch gut so ist.

Er sprang von seinem Podest herunter und begegnete dem Blick von Decambrais, der sein Buch wieder einsteckte. Als hätte Joss nicht gewußt, daß er kam, um dem Ausrufen zuzuhören. Dieser alte Heuchler, dieser alte Langweiler, der nicht zugeben wollte, daß ein armer bretonischer Fischer ihm seine Langeweile vertrieb. Wenn der nur wüßte, Decambrais, was er in seiner Morgenlieferung gefunden hatte: *Hervé Decambrais fabriziert seine Häkeldeckchen selbst, Hervé Decambrais ist eine Schwuchtel.* Nach kurzem Zögern hatte Joss die Botschaft zum Ausschuß getan. Jetzt waren sie zwei, mit Lizbeth zusammen vielleicht drei, die wußten, daß Decambrais heimlich den Beruf der Spitzenklöpplerin ausübte. In gewisser Weise machte die Nachricht ihm den Mann weniger unsympathisch. Vielleicht, weil er seinen Vater so viele Jahre stundenlang die Netze hatte flicken sehen.

Joss sammelte den Ausschuß auf, lud sich die Kiste auf die Schulter, und Damas half ihm, sie im Hinterzimmer zu verstauen. Der Kaffee war heiß, die beiden Tassen standen bereit, wie jeden Morgen nach dem Ausrufen.

»Von der 19 habe ich nichts verstanden«, sagte Damas und setzte sich auf einen hohen Schemel. »Die Geschichte mit den Schlangen. Der Satz ist nicht mal fertig.«

Damas war ein junger, stämmiger, eher hübscher Kerl, sehr freigebig, aber nicht sehr helle. In seinen Augen lag immer eine Art Benommenheit, die ihm einen leeren Blick verlieh. Zuviel Sanftmut oder zuviel Dummheit, Joss konnte sich nicht entscheiden. Damas' Blick richtete sich nie auf einen bestimmten Punkt, selbst wenn er mit einem redete. Er driftete weg, war unbestimmt, wie Watte, wie ein Nebel, und nicht zu greifen.

»Ein Bekloppter«, kommentierte Joss. »Such nicht lange.«

»Ich suche nicht«, erwiderte Damas.

»Sag, hast du meinen Wetterbericht gehört?«

»Hm, ja.«

»Hast du gehört, daß der Sommer vorbei ist? Meinst du nicht, daß du dich so erkältest?«

Damas trug Shorts und eine Leinenweste auf dem nackten Oberkörper.

»Schon o. k.«, sagte er und sah an sich herunter. »Das muß so sein.«

»Was nützt es dir, deine Muskeln zu zeigen?«

Damas stürzte seinen Kaffee in einem Zug hinunter.

»Das ist hier kein Geschäft für Spitzendeckchen«, antwortete er. »Das ist *Roll-Rider*. Ich verkaufe Bretter, Surfbretter, Body-Boards, Inline-Skates und Mountainbikes. Das ist gute Werbung für den Laden«, fügte er hinzu und deutete mit dem Daumen auf seinen Oberkörper.

»Wie kommst du auf Spitzendeckchen?« fragte Joss, plötzlich mißtrauisch.

»Weil Decambrais welche verkauft. Und er ist alt und ganz dürr.«

»Weißt du, wo er seine Deckchen herbekommt?«

»Hm, ja. Von einem Großhändler in Rouen. Decambrais ist kein Idiot. Er hat mir eine kostenlose Beratung gegeben.«

»Bist du aus eigenem Antrieb zu ihm gegangen?«

»Na und? ›Berater in Lebensfragen‹ steht doch wohl auf seinem Schild, oder? Ist doch wohl keine Schande, über so was zu reden, Joss.«

»Auf dem Schild steht auch ›40 Francs die halbe Stunde. Jede angefangene Viertelstunde wird berechnet‹. Das ist viel Geld für Hochstapelei, Damas. Was weiß der Alte von Lebensfragen? Er ist nicht mal irgendwann zur See gefahren.«

»Das ist keine Hochstapelei, Joss. Willst du den Beweis? ›Du zeigst deinen Körper nicht wegen dem Geschäft, sondern wegen dir selbst, Damas‹, hat er gesagt. ›Zieh dir was an, und versuch, Vertrauen zu haben, ein Ratschlag unter Freunden. Dann bist du genauso schön, siehst aber nicht aus wie ein Idiot.‹ Was sagst du dazu, Joss?«

»Zugegeben, das ist klug«, räumte Joss ein. »Und warum ziehst du dich nicht an?«

»Weil ich tue, was mir gefällt. Nur hat Lizbeth Angst, daß ich mir den Tod hole, und Marie-Belle auch. In fünf Tagen gebe ich mir einen Ruck und zieh mir wieder was an.«

»Gut«, sagte Joss. »Denn von Westen her braut sich ganz schön was zusammen.«

»Decambrais?«

»Was ist mit Decambrais?«

»Kannst du ihn nicht ausstehen?«

»Umgekehrt, Damas. Decambrais ist es, der mich nicht riechen kann.«

»Schade«, sagte Damas, während er die Tassen wegräumte. »Anscheinend ist nämlich eines seiner Zimmer frei geworden. Das wäre gut für dich gewesen. Zwei Schritte von deiner Arbeit, im Warmen, die Wäsche gewaschen und jeden Abend das Essen auf dem Tisch.«

»Verdammt«, bemerkte Joss.

»Ganz richtig. Aber du kannst die Bude nicht nehmen. Da du ihn nicht ausstehen kannst.«

»Nein«, sagte Joss. »ich kann sie nicht nehmen.«

»Das ist blöd.«

»Sehr blöd.«

»Außerdem ist da noch Lizbeth. Noch ein verdammter Vorzug.«

»Ein gewaltiger Vorzug.«

»Ganz genau. Aber du kannst nicht mieten. Da du ihn nicht ausstehen kannst.«

»Umgekehrt, Damas. Er ist es, der mich nicht riechen kann.«

»Was das Zimmer angeht, kommt das aufs gleiche raus. Du kannst nicht.«

»Ich kann nicht.«

»Manchmal laufen die Dinge eben nicht so, wie sie sollen. Bist du sicher, daß du nicht kannst?«

Joss' Kiefermuskeln spannten sich.

»Sicher, Damas. So sicher, daß wir gar nicht mehr drüber reden müssen.«

Joss verließ den Laden, um ins Café gegenüber zu gehen, *Le Viking*. Nicht daß Normannen und Bretonen je gut miteinander ausgekommen wären, nicht daß ihre Schiffe in den aneinandergrenzenden Meeren nicht aneinandergeraten wären, aber Joss wußte auch, daß es nur einer Kleinigkeit bedurft hätte, und er wäre auf normannischem Territorium geboren worden. Bertin, der Wirt, ein großer Mann mit rotblondem Haar, hohen Wangenknochen und hellen Augen, servierte einen Calvados, der einzigartig auf der Welt war und im Ruf stand, einem ewige Jugend zu verleihen, indem er einen nicht direkt ins Grab beförderte, sondern das Innere ordentlich aufpeitschte. Angeblich kamen die Äpfel vom eigenen Feld, und dort auf dem Land starben die Stiere erst mit hundert Jahren und waren noch immer feurig. Was für Äpfel das gab, konnte man sich vorstellen.

»Na, geht's dir heute morgen nicht gut?« fragte Bertin besorgt, als er ihm den Calvados hinstellte.

»Ach, nichts. Nur manchmal laufen die Dinge eben nicht so, wie sie sollen«, erklärte Joss. »Würdest du sagen, daß Decambrais mich nicht riechen kann?«

»Nein«, erwiderte Bertin voller normannischer Vorsicht. »Ich würde sagen, er hält dich für einen Rohling.«

»Wo ist da der Unterschied?«

»Sagen wir, im Lauf der Zeit ist da was zu machen.«

»Im Lauf der Zeit, im Lauf der Zeit, das sagt ihr Normannen doch immer. Alle fünf Jahre ein Wort, wenn man Glück hat. Wenn alle es so machen würden wie ihr, würde die Zivilisation nicht gerade schnell vorankommen.«

»Vielleicht käme sie besser voran.«

»Im Lauf der Zeit! Aber im Lauf von wieviel Zeit, Bertin? Das ist die Frage.«

»Nicht lang. Etwa zehn Jahre.«

»Dann ist die Sache erledigt.«

»War es dringend? Wolltest du ihn um Rat fragen?«

»Das fehlte gerade noch. Ich wollte seine Bude.«

»Du tätest gut dran, zu ihm zu gehen, ich glaube, er hat einen Interessenten. Er zögert, weil der Typ verrückt nach Lizbeth ist.«

»Warum soll ich zu ihm gehen, Bertin? Der alte Angeber hält mich für einen Rohling.«

»Das muß man verstehen, Joss. Er ist nie zur See gefahren. Übrigens, bist du etwa kein Rohling?«

»Ich habe nie das Gegenteil behauptet.«

»Siehst du. Decambrais kennt sich aus. Sag, Joss, hast du deine Anzeige 19 verstanden?«

»Nein.«

»Ich fand sie speziell, genauso speziell wie die anderen in den letzten Tagen.«

»Sehr speziell. Ich mag diese Anzeigen nicht.«

»Warum liest du sie dann vor?«

»Weil sie bezahlt sind, und zwar gut bezahlt. Und wir Le Guerns sind vielleicht Rohlinge, aber noch lange keine Gauner.«

4

»Ich frage mich«, sagte Kommissar Adamsberg, »ob ich durch mein ständiges Bulle-Sein nicht langsam zum Bullen werde.«

»Das haben Sie schon mal gesagt«, bemerkte Danglard, der das künftige Ordnungssystem seines Metallschranks plante.

Danglard hatte erklärtermaßen die Absicht, auf einer durchdachten Grundlage zu beginnen. Adamsberg, der keinerlei Absicht hatte, hatte seine Akten auf den Stühlen neben seinem Schreibtisch verteilt.

»Wie denken Sie darüber?«

»Daß das nach fünfundzwanzig Berufsjahren vielleicht eine gute Sache wäre.«

Adamsberg steckte die Hände in die Taschen und lehnte sich mit dem Rücken an die kürzlich gestrichene Wand, während er seinen Blick ziellos durch die neuen Räume schweifen ließ, in denen er vor nicht ganz einem Monat Fuß gefaßt hatte. Neue Räume, neues Einsatzgebiet, Strafverfolgungsbrigade der Polizeipräfektur von Paris, Referat Delikte am Menschen. Schluß mit Einbrüchen, Handtaschendiebstählen, Tätlichkeiten, bewaffneten Typen, entwaffneten Typen, aggressiv oder nicht, und mit kiloweise diesbezüglichem Papierkram verbunden. »Diesbezüglich«, das hatte er sich schon zweimal selbst sagen hören in letzter Zeit. Das machte das ständige Bulle-Sein.

Nicht daß die Kilos von *diesbezüglichem* Papierkram ihn

nicht hierher oder anderswohin verfolgen würden. Aber hier genau wie anderswo würde er auf Menschen stoßen, die Papier mochten. Als er in jungen Jahren die Pyrenäen verlassen hatte, hatte er entdeckt, daß es solche Menschen gab, und er hatte großen Respekt, ein bißchen Trauer und gewaltige Dankbarkeit für sie empfunden. Er selbst mochte vor allem Gehen, Träumen und Tun, und er wußte, daß zahlreiche Kollegen ihn daher mit ein wenig Respekt und sehr viel Trauer betrachtet hatten. »Das Papier«, so hatte ihm einmal ein eifriger Kerl erklärt, »das Aufsetzen von Schriftstücken, das Protokoll stehen am Beginn jeglicher Idee. Kein Papier, keine Idee. Das Wort treibt die Idee in die Höhe, wie der Humus die Erbse emporwachsen läßt. Ein Vorgang ohne Papier – und schon stirbt eine Erbse mehr auf der Welt.«

Gut, seitdem er Bulle war, hatte er vermutlich ganzen LKWs voller Erbsen den Tod gebracht. Aber am Ende seines Umherschlenderns hatte er oft gespürt, wie irritierende Gedanken an die Oberfläche drangen. Gedanken, die zweifellos eher Algenbündeln glichen als Erbsen, aber Pflanzliches blieb Pflanzliches, und Idee blieb Idee, und niemand fragte einen, wenn man sie einmal formuliert hatte, ob man sie auf einem bestellten Feld gepflückt oder in einem Schlammloch aufgelesen hatte. So weit, so gut, es war unzweifelhaft, daß sein Stellvertreter Danglard, der Papier in allen Formen liebte, von der höchsten bis zur bescheidensten – in Bündeln, in Büchern, in Rollen, in Blättern, von Inkunabeln bis zum Wischpapier –, ein Mann war, der einem Qualitätserbsen lieferte. Danglard war ein konzentrierter Mann, der nachdachte, ohne zu laufen, ein ängstlicher Mensch mit weichlichem Körper, der schrieb und dabei trank und der, allein unter Zuhilfenahme seiner Trägheit, seines Biers, seines abgekauten Bleistifts und seiner etwas müden Neugier Ideen in Marschordnung und von ganz anderer Art als die seinen hervorbrachte.

An dieser Front hatten sie sich oft gegenübergestanden: Danglard, der allein die aus überlegendem Denken hervorgegangene Idee für schätzenswert und jede Art formloser Intuition für suspekt hielt, und Adamsberg, der gar nichts für etwas hielt und nicht versuchte, das eine vom anderen zu unterscheiden. Als er zur Strafverfolgungsbrigade versetzt worden war, hatte Adamsberg darauf bestanden, den ausdauernden, präzisen Geist von Oberleutnant Danglard, der zum Hauptmann befördert worden war, mitzunehmen.

An diesem Ort würde Danglards präzises Denken genau wie Adamsbergs intuitives Umherschweifen nicht mehr um eingeschlagene Scheiben und Handtaschenraube kreisen. Sie würden sich auf ein einziges Ziel konzentrieren: die Aufklärung von Kapitalverbrechen. Nicht die kleinste Scheibe mehr, um einen vom Alptraum der mordenden Menschheit abzulenken. Nicht die kleinste Handtasche mit Schlüsseln, Adreßbuch und Liebesbrief, die einen die belebende Luft nebensächlicher Delikte atmen ließ, worauf man dann die junge Frau mit einem sauberen Taschentuch zur Tür geleitete.

Nein. Kapitalverbrechen. Delikte am Menschen.

Diese schneidende Definition ihres neuen Einsatzgebietes verletzte wie eine Rasierklinge. Sehr gut, er hatte es so gewollt und außerdem etwa dreißig Kriminalfälle hinter sich, die er unter reichlicher Zuhilfenahme von Träumereien, Spaziergängen und zur Oberfläche aufsteigender Algen entwirrt hatte. Man hatte ihn hier an die Front der Mörder plaziert, auf diesen Weg des Schreckens, auf dem er sich entgegen aller Erwartung als teuflisch gut erwies – »teuflisch« war ein von Danglard gebrauchter Ausdruck, um die Unwegsamkeit der geistigen Pfade Adamsbergs zu beschreiben.

Da waren sie nun, alle beide, an dieser Front, mit sechsundzwanzig Mitarbeitern.

»Ich frage mich«, fuhr Adamsberg fort, während er langsam mit der Hand über den feuchten Putz fuhr, »ob mit uns dasselbe passieren kann wie mit den Felsen am Ufer des Meeres.«

»Das heißt?« fragte Danglard ein wenig ungeduldig.

Adamsberg hatte schon immer langsam geredet und sich viel Zeit genommen, Wichtiges wie auch Lächerliches zu formulieren, wobei er unterwegs das Ziel bisweilen aus den Augen verlor, und Danglard ertrug diese Vorgehensweise nur schwer.

»Nun, sagen wir, diese Felsen sind nicht aus einem Stück. Sagen wir, sie bestehen aus hartem Kalkstein und sanftem Kalkstein.«

»Sanften Kalkstein gibt es in der Geologie nicht.«

»Schnurzegal, Danglard. Es gibt sanfte, und es gibt harte Stücke, wie in jeder Lebensform, wie in mir und in Ihnen. So sind diese Felsen. Und in dem Maße, wie das Meer dagegen brandet und schlägt, beginnen die sanften Stücke zu schmelzen.«

»›Schmelzen‹ ist nicht das richtige Wort.«

»Schnurzegal, Danglard. Diese Stücke verschwinden. Die harten Teile bilden allmählich einen Vorsprung. Und je mehr Zeit vergeht und je mehr das Meer daranstößt, desto stärker entschwindet das Schwache in alle Richtungen. Am Ende seines Menschenlebens besteht der Fels nur noch aus Zacken, Zähnen, aus Kalkkiefer, der bereit ist zuzubeißen. Wo vorher das Sanfte war, befinden sich jetzt Hohlräume, Leerstellen, Freiräume.«

»Und?« fragte Danglard.

»Ich frage mich, ob Bullen und alle anderen Menschen, die der Brandung des Lebens ausgesetzt sind, nicht derselben Erosion unterliegen. Verschwinden der weichen Teile, Widerstand der hartnäckigen Teile, Desensibilisierung, Verhärtung. Im Grunde genommen ein wahrer Verfall.«

»Fragen Sie sich, ob Sie den Weg dieses Kalkkiefers gehen?«

»Ja. Ob ich nicht zum Bullen werde.«

Danglard dachte einen Augenblick nach.

»Was Ihren persönlichen Felsen angeht, so denke ich, daß die Erosion nicht normal verläuft. Sagen wir, bei Ihnen ist das Harte weich und das Weiche hart. Da ist das Ergebnis zwangsläufig ein völlig anderes.«

»Was ändert das?«

»Alles. Resistenz der weichen Teile bedeutet verkehrte Welt.«

Danglard dachte über seinen eigenen Fall nach, während er ein Bündel Papiere in eines der Hängeregister steckte.

»Und was käme heraus«, fuhr er dann fort, »wenn ein Felsen vollständig aus weichem Kalk bestünde? Und Bulle wäre?«

»Am Ende würde er auf die Größe einer Murmel schrumpfen und schließlich mit Mann und Maus untergehen.«

»Das ist ja ermutigend.«

»Aber ich glaube nicht, daß in der Natur solche Felsen vorkommen. Die außerdem noch Bullen sind.«

»Das wäre zu hoffen«, sagte Danglard.

Die junge Frau vor der Tür des Kommissariats zögerte. Also, auf dem glänzenden Schild, das am Türflügel angebracht war, stand nicht »Kommissariat«, sondern »Polizeipräfektur – Strafverfolgungsbrigade« in lackierten Buchstaben. Es war das einzig Saubere hier. Das Gebäude war alt und schwarz und die Scheiben dreckig. Vier Arbeiter waren damit beschäftigt, unter Höllenlärm um die Fenster herum Löcher in den Stein zu bohren und Gitterstäbe anzubringen. Maryse schloß daraus, daß das hier – ob nun Kommissariat oder Brigade – auf jeden Fall Bullen waren, und sie waren erheblich näher als die an der Avenue. Sie machte einen Schritt in Richtung Tür, dann zögerte sie erneut. Paul hatte sie gewarnt, kein Bulle würde sie ernst nehmen. Aber sie machte sich Sorgen, wegen der Kinder. Was kostete es sie schon, hineinzugehen? Fünf Minuten. Die Zeit, es zu sagen und wieder zu verschwinden.

»Kein Bulle wird dich ernst nehmen, meine arme Maryse. Wenn du das willst, geh.«

Ein Mann kam aus der Toreinfahrt, ging an ihr vorbei und kam dann zurück. Sie nestelte an ihrer Handtasche.

»Stimmt was nicht?« fragte der Mann.

Es war ein kleiner, braunhaariger Mann, nachlässig gekleidet, nicht mal gekämmt, die Ärmel seiner schwarzen Jacke über die bloßen Unterarme hochgeschoben. Sicher jemand, der wie sie irgendwelche Probleme loswerden wollte. Aber er hatte es schon hinter sich.

»Sind die nett da drin?« fragte Maryse ihn.

Der braunhaarige Mann zuckte mit den Schultern.

»Je nachdem.«

»Hören sie einem zu?« präzisierte Maryse.

»Das kommt drauf an, was Sie ihnen zu sagen haben.«

»Mein Neffe glaubt, daß mich keiner ernst nehmen wird.«

Der Typ legte den Kopf zur Seite und sah sie aufmerksam an.

»Worum geht es denn?«

»Um das Haus, in dem ich wohne, neulich nacht. Ich mach mir Sorgen wegen der Kinder. Wenn neulich abend ein Verrückter reingekommen ist, wer sagt mir, daß er nicht wiederkommt? Oder was?«

Maryse biß sich auf die Lippe, ihre Stirn war leicht gerötet.

»Das ist hier die Abteilung Kapitalverbrechen«, sagte der Mann behutsam und zeigte auf das verdreckte Gebäude. »Da geht's um Morde, verstehen Sie. Wenn jemand umgebracht wurde.«

»Oh!« rief Maryse verschreckt.

»Gehen Sie in das Kommissariat an der Avenue. Mittags ist es da ruhiger, die werden sich die Zeit nehmen, Ihnen zuzuhören.«

»O nein«, erwiderte Maryse und schüttelte den Kopf. »Ich muß um zwei im Büro sein, mein Chef ist unerbittlich, wenn man zu spät kommt. Können die hier nicht ihre Kollegen an der Avenue benachrichtigen? Ich meine, sind diese Polizisten nicht alle irgendwie gleich?«

»Nicht ganz«, antwortete der Typ. »Was ist passiert? Ein Einbruch?«

»O nein.«

»Gewalt?«

»O nein.«

»Erzählen Sie einfach, dann kann man Ihnen einen Rat geben.«

»Natürlich«, sagte Maryse, die leicht in Panik geriet.

An die Motorhaube eines Autos gelehnt, wartete der Typ geduldig darauf, daß Maryse sich konzentrierte.

»Es ist mit schwarzer Farbe gemalt«, erklärte sie. »Besser gesagt, dreizehnmal mit schwarzer Farbe gemalt, auf allen Türen des Gebäudes. Das macht mir Angst. Ich bin immer allein mit den Kindern, verstehen Sie.«

»Sind es Bilder?«

»Nein. Vieren. Also die Ziffer 4. Große schwarze Vieren, ein bißchen altmodisch. Ich hab mich gefragt, ob das nicht eine Bande ist oder so was. Vielleicht weiß die Polizei es, vielleicht verstehen die das. Vielleicht auch nicht. Paul hat gesagt, wenn du willst, daß die Bullen dich nicht ernst nehmen, dann geh.«

Der Mann richtete sich auf und legte eine Hand auf ihren Arm.

»Kommen Sie«, sagte er. »Wir werden das alles aufschreiben, und dann gibt's nichts mehr zu befürchten.«

»Aber wär's denn nicht besser, einen Bullen dafür zu finden?« wandte Maryse ein.

Der Mann sah sie einen Moment etwas überrascht an.

»Ich bin Bulle«, antwortete er. »Hauptkommissar Jean-Baptiste Adamsberg.«

»Oh«, sagte Maryse verunsichert. »Das tut mir leid.«

»Ist nicht schlimm. Für was haben Sie mich gehalten?«

»Ich trau mich nicht mehr, es zu sagen.«

Adamsberg ging mit ihr durch die Räume der Brigade.

»Brauchen Sie Hilfe, Kommissar?« fragte ihn im Vorbeigehen ein Oberleutnant mit dunklen Ringen unter den Augen.

Adamsberg schob die junge Frau behutsam in sein Büro und beobachtete den Mann, während er versuchte, ihn einzuordnen. Er kannte noch nicht alle Mitarbeiter, die seiner Abteilung zugewiesen worden waren, und es fiel ihm wahnsinnig schwer, sich ihre Namen zu merken. Die Angehörigen der Brigade hatten diese Schwierigkeit rasch bemerkt und stellten sich systematisch bei jedem noch so kurzen Gespräch neu vor. Sei es, daß sie ihn nicht ganz ernst nahmen, sei es, daß sie ihm aufrichtig helfen wollten – Adamsberg war sich darüber noch nicht ganz im klaren, und es war ihm auch fast egal.

»Oberleutnant Noël«, sagte der Mann. »Brauchen Sie Hilfe?«

»Die junge Frau ist mit den Nerven fertig, weiter nichts. Ein schlechter Scherz in ihrem Haus, oder einfach ein paar Graffiti. Sie braucht nur ein bißchen Zuwendung.«

»Wir sind hier doch nicht die Sozialstation«, bemerkte Noël und schloß mit einer knappen Bewegung seinen Blouson.

»Und warum nicht, Oberleutnant …«

»Noël«, ergänzte der Mann.

»Noël«, wiederholte Adamsberg und versuchte sich das Gesicht einzuprägen. Eckiger Kopf, helle Haut, blonder Bürstenschnitt und deutlich sichtbare Ohren gleich Noël. Müdigkeit, Überheblichkeit, möglicherweise Brutalität gleich Noël. Ohren, Brutalität, Noël.

»Wir reden später darüber, Oberleutnant Noël«, sagte Adamsberg. »Sie hat es eilig.«

»Wenn's darum geht, Madame beizustehen«, mischte sich ein Kommissar ein, den Adamsberg genausowenig kannte, »melde ich mich freiwillig. Ich hab mein Werkzeug dabei«, fügte er grinsend hinzu, die Hände am Gürtel.

Adamsberg drehte sich langsam um.

»Brigadier Favre«, verkündete der Mann.

»Sie werden hier ein paar Entdeckungen machen, die Sie erstaunen werden, Brigadier Favre«, sagte Adamsberg mit ruhiger Stimme. »Hier sind Frauen kein Rundmuskel mit Loch drin, und sollte diese Information Sie überraschen, scheuen Sie sich nicht, mehr darüber herausfinden zu wollen. Weiter unten finden Sie Beine und Füße, weiter oben einen Oberkörper und einen Kopf. Versuchen Sie darüber nachzudenken, Favre, wenn Sie dazu in der Lage sind.«

Adamsberg ging in sein Büro und bemühte sich, die Gesichtszüge des Brigadiers zusammenzufassen. Volle Wangen, dicke Nase, dichte Augenbrauen, Idiotengesicht gleich Favre. Nase, Augenbrauen, Frauen, Favre.

»Erzählen Sie«, sagte er und lehnte sich an die Wand in seinem Büro, der jungen Frau gegenüber, die sich vorsichtig auf die Kante eines Stuhls gesetzt hatte. »Sie haben Kinder, sind alleinstehend, wo wohnen Sie?«

Adamsberg kritzelte die Antworten, Name und Adresse, in ein Notizbuch, um Maryse zu beruhigen.

»Diese Vieren wurden auf die Türen gemalt, ist das richtig? Alle in derselben Nacht?«

»O ja. Gestern morgen waren sie auf allen Türen. So groß«, fügte sie hinzu und breitete die Arme etwa sechzig Zentimeter aus.

»Keine Signatur? Kein Kürzel?«

»Doch, doch. Darunter stehen drei Buchstaben, sehr viel kleiner gemalt. CTL. Nein. CLT.«

Adamsberg notierte. CLT.

»Auch schwarz?«

»Auch.«

»Nichts weiter? Nichts auf der Fassade? Im Treppenhaus?«

»Nur auf den Wohnungstüren. Schwarz.«

»Ist die Ziffer nicht ein bißchen verformt? Sagen wir wie ein Zeichen?«

»O ja. Ich kann sie Ihnen aufzeichnen, ich bin nicht ungeschickt.«

Adamsberg streckte ihr sein Notizbuch hin, und Maryse mühte sich, eine große, geschlossene Vier in Druckschrift zu zeichnen, mit kräftigem Strich, einem Tatzenfuß wie bei einem Malteserkreuz und zwei Querstrichen am Ende.

»Da«, sagte sie.

»Sie haben sie spiegelverkehrt gezeichnet«, bemerkte Adamsberg sanft, als er das Notizbuch zurücknahm.

»Weil sie spiegelverkehrt ist. Sie ist spiegelverkehrt, unten breit und hat zwei kleine Querstriche am Ende. Kennen Sie das? Ist das ein Gaunerzinken? CLT? Oder was?«

»Einbrecher markieren Türen so unauffällig wie möglich. Was erschreckt Sie daran?«

»Die Geschichte von Ali Baba, glaube ich. Der Mörder, der alle Türen mit einem großen Kreuz markiert hat.«

»In der Geschichte hat er nur eine einzige markiert. Die Frau von Ali Baba hat die anderen markiert, um ihn irrezuführen, wenn ich mich nicht täusche.«

»Stimmt«, sagte Maryse erleichtert.

»Es ist ein Graffito«, erklärte Adamsberg, als er sie zur Tür zurückführte. »Wahrscheinlich Kinder aus der Nachbarschaft.«

»Ich hab diese Vier noch nie im Viertel gesehen«, sagte Maryse leise. »Und ich habe noch nie Graffiti auf Wohnungstüren gesehen. Denn Graffiti sind doch dazu da, daß alle sie sehen, oder?«

»Es gibt da keine Regel. Waschen Sie sie ab, und denken Sie nicht mehr daran.«

Nachdem Maryse gegangen war, riß Adamsberg die Blätter aus dem Notizbuch, knüllte sie zusammen und warf sie in den Papierkorb. Dann lehnte er sich wieder gegen die Wand und sann über Möglichkeiten nach, Typen wie diesem Favre den Kopf zu waschen. Keine einfache Sache, ein tiefsitzender Mangel an Form, dem Betreffenden kaum bewußt. Es war nur zu hoffen, daß nicht die ganze Abteilung Kapitalverbrechen vom gleichen Schlage war. Um so mehr, als vier Frauen darunter waren.

Wie jedesmal, wenn er zu meditieren anfing, glitt er schnell ab und näherte sich einem der Leere ähnelnden Dämmerzustand. Nach zehn Minuten schreckte er hoch, suchte in seinen Schubladen nach der Liste mit seinen siebenundzwanzig Mitarbeitern und bemühte sich, deren Namen, von Danglard abgesehen, auswendig zu lernen, indem er sie leise vor sich her sagte. Dann notierte er am Rand »Ohren, Brutalität, Noël« und »Nase, Augenbrauen, Frauen, Favre«.

Er verließ sein Zimmer wieder, um den Kaffee zu trinken, den er vor seiner Begegnung mit Maryse hatte trinken wollen. Weder die Kaffeemaschine noch der Imbißautomat waren bisher geliefert worden, die Männer hatten alle Mühe, ein paar Stühle und Papier zu finden, Elektriker installierten die Anschlüsse für die Computer, und soeben wurden die ersten Gitterstäbe an den Fenstern angebracht. Noch keine Gitter, folglich noch kein Verbrechen. Die Mörder würden sich bis zur Fertigstellung der Arbeiten zurückhalten. Also konnte man auch hinausgehen, träumen und auf dem Bürgersteig jungen Frauen helfen, die mit den Nerven fertig waren. Man konnte auch hinausgehen und an Camille denken, die er mehr als zwei Monate nicht mehr gesehen hatte. Wenn er sich nicht täuschte, mußte sie morgen oder übermorgen zurückkommen, er erinnerte sich nicht mehr an das genaue Datum.

5

Am Dienstagmorgen ging Joss sehr vorsichtig mit dem Kaffeepulver um und vermied jede heftige Bewegung. Er hatte schlecht geschlafen, daran war natürlich dieses freie Zimmer schuld, das unerreichbar vor seinen Augen tanzte.

Er setzte sich schwerfällig an den Tisch vor seine Kaffeeschale, sein Brot und seine Wurst und unterzog die fünfzehn Quadratmeter, in denen er wohnte, einer feindseligen Prüfung: die rissigen Wände, die Matratze auf dem Fußboden, die Toilette auf halber Treppe. Natürlich hätte er sich mit seinen neuntausend Francs ein bißchen was Besseres leisten können, aber fast die Hälfte davon ging jeden Monat nach Le Guilvinec zu seiner Mutter. Man hat es nicht warm, wenn man weiß, daß die Mutter friert, so ist das Leben, genau so einfach und so kompliziert. Joss wußte, daß der Gelehrte keine sehr hohe Miete verlangte, weil man dort privat wohnte und weil es unter der Hand lief. Außerdem, das mußte man schon zugeben, war Decambrais keiner von den Ausbeutern, die einem für vierzig Kubikmeter in Paris das Fell abzogen. Lizbeth wohnte im Austausch für die Einkäufe, das Abendessen und das Putzen des gemeinsamen Badezimmers sogar umsonst. Decambrais kümmerte sich um alles übrige, saugte und wischte in den Gemeinschaftsräumen, deckte den Frühstückstisch. Man mußte anerkennen, daß der Gelehrte trotz seiner siebzig Jahre keine Mühe scheute.

Joss kaute langsam sein eingetunktes Brot, während er mit halbem Ohr dem leise laufenden Radio lauschte, um den

Seewetterbericht nicht zu verpassen, den er sich jeden Morgen notierte. Bei dem Gelehrten zu wohnen hatte nur Vorteile. Zum einen war es nur einen Steinwurf von der Gare Montparnasse entfernt, für den Fall, daß. Dann waren die Zimmer geräumig, sie hatten Heizkörper, Betten mit Gestell, Eichenparkett und abgenutzte Teppiche mit Fransen. Nachdem Lizbeth dort eingezogen war, hatte sie am Anfang mehrere Tage mit bloßen Füßen auf den warmen Teppichen verbracht, aus reinem Vergnügen. Und dann natürlich war da auch das Abendessen. Joss konnte nur Barsch grillen, Austern öffnen und Strandschnecken schlürfen. Was dazu führte, daß er Abend für Abend Konserven aß. Und schließlich gab es Lizbeth, die im Nachbarzimmer schlief. Nein, er hätte Lizbeth nie angerührt, nie seine rauhen, fünfundzwanzig Jahre älteren Hände auf sie gelegt. Das mußte man auch Decambrais anrechnen, der hatte sie immer respektiert. Lizbeth hatte ihm eine schreckliche Geschichte erzählt, die vom ersten Abend, wo sie sich auf den Teppich gelegt hatte. Und der Vornehme hatte nicht mit der Wimper gezuckt. Hut ab. So was nannte man Schneid. Und wo der Vornehme Schneid bewies, würde Joss das auch tun. Die Le Guerns waren vielleicht eine rohe Sippe, aber keine Gauner.

Genau das war der wunde Punkt. Decambrais hielt ihn für einen Rohling und würde ihm niemals die Bude überlassen, also war es sinnlos, davon zu träumen. Genau wie von Lizbeth, vom Abendessen, von den Heizkörpern.

Als er eine Stunde später seine Urne leerte, dachte er noch immer daran. Er entdeckte den dicken, elfenbeinfarbenen Umschlag sofort und schlitzte ihn rasch mit dem Daumen auf. Dreißig Francs. Die Tarife stiegen ganz von allein. Er warf einen Blick auf den Text, ohne sich die Mühe zu machen, ihn bis zum Ende zu lesen. Das unverständliche Geschwätz dieses Verrückten fing an, ihn zu ermüden. Dann trennte er mechanisch das Sagbare vom Unsagbaren. Auf den zweiten Stapel legte er die folgende Botschaft: *Decambrais ist eine Schwuchtel, er macht seine Spitzen selbst.* Dasselbe wie gestern, aber in umgekehrter Reihenfolge. Nicht sehr erfindungsreich, der Typ. Man würde sich bald im Kreis drehen. Joss wollte die Anzeige schon zum Ausschuß legen, doch seine Hand zögerte etwas länger als am Vortag. Vermiete mir das Zimmer, oder ich ruf die ganze Sache aus. Erpressung, nicht mehr und nicht weniger.

Um acht Uhr achtundzwanzig stand Joss auf seiner Kiste und war bereit. Jeder war auf seinem Posten, wie Tänzer in einer seit zweitausend Vorstellungen eingespielten Choreographie: Decambrais auf seiner Türschwelle, den Kopf über sein Buch geneigt, Lizbeth in der kleinen Menge zur Rechten, Bertin zur Linken hinter den rotweiß-gestreiften Vorhängen des *Viking*, Damas in seinem Rücken, an das Schaufenster des *Roll-Rider* gelehnt, nicht weit von der Mieterin von Decambrais' Zimmer 4, die fast hinter einem Baum versteckt war, und schließlich die vertrauten Gesichter des Stammpublikums, das im Halbkreis verteilt war, wobei jeder wie durch eine Art Atavismus wieder seine Position vom Vortag eingenommen hatte.

Joss hatte mit dem Ausrufen begonnen.

»Eins: Suche Früchtekuchenrezept, bei dem die kandierten Früchte nicht alle auf den Boden sinken. Zwei: Es nutzt nichts, wenn du deine Tür abschließt, um deine Schweinereien zu verbergen. Gott im Himmel wird dich und dein Flittchen richten. Drei: Hélène, warum bist du nicht gekommen? Ich entschuldige mich für alles, was ich dir angetan habe. Bernard. Vier: Sechs Pétanque-Kugeln auf dem Square verloren. Fünf: Verkaufe Kawasaki ZR7 750 1999, 8500 km, rot, Alarmanlage, Vollverkleidung, Kettenkasten, 3000 Francs.«

In der Menge erhob sich eine unwissende Hand, um Interesse für die Anzeige zu bekunden. Joss mußte unterbrechen.

»Nachher im *Viking*«, erklärte er ziemlich barsch.

So schnell, wie er sich erhoben hatte, senkte sich der Arm beschämt wieder.

»Sechs«, fuhr Joss fort. *»Ich bin nicht gut drauf. Sieben: Suche Pizzawagen mit elektrischer Panoramaklappe, für Führerschein Klasse 3, Sechs-Pizzen-Ofen. Acht: An die jungen Leute, die da Randale machen: Beim nächstenmal wird die Polizei gerufen. Neun …«*

In seiner Ungeduld, die Anzeige des Oberlehrers zu erwischen, hörte Decambrais nicht mehr sehr aufmerksam auf die Nachrichten des Tages. Lizbeth notierte sich ein Herbes-de-Provence-Angebot, und man näherte sich dem Seewetterbericht. Decambrais machte sich bereit, legte sich den Bleistiftstummel in der Hand zurecht.

»… 7 bis 8, teilweise auf 5 bis 6 abschwächend, später auffrischend, im Westen nachmittags 3 bis 5. Starke See, nachlassender Regen oder Schauer.«

Joss kam zu Anzeige 16, und Decambrais erkannte beim ersten Wort, daß es die war, auf die er gewartet hatte.

»Wonach ich bald darauf zu Wasser bis, Auslassungspunkte, *fuhr. Ich landete so am unteren Ende der Stadt; und als es dunkel war, tat ich heimlich entrer en la maison de la femme de,* Auslassungspunkte, *und hatte dort sa compagnie, wenn auch mit großen Schwierigkeiten, néanmoins en fin j'avais ma volonté d'elle und übersättigt davon ging ich zurück.«*

Es folgte verwirrtes Schweigen, das Joss rasch beendete, indem er zu verständlicheren Botschaften überleitete, bevor er sich an sein Kalenderblatt aus der Geschichte Frankreichs machte. Decambrais verzog das Gesicht. Er hatte nicht die Zeit gehabt, alles aufzuschreiben, der Text war zu lang gewesen. Er spitzte die Ohren, um das Schicksal der *Droits de l'Homme* zu erfahren, eines französischen Schiffs mit

74 Kanonen, das am 14. Januar 1797 mit 1350 Mann an Bord von einem mißlungenen Feldzug aus Irland zurückkam.

»... *Wird von zwei englischen Schiffen verfolgt, der* Infatigable *und der* Amazone*: Nach nächtlichem Kampf läuft es vor dem Strand von Canté auf Grund.*«

Joss stopfte die Blätter wieder in seine Matrosenbluse.

»Oh, Joss!« rief eine Stimme. »Wie viele Gerettete?«

Joss sprang von seiner Kiste.

»Man kann nicht darauf hoffen, alles zu erfahren«, sagte er mit einem Anflug von Feierlichkeit.

Bevor er sein Podest zu Damas brachte, kreuzte sein Blick den von Decambrais. Beinahe hätte er drei Schritte auf ihn zu gemacht, aber dann beschloß er, die Sache auf die Zeit nach dem Mittagsausrufen zu verschieben. Ein Calvados würde ihm Auftrieb geben.

Um Viertel vor eins notierte Decambrais unter Zuhilfenahme zahlreicher Abkürzungen fieberhaft die folgende Anzeige:

»*Zwölf: Die Magistratsbeamten follen Vorschriften aufstellen, welche zu beachten find, und fie in allen Gassen und bey allen Plätzen aushängen, auf daß Keiner in Unkenntniß bleibe.* Auslassungspunkte. *Sie follen Sorge tragen, daß alle Hunde und Katzen getödtet werden, Tauben, Hafen, Hähne und Hühner. Besonders fei ihre Aufgabe, Häufer und Straßen fauberhalten zu lassen, die Kloaken der Stadt und der Umgebung reinigen zu lassen, die mit Mift und fauligem Wasser gefüllten Gruben* Ausslassungspunkte; *oder diefe zumindest auftrocknen zu lassen.*«

Joss hatte bereits am *Viking* angelegt, um zu Mittag zu essen, als Decambrais sich entschied, ihn anzusprechen. Er enterte die Bar, und Bertin servierte ihm sein Bier auf einem Bierdeckel aus roter Pappe, der mit den beiden goldenen

Löwen der Normandie verziert war, einer Sonderanfertigung für seinen Betrieb. Um das Mittagessen anzukündigen, schlug der Wirt mit der Faust auf eine breite Kupferplatte, die über der Theke hing. Täglich schlug Bertin zweimal – zum Mittagessen wie zum Abendessen – auf seinen Gong und ließ auf diese Weise ein Gewittergrollen ertönen, daß die Tauben auf dem Platz in Scharen aufflogen und alle Hungrigen in einem Durcheinander von Vögeln und Menschen im *Viking* aufkreuzten. Mit dieser Geste erinnerte Bertin wirkungsvoll daran, daß die Stunde des Essens geschlagen hatte, zugleich aber erwies er seiner furchteinflößenden Abkunft, über die alle Bescheid zu wissen schienen, die Ehre. Mütterlicherseits war Bertin ein Toutin, was, wie sich auf dem Wege der Etymologie beweisen ließ, seine direkte Abstammung von Thor bezeugte, dem nordischen Donnergott. Wenn der eine oder andere, zum Beispiel Decambrais, diese Interpretation auch kühn fand, kam doch niemand auf den Gedanken, Bertins Stammbaum zu zersägen und damit alle Träume eines Mannes zu zerstören, der seit dreißig Jahren auf dem Pariser Pflaster Gläser spülte.

Solche Extravaganzen hatten dem *Viking* weit über seine unmittelbare Umgebung hinaus einen Ruf verschafft, und das Etablissement war ständig gerammelt voll.

Decambrais hielt sein Bier hoch und ging zu dem Tisch, an dem Joss Platz genommen hatte.

»Kann ich mit Ihnen reden?« fragte er, ohne sich zu setzen.

Joss hob den Blick und richtete seine kleinen Augen auf ihn. Er kaute, ohne zu antworten, weiter auf seinem Fleisch herum. Wer hatte die Sache zur Sprache gebracht? Bertin? Damas? Würde Decambrais mit seinem freien Zimmer ihn nun zum Teufel schicken, nur um sich einen schlichten Spaß mit ihm zu machen, indem er ihn mit der Nase darauf stieß, daß seine Rohlingsanwesenheit in seinem Hotel mit den Teppichen nicht erwünscht war? Sollte Decambrais vorhaben, ihn zu beschimpfen, würde Joss ihm den ganzen Ausschuß präsentieren. Mit einer Hand bedeutete er ihm, sich zu setzen.

»Die Anzeige 12«, begann Decambrais.

»Ich weiß«, erwiderte Joss überrascht. »Sie ist speziell.«

Der Bretone hatte es also gemerkt. Das würde ihm die Aufgabe erleichtern.

»Sie hat kleine Schwestern«, sagte Decambrais.

»Hmm. Seit drei Wochen.«

»Ich habe mich gefragt, ob Sie die aufgehoben haben.«

Joss tunkte seine Sauce mit Brot auf, schluckte den Bissen runter und verschränkte dann die Arme.

»Und wenn?« fragte er.

»Ich würde sie gern noch mal lesen. Wenn Sie wollen, kaufe ich sie Ihnen ab«, fügte Decambrais angesichts des verstockten Gesichtsausdrucks des Bretonen hinzu. »Alle, die Sie haben, und die, die noch kommen.«

»Dann sind also nicht Sie das?«

»Ich?«

»Der sie in die Urne gesteckt hat. Das hab ich mich nämlich gefragt. Es hätte zu Ihnen gepaßt, diese alten Sätze, bei denen man nichts versteht. Aber wenn Sie sie mir abkaufen wollen, heißt das, daß sie nicht von Ihnen stammen. Ich denke logisch.«

»Wieviel?«

»Ich habe sie nicht alle. Nur die fünf letzten.«

»Wieviel?«

»Eine vorgelesene Anzeige ist wie ein abgenagtes Lammkotelett«, erklärte Joss und zeigte auf seinen Teller. »Sie besitzt keinen Wert mehr. Ich verkaufe nicht. Die Le Guerns sind vielleicht eine rohe Sippe, aber keine Gauner.«

Joss warf ihm einen verschwörerischen Blick zu.

»Also?« fragte Decambrais nach.

Joss zögerte. Konnte man vernünftigerweise ein Zimmer gegen fünf völlig unsinnige Zettel verhandeln?

»Sieht so aus, als wär eins von Ihren Zimmern frei geworden«, murmelte er.

Decambrais' Züge erstarrten.

»Ich habe bereits Anfragen«, antwortete er sehr leise. »Diese Leute haben Vorrang vor Ihnen.«

»Schon gut«, entgegnete Joss. »Packen Sie Ihr Märchen wieder ein. Hervé Decambrais will nicht, daß ein Rohling seine Teppiche betritt. So ist das doch schneller gesagt, oder? Da muß man schon ein Studium absolviert haben, um da reinzukommen, oder man muß eine wie Lizbeth sein, und weder das eine noch das andere wird bei mir so bald der Fall sein, glaube ich.«

Joss trank seinen Wein aus und knallte das Glas auf den Tisch. Dann zuckte er mit den Achseln und beruhigte sich plötzlich. Bei den Le Guerns hatte man schon ganz anderes erlebt.

»Schon gut«, fuhr er fort und schenkte sich ein weiteres Glas ein. »Behalten Sie Ihr Zimmer. Schließlich kann ich's verstehen. Wir beide sind nicht vom selben Holz, und basta. Was kann man da machen? Sie können die Blätter haben, wenn es Sie so beschäftigt. Kommen Sie heute abend bei Damas vorbei, vor dem Zehn-nach-sechs-Ausrufen.«

Decambrais kam zur genannten Zeit zum *Roll-Rider*. Damas war damit beschäftigt, die Inline-Skates eines jungen Kunden einzustellen, und seine Schwester an der Kasse gab Decambrais ein Zeichen.

»Monsieur Decambrais«, sagte sie leise, »wenn Sie ihm sagen könnten, daß er sich einen Pulli anziehen soll? Er wird sich erkälten, er hat es leicht an den Bronchien. Ich weiß, daß Sie logischerweise Einfluß auf ihn haben.«

»Ich habe schon mit ihm geredet, Marie-Belle. Es dauert, bis er versteht.«

»Ich weiß«, sagte die junge Frau und nagte an ihrer Lippe. »Aber wenn Sie es noch mal probieren könnten?«

»Ich rede so bald wie möglich mit ihm, versprochen. Ist der Seemann da?«

»Im Hinterzimmer«, erwiderte Marie-Belle und zeigte auf eine Tür.

Decambrais bückte sich unter aufgehängten Fahrrädern, schlängelte sich zwischen Surfbrettreihen hindurch und gelangte in die Reparaturwerkstatt, die vom Boden bis zur Decke mit Rollen aller Größen vollgestopft war und in der Joss und seine Urne die Ecke eines Arbeitstisches besetzt hatten.

»Ich hab's Ihnen da ans Tischende gelegt«, sagte Joss, ohne sich umzudrehen.

Decambrais nahm die Blätter und sah sie rasch durch.

»Und hier ist die von heute abend«, fügte Joss hinzu. »Als Vorpremiere. Der Verrückte legt einen Zahn zu, inzwischen kriege ich schon drei pro Tag.«

Decambrais faltete das Blatt auseinander und las:

»Auf daß die fortschreitende Infizierung der Erde vermieden werde, follen erftens die Straßen und Häuser fauber gehalten werden, indem Unrat von Menschen entfernt werden foll wie auch ein jegliches Gethier, dabey foll beachtet werden vor allem der Handel mit Fischen, Fleisch, Gekröfe alldort, wo es gemeiniglich zur Anhäufung von Ausscheidung kommt, welche Verwefung erfährt.«

»Ich weiß nicht, was Gekröfe für ein Fleisch sein soll«, sagte Joss, noch immer über seine Stapel gebeugt.

»Gekröse, wenn ich mir erlauben darf.«

»Sagen Sie mal, Decambrais, ich will ja freundlich bleiben, aber mischen Sie sich nicht in Sachen, die Sie nichts angehen. Denn bei den Le Guerns können wir lesen. Nicolas

Le Guern war bereits Ausrufer im Zweiten Kaiserreich. Da brauchen nicht Sie zu kommen, um mir den Unterschied zwischen Gekröfe und Gekröse beizubringen, verdammt.«

»Le Guern, das sind Abschriften alter Texte aus dem 17. Jahrhundert. Der Typ schreibt sie Buchstaben für Buchstaben ab, und zwar mit Hilfe alter Schrifttypen. Damals wurden manche *s* fast wie ein *f* geformt. So daß in der Anzeige von heute mittag nicht davon die Rede war, der Magistrat ›folle‹ Sorge tragen. Und schon gar nicht von ›Mift‹.«

»Was, das sollen *s* sein?« fragte Joss lauter und richtete sich auf.

»Ja, *s*, Le Guern. Sollen, Mist, Gekröse. Alte *s* in Form von *f*. Sehen Sie selbst, sie haben nicht ganz dieselbe Form, wenn man sie sich von nahem ansieht.«

Joss riß ihm das Blatt aus den Händen und untersuchte die Schrifttypen.

»O. k.«, sagte er verärgert. »Zugegeben. Und weiter?«

»Es erleichtert das Vorlesen, nichts weiter. Ich hatte nicht die Absicht, Sie zu beleidigen.«

»Nun, schon geschehen. Nehmen Sie Ihre verdammten Blätter, und verziehen Sie sich. Denn das Vorlesen ist schließlich meine Arbeit. Ich misch mich ja auch nicht in Ihre Angelegenheiten.«

»Das heißt?«

»Das heißt, daß ich mit all den Denunzierungen, die da rumliegen, einiges über Sie weiß«, sagte Joss und deutete auf seinen Stapel Unsagbares. »Wie mir neulich abend Urgroßvater Le Guern sagte, haben die Menschen nicht nur Schönes im Kopf. Zum Glück sortiere ich meine Linsen aus.«

Decambrais erblaßte und suchte nach einem Hocker, um sich zu setzen.

»Verdammt«, sagte Joss. »Sie brauchen nicht so zu erschrecken.«

»Le Guern, haben Sie diese Denunzierungen noch?«

»Hm, ja, ich leg sie zum Ausschuß. Interessiert Sie das?«

Joss kramte in seinem Stapel mit Nichtverkauftem und streckte ihm die beiden Nachrichten hin.

»Schließlich ist es immer von Nutzen, seinen Feind zu kennen«, bemerkte er. »Ein gewarnter Mann zählt für zwei.«

Joss sah zu, wie Decambrais die Nachrichten auseinanderfaltete. Seine Hände zitterten, und zum erstenmal hatte Joss ein wenig Mitleid mit dem alten Gelehrten.

»Regen Sie sich nicht unnütz auf«, sagte er. »Das ist Mist und Compagnie. Wenn Sie wüßten, was ich alles lese. Man muß die Scheiße in den Fluß fließen lassen.«

Decambrais las die beiden Nachrichten, lächelte schwach und legte sie auf seine Knie. Joss hatte den Eindruck, daß er sich allmählich erholte. Was hatte der Aristokrat befürchtet?

»Es ist nichts dabei, wenn einer klöppelt«, betonte Joss. »Mein Vater knüpfte Netze. Das ist dasselbe in gröber, stimmt's?«

»Stimmt«, erwiderte Decambrais und gab ihm die Nachrichten zurück. »Aber es wäre besser, wenn sich das nicht rumspräche. Die Leute sind beschränkt.«

»Sehr beschränkt«, bemerkte Joss und nahm seine Arbeit wieder auf.

»Meine Mutter hat mir das Handwerk beigebracht. Warum haben Sie diese Anzeigen beim Ausrufen nicht vorgelesen?«

»Weil ich Arschlöcher nicht mag«, antwortete Joss.

»Aber mich mögen Sie auch nicht, Le Guern.«

»Nein. Aber ich mag keine Arschlöcher.«

Decambrais erhob sich und ging zur Tür. Auf der Schwelle drehte er sich noch einmal um.

»Das Zimmer gehört Ihnen, Le Guern.«

6

Als Adamsberg gegen ein Uhr durch das Tor der Brigade trat, wurde er von einem unbekannten Oberleutnant angesprochen.

»Oberleutnant Maurel, Kommissar«, stellte sich der Mann vor. »Da wartet eine junge Frau in Ihrem Büro. Sie wollte mit niemand anderem als mit Ihnen sprechen. Eine gewisse Maryse Petit. Sie ist seit zwanzig Minuten da. Ich habe mir erlaubt, die Tür zuzumachen, weil Favre ihr beistehen wollte.«

Adamsberg runzelte die Stirn. Die Frau von gestern, die Geschichte mit den Graffiti. Verdammt, er hatte sie zu eifrig getröstet. Wenn sie jetzt jeden Tag kam, um ihm ihr Herz auszuschütten, würden sich die Dinge erheblich komplizieren.

»Habe ich eine Dummheit gemacht, Kommissar?« fragte Maurel.

»Nein, Maurel. Es ist mein Fehler.«

Maurel. Groß, schmal, braune Haare, Akne, Unterbiß, feinfühlig. Akne, Unterbiß, feinfühlig gleich Maurel.

Auf diese Weise vorgewarnt, betrat Adamsberg sein Büro und setzte sich mit einem kurzen Nicken an den Schreibtisch.

»Oh, Kommissar, ich bin untröstlich, Sie schon wieder zu stören«, begann Maryse.

»Einen Augenblick«, erwiderte Adamsberg, zog ein Blatt aus einer Schublade und konzentrierte sich darauf, den Stift in der Hand.

Ein mieser, völlig abgenutzter Bullen- und Cheftrick: einen Graben ziehen und seinem Gegenüber zu verstehen geben, daß er oder sie ziemlich unwichtig sind. Adamsberg ärgerte sich über sich selbst, weil er ihn anwandte. Man glaubt, daß Welten einen von einem Leutnant Noël trennen, der seine Jacke mit rascher Bewegung schließt, doch dann ertappt man sich bei viel schlimmeren Dingen. Maryse war sofort verstummt und hatte den Kopf gesenkt. Adamsberg vermutete, daß sie derlei Chefschikanen mehr als gewöhnt war. Maryse war recht hübsch, und wenn sie so vornübergeneigt dasaß, enthüllte der Ausschnitt ihrer Hemdbluse den Ansatz ihrer Brüste. Man glaubt, daß Welten einen von einem Brigadier Favre trennen, doch wenn es sich ergibt, suhlt man sich im selben Wildschweinloch. Auf seiner Liste notierte sich Adamsberg langsam: Akne, Unterbiß, feinfühlig, Maurel.

»Ja?« fragte er und hob den Kopf. »Machen Sie sich immer noch Sorgen? Erinnern Sie sich, Maryse, das hier ist die Abteilung Kapitalverbrechen. Wenn Sie sich zu sehr ängstigen, würde Ihnen ein Arzt vielleicht mehr helfen als ein Polizist?«

»Oh, vielleicht.«

»Das ist gut«, bemerkte er und erhob sich. »Machen Sie sich keine Sorgen mehr, Graffiti haben noch nie jemanden aufgefressen.«

Er öffnete die Tür weit und lächelte ihr zu, um sie zum Gehen zu ermuntern.

»Aber ich habe Ihnen das mit den anderen Häusern nicht gesagt«, begann Maryse.

»Welche anderen Häuser?«

»Zwei Häuser am anderen Ende von Paris, im 18. Arrondissement.«

»Ja und?«

»Schwarze Vieren. Da waren welche auf allen Türen, und

zwar schon vor über einer Woche, deutlich vor denen bei mir im Haus.«

Adamsberg blieb einen Augenblick reglos stehen, dann schloß er die Tür behutsam wieder und deutete auf den Stuhl.

»Wer Graffiti macht, tut das doch eher bei sich im Viertel, nicht, Herr Kommissar?« fragte Maryse schüchtern, während sie sich wieder setzte. »Ich will damit sagen, in einem engen Territorium? Solche Leute kennzeichnen doch nicht irgendein Haus und dann ein ganz anderes am anderen Ende der Stadt, oder wie?«

»Außer wenn sie an beiden Enden von Paris wohnen.«

»Oh, ja. Aber im allgemeinen sind die in den Banden doch immer aus einem Viertel, nicht?«

Adamsberg schwieg, dann zog er sein Notizbuch hervor.

»Wie haben Sie davon erfahren?«

»Ich habe meinen Sohn zum Logopäden gebracht, er hat eine Leseschwäche. Während der Behandlung warte ich immer unten im Café. Ich habe die Stadtteilzeitung durchgeblättert, wissen Sie, die Neuigkeiten aus dem Arrondissement und dann die Politik. Da gab es eine ganze Spalte dazu, ein Haus in der Rue Poulet und eines in der Rue Caulaincourt, bei denen auf allen Türen Vieren waren.«

Maryse verstummte.

»Ich habe Ihnen das Blatt mitgebracht«, sagte sie dann und legte den Ausschnitt auf den Tisch. »Damit Sie sehen, daß ich keinen Blödsinn erzählt habe. Ich meine, daß ich nicht versucht habe, mich interessant zu machen oder so.«

Während Adamsberg den Artikel überflog, erhob sich die junge Frau, um zu gehen. Adamsberg warf einen Blick auf seinen leeren Papierkorb.

»Einen Augenblick«, sagte er. »Wir fangen noch mal von vorn an. Ihren Namen, Ihre Adresse, die Zeichnung dieser Vier und alles andere.«

»Aber das habe ich Ihnen doch gestern schon gesagt«, bemerkte Maryse ein wenig verlegen.

»Ich nehme lieber alles noch einmal auf. Als Vorsichtsmaßnahme, verstehen Sie.«

»Ach so«, meinte Maryse und setzte sich folgsam wieder hin.

Nachdem Maryse gegangen war, hatte Adamsberg beschlossen, ein Weilchen zu laufen. Eine Stunde auf einem Stuhl zu sitzen, ohne sich zu bewegen, war für ihn das äußerste. Abendessen in Restaurants, Kinovorstellungen, Konzerte, lange Abende in tiefen Sesseln bereiteten ihm – auch wenn er sie mit aufrichtigem Vergnügen begann – am Ende regelrechte physische Qualen. Ein übermächtiges Verlangen, hinauszugehen und zu laufen oder sich zumindest zu erheben, führte regelmäßig dazu, daß er die Gespräche, die Musik, den Film irgendwann verließ. Dieses Handicap hatte seine Vorzüge. Es erlaubte ihm zu verstehen, was die anderen Nervosität, Ungeduld oder das Gefühl von Dringlichkeit nannten, Zustände, die ihm in allen anderen Situationen des Lebens vollständig fremd waren.

Kaum war er aufgestanden oder hatte sich in Bewegung gesetzt, verschwand die Ungeduld, wie sie gekommen war, und Adamsberg fand zu seinem natürlichen langsamen, ruhigen und gleichmäßigen Rhythmus zurück. Er kam von seinem Spaziergang zurück, ohne sonderlich nachgedacht zu haben, aber mit dem Gefühl, daß es sich bei diesen Vieren weder um ein Graffito noch um den Streich eines Jugendlichen handelte, nicht einmal um einen Racheakt. Diese Serie von Ziffern hatte etwas unbestimmt Widerwärtiges an sich und löste vages Unbehagen aus.

Als die Brigade wieder in Sicht kam, wußte er auch, daß es nicht empfehlenswert wäre, Danglard davon zu erzählen. Danglard haßte es, wenn er sich in langwierigen und unbegründeten Wahrnehmungen verlor, die in Danglards Augen die Ursache aller polizeilichen Verirrungen waren. Im besten Falle nannte er das »Zeit verlieren«. Adamsberg konnte ihm noch so oft erklären, daß »Zeit verlieren« niemals gleichbedeutend war mit verlorener Zeit. Danglard lehnte dieses System illegitimer Gedanken ohne rationalen Ansatz weiterhin energisch ab. Adamsbergs Problem bestand darin, daß er nie ein anderes System gekannt hatte und daß es sich nicht einmal um ein System handelte, auch nicht um eine Überzeugung oder selbst eine schlichte Anwandlung. Es war eine Neigung, und zwar die einzige, über die er verfügte.

Danglard saß in seinem Büro – sein Blick wirkte dank eines üppigen Mittagessens ein wenig träge – und probierte das Computernetzwerk aus, das gerade installiert worden war.

»Es gelingt mir nicht, die Datenbank mit den Fingerabdrücken von der Präfektur zu laden«, knurrte er, als Adamsberg vorbeikam. »Was machen die bloß, verdammt? Wollen die etwa Informationen zurückhalten? Sind wir nun eine Außenstelle, oder sind wir keine Außenstelle?«

»Das wird schon noch«, beschwichtigte Adamsberg, der schon deshalb so ruhig war, weil er sich sowenig wie möglich mit Computern befaßte.

Zumindest diese Unzulänglichkeit störte Hauptmann Danglard nicht, der glücklich war, wenn er mit Datenbanken hantierte und Informationen abglich. Ausgedehnte Datenbestände zu registrieren, zu ordnen und zu verarbeiten kam der Funktionsweise seines organisierten Geistes entgegen.

»Auf Ihrem Schreibtisch liegt eine Nachricht«, sagte er, ohne den Blick zu heben. »Von Königin Mathildes Tochter. Sie ist von ihrer Reise zurück.«

Seitdem jene Mathilde ihm vor langer Zeit einen gewaltigen Schönheits- und Gefühlsschock versetzt hatte, nannte Danglard Camille nie anders als »Königin Mathildes Tochter«. Er bewunderte Mathilde wie eine Ikone, und ein großer Teil dieser Ehrerbietung war auf ihre Tochter Camille übergegangen. Danglard war der Ansicht, Adamsberg sei Camille gegenüber bei weitem nicht so zuvorkommend und aufmerksam, wie er es hätte sein müssen. Das schloß Adamsberg sehr deutlich aus einem gewissen Knurren oder stummen Mißbilligungen seines Stellvertreters, der sich als Gentleman jedoch bemühte, sich nicht in anderer Leute Angelegenheiten zu mischen. Und soeben warf Danglard ihm auf diese stumme Weise vor, sich seit über zwei Monaten nicht bei Camille gemeldet zu haben. Vor allem aber warf Danglard ihm vor, daß er ihm eines Abends am Arm eines Mädchens begegnet war, vor noch nicht einmal einer Woche. Die beiden Männer hatten sich wortlos gegrüßt.

Adamsberg stellte sich hinter seinen Stellvertreter und sah kurz zu, wie die Zeilen auf dem Bildschirm vorbeizogen.

»Sagen Sie mal, Danglard, da gibt es einen Kerl, der sich damit vergnügt, mit schwarzer Farbe verschnörkelte Vieren auf Wohnungstüren zu malen. Genaugenommen in drei Gebäuden. Eines im 13. Arrondissement und zwei im 18. Ich frage mich, ob ich nicht auf einen Sprung dort vorbeischaue.«

Danglard ließ seine Finger über der Tastatur in der Luft schweben.

»Wann?« fragte er.

»Nun, jetzt. Ich will nur noch dem Fotografen Bescheid geben.«

»Wozu?«

»Nun, um sie zu fotografieren, bevor die Leute sie entfernen. Wenn das nicht schon passiert ist.«

»Aber wozu?« wiederholte Danglard.

»Ich mag diese Vieren nicht. Ganz und gar nicht.«

Gut. Das Schlimmste war gesagt. Danglard waren Sätze, die mit »Ich mag« oder »Ich mag nicht« anfingen, ein Greuel. Ein Bulle durfte nicht mögen oder nicht mögen. Er sollte arbeiten und nachdenken, während er arbeitete. Adamsberg ging in sein Büro und fand die Nachricht, die Camille hinterlassen hatte. Falls er nichts vorhabe, könne sie heute abend zu ihm kommen. Ob er Nachricht geben könne, falls er was vorhabe? Adamsberg nickte. Nein, natürlich hatte er nichts vor.

Mit einemmal zufrieden, nahm er den Hörer ab und bestellte den Fotografen. Danglard erschien, irritiert und verdrossen.

»Danglard, wie sieht der Fotograf aus?« fragte Adamsberg. »Und wie heißt er?«

»Vor drei Wochen wurde Ihnen die gesamte Mannschaft vorgestellt«, erwiderte Danglard, »und Sie haben allen anwesenden Männern und Frauen die Hand geschüttelt. Mit dem Fotografen haben Sie sogar geredet.«

»Gut möglich, Danglard, sogar ganz sicher. Aber das beantwortet meine Frage nicht. Wie sieht er aus, und wie heißt er?«

»Daniel Barteneau.«

»Barteneau, Barteneau, das ist nicht leicht. Wie sieht er aus?«

»Eher mager, lebhaft, fröhlich, unruhig.«

»Besondere Kennzeichen?«

»Sehr viele Sommersprossen, fast rotes Haar.«

»Das ist gut, sehr gut«, sagte Adamsberg und zog die Liste aus seiner Schublade.

Er beugte sich über seinen Tisch und notierte: Mager, rothaarig, Fotograf ...

»Was haben Sie gesagt, wie war der Name?«

»Barteneau«, wiederholte Danglard langsam und deutlich. »Daniel Barteneau.«

»Danke«, erwiderte Adamsberg und vervollständigte seinen Eintrag. »Haben Sie bemerkt, daß es da ein dickes Idiotengesicht in der Gruppe gibt? Ich sage eins, aber wir haben vielleicht mehrere.«

»Favre. Jean-Louis.«

»Ganz richtig. Was machen wir mit ihm?«

Danglard breitete die Arme aus.

»Das ist eine Frage, die sich weltweit stellt«, bemerkte er. »Bessern wir ihn?«

»Das wird fünfzig Jahre dauern, mein Lieber.«

»Was haben Sie mit diesen Vieren vor?«

»Tja ...«, erwiderte Adamsberg.

Er öffnete sein Notizbuch auf der Seite mit Maryses Zeichnung.

»So ähnlich sieht das aus.«

Danglard warf einen Blick darauf und gab es ihm zurück.

»Kam es zu einer strafbaren Handlung? Zu Gewaltanwendung?«

»Nur diese Pinselstriche. Was kostet es, hinzugehen und es sich anzusehen? Solange es hier keine Gitter gibt, werden alle Fälle noch am Quai des Orfèvres erledigt.«

»Das ist kein Grund, einfach irgendwas zu machen. Es gibt genug Arbeit, wenn das alles hier in Gang kommen soll.«

»Es ist nicht einfach irgendwas, Danglard, das garantiere ich Ihnen.«

»Graffiti.«

»Seit wann bemalen Sprayer Wohnungstüren? An drei Stellen in Paris?«

»Spaßvögel? Künstler?«

Adamsberg schüttelte langsam den Kopf.

»Nein, Danglard. Es hat nichts Künstlerisches. Es stinkt.«

Danglard zuckte mit den Schultern.

»Ich weiß, mein Lieber«, sagte Adamsberg, als er das Büro verließ. »Ich weiß.«

Der Fotograf betrat die Eingangshalle und ging zwischen den Schutthaufen hindurch. Adamsberg schüttelte ihm die Hand. Der Name, den Danglard ihm eingeschärft hatte, war ihm gänzlich entfallen. Am besten, er würde die Einträge in sein Notizbuch übertragen, dann hatte er sie immer zur Hand. Gleich morgen würde er das machen, denn der heutige Abend gehörte Camille, und Camille hatte Vorrang vor Bretonneau oder wie immer sein Name lauten mochte. Danglard tauchte hinter ihm auf.

»Guten Tag, Barteneau«, sagte er.

»Guten Tag, Barteneau«, wiederholte Adamsberg und warf seinem Stellvertreter einen dankbaren Blick zu. »Wir fahren los. Avenue d'Italie. Eine saubere Sache, reine Kunstfotos.«

Aus dem Augenwinkel beobachtete Adamsberg, wie Danglard seine Jacke anzog und sorgfältig glattstrich, damit sie über den Schultern auch ordentlich saß.

»Ich begleite Sie«, murmelte er.

7

Joss lief mit etwa dreieinhalb Knoten die Rue de la Gaîté hinunter. Seit dem Vortag fragte er sich, ob er wirklich gehört hatte, wie der alte Gelehrte sagte: »Das Zimmer gehört Ihnen, Le Guern.« Natürlich hatte er es gehört, aber sollte es wirklich das bedeuten, was Joss verstanden hatte? Sollte es *wahrhaftig* heißen, daß Decambrais ihm das Zimmer vermietete? Mitsamt dem Teppich, Lizbeth, dem Abendessen? Ihm, dem Rohling aus Le Guilvinec? Natürlich, das sollte es heißen. Was sonst? Aber selbst wenn Decambrais diesen Satz gestern gesagt hatte – war er heute morgen nicht fassungslos und zum Rückzieher entschlossen aufgewacht? Würde er nach dem Ausrufen nicht ankommen und ihm erklären, er sei untröstlich, aber das Zimmer sei vermietet, eine Frage des Vorrangs?

Ja, genau das würde passieren, und zwar gleich nachher. Dieser alte Angeber, dieser alte Feigling war erleichtert gewesen, als er erfahren hatte, daß Joss die Sache mit der Klöppelei nicht an die Öffentlichkeit bringen würde. Und in einer unbeherrschten Anwandlung hatte er das Zimmer hergegeben. Und jetzt nahm er es zurück. So war Decambrais. Eine Nervensäge und ein Dreckskerl, das hatte Joss sich schon immer gedacht.

Wütend machte er seine Urne los und leerte ihren Inhalt unsanft auf den Tisch im *Roll-Rider*. Sollte es eine neue Nachricht auf Kosten des Gelehrten geben, war es gut möglich, daß er sie heute morgen vorlesen würde. Auf einen Dreckskerl anderthalbe. Ungeduldig überflog er die Nachrichten, fand aber nichts Derartiges. Dafür war der dicke, elfenbeinfarbene Umschlag mit den dreißig Francs da.

»Der wird mich noch eine Weile beschäftigen«, murmelte Joss und faltete das Blatt auseinander.

Außerdem war es kein schlechtes Geschäft. Der Typ allein brachte ihm jetzt schon fast hundert Francs pro Tag. Joss konzentrierte sich auf die Lektüre.

Videbis animalia generata ex corruptione multiplicari in terra ut vermes, ranas et muscas; et si sit a causa subterranea videbis reptilia habitantia in cabernis exire ad superficiem terrae et dimittere ova sua et aliquando mori. Et si est a causa celesti, similiter volatilia.

»Scheiße«, sagte Joss. »Italienisch.«

Als Joss um acht Uhr achtundzwanzig auf sein Podest stieg, vergewisserte er sich als erstes, daß Decambrais an seinem Türrahmen lehnte. Es war wahrlich das erste Mal in zwei Jahren, daß er geradezu begierig war, ihn zu sehen. Ja, da stand er, tadellos gekleidet im grauen Anzug, strich sich mit einer Geste sein weißes Haar zurecht und öffnete sein ledergebundenes Buch. Joss warf ihm einen gehässigen Blick zu und begann mit lauter Stimme, Anzeige Nr. 1 vorzulesen.

Es war ihm, als habe er in seiner Ungeduld, zu erfahren, auf welche Weise Decambrais sein Wort widerrufen würde, das Ausrufen schneller absolviert als sonst. Fast hätte er sein abschließendes *Kalenderblatt aus der Geschichte Frankreichs* verhunzt, und er grollte dem Gelehrten noch mehr.

»Französisches Dampfschiff«, schloß er unvermittelt, *»3000 Tonnen, läuft auf die Felsen von Penmarch, treibt dann bis zum ›Fackelfelsen‹, wo es mit ausgeworfenem Anker sinkt. Mannschaft verloren.«*

Nachdem er das Ausrufen beendet hatte, zwang Joss sich dazu, seine Kiste mit gleichgültiger Miene zum Geschäft von Damas zurückzutragen, der gerade seinen Eisenladen hochzog. Die beiden Männer schüttelten sich die Hände. Damas' Hand war ganz kalt. Logisch, bei dem Wetter, und immer nur mit Weste. Er würde noch krank werden, wenn er weiter so protzte.

»Decambrais erwartet dich heute abend um acht im *Viking*«, sagte Damas und verteilte die Kaffeetassen.

»Kann der seine Botschaften nicht selber ausrichten?«

»Er hat den ganzen Tag Termine.«

»Möglich, aber ich stehe nicht unter seiner Fuchtel. Der Vornehme ist schließlich nicht das Gesetz.«

»Warum sagst du ›der Vornehme‹?« fragte Damas überrascht.

»Na, hör mal, Damas, wach auf. Ist Decambrais nicht manchmal vornehm?«

»Ich hab keine Ahnung. Ich hab mich das nie gefragt. Jedenfalls hat er nie Geld.«

»Vornehme ohne Geld gibt's auch. Das kommt bei denen sogar besonders häufig vor.«

»Ach so«, meinte Damas. »Das wußte ich nicht.«

Er servierte den heißen Kaffee, scheinbar ohne den verärgerten Gesichtsausdruck des Bretonen zu bemerken.

»Kommt dieser Pulli jetzt eigentlich heute, oder kommt er morgen?« fragte Joss mit einer gewissen Bissigkeit. »Glaubst du nicht, daß deine Schwester sich genug Sorgen gemacht hat?«

»Bald, Joss, bald.«

»Nimm's mir nicht übel, aber warum wäschst du dir nicht auch mal die Haare, wenn du schon dabei bist?«

Damas hob erstaunt das Gesicht und warf seine langen braunen Locken zurück.

»Meine Mutter sagte immer, die Haare eines Mannes sind sein ganzes Kapital«, erklärte Joss. »Nun, bei dir kann man nicht gerade behaupten, daß du es gewinnbringend anlegst.«

»Sind sie dreckig?« fragte der junge Mann verwundert.

»Ein bißchen schon. Nimm's mir nicht übel. Es ist in deinem Interesse, Damas. Du hast schönes Haar, du mußt dich drum kümmern. Sagt dir das deine Schwester nie?«

»Ganz bestimmt. Ich vergesse es bloß.«

Damas untersuchte die Spitzen seiner Haare.

»Du hast recht, Joss, ich mach es gleich. Kannst du auf den Laden aufpassen? Marie-Belle kommt nicht vor zehn.«

Damas sprang auf, und Joss sah ihm nach, wie er über den Platz in Richtung Apotheke rannte. Er seufzte. Armer Damas. Zu lieb, dieser Kerl, und zu gedankenlos. Würde sich das letzte Hemd nehmen lassen. Das ganze Gegenteil von dem Vornehmen, der alles im Kopf und nichts im Herzen hatte. Das Leben verteilte seine Gaben nicht gerecht.

Abends um Viertel nach acht ertönte dröhnend Bertins Donnergrollen. Die Tage wurden allmählich mächtig kurz, der Platz lag bereits im Dunkeln, und die Tauben schliefen. Widerwillig ging Joss zum *Viking* hinüber. Er entdeckte Decambrais, der am hintersten Tisch saß, in dunklem Anzug und Krawatte und mit einem am Kragen abgewetzten weißen Hemd, vor sich zwei Krüge Rotwein. Er las – als einziger im ganzen Lokal. Er hatte den ganzen Tag Zeit gehabt, seine Rede vorzubereiten, und Joss war auf ein gutgeschnürtes Bündel mit Argumenten gefaßt. Aber da mußte schon ein anderer kommen, um einen Le Guern einzuwickeln. Mit Schnüren, Enden, Tauwerk und Trossen kannte er sich aus.

Schwerfällig setzte sich Joss, ohne zu grüßen, und Decambrais füllte sofort die beiden Gläser.

»Danke, daß Sie gekommen sind, Le Guern, ich wollte die Sache lieber nicht auf morgen verschieben.«

Joss nickte nur und widmete sich ausführlich seinem Glas.

»Haben Sie sie dabei?« fragte Decambrais.

»Was?«

»Die Anzeigen von heute, die speziellen Anzeigen.«

»Ich schlepp nicht immer alles mit mir rum. Sie liegen bei Damas.«

»Erinnern Sie sich?«

Joss kratzte sich lange die Wange.

»Da war wieder dieser Typ, der sein Leben erzählt, ohne Hand und Fuß, wie gewöhnlich«, sagte er. »Und dann eine andere, auf italienisch, wie heute morgen.«

»Das war Latein, Le Guern.«

Joss schwieg einen Moment.

»Nun, ich mag das nicht. Dinge vorlesen, die man nicht versteht, ist keine ehrbare Arbeit. Was will der Kerl? Die Leute nerven?«

»Sehr gut möglich. Sagen Sie, würde es Ihnen viel ausmachen, sie zu holen?«

Joss leerte sein Glas und stand auf. Die Dinge nahmen nicht die erwartete Wendung. Er war verwirrt, so wie in jener Nacht auf See, in der alles an Bord in Unordnung geraten und es ihm nicht mehr gelungen war, die Position zu bestimmen. Man glaubte die Felsen steuerbords, und im Morgengrauen waren sie direkt vor einem, exakt im Norden. Er war gerade so an der Katastrophe vorbeigeschrammt.

Während er rasch die Anzeigen holte, fragte er sich, ob Decambrais nicht vielleicht backbords war, wenn er ihn steuerbords glaubte; dann legte er ihm die drei elfenbeinfarbenen Umschläge auf den Tisch. Bertin hatte gerade das warme Essen gebracht, normannisches Schnitzel mit Kartoffeln, sowie einen dritten Krug Wein. Ohne weitere Verzögerung begann Joss zu essen, während Decambrais still für sich die Anzeige vom Mittag las.

»Auf und zum Amt (mächtige Schmerzen am linken Zeigefinger von einer Verstauchung, die ich mir gestern zugezogen

habe beim Kampf avec la femme que je gestern erwähnte); (...) meine Frau eifrig dabei, in eine Badestube zu gehen (...) und sich zu baden, nachdem sie so lange drinnen im Schmutz war, so daß sie sich nun etwas zugute tut auf ihren Entschluß, ab jetzt immer sehr sauber zu sein. Wie lange dies vorhält, kann ich mir denken. Verdammt, ich kenne den Text«, sagte er, als er ihn wieder zusammenfaltete und in den Umschlag steckte. »Aber ich sehe ihn wie durch Nebel. Entweder habe ich zuviel gelesen, oder mein Gedächtnis läßt mich im Stich.«

»Manchmal läßt der Sextant einen im Stich.«

Decambrais füllte erneut die Gläser und wandte sich der nächsten Anzeige zu:

»*Terrae putrefactae signa sunt animalium ex putredine nascentium multiplicatio, ut sunt mures, ranae terrestres (...), serpentes ac vermes, (...) praesertim si minime in illis locis nasci consuevere.* Kann ich die behalten?« fragte er.

»Wenn Ihnen das hilft.«

»Im Augenblick nicht. Aber ich werde es herausfinden, Le Guern, ich werde es herausfinden. Der Kerl spielt Katz und Maus, aber eines Tages bringt mich ein Wort mehr auf seine Spur, davon bin ich überzeugt.«

»Um wohin zu kommen?«

»Um herauszufinden, was er will.«

Joss zuckte mit den Schultern.

»Mit Ihrer Veranlagung hätten Sie nie Ausrufer werden können. Wenn man sich mit allem aufhält, was man liest, ist es das Ende. Man kann nicht mehr ausrufen, man erstickt. Ein Ausrufer muß über den Dingen stehen. Ich hab in meiner Urne wirklich schon einen Haufen Verrückte erlebt. Nur hatte ich noch nie einen, der mehr als den regulären Tarif gezahlt hätte. Auch keinen, der Latein gesprochen oder alte *s* in Form von *f* geschrieben hätte. Man fragt sich, wozu das gut sein soll.«

»Um gut getarnt vorzurücken. Zum einen redet er nicht selbst, wenn er andere zitiert. Merken Sie den Trick? Er macht sich nicht naß.«

»Ich hab kein Vertrauen in Typen, die sich nicht naß machen.«

»Zum anderen sucht er sich alte Texte aus, die nur für ihn allein eine Bedeutung haben. Er versteckt sich.«

»Also, ich hab nichts gegen das Alte«, bemerkte Joss und fuchtelte mit seinem Messer herum. »Ich hab beim Ausrufen sogar immer ein *Kalenderblatt aus der Geschichte Frankreichs*, haben Sie es bemerkt? Das hab ich noch aus der Schule. Ich hab Geschichte gemocht. Ich hab nicht zugehört, aber ich hab's gemocht.«

Joss aß fertig, und Decambrais bestellte einen vierten Krug Wein. Joss warf ihm einen Blick zu. Der Vornehme konnte offenbar einiges vertragen, selbst wenn man das, was er sich während des Wartens eingegossen haben mochte, gar nicht mitrechnete. Er selbst paßte sich diesem Rhythmus an, aber er spürte, wie ihm allmählich die Kontrolle entglitt. Er sah Decambrais, der alles in allem gar nicht so stabil wirkte, aufmerksam an. Sicher hatte er sich Mut angetrunken, um die Sprache auf das Zimmer zu bringen. Joss wurde bewußt, daß er selbst ebenfalls vom Kurs abwich. Solange man vom Hölzchen aufs Stöckchen kam, redete man nicht von dem Hotel, das war immerhin ein Ergebnis.

»Im Grunde war's der Lehrer, den ich mochte«, erklärte Joss. »Wenn der chinesisch geredet hätte, hätte mir das auch gefallen. Als sie mich aus dem Internat geschmissen haben, war er der einzige, den ich vermißt habe. Das waren nicht gerade Spaßvögel in Tréguier.«

»Was haben Sie denn in Tréguier gemacht? Ich dachte, Sie kämen aus Le Guilvinec.«

»Nichts hab ich da gemacht, das war's ja gerade. Ich war

im Internat, damit sie mich da charakterlich wieder in Ordnung bringen. Sie haben sich die Klauen umsonst abgewetzt. Zwei Jahre später haben sie mich wieder nach Le Guilvinec geschickt, weil ich einen schlechten Einfluß auf meine Kameraden hatte.«

»Ich kenne Tréguier«, sagte Decambrais leichthin, während er sein Glas füllte.

Joss sah ihn skeptisch an.

»Kennen Sie die Rue de la Liberté?«

»Ja.«

»Na, genau da war das Jungeninternat.«

»Ja.«

»Direkt hinter der Kirche Saint-Roch.«

»Ja.«

»Sagen Sie jetzt zu allem ›ja‹, was ich sage?«

Decambrais sah ihn unter schweren Lidern an und zuckte mit den Schultern. Joss schüttelte den Kopf.

»Sie sind besoffen, Decambrais«, sagte er. »Sie halten nicht mehr mit.«

»Ich bin besoffen, aber ich kenne Tréguier. Das eine schließt das andere nicht aus.«

Decambrais leerte sein Glas und forderte Joss mit einer Handbewegung auf, es erneut zu füllen.

»Quatsch«, sagte Joss und schenkte ein. »Alles Quatsch, um mich für Sie einzunehmen. Wenn Sie glauben, ich wäre blöd genug, mich von jemandem weichklopfen zu lassen, nur weil dieser Jemand durch die Bretagne gezogen ist, sind Sie schwer im Irrtum. Ich bin kein Patriot, ich bin Seemann. Ich kenne Bretonen, die sind genauso dämlich wie die anderen.«

»Ich auch.«

»Sagen Sie das wegen mir?«

Decambrais schüttelte matt den Kopf, und es herrschte ziemlich lange Schweigen.

»Aber Tréguier kennen Sie wirklich?« begann Joss dann wieder mit der Beharrlichkeit derer, die zuviel getrunken haben.

Decambrais nickte und leerte sein Glas.

»Also ich kenne es eigentlich kaum«, sagte Joss, plötzlich betrübt. »Der Direktor des Internats, der alte Kermarec, hat dafür gesorgt, daß ich jeden Sonntag nachsitzen mußte. Ich glaube, die Stadt kannte ich nur durch die Fenster und die Beschreibungen meiner Freunde. Das Gedächtnis ist gemein, an den Namen von dem Dreckskerl erinner ich mich nämlich noch, aber nicht an den von dem Geschichtslehrer, dem einzigen, der mich verteidigt hat.«

»Ducouëdic.«

Joss hob langsam den Kopf.

»Wie?« fragte er.

»Ducouëdic«, wiederholte Decambrais. »Der Name Ihres Geschichtslehrers.«

Joss kniff die Augen zusammen und beugte sich über den Tisch.

»Ducouëdic«, bestätigte er. »Yann Ducouëdic. Sagen Sie mal, Decambrais, spionieren Sie mich aus? Was wollen Sie von mir? Sind Sie Bulle? Ist es das, Decambrais, sind Sie Bulle? Die Nachrichten sind dummes Zeug, das Zimmer, das ist dummes Zeug! Sie wollen nichts anderes als mich in Ihre Bullensache reinziehen!«

»Haben Sie Angst vor den Bullen, Le Guern?«

»Geht Sie das was an?«

»Das ist Ihre Sache. Aber ich bin kein Bulle.«

»So sehen Sie aus. Woher kennen Sie meinen Ducouëdic?«

»Das war mein Vater.«

Joss erstarrte, die Ellbogen auf dem Tisch, mit vorgestrecktem Unterkiefer und so betrunken wie unentschlossen.

»Dummes Zeug«, murmelte er nach einer langen Minute.

Decambrais öffnete sein Jackett und suchte mit unsicheren Bewegungen die Innentasche. Er zog seine Brieftasche heraus und entnahm ihr einen Personalausweis, den er dem Bretonen hinstreckte. Joss untersuchte ihn ausführlich, fuhr mit dem Finger über das Foto, den Namen und den Geburtsort. Hervé Ducouëdic, geboren in Tréguier, siebzig Lenze.

Als er den Kopf hob, hatte Decambrais den Zeigefinger auf die Lippen gelegt. Schweigen. Joss nickte mehrfach.

Das konnte er selbst in betrunkenem Zustand verstehen. Allerdings herrschte im *Viking* ein derartiger Lärm, daß man sich einigermaßen unterhalten konnte, ohne ein Risiko einzugehen.

»Und … ›Decambrais‹?« murmelte er.

»Dummes Zeug.«

Also so was, Hut ab. Hut ab, Herr Aristokrat. Das mußte man ihm lassen. Joss nahm sich Zeit, um weiter nachzudenken.

»Und … sind Sie nun adlig oder nicht?« fragte er dann.

»Adlig?« erwiderte Decambrais und steckte den Ausweis wieder ein. »Sagen Sie mal, Le Guern, wenn ich adlig wäre, würde ich mir dann die Augen mit Klöppeln kaputtmachen?«

»Vielleicht verarmter Adel?« fragte Joss beharrlich.

»Nicht mal das. Nur verarmt. Nur Bretone.«

Aus der Fassung gebracht, wie wenn eine Schrulle oder ein Traum sich unvermutet in Luft auflösen, lehnte Joss sich zurück.

»Vorsicht, Le Guern«, warnte Decambrais. »Kein Wort darüber zu irgend jemandem.«

»Lizbeth?«

»Nicht einmal Lizbeth weiß das. Niemand darf es wissen.«

»Warum haben Sie es mir dann gesagt?«

»Eine Hand wäscht die andere«, erklärte Decambrais und leerte sein Glas. »Auf einen ehrenwerten Mann anderthalbe. Wenn Sie deswegen Ihre Meinung über das Zimmer ändern, dann sagen Sie es nur frei heraus. Ich kann es verstehen.«

Joss richtete sich mit einem Ruck auf.

»Nehmen Sie es immer noch?« fragte Decambrais. »Ich habe nämlich Interessenten.«

»Ich nehme es«, antwortete Joss hastig.

»Also dann bis morgen«, sagte Decambrais und stand auf. »Und danke für die Nachrichten.«

Joss packte ihn am Ärmel.

»Decambrais, was ist mit diesen Nachrichten?«

»Sie haben etwas Abgründiges, Fauliges. Auch etwas Gefährliches, da bin ich mir sicher. Sobald ich einen Schimmer habe, sage ich es Ihnen.«

»Wie der Leuchtturm«, bemerkte Joss fast träumerisch, »wie wenn man den Leuchtturm sieht.«

»Ganz genau.«

8

Ein großer Teil der Vieren auf den Wohnungstüren der drei markierten Gebäude war bereits entfernt worden, vor allem in den beiden Häusern im 18. Arrondissement, deren Türen nach Auskunft einiger Bewohner bereits vor zehn beziehungsweise acht Tagen bemalt worden waren. Aber es handelte sich um eine Acrylfarbe von guter Qualität, und so befanden sich auf den hölzernen Türblättern noch immer sichtbare schwärzliche Spuren. Das Gebäude von Maryse hingegen wies noch zahlreiche intakte Vieren auf, die Adamsberg fotografieren ließ, bevor sie entfernt wurden. Sie waren mit der Hand gemalt worden und nicht in Serie mit einer Schablone. Und doch zeigten alle dieselben Besonderheiten: siebzig Zentimeter hoch, der Strich gut drei Zentimeter breit, alle waren spiegelverkehrt, am Ansatz mit Tatzen und am Querbalken mit zwei Längsstrichen versehen.

»Gute Arbeit, nicht wahr?« sagte Adamsberg zu Danglard, der den ganzen Ausflug über geschwiegen hatte. »Der Mann ist geschickt. Er macht das in einem Zug, ohne neu anzusetzen. Wie ein chinesisches Schriftzeichen.«

»Unbestreitbar«, bemerkte Danglard, als er sich neben dem Kommissar ins Auto setzte. »Das Schriftbild ist elegant und schwungvoll. Er hat Übung.«

Der Fotograf lud seine Ausrüstung in den Fond, und Adamsberg fuhr behutsam an.

»Sind die Abzüge eilig?« fragte Barteneau.

»Überhaupt nicht«, erwiderte Adamsberg. »Geben Sie sie mir, wann Sie können.«

»In zwei Tagen«, schlug der Fotograf vor. »Heute abend muß ich noch Bilder für den Quai des Orfèvres fertigmachen.«

»Apropos Quai, Sie brauchen denen nichts davon zu erzählen. Das bleibt ein kleiner Spaziergang unter uns.«

»Wenn er Übung hat«, fuhr Danglard fort, »ist er vielleicht wirklich Maler.«

»Ich glaube nicht, das sind keine großen Werke.«

»Aber das Ensemble könnte eines sein. Stellen Sie sich vor, der Kerl macht sich an Hunderte von Häusern, dann wird man am Ende von ihm reden. Eine gewisse Verbreitung, die Einbeziehung der Gesellschaft – so was nennt man ›Aktionskunst‹. In einem halben Jahr ist der Name des Täters bekannt.«

»Ja«, erwiderte Adamsberg. »Vielleicht haben Sie recht.«

»Ganz sicher«, bekräftigte der Fotograf.

Plötzlich fiel Adamsberg dessen Name wieder ein: Brateneau. Nein. Barteneau. Mager, rothaarig, Fotograf gleich Barteneau. Sehr gut. Was den Vornamen anging, war nichts zu machen, aber man kann schließlich von niemandem Unmögliches verlangen.

»Bei mir in Nanteuil gab es einen Typen, der innerhalb einer Woche hundert öffentliche Papierkörbe rot angestrichen und mit schwarzen Punkten versehen hat«, fuhr Barteneau fort. »Man hätte meinen können, ein Schwarm riesiger Marienkäfer wäre über der Stadt niedergegangen, jeder an einen Mast gekrallt wie an einen riesigen Zweig. Nun, einen Monat später hat der Typ einen Job beim größten Lokalsender bekommen. Heute hat er gewaltigen Einfluß auf die Kulturpolitik der Stadt.«

Adamsberg schwieg, während er sich geduldig durch den Sechs-Uhr-Stau schlängelte.

»Ein Detail stört«, sagte er, als er an einer roten Ampel hielt.

»Ich hab's bemerkt«, unterbrach ihn Danglard.

»Was?« fragte Barteneau.

»Der Typ hat nicht alle Wohnungstüren angemalt«, erklärte Adamsberg. »Er hat sie alle außer einer angemalt. Und das in drei Gebäuden. Die ausgesparte Tür ist nicht überall die gleiche. Im Haus von Maryse ist es die im sechsten Stock links, in der Rue Poulet die Tür im dritten Stock rechts und in der Rue Caulaincourt die im vierten links. Das paßt nicht so recht zur Hypothese ›Aktionskunst‹.«

Danglard nagte an seiner Unterlippe, erst auf der einen, dann auf der anderen Seite.

»Das ist der winzige Stachel, der aus dem reinen Dekor ein Kunstwerk macht«, schlug er vor. »Damit bietet der Künstler einen Denkansatz und nicht einfach nur bemaltes Papier. Das ist das eine Teil, das fehlt, das Schlüsselloch, das Unvollendete, das Element des Zufalls.«

»Eines vorgetäuschten Zufalls«, verbesserte Adamsberg.

»Der Künstler muß den Zufall selbst schaffen.«

»Es ist kein Künstler«, bemerkte Adamsberg leise.

Er parkte vor der Brigade und zog die Handbremse an.

»Schön und gut«, willigte Danglard ein. »Was dann?«

Adamsberg konzentrierte sich, die Arme auf das Lenkrad gelegt, den Blick weit in die Ferne gerichtet.

»Vielleicht könnten Sie es vermeiden, mir mit ›Ich weiß es nicht‹ zu antworten«, bat Danglard.

Adamsberg lächelte.

»Unter diesen Bedingungen schweige ich besser«, erwiderte er.

Adamsberg ging mit zügigen Schritten nach Hause, weil er Camilles Ankunft keinesfalls verpassen wollte. Er duschte und sank in einen Sessel, um dort für eine kurze halbe Stunde zu träumen, denn Camille war im allgemeinen pünktlich. Der einzige Gedanke, der ihm kam, war, daß er sich nackt unter seiner Kleidung fühlte, wie häufig, wenn er sie lange nicht gesehen hatte. Natürlich war jeder Mensch unter seiner Kleidung nackt, doch solche logischen Einwände störten Adamsberg nicht. Es blieb eine Tatsache: Wenn er Camille erwartete, war er nackt unter seiner Kleidung, was er bei der Arbeit nicht war. Der Unterschied war sonnenklar, ob er nun logisch war oder nicht.

9

Am Donnerstag transportierte Joss, erfüllt von leichter Ungeduld und Sorge, zwischen seinen Auftritten als Ausrufer seine Sachen mit Hilfe des Lieferwagens, den Damas ihm geliehen hatte, in mehreren Fuhren in seine neue Bleibe. Beim letzten Transport, bei dem der Großteil des Mobiliars die sechs engen Stockwerke hinuntergetragen wurde, ging Damas ihm zur Hand. Es war nicht viel: ein mit schwarzem Segeltuch überzogener und mit Kupfernägeln beschlagener Überseekoffer, ein Kaminspiegel, dessen bemalter Teil einen am Kai liegenden Dreimaster zeigte, ein schwerer Sessel mit geschnitzten Verzierungen, den der Ururgroßvater während einiger kurzer Aufenthalte in der Familie mit seinen dicken Händen gefertigt hatte.

Joss hatte die Nacht damit verbracht, sich neue Befürchtungen einfallen zu lassen. Decambrais – besser gesagt Hervé Ducouëdic – hatte gestern zuviel geredet, so voll, wie er mit etwa sechs Krug Rotwein gewesen war. Er würde, befürchtete Joss, voller Panik erwachen und ihn als erstes ans andere Ende der Welt befördern wollen. Aber nichts Derartiges war geschehen, Decambrais hatte sich – ab acht Uhr dreißig mit einem Buch in der Hand an seine Tür gelehnt – der Situation mit Würde gestellt. Falls er es bereute, was wahrscheinlich war, oder falls er zitterte, weil er sein Geheimnis in die rauhen Hände eines Unbekannten und noch dazu eines Rohlings gelegt hatte, so hatte er sich nichts anmerken lassen. Und falls er einen Brummschädel hatte, und den hatte er ganz gewiß, genau wie Joss, so hatte er das ebensowenig zu erkennen gegeben; sein Gesicht war so konzentriert wie immer gewesen, als die beiden Anzeigen des Tages an die Reihe gekommen waren, die sie inzwischen »die Speziellen« nannten.

Joss hatte sie ihm am Abend ausgehändigt, gleich nach seinem Einzug. Als er schließlich allein in seinem neuen Zimmer gewesen war, hatte er als erstes Schuhe und Strümpfe ausgezogen und sich mit bloßen Füßen auf den Teppich gestellt, mit ausgebreiteten Beinen, hängenden Armen und geschlossenen Augen. Diesen Augenblick hatte sich Nicolas Le Guern, geboren zu Locmaria im Jahre 1832, ausgesucht, um sich auf das gewaltige Bett mit hölzernen Pfosten zu setzen und ihm »Salut« zu sagen. »Salut«, sagte Joss.

»Gut gespielt, Kleiner«, bemerkte der Alte und stützte die Ellbogen auf die Daunendecke.

»Nicht wahr?« erwiderte Joss und öffnete halb die Augen.

»Hier bist du besser aufgehoben als dort. Ich hatte dir ja gesagt, daß man es als Ausrufer weit bringen kann.«

»Das sagst du mir jetzt schon sieben Jahre. Bist du deshalb hergekommen?«

»Diese Anzeigen«, sagte der Vorfahr langsam, während er sich an der schlechtrasierten Wange kratzte, »diese ›Speziellen‹, wie du sie nennst, na, die, die du an den Vornehmen weitergibst – also, wenn ich du wäre, würde ich da die Leinen losmachen. Das ist was Übles.«

»Sie sind bezahlt, Vorfahr, und zwar gut bezahlt«, erklärte Joss und zog sich wieder die Schuhe an.

Der Alte zuckte mit den Schultern.

»Wenn ich du wäre, würde ich die Leinen losmachen.«

»Das heißt?«

»Das heißt, was es heißt, Joss.«

Ohne etwas von dem Besuch Nicolas Le Guerns im ersten Stock seines eigenen Hauses zu ahnen, arbeitete Decambrais in seinem schmalen Büro im Erdgeschoß. Er fühlte, daß eine der »Speziellen« dieses Tages etwas in ihm ausgelöst hatte, zwar kaum spürbar, aber vielleicht doch entscheidend.

Der Text vom Morgen war die anekdotische Fortsetzung der Nachricht, die Joss als »Geschichte ohne Hand und Fuß« bezeichnet hatte. Ganz richtig, dachte Decambrais, es handelte sich tatsächlich um Auszüge aus einem Buch, mit denen man sich in seinem Milieu beschäftigt hatte. Warum? In der Hoffnung, daß diese vertrauten und doch nicht zu fassenden Sätze endlich den Namen ihres Schöpfers preisgeben würden, las Decambrais die Passagen wieder und wieder.

In der Kirche mit meiner Frau, die seit einem oder zwei Monaten nicht mehr dort war. (...) Ich frage mich, ob es an der Hasenpfote liegt, die dazu bestimmt ist, mich vor Winden zu schützen, aber ich habe keine Kolik mehr gehabt, seitdem ich sie trage.

Seufzend legte Decambrais das Blatt hin und sah sich das andere an, dasjenige, das etwas in ihm ausgelöst zu haben schien:

Et de eis quae significant illud, est ut videas mures et animalia quae habitant sub terra fugere ad superficiem terrae et pati sedar, id est, commoveri hinc inde sicut animalia ebria.

Darunter hatte er eine Schnellübersetzung mit einem Fragezeichen mitten im Text notiert: *Und zu den Dingen, die das Zeichen dafür sind, gehört auch, daß du Ratten und jene Tiere, die unter der Erde wohnen, an die Oberfläche fliehen und leiden (?) siehst, das heißt, sie verlassen diesen Ort wie betrunkene Tiere.*

Seit einer Stunde stieß er sich an diesem »sedar«, das

kein lateinisches Wort war. Er war überzeugt, daß es sich nicht um einen Transkriptionsfehler handelte, denn dieser Oberlehrer war so gewissenhaft, daß er jede Kürzung, die er sich in den Originaltexten vorzunehmen erlaubte, mit Auslassungspunkten versah. Wenn der Oberlehrer »sedar« geschrieben hatte, dann stand dieses »sedar« mit Sicherheit mitten in einem Text in perfektem Vulgärlatein. Decambrais stieg auf seine alte Holzleiter, um an ein Wörterbuch zu gelangen – und hielt plötzlich inne.

Arabisch. Ein Wort arabischen Ursprungs.

Aufgeregt kehrte er an seinen Tisch zurück und bedeckte den Text mit beiden Händen, wie um ihn am Wegfliegen zu hindern. Arabisch, Latein, eine Mischung. Decambrais suchte rasch die anderen Anzeigen heraus, die die Flucht der Tiere an die Erdoberfläche beschrieben, einschließlich des ersten lateinischen Textes, den Joss am Vortag gelesen hatte und der fast identisch begann: *Du wirst sehen.*

Du wirst sehen, wie die Tiere, die aus der Verwesung entstehen, sich unter der Erde vermehren werden wie Würmer, Kröten und Fliegen, und wenn der Grund dafür unter der Erde liegt, so wirst du die Reptilien, die in der Tiefe leben, an die Oberfläche der Erde kommen und ihre Eier aufgeben und manchmal sterben sehen. Und wenn der Grund dafür in der Luft liegt, so wird es genauso mit den Vögeln geschehen.

Schriften, die voneinander abschrieben, manchmal wortwörtlich. Verschiedene Verfasser, die immer wieder eine einzige Idee wiederholten, noch bis ins 17. Jahrhundert hinein, eine Idee, die von einer Generation auf die nächste weitergegeben wurde. Nach Art der Mönche, die die Verordnungen der *Auctoritas* über die Jahrhunderte hinweg vervielfältigten. Eine Korporation also. Elitär, kultiviert. Aber keine Mönche, nein. Das hatte nichts Religiöses.

Die Stirn in die Hand gestützt, dachte Decambrais nach, und er dachte noch immer, als Lizbeths Ruf wie ein Gesang durchs ganze Haus erscholl, um die Bewohner zu Tisch zu bitten.

Als Joss ins Eßzimmer hinunterging, sah er, daß die Pensionsgäste des Hotel Decambrais, vertraut mit den Gepflogenheiten, bereits alle am Tisch saßen und ihre Servietten aus den hölzernen Serviettenringen zogen, von denen jeder ein besonderes Kennzeichen trug. Er hatte gezögert, sich bereits an diesem Abend der Tischgesellschaft anzuschließen – das Halbpensions-Abendessen war nicht obligatorisch, vorausgesetzt, man hatte seine Abwesenheit am Vorabend mitgeteilt –, da ihn plötzlich Verlegenheit befallen hatte. Joss war es gewohnt, allein zu leben, allein zu essen, allein zu schlafen und allein zu reden, von seltenen abendlichen Essensbesuchen bei Bertin abgesehen. In den dreizehn Jahren seines Pariser Lebens hatte er für jeweils recht kurze Zeit drei Freundinnen gehabt, nie aber hatte er es gewagt, sie in sein Zimmer mitzunehmen und sie mit der auf dem blanken Boden liegenden Matratze zu begrüßen. Die Wohnungen der Frauen waren, so bescheiden sie auch sein mochten, immer gastlicher gewesen als sein heruntergekommenes Refugium.

Joss bemühte sich, diese aggressive, linkische Schwerfälligkeit, die aus den fernen Zeiten seiner Jugend herzurühren schien, abzuschütteln. Lizbeth lächelte und hielt ihm seinen persönlichen Serviettenring hin. Wenn Lizbeth so breit lächelte, verspürte er in einer plötzlichen Anwandlung das Bedürfnis, sich an sie zu klammern wie ein Schiffbrüchiger, der in der Nacht auf einen Felsen stößt. Ein herrlicher Felsen, rund, glatt und dunkel, dem man ewig dankbar wäre. Das erstaunte ihn. Er empfand diese gewaltige Gefühlsaufwallung nur bei Lizbeth und nur, wenn sie lächelte. Ein allgemeines Murmeln der Pensionsgäste hieß Joss, der rechts von Decambrais Platz nahm, willkommen. Lizbeth präsidierte am anderen Ende des Tisches und war mit Bedienen beschäftigt. Anwesend waren die beiden anderen Pensionsgäste des Hotels, Zimmer 1, Castillon, ein pensionierter Schmied, der die erste Hälfte seines Lebens als Taschenspieler durch die Cabarets von Europa getingelt war, sowie Zimmer 4, Evelyne Curie, eine kleine Frau unter Dreißig, unscheinbar, mit sanften, altmodischen Gesichtszügen, den Kopf tief über den Teller gebeugt. Lizbeth hatte Joss gleich bei seiner Ankunft im Hotel aufgeklärt.

»Vorsicht, Seemann«, hatte sie ihn ermahnt und ihn unauffällig ins Bad gezogen. »Keine Schnitzer. Den Castillon brauchst du nicht mit Samthandschuhen anzufassen, der ist ziemlich robust und hält sich für unverwundbar, was Scherze angeht, das sagt zwar nichts über sein Inneres, aber du gehst kein Risiko ein, was kaputtzumachen. Mach dir keine Sorgen, wenn du merkst, daß deine Uhr während des Abendessens verschwindet, es überkommt ihn immer wieder mal, aber er gibt sie dir zum Nachtisch zurück. Unter der Woche gibt es Kompott oder frisches Obst der Saison, am Sonntag Grießpudding. Hier gibt's kein Plastikessen, du kannst unbesehen zugreifen. Aber paß auf mit der Kleinen. Sie lebt hier seit achtzehn Monaten in Sicherheit. Sie ist aus der ehelichen Wohnung abgehauen, nachdem sie sich acht Jahre lang hat verdreschen lassen. Acht Jahre, kannst du dir das vorstellen? Anscheinend hat sie ihn geliebt. Na ja, am Ende ist sie zur Besinnung gekommen und eines schönen Abends hier aufgekreuzt. Aber aufgepaßt, Seemann. Ihr Mann sucht sie in der ganzen Stadt, um ihr den Hals umzudrehen und sie in den Schoß der Familie zurückzuführen. Natürlich paßt das nicht zusammen, aber so funktionieren diese Typen eben, die haben nun mal kein großes Repertoire. Er ist bereit, sie umzulegen, damit sie niemand anderem gehört, du hast gelebt, du kennst das Lied. Also: Den Namen Evelyne Curie kennst du nicht, du hast ihn nie gehört. Hier nennen wir sie Eva, das verpflichtet zu nichts. Kapiert, Seemann? Behandle sie rücksichtsvoll. Sie redet nicht viel, sie schreckt oft hoch, sie wird rot, als ob sie immer noch Angst hätte. Nach und nach wird sie sich wieder erholen, aber das braucht Zeit. Was mich angeht, so kennst du mich, ich bin ein gutmütiges Mädchen, aber anzügliche Witze kann ich nicht mehr ausstehen. Das ist alles. Geh runter zu Tisch, es ist bald Zeit, und besser, du merkst es dir gleich zu Anfang: Es gibt zwei Flaschen und nicht mehr, denn Decambrais hat da so eine Neigung, also bremse ich. Wer eine Zugabe will, geht ins *Viking*. Frühstück von sieben bis acht, das ist allen recht, außer dem Schmied, der spät aufsteht, jeder, wie er will. So, ich hab dir jetzt alles gesagt, also steh mir nicht im Weg rum, ich mach dir einen Ring zurecht. Ich habe einen mit einem Küken und einen mit einem Schiff. Welcher ist dir lieber?«

»Was für ein Ring?« hatte Joss gefragt.

»Um deine Serviette zusammenzurollen. Gewaschen wird übrigens jede Woche, freitags weiß, dienstags bunt. Wenn du nicht willst, daß deine Wäsche mit der des Schmieds zusammenkommt, gibt's den Waschsalon zweihundert Meter weiter. Wenn du sie gebügelt haben willst, mußt du zusätzlich Marie-Belle bezahlen, die zum Fensterputzen kommt. Für welchen Ring entscheidest du dich?«

»Das Küken«, hatte Joss entschlossen geantwortet.

»Männer«, hatte Lizbeth im Hinausgehen geseufzt. »Die müssen immer dicketun.«

Suppe, Kalbsragout, Käse und Birnenkompott. Castillon redete ein bißchen vor sich hin, und Joss versuchte, sich vorsichtig mit allem vertraut zu machen, so wie man an ein unbekanntes Meer herangeht. Die kleine Eva aß lautlos und hob nur ein einziges Mal den Kopf, um Lizbeth um Brot zu bitten. Lizbeth lächelte sie an, und Joss hatte den eigenartigen Eindruck, daß Eva das Bedürfnis verspürte, sich in Lizbeths Arme zu stürzen. Es sei denn, daß wieder er selbst es war, der dieses Bedürfnis verspürte.

Decambrais hatte das ganze Abendessen über praktisch nichts gesagt. Lizbeth hatte Joss, der ihr beim Abräumen half, zugeflüstert: »Wenn er so ist, dann arbeitet er beim Essen.« Und tatsächlich war er vom Tisch aufgestanden, kaum daß er mit den Birnen fertig war, hatte sich bei allen entschuldigt und war wieder in sein Arbeitszimmer gegangen.

Die Erleuchtung kam am Morgen, im ersten wachen Augenblick. Der Name drang ihm über die Lippen, noch bevor er die Augen geöffnet hatte, so als hätte das Wort die ganze Nacht auf das Erwachen des Schlafenden gewartet, voller Ungeduld, sich zu zeigen. Decambrais hörte sich leise sagen: »Avicenna.«

Er erhob sich, während er den Namen mehrfach wiederholte, aus Angst, dieser würde sich zusammen mit den Nebeln des Schlafs auflösen. Um sicher zu sein, notierte er ihn auf einem Blatt. Avicenna. Dann schrieb er daneben: *Canon medicinae.* Der Kanon der Medizin.

Avicenna. Der große Avicenna, der persische Arzt und Philosoph vom Anfang des 11. Jahrhunderts, tausendmal kopiert vom Orient bis zum Okzident. Lateinischer Text, durchsetzt mit arabischen Ausdrücken. Jetzt hatte er die Spur.

Lächelnd wartete Decambrais darauf, daß ihm der Bretone auf der Treppe begegnen würde. Er fing ihn im Vorübergehen ab.

»Gut geschlafen, Le Guern?«

Joss begriff sofort, daß etwas geschehen war. Das schmale weiße Gesicht von Decambrais, normalerweise eher leichenblaß, hatte sich wie durch die Wirkung von ein wenig Sonne belebt. An die Stelle jenes halb zynischen, halb angeberischen Lächelns, das er im allgemeinen zur Schau trug, war schlichter Jubel getreten.

»Ich habe ihn, Le Guern, ich habe ihn.«

»Wen?«

»Unseren Oberlehrer! Ich habe ihn, verdammt. Heben Sie mir die ›Speziellen‹ des Tages auf, ich eile in die Bibliothek.«

»Unten, in Ihrem Arbeitszimmer?«

»Nein, Le Guern. Ich besitze ja nicht alle Bücher.«

»Ach so?« sagte Joss überrascht.

Den Mantel über die Schulter geworfen und die Aktentasche zwischen die Füße geklemmt, notierte Decambrais die »Spezielle« vom Morgen:

Wenn die Jahreszeiten durcheinander geraten sind, wenn der Winter warm ist, statt kalt zu sein; der Sommer kühl statt warm, und ebenso der Frühling und der Herbst, denn diese große Ungleichheit zeigt eine schlechte Verfassung sowohl der Gestirne als auch der Luft (...).

Er schob das Blatt in seine Aktentasche, dann wartete er ein paar Minuten, um den Schiffbruch des Tages zu hören. Um fünf vor neun stürzte er in die Metro.

10

An diesem Donnerstag morgen kam Adamsberg später als Danglard zur Brigade, was so selten vorkam, daß sein Stellvertreter ihm einen langen Blick zuwarf. Der Kommissar hatte die verknitterten Züge eines Mannes, der nur zwischen fünf und acht ein paar Stunden geschlafen hat. Er ging sofort wieder, um in der Bar nebenan einen Kaffee zu trinken.

Camille, folgerte Danglard. Camille war gestern abend zurückgekommen. Träge schaltete Danglard seinen PC ein. Er hatte wie gewöhnlich allein geschlafen. Häßlich, wie er war, mit einem Gesicht ohne Struktur und einem Körper, der nach unten floß wie eine schmelzende Kerze, war es schon das Höchste, wenn er alle zwei Jahre mal mit einer Frau schlief. Wie immer befreite sich Danglard von dieser Verdrossenheit, die ihn auf geradem Wege zu einem Sechserpack Bier führte, indem er sich in einer kurzen, strahlenden Tonbildschau die Bilder seiner fünf Kinder vor Augen rief. Das fünfte mit den hellblauen Augen war übrigens nicht von ihm, aber als seine Frau gegangen war, hatte sie ihm alles zusammen für einen Freundschaftspreis dagelassen. Das war jetzt lange her, acht Jahre und siebenunddreißig Tage, und der Anblick von Marie, von hinten, wie sie in einem grünen Kostüm mit gemessenem Schritt den Gang entlangging, die Tür öffnete und dann hinter sich zuschlug, hatte sich während zweier langer Jahre und sechstausendfünfhundert Flaschen Bier in seinen Schädel gefressen. Und so war die Tonbildschau der Kinder, zweier

Zwillingsjungen, zweier Zwillingsmädchen und des Kleinen mit den blauen Augen, zu seiner fixen Idee, seinem Hafen, seiner Rettung geworden. Tausende von Stunden hatte er damit verbracht, Möhren feiner als fein zu raspeln, Wäsche weißer als weiß zu waschen, mustergültige Schulranzen zu packen, zu bügeln und Waschbecken bis zum Erreichen der absoluten Keimfreiheit zu schrubben. Dann hatte sich diese totalitäre Phase allmählich ihrem Ende zugeneigt, um wieder in einen wenn auch nicht normalen, so doch akzeptablen Zustand überzugehen, verbunden mit einem Bierkonsum, der auf eintausendvierhundert Flaschen pro Jahr zurückgegangen war, allerdings, das mußte er einräumen, an schweren Tagen durch Weißwein ergänzt. Geblieben war die Gloriole seiner fünf Kinder, und die, so sagte er sich an manch düsterem Morgen, konnte ihm niemand nehmen. Was übrigens auch niemand beabsichtigte.

Er hatte darauf gewartet, hatte auch alles dafür getan, daß eine Frau in umgekehrter Reihenfolge in sein Leben trat und blieb, das heißt die Tür öffnete, von vorn, und mit gemessenem Schritt und in einem gelben Kostüm über den Gang auf ihn zuging, aber das war verlorene Liebesmüh. Keine der Frauen war länger geblieben, und die Beziehungen waren flüchtig gewesen. Nicht daß er Anspruch auf eine Frau wie Camille erhoben hätte, deren straffes Profil so klar und so zart war, daß man sich fragte, ob man sie nicht sofort malen oder umarmen solle, nein. Nein, er verlangte nichts Unmögliches. Eine Frau, einfach nur eine Frau, auch wenn sie wie er nach unten floß, was machte das schon.

Danglard sah, wie Adamsberg zurückkam, sich in sein Büro verzog und die Tür lautlos zudrückte. Adamsberg war auch nicht schön, aber er hatte das Unmögliche. Das heißt, doch, er war schön, auch wenn seine Gesichtszüge, jeder für sich betrachtet, eine solche Schlußfolgerung nicht eben nahelegten. Keinerlei Regelmäßigkeit, keinerlei Harmonie und nichts Imponierendes. Ein Eindruck vollständiger Unordnung, aber diese Unordnung verwandelte sich in ein verführerisches, manchmal geradezu prachtvolles Chaos, wenn Leben in sie kam. Danglard hatte das immer ungerecht gefunden. Sein eigenes Gesicht war ein ebenso kühner Zusammenbau wie das von Adamsberg, aber das Ergebnis war von geringem Interesse. Wohingegen Adamsberg ohne jeden Trumpf in seinem Anfangsblatt am Ende voll abgeräumt hatte.

Da er sich seit seinem dritten Lebensjahr viel im Lesen und Nachdenken geübt hatte, war Danglard nicht eifersüchtig. Auch weil er die Tonbildschau hatte. Und auch deshalb, weil er diesen Kerl mochte, ungeachtet des fast chronischen Ärgers, den dieser ihm bereitete, ja, er mochte sogar das Gesicht seines Chefs, seine große Nase und sein ungewöhnliches Lächeln. Als Adamsberg ihm vorgeschlagen hatte, ihm auf den neuen Posten zu folgen, hatte er nicht eine Sekunde gezaudert. Inzwischen brauchte er Adamsbergs Unbekümmertheit so nötig wie ein entspannendes Sechserpack Bier, zweifellos, weil sie die ängstliche und bisweilen rigide Überaktivität seines eigenen Geistes kompensierte.

Danglard musterte die geschlossene Tür. Sicher beschäftigte sich Adamsberg gerade auf irgendeine Weise mit den Vieren und versuchte, seinen Stellvertreter nicht zu verstimmen. Danglard nahm die Hände von der Tastatur und lehnte sich besorgt zurück. Seit dem Vorabend fragte er sich, ob er nicht auf dem Holzweg war. Denn diese spiegelverkehrte Vier hatte er bereits irgendwo gesehen. Er hatte sich kurz vor dem Einschlafen daran erinnert, als er allein in seinem Bett lag. Es war vor langer Zeit, vielleicht als er noch ein junger Mann war, bevor er sich entschloß, Bulle zu werden, und es war nicht in Paris. Da Danglard in seinem Leben nur sehr wenig gereist war, konnte er versuchen, die Spur dieser Vier in seiner Erinnerung wiederzufinden – falls überhaupt noch mehr davon übrig war als ein zu drei Vierteln gelöschter Eindruck.

Adamsberg hatte die Tür geschlossen, weil er etwa vierzig Pariser Kommissariate anrufen wollte, ohne die berechtigte Verärgerung seines Stellvertreters auf sich lasten zu spüren. Danglard hatte auf einen Aktionskünstler getippt, eine Ansicht, die er nicht teilte. Aber von diesem Ausgangspunkt bis zu einer Ermittlung in allen Pariser Arrondissements war es ein ziemlicher Schritt, ein unnützer und unlogischer Schritt, den Adamsberg allein tun wollte. Am Morgen war er noch unentschlossen gewesen. Beim Frühstück hatte er erneut sein Notizbuch durchgeblättert und diese Vier angesehen, als ob er alles auf eine Karte setzte. Er hatte sich bei Camille dafür entschuldigt. Er hatte sie sogar gefragt, was sie darüber dachte. »Das ist hübsch«, hatte sie gesagt, aber direkt nach dem Aufstehen sah Camille überhaupt nichts und konnte den Postkalender nicht von einem Heiligenbild unterscheiden. Der Beweis dafür war, daß sie nicht »Das ist hübsch« hätte sagen dürfen, sondern »Das ist schrecklich«. Behutsam hatte er geantwortet: »Nein, Camille, das ist durchaus nicht hübsch.« In diesem Augenblick, bei diesem Satz, während er ihr widersprach, hatte er sich entschieden.

Mit leicht verlangsamten Bewegungen nach seiner kurzen Nacht, den Körper in wohltuende Müdigkeit gehüllt, wählte er die erste Nummer auf seiner Liste.

Gegen fünf Uhr war er damit fertig und nur ein einziges Mal in der Mittagspause ein bißchen gelaufen. Camille hatte ihn auf seinem Handy angerufen, als er gerade auf einer Bank saß und ein Sandwich aß.

Nicht, um leise einen Kommentar zur vergangenen Nacht abzugeben, nein, das war nicht Camilles Art. Camille sonderte Worte nur mit großer Diskretion und sehr zurückhaltend ab. Sie überließ es ihrem Körper, etwas auszudrücken – was, das wußte man nie ganz genau.

In sein Notizbuch schrieb er: Frau, Intelligenz, Verlangen gleich Camille. Er brach ab und las die Zeile erneut. Große Wörter und platte Wörter. Aber auf Camille angewandt, stiegen sie auf, als seien sie ganz klar. Er konnte fast zusehen, wie sie an der Oberfläche des Papiers Blasen bildeten. Gut. Gleich Camille. Es war sehr schwierig für ihn, das Wort *Liebe* zu schreiben. Der Kugelschreiber bildete das »L« und erstarrte dann über dem »i«, zu beunruhigt, um weiterzumachen. Dieses Zögern hatte ihn lange irritiert, bis er es, weil er häufig mit der Liebe zu tun hatte, geschafft hatte, in ihr Zentrum vorzudringen, so meinte er. Er liebte die Liebe. Das, was die Liebe mit sich brachte, liebte er nicht. Denn die Liebe *brachte Folgen mit sich*, da es utopisch war, ausschließlich im Bett zu leben, und seien es nur zwei Tage. Eine ganze Spirale von Folgen, von ein paar luftigen Ideen in Gang gesetzt und von ein paar stabilen Mauern zum Stillstand gebracht, aus welchen die Liebe scheinbar niemals fliehen konnte. Nachdem sie wie ein Strohfeuer zwischen zwei Türen und unter freiem Himmel ausgebrochen war, endete ihr Lauf zwischen vier Wänden auf dem Boden eines Kamins. Und auf einen Menschen wie Adamsberg wirkte diese Spirale der Folgen wie eine quälende Falle. Er floh schon den Schatten, den sie vorauswarf, er witterte ihre Gegenwart schon lange vorher – mit jenem unvergleichlichen Gespür, das vielfach geprüften Opfern eigen ist, die noch den leisesten Tritt ihrer Feinde wahrnehmen. Bei diesen Fluchten hatte er bisweilen den Verdacht, daß Camille ihm eine Nasenlänge voraus war. Camille und ihr regelmäßiges Fernbleiben, ihre zurückhaltenden Gefühle, ihre Stiefel immer auf der Startlinie. Doch Camille spielte ihre Partie im verborgenen und weniger mit Härte als mit Wohlwollen. So war es für jeden, der sich nicht die Zeit nahm, länger darüber nachzudenken, schwierig, jenen Leitinstinkt bei ihr aufzuspüren, der sie ins Freie trieb. Und Adamsberg mußte zugeben, daß er das Nachdenken über Camille etwas vernachlässigte. Manchmal fing er damit an und kam dann vom Weg ab, von anderen Gedanken gelockt, von einem Gedanken zum nächsten getrieben, bis jenes Bildermosaik entstand, das bei ihm dem Zustand der Leere vorausging.

Sein geöffnetes Notizbuch noch immer auf den Knien, beendete er die Zeile und setzte im Lärm der Bohrhämmer, die sich an die steinernen Fensterrahmen machten, einen Punkt hinter das L. Camille hatte ihn also nicht wechselseitiger Gratulationen wegen angerufen, sondern aus einem viel prosaischeren Grund: Sie wollte mit ihm über diese Vier reden, die er ihr heute morgen gezeigt hatte. Adamsberg erhob sich und bahnte sich über mehrere Haufen Bauschutt hinweg den Weg in Danglards Büro.

»Ist die Datenbank wieder da?« fragte er, um den Eindruck zu erwecken, als interessiere er sich dafür.

Danglard nickte und deutete mit dem Finger auf den Bildschirm, auf dem in großer Geschwindigkeit vergrößerte Daumenabdrücke wie galaktische Bilder vorüberzogen.

Adamsberg ging um den Tisch herum und stellte sich Danglard gegenüber.

»Wenn Sie eine Zahl nennen müßten: Wie viele mit Vieren gekennzeichnete Gebäude gibt es Ihrer Ansicht nach in Paris?«

»Drei«, erwiderte Danglard.

Adamsberg hielt seine Finger hoch.

»Drei plus neun, insgesamt zwölf. Und wenn man bedenkt, daß abgesehen von Ängstlichen, Müßiggängern und Besessenen, die allerdings eine gewisse Menge bilden, nur wenige Leute auf die Idee kommen würden, derartige Dinge den Bullen zu melden, können wir mit mindestens dreißig Gebäuden rechnen, die bereits von dem Aktionskünstler dekoriert wurden.«

»Immer dieselben Vieren? Dieselbe Form, dieselbe Farbe?«

»Dieselben.«

»Immer eine Tür, die nicht gekennzeichnet wurde?«

»Das müssen wir überprüfen.«

»Haben Sie das vor?«

»Ich glaube, ja.«

Danglard legte die Hände auf die Oberschenkel.

»Ich habe diese Vier schon irgendwo gesehen«, sagte er.

»Camille auch.«

Danglard zog eine Braue hoch.

»In einem Buch, das offen auf einem Tisch lag«, erklärte Adamsberg. »Bei dem Freund einer Freundin.«

»Ein Buch worüber?«

»Camille weiß es nicht. Sie vermutet, daß es ein Geschichtsbuch war, denn der fragliche Typ arbeitet tagsüber als Putzfrau und forscht abends übers Mittelalter.«

»Ist das normalerweise nicht umgekehrt?«

»Normalerweise in bezug worauf?«

Danglard schnappte sich die auf dem Schreibtisch stehende Bierflasche und nahm einen Schluck.

»Und wo haben Sie sie gesehen?« fragte Adamsberg.

»Ich weiß es nicht mehr. Es war woanders und vor langer Zeit.«

»Wenn es diese Vier bereits hier und da gibt, handelt es sich nicht mehr um eine Neuschöpfung.«

»Nein«, gab Danglard zu.

»›Aktionskunst‹ unterstellt etwas Neues, oder?«

»Im Prinzip ja.«

»Was machen wir also mit Ihrem Aktionskünstler?«

Danglard verzog das Gesicht.

»Wir eliminieren ihn«, erwiderte er.

»Durch was ersetzen wir ihn?«

»Durch jemanden, mit dem wir nichts zu schaffen haben.«

Adamsberg ging gedankenverloren ein paar Schritte zwischen den Schutthaufen auf und ab und machte sich seine alten Schuhe weiß.

»Ich hatte gedacht, wir seien versetzt worden«, bemerkte Danglard. »Versetzt zur Strafverfolgungsbrigade, Referat Delikte am Menschen.«

»Ich erinnere mich«, sagte Adamsberg.

»Hat es in diesen neun Wohnhäusern ein Verbrechen gegeben?«

»Nein.«

»Gewaltanwendung? Bedrohungen? Einschüchterungen?«

»Nein, das wissen Sie sehr gut, nein.«

»Warum reden wir dann darüber?«

»Weil es mutmaßlich Gewalt gibt, Danglard.«

»Durch die Vieren?«

»Ja. Es ist ein stummer Angriff. Und ein bedrohlicher.«

Adamsberg sah auf die Uhr.

»Ich habe noch Zeit ...«

Er zog sein Notizbuch hervor und schloß es rasch wieder.

»... Barteneau mitzunehmen, um ein paar dieser Gebäude zu besichtigen.«

Während Adamsberg seine Jacke holte, die er zusammengeknüllt auf einem Stuhl hatte liegenlassen, zog Danglard die seine an und strich sie sorgfältig glatt. In Ermangelung natürlicher Schönheit setzte Danglard ganz auf den sekundären Trumpf der Eleganz.

11

Decambrais kehrte ziemlich spät zurück und hatte gerade noch Zeit, sich vor dem Essen die »Spezielle« des Abends zu holen, die Joss ihm beiseite gelegt hatte.

(...) wenn Giftpilze auftauchen, wenn Felder und Wälder sich mit Spinnennetzen überziehen, wenn das Vieh erkrankt oder gar auf der Weide stirbt, wie auch die wilden Tiere in den Wäldern, wenn Brot dazu neigt, schnell zu verderben; wenn man auf dem Schnee Fliegen, Würmer oder frisch geschlüpfte Mücken erblickt (...)

Er faltete das Papier zusammen, während Lizbeth durchs Haus lief, um die Bewohner zu Tisch zu rufen. Decambrais, dessen Gesicht nicht mehr strahlte, legte Joss kurz die Hand auf die Schulter.

»Wir müssen reden«, sagte er. »Heute abend im *Viking*. Es ist mir lieber, wenn uns keiner zuhört.«

»Ist was ins Netz gegangen?« fragte Joss.

»Ja, aber etwas Tödliches. Der Fang ist zu groß für uns.«

Joss sah ihn zweifelnd an.

»Doch, Le Guern. Bretonenehrenwort.«

Beim Abendessen entlockte Joss Evas gesenktem Gesicht mit einer teilweise erfundenen Familienanekdote ein Lächeln und schöpfte daraus einen gewissen Stolz. Er half Lizbeth, den Tisch abzuräumen, zum Teil aus Gewohnheit, zum Teil, um in ihrer Nähe zu sein. Er wollte gerade ins *Viking* gehen, als er sie aus ihrem Zimmer herunterkommen sah: in Abendgarderobe, einem glänzenden schwarzen Kleid, das sich ihrer breiten Gestalt anschmiegte. Sie eilte vorbei, schenkte ihm im Vorbeigehen ein Lächeln, und Joss versetzte es einen Schlag in die Magengrube.

Decambrais hatte sich im überheizten und verrauchten *Viking* an den hintersten Tisch gesetzt und erwartete ihn sorgenvoll vor zwei Calvados.

»Lizbeth hat in Abendgarderobe das Haus verlassen, kaum war das Geschirr gespült«, verkündete Joss und setzte sich.

»Ja«, erwiderte Decambrais, nicht weiter verwundert.

»Ist sie eingeladen?«

»Lizbeth verläßt das Haus jeden Abend in Abendgarderobe, außer dienstags und sonntags.«

»Trifft sie sich mit jemandem?« fragte Joss beunruhigt.

Decambrais schüttelte den Kopf.

»Sie singt.«

Joss runzelte die Augenbrauen.

»Sie singt«, wiederholte Decambrais, »sie tritt auf. In einem Cabaret. Lizbeth hat eine Stimme, daß einem der Atem stockt.«

»Seit wann, verdammt?«

»Seitdem sie hier angekommen ist und ich sie die Grundbegriffe der Musik gelehrt habe. Sie sorgt jeden Abend im *Saint-Ambroise* für ein volles Haus. Eines Tages werden Sie ihren Namen groß auf den Plakaten sehen, Le Guern. Lizbeth Glaston. Wo immer Sie dann sein mögen, vergessen Sie es nicht.«

»Es sollte mich wundern, wenn ich das vergessen würde, Decambrais. Kann man da hin, in dieses Cabaret? Kann man sie hören?«

»Damas ist jeden Abend da.«

»Damas? Damas Viguier?«

»Wer sonst? Hat er Ihnen nichts gesagt?«

»Wir trinken jeden Morgen zusammen Kaffee, und er hat mir nie ein Wort davon erzählt.«

»Das ist nur recht und billig, er ist verliebt. So was teilt man nicht.«

»Verdammt, Damas. Aber Damas ist dreißig.«

»Lizbeth auch. Nur weil Lizbeth dick ist, muß sie ja nicht älter sein als dreißig.«

Joss verlor sich in Gedanken über eine mögliche Verbindung zwischen Lizbeth und Damas.

»Kann das funktionieren?« fragte er. »Sie kennen sich doch in Lebensfragen aus?«

Decambrais verzog skeptisch das Gesicht.

»Die männliche Physiologie vermag Lizbeth schon lange nicht mehr zu beeindrucken.«

»Damas ist nett.«

»Das reicht nicht aus.«

»Was erwartet Lizbeth von den Männern?«

»Nicht viel.«

Decambrais trank einen Schluck Calvados.

»Wir sind nicht hier, um von Liebe zu reden, Le Guern.«

»Ich weiß. Der dicke Fang, den Sie angerissen haben.«

Decambrais' Gesicht verdüsterte sich.

»Ist es so schlimm?« fragte Joss.

»Es macht mir Angst.«

Decambrais ließ den Blick über die benachbarten Tische schweifen und schien von dem im *Viking* herrschenden Lärm, der lauter war als ein Stamm Barbaren an Bord eines Drachenboots, beruhigt.

»Ich habe einen der Autoren identifiziert«, sagte er. »Es handelt sich um einen persischen Arzt des 11. Jahrhunderts, Avicenna.«

»Gut«, bemerkte Joss, den die Angelegenheiten von Avicenna erheblich weniger interessierten als die von Lizbeth.

»Ich habe die Passage in seinem *Canon medicinae* gefunden.«

»Gut«, wiederholte Joss. »Sagen Sie, Decambrais, waren Sie auch Lehrer, wie Ihr Vater?«

»Woher wissen Sie das?«

»Einfach so«, erwiderte Joss und schnippte mit den Fingern. »Auch ich kenne mich mit Lebensfragen aus.«

»Vielleicht nervt es Sie ja, was ich Ihnen erzähle, Le Guern, aber Sie wären gut beraten zuzuhören.«

»Gut«, wiederholte Joss, der sich plötzlich in die Zeit im Internat zurückversetzt fühlte, in der er beim alten Ducouëdic im Unterricht gesessen hatte.

»Die späteren Autoren haben kaum etwas anderes gemacht, als Avicenna zu kopieren. Es geht immer um dasselbe Thema. Man umkreist es, ohne es beim Namen zu nennen, ohne daran zu rühren, so wie Geier sich kreisförmig dem Aas nähern.«

»Umkreist was?« fragte Joss, der allmählich den Boden unter den Füßen verlor.

»Das Thema, Le Guern, ich habe es Ihnen gerade gesagt. Das, worum es bei allen ›Speziellen‹ geht. Das, was sie ankündigen.«

»Was kündigen sie denn an?«

In diesem Moment stellte Bertin zwei Calvados auf den Tisch, und Decambrais wartete, bis der große Normanne sich entfernt hatte, bevor er fortfuhr.

»Die Pest«, sagte er leise.

»Welche Pest?«

»DIE Pest.«

»Die große Krankheit von früher?«

»Sie selbst. Höchstpersönlich.«

Joss schwieg einen Moment. War es möglich, daß der Gelehrte einfach Unfug erzählte? War es möglich, daß er sich über ihn lustig machte? Joss war nicht in der Lage, all diese Medicinae-Geschichten zu überprüfen, und Decambrais konnte ihn nach Lust und Laune an der Nase herumführen. Als vorsichtiger Seemann betrachtete er prüfend das Gesicht des alten Gelehrten, der ganz entschieden nicht danach aussah, als sei er zu Scherzen aufgelegt.

»Versuchen Sie auch nicht, mich reinzulegen, Decambrais?«

»Wozu?«

»Um das Spiel von dem Typen, der alles weiß, und dem Typen, der gar nichts weiß, zu spielen. Das Spiel vom Schlaukopf und dem Idioten, dem Gebildeten und dem Ungebildeten, dem Großen und dem Kleinen. Bei dem Spiel könnte ich Sie nämlich auch auf hohe See mitnehmen, und zwar ohne Rettungsweste.«

»Le Guern, Sie sind ein aufbrausender Mann.«

»Ja«, gab Joss zu.

»Ich vermute, Sie haben schon einer ganzen Reihe von Menschen auf dieser Erde die Fresse poliert.«

»Und auf See.«

»Ich habe noch nie das Spiel vom Schlaukopf und dem Idioten gespielt. Was bringt das?«

»Macht.«

Decambrais lächelte und zuckte mit den Schultern.

»Können wir weitermachen?« fragte er.

»Wenn Sie wollen. Aber was geht mich das eigentlich an? Drei Monate lang habe ich was von einem Typen vorgelesen, der die Bibel abgeschrieben hat. Das war bezahlt, ich hab gelesen. Was hab ich damit zu tun?«

»Diese Anzeigen werden, moralisch betrachtet, Ihnen zugeschrieben. Wenn ich morgen zu den Bullen gehe, ist mir lieber, Sie wissen Bescheid. Und mir ist lieber, Sie begleiten mich.«

Joss leerte seinen Calvados in einem Zug.

»Die Bullen? Sie drehen durch, Decambrais! Was haben

die Bullen bei der Sache verloren? Es herrscht schließlich nicht Großalarm.«

»Was wissen Sie denn?«

Des Zimmers wegen hielt Joss die Worte zurück, die ihm auf der Zunge lagen. Er mußte das Zimmer behalten.

»Jetzt hören Sie mir mal gut zu, Decambrais«, sagte er beherrscht, »wir haben da einen Kerl, der sich Ihrer Meinung nach damit vergnügt, alte Texte über die Pest abzuschreiben. Ein Verrückter halt, ein Spinner. Wenn man jedesmal mit den Bullen reden wollte, wenn ein Irrer den Mund aufmacht, hätten wir keine Zeit mehr zum Trinken.«

»Erstens«, erwiderte Decambrais und leerte die Hälfte seines Calvados, »beschränkt er sich nicht darauf, abzuschreiben, er gibt sie Ihnen zum Ausrufen. Er äußert sich anonym in der Öffentlichkeit. Zweitens rückt er näher. Er ist erst am Anfang der Texte. Er ist noch nicht bei den Passagen, die das Wort ›Pest‹ oder ›großes Übel‹ oder ›Seuche‹ enthalten. Er bewegt sich noch im Vorfeld, aber er rückt näher. Verstehen Sie, Le Guern? *Er rückt näher.* Das ist das Bedrohliche. *Er rückt näher.* Aber wohin rückt er vor?«

»Na, er rückt zum Ende des Textes vor. Das ist doch logisch. Es hat doch noch nie jemanden gegeben, der ein Buch beim Ende angefangen hat.«

»Mehrere Bücher. Und wissen Sie, was da am Ende steht?«

»Ich hab die verdammten Bücher doch nicht gelesen!«

»Dutzende von Millionen Toten. Das steht am Ende.«

»Glauben Sie etwa, dieser Irre wird halb Frankreich umbringen?«

»Das habe ich nicht gesagt. Ich sage, daß er sich einer tödlichen Konsequenz nähert, ich sage, er schleicht sich an. Das ist nicht so, als würde er uns *Tausendundeine Nacht* vorlesen.«

»Daß er sich nähert, sagen Sie. Ich finde, er tritt eher auf der Stelle. Jetzt geht er uns schon einen ganzen Monat mit seinen Geschichten von Viechern auf den Wecker, mal in dieser, mal in einer anderen Form. Wenn Sie so was ›sich nähern‹ nennen.«

»Ich bin mir sicher. Erinnern Sie sich an die anderen Anzeigen, diese Auszüge aus einer Lebensgeschichte ohne Hand und Fuß?«

»Eben. Das hat überhaupt nichts miteinander zu tun. Das ist ein Kerl, der ißt, der vögelt, der schläft, und das ist alles, was er zu sagen hat.«

»Der Kerl heißt Samuel Pepys.«

»Kenn ich nicht.«

»Dann stelle ich ihn Ihnen vor: ein Engländer, ein Edelmann, der im 17. Jahrhundert in London lebte. Er arbeitete übrigens, das nur nebenbei gesagt, in der Marineverwaltung.«

»Ein großes Tier im Hafenamt?«

»Nicht ganz, aber egal. Worauf es ankommt, ist, daß Pepys neun Jahre lang, von 1660 bis 1669, ein Tagebuch führte. Das Jahr, das unser Irrer in Ihre Urne gesteckt hat, ist das Jahr der großen Pest in London, 1665, siebzigtausend Leichen. Verstehen Sie? Tag für Tag nähern sich die ›Speziellen‹ dem Ausbruch der Pest. Wir sind jetzt ganz nahe. Das nenne ich *sich nähern*.«

Zum erstenmal fühlte Joss sich verunsichert. Es klang logisch, was der Gelehrte erzählte. Aber ob man deswegen gleich die Bullen benachrichtigen mußte?

»Die Bullen werden sich krumm und schief lachen, wenn wir ankommen und sagen, daß sich ein Irrer damit vergnügt, uns ein dreihundert Jahre altes Tagebuch vorzulesen. *Uns* werden sie einsperren, das ist sicher.«

»Das werden wir ihnen auch nicht sagen. Wir werden sie einfach darüber informieren, daß sich ein Irrer damit vergnügt, in der Öffentlichkeit den Tod anzukündigen. Daraufhin werden sie sich tummeln. Dann habe ich ein ruhiges Gewissen.«

»Trotzdem werden sie sich krumm und schief lachen.«

»Natürlich. Deswegen gehen wir auch nicht zu irgendeinem x-beliebigen Bullen. Ich kenne einen, der lacht sich anders krumm und schief als die übrigen, und auch nicht aus denselben Anlässen. Zu dem werden wir gehen.«

»Zu dem werden *Sie* gehen, wenn's recht ist. Es würde mich wundern, wenn die meine Aussage aufnehmen würden wie geweihtes Brot. Mein Strafregister ist nämlich nicht ganz leer, Decambrais.«

»Meins auch nicht.«

Joss sah Decambrais an, ohne etwas zu sagen. Also so was, Hut ab. Hut ab vor dem Vornehmen. Der alte Gelehrte entpuppte sich nicht nur mir nichts, dir nichts als Bretone von den Côtes-du-Nord, er hatte auch mir nichts, dir nichts ein Strafregister. Deswegen bestimmt auch der falsche Name.

»Wie viele Monate?« fragte Joss schlicht und ließ als wahrer Gentleman des Meeres die Frage nach dem Motiv beiseite.

»Sechs«, erwiderte Decambrais.

»Neun«, antwortete Joss.

»Abgesessen?«

»Abgesessen.«

»Ebenso.«

Gleichstand. Nach diesem Austausch wahrten die beiden Männer ein fast würdevolles Schweigen.

»Sehr gut«, sagte Decambrais. »Begleiten Sie mich?«

Wenig überzeugt verzog Joss das Gesicht.

»Es sind nur Worte. *Nur Worte.* Die haben noch keinen umgebracht. Das wäre bekannt.«

»Aber das *ist* bekannt, Le Guern. Ganz im Gegenteil, Worte haben schon immer umgebracht.«

»Seit wann das?«

»Seitdem der erste gerufen hat ›Hängt ihn auf!‹ und die Menge ihn aufgehängt hat. Seit eh und je.«

»Sehr gut«, sagte Joss überzeugt. »Aber wenn man mir meine Arbeit wegnimmt?«

»Hören Sie mal, Le Guern, haben Sie Schiß vor den Bullen?«

Empört sprang Joss auf.

»Aber nein, Decambrais, die Le Guerns sind vielleicht eine rauhe Sippe, aber die Bullen haben uns noch nie Angst eingejagt.«

»Na also.«

12

»Zu was für einem Bullen gehen wir?« fragte Joss, als sie gegen zehn Uhr morgens den Boulevard Arago hinaufgingen.

»Einem Mann, dem ich zweimal begegnet bin in Zusammenhang mit diesem, mit meinem ...«

»Strafregister«, ergänzte Joss.

»Ganz richtig.«

»Zweimal reicht nicht aus, um einen Menschen wirklich von allen Seiten kennenzulernen.«

»Es ermöglicht aber, ihn zu überfliegen, und die Luftaufnahme war gut. Anfangs hatte ich ihn für einen der Angeklagten gehalten, das ist ein ziemlich gutes Zeichen. Er wird uns schon fünf Minuten einräumen. Im schlimmsten Fall wird er unseren Besuch in der Kladde vermerken und ihn vergessen. Im besten Fall wird es ihn so interessieren, daß er sich nach ein paar Details erkundigt.«

»Diesbezüglichen Details.«

»Diesbezüglichen Details.«

»Warum sollte ihn das interessieren?«

»Er mag verworrene oder uninteressante Geschichten. Zumindest hat ihm ein Vorgesetzter genau das vorgeworfen, als ich ihm das erste Mal begegnet bin.«

»Besuchen wir etwa einen Laufburschen am Fuß der Leiter?«

»Würde Sie das stören, Kapitän?«

»Ich hab's Ihnen gesagt, Decambrais. Mir ist die Geschichte egal.«

»Er ist kein Laufbursche. Er ist inzwischen Hauptkommissar und leitet eine Brigade der Kriminalpolizei. Abteilung Kapitalverbrechen.«

»Kapitalverbrechen? Na, da wird er mit unseren alten Texten ja zufrieden sein.«

»Wer weiß?«

»Aus welchem Grund sollte so ein Verworrener Hauptkommissar geworden sein?«

»Soweit ich erfahren habe, ist er genial, was verworrene Angelegenheiten angeht. Ich sage ›verworrene‹, aber man könnte auch ›unaussprechliche‹ sagen.«

»Wir werden uns nicht um Worte streiten.«

»Ich streite gern.«

»Das ist mir schon aufgefallen.«

Decambrais blieb vor einer hohen Toreinfahrt stehen.

»Da sind wir«, sagte er.

Joss ließ den Blick über die Fassade gleiten.

»Der alte Kahn müßte mal ordentlich ins Trockendock.«

Decambrais lehnte sich mit verschränkten Armen an die Fassade.

»Und nun?« fragte Joss. »Geben wir auf?«

»Wir sind in sechs Minuten verabredet. Man sollte nie zu früh und nie zu spät kommen. Er ist bestimmt ein beschäftigter Mann.«

Joss lehnte sich neben ihm an die Mauer und wartete.

Ein Mann ging an ihnen vorüber, mit gesenktem Blick, die Hände in den Taschen, und verschwand ohne Eile durch das Tor, ohne die beiden an der Wand lehnenden Männer anzusehen.

»Ich glaube, das war er«, murmelte Decambrais.

»Der kleine Braunhaarige? Sie machen Witze. Altes graues Hemd, völlig zerknautschte Jacke und nicht mal ordentlich geschnittenes Haar. Blumenverkäufer auf den Kais von Narbonne, vielleicht, aber Kommissar, nein, wirklich.«

»Ich sag Ihnen, das war er«, wiederholte Decambrais beharrlich. »Ich erkenne seinen Gang wieder. Er schlingert.«

Decambrais sah auf die Uhr, bis die sechs Minuten abgelaufen waren, und führte Joss in das Gebäude, in dem gerade Bauarbeiten durchgeführt wurden.

»Ich kann mich an Sie erinnern, Ducouëdic«, sagte Adamsberg, als er die beiden Besucher in sein Büro bat. »Das heißt, nein, ich habe mir nach Ihrem Anruf noch mal Ihre Akte angesehen, und daraufhin habe ich mich wieder an Sie erinnert. Wir hatten uns ein bißchen unterhalten, es ging Ihnen damals nicht sehr gut. Ich glaube, ich hatte Ihnen geraten, den Beruf aufzugeben.«

»Das habe ich getan«, erwiderte Decambrais lauter, um den Lärm der Bohrhämmer zu übertönen, den Adamsberg nicht wahrzunehmen schien.

»Haben Sie etwas gefunden, als Sie aus dem Gefängnis kamen?«

»Ich habe mich als Berater niedergelassen«, erklärte Decambrais und überging die untervermieteten Zimmer ebenso wie die Spitzenklöppelei.

»Steuern?«

»Lebensfragen.«

»Ach ja«, bemerkte Adamsberg versonnen. »Warum nicht. Haben Sie Kundschaft?«

»Ich kann mich nicht beklagen.«

»Was erzählen Ihnen die Leute?«

Joss fragte sich allmählich, ob Decambrais sich nicht in der Adresse getäuscht hatte und ob dieser Bulle von Zeit zu Zeit auch mal arbeitete. Auf seinem Schreibtisch stand kein Computer, dafür lagen haufenweise Blätter im Raum, auf den Stühlen ebenso wie auf dem Boden, die mit Notizen und Zeichnungen bedeckt waren. Der Kommissar war stehen geblieben, an die weiße Wand gelehnt, die Arme in die Seiten gestützt, und sah Decambrais mit geneigtem Kopf leicht schräg von unten an. Joss fand, daß seine Augen die Farbe und Konsistenz jener braunen, glitschigen Algen hatten, die sich um die Schiffsschrauben wickeln – Blasentang, ebenso sanft, aber ebenso unbestimmbar, ebenso glänzend, aber ohne Funkeln, ohne Klarheit. Die runden Blasen dieser Algen hießen Schwimmkörper, und Joss dachte, daß die Augen des Kommissars genauso wirkten. Diese Schwimmkörper waren unter dichten, wirren Brauen versunken, die wie zwei kleine Felsvorsprünge aussahen. Die Hakennase und die kantigen Züge brachten ein wenig Entschlossenheit in das Ganze.

»Aber die Leute kommen vor allem wegen Liebesgeschichten«, fuhr Decambrais fort. »Entweder haben sie zuviel Liebe oder nicht genug oder gar keine mehr oder nicht die, die sie wollen, oder sie kriegen sie nicht mehr in den Griff, wegen all dieser möglichen …«

»Folgen«, ergänzte Adamsberg.

»Folgen«, bestätigte Decambrais.

»Sehen Sie, Ducouëdic«, sagte Adamsberg, wobei er sich von der Wand löste und mit gemessenen Schritten im Zimmer auf und ab ging, »das hier ist eine spezielle Brigade, eine Brigade für Kapitalverbrechen. Wenn Ihre alte Geschichte Konsequenzen hatte, wenn man Sie auf irgendeine Weise einschüchtert, dann …«

»Nein«, unterbrach Decambrais. »Es geht nicht um mich. Aber es handelt sich auch nicht um ein Verbrechen. Zumindest noch nicht.«

»Drohungen?«

»Vielleicht. Anonyme Anzeigen, Todesankündigungen.«

Joss stützte sich amüsiert mit den Ellbogen auf die Oberschenkel. So leicht würde der Gelehrte mit seiner nebulösen Beunruhigung da nicht rauskommen.

»Zielen sie auf eine bestimmte Person ab?« fragte Adamsberg.

»Nein. Ankündigungen allgemeiner Zerstörung, einer Katastrophe.«

»Aha«, bemerkte Adamsberg und ging weiter auf und ab. »Ein Prediger des dritten Jahrtausends? Was verkündet er? Die Apokalypse?«

»Die Pest.«

»Sieh an«, sagte Adamsberg und hielt inne. »Das ist mal was anderes. Wie verkündet er sie Ihnen? Mit der Post? Per Telefon?«

»Durch diesen Herrn hier«, erklärte Decambrais und deutete mit förmlicher Geste auf Joss. »Monsieur Le Guern ist Ausrufer von Beruf wie schon sein Ururgroßvater. Er ruft die Nachrichten des Viertels an der Kreuzung Edgar-Quinet-Delambre aus. Er erklärt es Ihnen besser selbst.«

Mit müdem Gesicht wandte Adamsberg sich Joss zu.

»Um es kurz zu machen: Die Leute, die etwas zu sagen haben, hinterlassen bei mir Nachrichten, und die lese ich dann vor«, sagte Joss. »Das ist kein Hexenwerk. Dazu braucht man eine gute Stimme und muß pünktlich sein.«

»Und?« fragte Adamsberg.

»Jeden Tag, inzwischen schon zwei- oder dreimal täglich, findet Monsieur Le Guern diese kleinen Texte, die die Pest ankündigen«, fuhr Decambrais fort. »Jede Ankündigung bringt uns ihrem Ausbruch näher.«

»Gut«, bemerkte Adamsberg, zog die Kladde zu sich heran und gab ihnen durch diese Bewegung lakonisch zu verstehen, daß die Diskussion sich ihrem Ende zuneigte. »Seit wann?«

»Seit dem 17. August«, erklärte Joss.

Adamsberg hielt in der Bewegung inne und warf dem Bretonen einen raschen Blick zu.

»Sind Sie sicher?« fragte er.

Und Joss sah, daß er sich getäuscht hatte. Nicht im Datum der ersten »Speziellen«, nein, in den Augen des Kommissars. Im Wasser dieses Algenblicks war gerade ein helles Licht angegangen, wie ein winziges Feuer, das die dicke Schale des Schwimmkörpers durchbrach. Es leuchtete auf und verlosch wieder, wie ein Leuchtturm.

»Am 17. August morgens«, wiederholte Joss. »Gleich nach der Zeit im Trockendock.«

Adamsberg nahm die Hand von der Kladde und ging erneut auf und ab. Am 17. August hatte es das erste mit Vieren markierte Gebäude in Paris gegeben, in der Rue de Chaillot. Zumindest das erste gemeldete Gebäude. Das zweite Gebäude zwei Tage später in Montmartre.

»Und die nächste Nachricht?« fragte Adamsberg.

»Zwei Tage später, am 19.«, antwortete Joss. »Danach am 22. Dann wurden die Abstände geringer. Ab dem 24. fast täglich und seit kurzem mehrmals täglich.«

»Kann ich sie sehen?«

Decambrais hielt ihm die letzten der aufbewahrten Blätter hin, und Adamsberg überflog sie rasch.

»Ich weiß nicht, weshalb Sie dabei an die Pest denken müssen.«

»Ich habe die Auszüge identifiziert«, erklärte Decambrais. »Es sind Zitate aus alten Pest-Abhandlungen, wie es im Laufe der Jahrhunderte unzählige gegeben hat. Der Bote ist noch bei den Vorzeichen. Bald wird er zum Kern der Sache kommen. Wir sind ganz nahe dran. In der letzten Passage hier, der von heute morgen«, sagte Decambrais und deutete auf eines der Blätter, »bricht der Text kurz vor dem Wort ›Pest‹ ab.«

Adamsberg las die Anzeige des Tages:

(...) wenn viele sich bewegen wie Schatten auf einer Wand, wenn man sieht, wie düstere Dämpfe wie Nebel aus dem Bo-

den steigen, (...) wenn man bei den Menschen einen großen Mangel an Vertrauen bemerkt, Eifersucht, Haß und Ausschweifungen erlebt (...)

»Offen gestanden glaube ich, daß wir morgen soweit sein werden«, bemerkte Decambrais. »Das heißt, für unseren Mann heute nacht. Wegen des *Tagebuchs* von dem Engländer.«

»Dieser ungeordneten Lebensbruchstücke hier?«

»Sie sind geordnet. Sie stammen von 1665, dem Jahr der großen Pest in London. In den nächsten Tagen wird Samuel Pepys seine erste Leiche sehen. Morgen, denke ich. Morgen.«

Adamsberg schob die Blätter auf dem Tisch von sich und seufzte.

»Und wir, was werden wir Ihrer Meinung nach sehen?«

»Keine Ahnung.«

»Sicherlich nichts«, erwiderte Adamsberg. »Es ist einfach nur unangenehm, nicht wahr?«

»Ganz richtig.«

»Aber gespenstisch.«

»Ich weiß. Die letzte Pest in Frankreich ging 1722 in Marseille zu Ende. Das gehört schon ins Reich der Legenden.«

Adamsberg fuhr sich mit den Fingern durchs Haar – vielleicht um es zu kämmen, dachte Joss –, sammelte dann die Blätter zusammen und gab sie Decambrais zurück.

»Danke«, sagte er.

»Kann ich sie weiter vorlesen?« fragte Joss.

»Hören Sie keinesfalls damit auf. Und kommen Sie vorbei, um mir zu berichten, wie es weitergeht.«

»Und wenn es nicht weitergeht?« fragte Joss.

»Es passiert selten, daß jemand etwas so Aufwendiges und Ungehöriges inszeniert, ohne daß es ein konkretes

Ergebnis gibt, wie klein es auch sein mag. Es würde mich interessieren, was sich der Kerl als nächstes ausdenkt.«

Adamsberg begleitete die beiden Männer zum Ausgang und kehrte mit langsamen Schritten wieder in sein Büro zurück. Diese Geschichte war mehr als unangenehm. Sie war abscheulich. Ein Zusammenhang mit den Vieren bestand allerdings nicht, vom Zufall der Datumsgleichheit abgesehen. Er war jedoch geneigt, dem Gedankengang Ducouëdics zu folgen. Morgen würde dieser Engländer, dieser Pepys, in London seinem ersten Pesttoten begegnen, am Beginn der Katastrophe. Ohne sich hinzusetzen, öffnete Adamsberg rasch sein Notizbuch und fand die Nummer des Mediävisten wieder, die Camille ihm gegeben hatte, dieses Typen, bei dem sie die spiegelverkehrte Vier gesehen hatte. Er sah auf die frisch aufgehängte Wanduhr, die fünf nach elf zeigte. Wenn der Typ Putzfrau war, hatte Adamsberg nur geringe Chancen, ihn jetzt zu Hause anzutreffen. Eine Männerstimme antwortete ihm, recht jung und geschäftig.

»Marc Vandoosler?« fragte er.

»Der ist nicht da. Er liegt in einem Reservegraben und hat Order, zu scheuern und zu bügeln. Ich kann eine Nachricht auf seiner Stube hinterlassen, wenn Sie möchten.«

»Danke«, sagte Adamsberg, ein wenig überrascht.

Er hörte, wie der Telefonhörer beiseite gelegt und geräuschvoll Papier und etwas zum Schreiben gesucht wurde.

»Ich bin soweit«, meldete sich die Stimme wieder. »Mit wem habe ich die Ehre?«

»Hauptkommissar Jean-Baptiste Adamsberg, Strafverfolgungsbrigade.«

»Scheiße«, sagte die Stimme, mit einemmal ernst geworden. »Hat Marc Schwierigkeiten?«

»Nicht die geringsten. Camille Forestier hat mir seine Nummer gegeben.«

»Ah. Camille«, sagte die Stimme nur, verlieh diesem »Camille« aber eine solche Nuance, daß Adamsberg, der kein eifersüchtiger Mensch war, doch eine kurze Erschütterung, oder mehr noch ein Gefühl der Überraschung, verspürte. In Camilles Umgebung gab es weite, stark bevölkerte Welten, von denen er aus Gleichgültigkeit nicht das geringste wußte. Wenn er durch Zufall ein Stückchen davon entdeckte, war er immer verwundert, so als sei er auf einen unbekannten Kontinent gestoßen. Wer sagte ihm, daß Camille nicht über viele Territorien herrschte?

»Es geht um eine etwas rätselhafte Zeichnung«, fuhr Adamsberg fort. »Camille sagt, sie habe eine Abbildung davon bei Marc Vandoosler in einem seiner Bücher gesehen.«

»Gut möglich«, erwiderte die Stimme. »Aber bestimmt nicht gerade aktuell.«

»Wie bitte?«

»Marc interessiert sich für nichts anderes als das Mittelalter«, erklärte die Stimme mit kaum spürbarer Verachtung. »Wenn's hochkommt, nähert er sich mal mit spitzen Fingern dem 16. Jahrhundert. Ich vermute, das ist nicht gerade Ihr Einsatzgebiet bei der Kriminalpolizei?«

»Kann man nie wissen.«

»Gut«, erwiderte die Stimme. »Aufgabe und Ziel?«

»Wenn Ihr Freund die Bedeutung dieser Zeichnung kennt, könnte uns das helfen. Haben Sie ein Faxgerät?«

»Ja, unter derselben Nummer.«

»Ausgezeichnet. Ich werde Ihnen die Zeichnungen schicken, und wenn Vandoosler Informationen dazu hat, möge er so liebenswürdig sein, sie mir zu senden.«

»Sehr gut«, sagte die Stimme. »Abteilung bereit. Anweisung wird ausgeführt.«

»Monsieur ...«, sagte Adamsberg, als der andere auflegen wollte.

»Devernois. Lucien Devernois.«

»Es ist eilig. Offen gestanden ist es sehr dringend.«

»Verlassen Sie sich ganz auf meine Beflissenheit, Kommissar.«

Und Devernois hängte ein. Ratlos legte Adamsberg den Hörer auf. Dieser Devernois, der ein bißchen hochmütig war, machte sich mit Bullen jedenfalls keine Umstände. Vielleicht ein Militär.

Bis halb eins lehnte Adamsberg unbeweglich an der Wand und beobachtete sein stummes Faxgerät. Dann ging er verärgert hinaus, um sich auf die Suche nach etwas Eßbarem zu machen. Irgendwas, was die Straßen so boten, die er in der Umgebung der Brigade nach und nach entdeckte. Ein Sandwich, Tomaten, Brot, Obst, ein Stück Kuchen. Je nach Stimmung, nach Geschäften, völlig planlos. Entschlossen schlenderte er umher, eine Tomate in der einen und ein kleines Nußbrot in der anderen Hand. Er war versucht, den Tag draußen zu verbringen und erst am nächsten Morgen wiederzukommen. Aber Vandoosler konnte zu Hause zu Mittag gegessen haben. In welchem Falle die Chance bestand, eine Antwort zu bekommen und dieses Gebäude aus unhaltbaren Trugbildern zum Einsturz zu bringen. Um drei betrat er sein Büro, warf die Jacke über einen Stuhl und sah zum Faxgerät hinüber. Ein zu Boden gefallenes Blatt erwartete ihn.

Monsieur,
die spiegelverkehrte Vier, die Sie mir schickten, ist die exakte Wiedergabe der Chiffre, mit der die Menschen in manchen Gegenden zu Pestzeiten früher ihre Türen oder Fensterstürze versahen. Vermutlich ist das Zeichen antiker Herkunft, wurde aber von der christlichen Kultur vollständig übernommen, die darin ein Bekreuzigungssymbol sah. Es ist ein Handelszeichen, auch ein Zeichen der Drucker, vor allem aber ist es wegen seines Werts als Talisman gegen die Pest bekannt. Man

schützte sich vor der Geißel, indem man dieses Zeichen auf die Tür des eigenen Hauses malte.

In der Hoffnung, daß diese Informationen Ihre Frage beantworten, verbleibe ich

mit freundlichen Grüßen

Marc Vandoosler

Adamsberg stützte sich auf seinen Tisch, den Kopf gesenkt, das Fax in der herabhängenden Hand. Die spiegelverkehrte Vier war ein Talisman gegen die Pest. Bereits etwa dreißig markierte Gebäude in der Stadt, haufenweise Botschaften im Kasten dieses Ausrufers. Morgen würde der Engländer von 1665 seiner ersten Leiche begegnen. Stirnrunzelnd stapfte Adamsberg über den Bauschutt auf dem Boden hinüber in Danglards Büro.

»Danglard, Ihr Aktionskünstler ist dabei, Dummheiten zu machen.«

Adamsberg legte das Fax auf den Schreibtisch, und Danglard las es mißtrauisch. Dann las er es noch einmal.

»Ja«, sagte er. »Jetzt erinnere ich mich an meine Vier. Sie war im schmiedeeisernen Balkongitter des Handelsgerichts von Nancy. Eine Doppelvier, eine davon spiegelverkehrt.«

»Was machen wir mit Ihrem Künstler, Danglard?«

»Ich habe es schon mal gesagt. Wir eliminieren ihn.«

»Und weiter?«

»Wir ersetzen ihn. Durch einen Erleuchteten, der die Pest fürchtet wie die Pest und die Häuser seiner Mitbürger schützt.«

»Er fürchtet sie nicht. Er sagt sie voraus, er bereitet sie vor. Schritt für Schritt. Er ist dabei, einen komplizierten Mechanismus zu installieren. Er kann ihn morgen oder heute nacht schon zünden.«

Danglard verfügte über lange Erfahrung mit Adamsbergs Gesicht, das matt und erloschen und dann plötzlich hell und flammend wirken konnte. Dann gelang es dem Licht, sich mittels eines rätselhaften technischen Verfahrens unter der braunen Haut zu verbreiten. Danglard wußte, daß sich in diesen intensiven Momenten aller Widerspruch und jegliche Skepsis, ja die strengsten logischen Beweisführungen wie Dampf über der Glut verflüchtigten. Daher zog er es vor, sich solche Reaktionen für lauere Phasen aufzusparen. Gleichzeitig stieß Danglard in diesen Momenten auf seine eigenen Paradoxien: Adamsbergs irrationale Überzeugungen erschütterten seine eigenen Fundamente, und dieser vorübergehende Abschied vom gesunden Menschenverstand verschaffte ihm eine eigenartige Entspannung. Er konnte dann nicht umhin, zuzuhören und ganz passiv zu werden, wie von einer Wolke von Ideen dahingetragen, für die er nicht verantwortlich war. Durch ihren langsamen Rhythmus, den tiefen, sanften Klang, durch ihre Wiederholungen und Windungen half ihm die Sprechweise von Adamsberg, der seine Geduld in anderen Momenten überstrapazierte, bei dieser Reise. Und die Erfahrung hatte ihm nur zu oft gezeigt, daß Adamsberg, wenn er von einer unkontrollierten Eingebung ausging, mitten ins Schwarze traf.

Was dazu führte, daß Danglard widerspruchslos seine Jacke anzog und Adamsberg auf die Straße folgte, wo dieser ihm den Bericht des alten Ducouëdic zusammenfaßte.

Noch vor sechs Uhr hatten die beiden Männer die Place Edgar-Quinet erreicht und warteten auf das letzte Ausrufen des Tages. Adamsberg war zunächst auf der Kreuzung auf und ab gegangen, hatte sich mit dem Ort vertraut gemacht, ihn beschnüffelt, das Haus von Ducouëdic lokalisiert, die an der Platane festgezurrte blaue Urne, das Sportgeschäft, in das er Le Guern mit seiner Kiste hatte verschwinden sehen, sowie das Café-Restaurant *Le Viking*, das auch Danglard sofort entdeckt hatte, der hineingegangen war, um nicht mehr herauszukommen. Adamsberg klopfte an die Scheibe, um ihm Le Guerns Ankunft anzukündigen. Dem Ausrufen zuzuhören würde ihm nicht weiterhelfen, das wußte er. Aber er wollte sich den Punkt, von dem die Anzeigen ausgingen, so genau wie möglich vorstellen.

Die Stimme des Bretonen überraschte ihn, sie war kraftvoll, melodisch und trug wie mühelos bis zur anderen Seite des Platzes. Diese Stimme, dachte er, war sicher ein gewichtiger Grund für die dichte Menschentraube, die sich um den Ausrufer gebildet hatte.

»*Eins*«, begann Joss, dem Adamsbergs Anwesenheit nicht entgangen war. »*Verkaufe Imkerausstattung mit zwei Völkern. Zwei: Das Chlorophyll entsteht ganz von allein, und die Bäume bilden sich nichts darauf ein. Mögen die Großmäuler sich daran ein Beispiel nehmen.*«

Adamsberg war erstaunt. Er hatte die zweite Anzeige nicht verstanden, aber das Publikum blieb ernst, schien nicht irritiert und erwartete die Fortsetzung. Bestimmt die Macht der Gewohnheit. Wie für alles, war gewiß auch für ein gutes Zuhören Übung nötig.

»*Drei*«, fuhr Joss unbeirrt fort. »*Verwandte Seele gesucht, wenn möglich anziehend, wenn nicht, dann nicht. Vier: Hélène, ich warte noch immer auf dich. Dein verzweifelter Bernard. Fünf: Der Dreckskerl, der meine Klingel kaputtgemacht hat, kann sich auf eine böse Überraschung gefaßt machen. Sechs: Biete Yamaha 750 FZX 92, 39000 km, Reifen und Bremsen neu, komplett überholt. Sieben: Was sind wir, ja, was sind wir eigentlich genau? Acht: Führe sorgfältig kleine Näharbeiten aus. Neun: Wenn die Menschheit eines Tages auf den Mars ziehen sollte, dann ohne mich. Zehn: Verkaufe fünf Stiegen französische grüne Bohnen. Elf: Den Menschen klonen? Ich glaube, es gibt schon genug Idioten auf der Erde. Zwölf …*«

Adamsberg ließ sich mehr und mehr von der Litanei des Ausrufers einlullen, während er die kleine Menge beobachtete, diejenigen, die sich auf einem Zettel etwas notierten, und diejenigen, die reglos auf den Ausrufer sahen, die Tasche in der Hand, und sich von einem langen Tag im Büro auszuruhen schienen. Nach einem raschen Blick zum Himmel ging Le Guern zur Wettervorhersage und zum Seewetterbericht über – auffrischender Westwind, drei bis fünf am Abend –, der alle Anwesenden zufriedenzustellen schien. Dann kam eine weitere Folge von Anzeigen, praktische und metaphysische. Adamsberg wurde wach, als er sah, wie Ducouëdic sich bei Anzeige 16 aufrichtete.

»Siebzehn«, fuhr der Ausrufer fort. *»Diese Geißel ist also vorhanden und existiert irgendwo, und diese Existenz ist ein Ergebnis der Schöpfung, da nichts Neues entsteht und da es nichts gibt, das existiert, aber nicht erschaffen worden wäre.«*

Der Ausrufer warf ihm einen raschen Blick zu und bedeutete ihm damit, daß man die »Spezielle« hinter sich habe, dann ging er zur 18 über: *»Es ist riskant, Efeu an Nachbarmauern hochwachsen zu lassen.«* Adamsberg lauschte bis zum Ende, einschließlich dem unerwarteten Bericht über die Irrfahrt der *Louise Jenny*, eines französischen Dampfschiffs von 546 Tonnen, beladen mit Wein, Likören, Trokkenfrüchten und Konserven, das bei Basse-aux-Herbes gekentert war und bei Pen Bras Schiffbruch erlitten hatte, die Mannschaft verloren bis auf den Schiffshund. Auf die letzte Nachricht folgte befriedigtes, aber auch bedauerndes Gemurmel, worauf sich ein Teil des Publikums in Richtung *Viking* bewegte. Der Ausrufer war bereits von seinem Podest gestiegen, das er mit einer Hand hochhob, da die Abendausgabe beendet war. Adamsberg drehte sich irritiert zu Danglard um, um dessen Meinung zu hören, aber Danglard war bereits gegangen, aller Wahrscheinlichkeit nach, um sein Glas auszutrinken, das er hatte stehenlassen müssen.

Adamsberg fand ihn mit heiterem Gesicht an der Theke des *Viking*.

»Außergewöhnlicher Calvados«, bemerkte Danglard und deutete mit dem Finger auf sein kleines Glas. »Einer der besten, die mir je begegnet sind.«

Eine Hand legte sich auf Adamsbergs Schulter. Ducouëdic bedeutete ihm, zu ihm an den hintersten Tisch zu kommen.

»Da Sie in der Nähe sind«, sagte er, »ist es vielleicht besser, Sie wissen, daß außer dem Ausrufer hier niemand meinen richtigen Namen kennt. Verstehen Sie? Hier bin ich Decambrais.«

»Einen Augenblick«, erwiderte Adamsberg und schrieb sich den Namen in sein Notizbuch.

Pest, Ducouëdic, weißes Haar gleich Decambrais.

»Ich habe gesehen, wie Sie sich während des Ausrufens etwas notiert haben«, sagte Adamsberg, als er sein Notizbuch wieder einsteckte.

»Anzeige 10. Ich möchte die grünen Bohnen kaufen. Man findet hier gute Ware, und das gar nicht teuer. Was aber die ›Spezielle‹ angeht, so ...«

»Die ›Spezielle‹?«

»Die Anzeige des Verrückten. Jetzt ist zum erstenmal der Name der Pest aufgetaucht, wenn auch noch maskiert: die ›Geißel‹. Das ist eine ihrer Bezeichnungen, sie hat noch viele andere. Das große Sterben, die Beulenkrankheit, die pestilenzische Sucht ... Die Menschen haben sich gehütet, ihren wahren Namen zu nennen, so große Angst hatten sie vor ihr. Der Kerl rückt immer näher. Jetzt hat er sie fast benannt, er ist fast am Ziel.«

Eine zierliche junge blonde Frau mit im Nacken zusammengebundenem lockigen Haar trat auf Decambrais zu und faßte ihn schüchtern am Arm.

»Marie-Belle?« fragte er.

Die junge Frau erhob sich auf die Zehenspitzen und gab ihm einen Kuß auf die Wange.

»Danke«, sagte sie lächelnd. »Ich wußte, Sie würden es schaffen.«

»Keine Ursache«, erwiderte Decambrais und lächelte ebenfalls.

Die junge Frau verabschiedete sich mit einer raschen Handbewegung und ging am Arm eines großen braunhaarigen Mannes davon, dessen langes Haar ihm bis auf die Schultern fiel.

»Sehr hübsch«, sagte Adamsberg. »Was haben Sie für sie getan?«

»Ich habe dafür gesorgt, daß ihr Bruder einen Pullover anzieht, und glauben Sie mir, das war nicht leicht. Die nächste Etappe für November: eine Jacke. Ich arbeite daran.«

Adamsberg gab sich keine Mühe, das zu verstehen; er spürte, daß er da an die verschlungenen Windungen eines Stadtteillebens rührte, die ihn nicht im geringsten interessierten.

»Ganz was anderes«, sagte Decambrais. »Sie sind erkannt worden. Es waren schon Leute auf dem Platz, die wußten, daß Sie Bulle sind. Woran sie das gemerkt haben«, fügte er hinzu, indem er ihn rasch von oben bis unten musterte, »kann ich mir nicht erklären.«

»Der Ausrufer?«

»Vielleicht.«

»Das ist nicht schlimm. Vielleicht ist das sogar gut.«

»Ist das Ihr Stellvertreter, dahinten?« fragte Decambrais und deutete mit dem Kinn auf Danglard.

»Hauptmann Danglard.«

»Bertin, der große Normanne, der die Bar führt, erklärt ihm gerade die Jungbrunnen-Eigenschaften seiner Calvados-Hausmarke. In dem Rhythmus, in dem Ihr Hauptmann ihm gehorcht, wird er sich in der nächsten Viertelstunde um fünfzehn Jahre verjüngt haben. Ich sag Ihnen das nur, damit sie vorbereitet sind. Nach meiner Erfahrung ist das ein außergewöhnlicher Calvados, der einen allerdings den ganzen nächsten Vormittag schlicht außer Gefecht setzt.«

»Danglard ist oft den ganzen Vormittag außer Gefecht gesetzt.«

»Ach, na gut. Dennoch sollte er wissen, daß es sich um einen ganz besonderen Schnaps handelt. Man fühlt sich nicht nur außer Gefecht gesetzt, sondern irgendwie dumpf, wie betäubt, ein bißchen wie eine Schnecke in ihrem Schleim. Eine erstaunliche Veränderung.«

»Ist sie schmerzhaft?«

»Nein, es ist eher wie Ferien.«

Decambrais verabschiedete sich und ging hinaus, wobei er es vorzog, nicht vor allen Leuten einem Polizisten die Hand zu geben. Adamsberg beobachtete weiter, wie sich Danglard verjüngte, und gegen acht Uhr setzte er ihn mit Gewalt an den Tisch, damit er etwas feste Nahrung zu sich nahm.

»Wozu?« fragte Danglard, würdevoll und mit glasigem Blick.

»Um heute nacht was zum Kotzen zu haben. Das macht sonst Bauchschmerzen.«

»Sehr gute Idee«, erwiderte Danglard. »Essen wir.«

13

Adamsberg bestellte ein Taxi, um Danglard vom *Viking* vor dessen Haustür zu transportieren, dann ließ er sich unter Camilles Fenstern absetzen. Vom Bürgersteig aus sah man das erleuchtete Glasdach des Ateliers unterm Dach, das sie bewohnte. Er lehnte sich an die Motorhaube eines Autos und verweilte ein paar Minuten, um dieses Licht mit seinen müden Augen zu fixieren. Dieser absurde, arbeitsreiche Tag würde sich in Camilles Körper auflösen, und bald würden von dem Pestphantasma nur noch Fetzen und schließlich Schleier und ein paar letzte Schwaden übrigbleiben.

Er stieg die sieben Stockwerke hinauf und trat leise ein. Wenn Camille komponierte, ließ sie die Tür offen, um nicht mitten im Takt unterbrechen zu müssen. Camille saß an ihrem Synthesizer, den Kopfhörer über den Ohren, die Hände auf den Tasten, lächelte ihm zu und gab ihm mit einer Kopfbewegung zu verstehen, daß sie noch nicht fertig sei. Adamsberg blieb stehen, lauschte den Tönen, die durch die Kopfhörer drangen, und wartete. Die junge Frau arbeitete noch etwa zehn Minuten, dann nahm sie den Kopfhörer ab und schaltete den Synthesizer aus.

»Ein Abenteuerfilm?« fragte Adamsberg.

»Science-Fiction«, antwortete Camille und stand auf. »Eine Serie. Ich habe den Auftrag für sechs Folgen.«

Sie kam zu ihm und legte ihm einen Arm um die Schulter.

»Auf der Erde ist überraschend ein Typ aufgetaucht, der über übernatürliche Fähigkeiten verfügt und die Absicht hat, alle Welt abzumurksen, man erfährt nicht mal, warum«, erklärte sie. »Diese Frage scheint niemanden zu beschäftigen. Andere abmurksen zu wollen verlangt offenbar keine größere Erklärung, als trinken zu wollen. Er will abmurksen, das ist alles, und das ist von Anfang an unbestritten. Besonderes Kennzeichen des Typen: Er schwitzt nicht.«

»Gleicher Fall bei mir«, bemerkte Adamsberg. »Science-Fiction. Ich bin erst am Anfang der ersten Folge, und ich verstehe nichts. Auf der Erde ist ein Typ aufgetaucht, der die Absicht hat, alle Welt abzumurksen. Übernatürliches Kennzeichen: Er spricht Latein.«

Mitten in der Nacht öffnete Adamsberg auf eine schwache Bewegung Camilles hin die Augen. Sie war eingeschlafen, den Kopf auf seinem Bauch liegend, und er hielt die junge Frau mit beiden Armen und beiden Beinen. Das irritierte ihn leicht. Er löste sich behutsam, um ihr Platz zu machen.

14

Nach Einbruch der Nacht bog der Mann in den kurzen, baumbestandenen Weg ein, der zu dem heruntergekommenen Haus führte. Das Relief der blankliegenden Pflastersteine und die glänzende alte Holztür, gegen die er fünfmal schlug, kannte er wie seine Westentasche.

»Bist du's?«

»Ja, Mané. Mach auf.«

Eine dicke, große alte Frau ging ihm mit der Taschenlampe bis zur Wohnküche voraus. In dem kleinen Flur gab es keinen Strom. Schon oft hatte er der alten Mané vorgeschlagen, ihr Haus renovieren und mit etwas Komfort ausstatten zu lassen, aber sie hatte seine Vorschläge mit gleichbleibendem Starrsinn zurückgewiesen.

»Später, Arnaud«, hatte sie gesagt. »Wenn es dein Geld ist. Mir ist dein toller Komfort egal.«

Dann hatte sie auf ihre Füße gezeigt, die in schweren, schwarzen Mokassins steckten.

»Weißt du, wie alt ich war, als man mir mein erstes Paar gekauft hat? Vier Jahre. Bis ich vier war, bin ich barfuß gelaufen.«

»Ich weiß, Mané«, hatte der Mann erwidert. »Aber das Dach ist undicht, und das macht die Dielen auf dem Speicher kaputt. Ich will nicht, daß du eines Tages da durchfällst.«

»Kümmre du dich lieber um deine Angelegenheiten.«

Der Mann setzte sich auf das geblümte Sofa, und Mané brachte Likör und einen Teller mit Keksen.

»Früher konnte ich dir kleine Kekse mit Rahm machen«, sagte Mané, als sie ihm den Teller hinstellte. »Aber heute findet man keine Milch mehr, auf der sich Rahm bildet. Damit ist es vorbei, vorbei. Du kannst sie zehn Tage an der Luft stehen lassen, sie wird einfach schlecht, ohne einen Hauch Rahm zu bilden. Das ist keine Milch mehr, das ist Wasser. Ich bin gezwungen, sie durch Sahne zu ersetzen. Ich bin gezwungen, Arnaud.«

»Ich weiß, Mané«, erwiderte Arnaud und füllte die Gläser. Die alte Frau suchte immer große aus.

»Verändert das den Geschmack sehr?« fragte sie.

»Nein, sie sind ebensogut, ganz bestimmt. Mach dir wegen der Kekse keine Sorgen.«

»Du hast recht. Schluß mit dem Mist. Wie weit bist du?«

»Alles ist bereit.«

Ein breites, hartes Lächeln erschien auf Manés Gesicht.

»Wie viele Türen?«

»Zweihundertdreiundfünfzig. Ich bin immer schneller geworden. Sie sehen sehr schön aus, weißt du, sehr zierlich.«

Das Lächeln der alten Frau wurde noch breiter und ein wenig sanfter.

»Du hast alle Gaben, mein Arnaud, und du wirst sie dir erneut zu eigen machen, das schwöre ich dir beim Evangelium.«

Arnaud lächelte ebenfalls und lehnte den Kopf an den dicken, hängenden Busen der alten Dame. Sie roch nach Parfum und Olivenöl.

»Alle, mein kleiner Arnaud«, wiederholte sie und strich ihm übers Haar. »Sie werden krepieren bis zum letzten Mann, ganz allein, ohne jede Hilfe.«

»Alle«, sagte Arnaud und drückte ihr fest die Hand.

Die alte Frau schreckte auf.

»Hast du deinen Ring, Arnaud? Deinen Ring?«

»Keine Sorge«, sagte er und richtete sich auf. »Ich habe ihn nur an die andere Hand gesteckt.«

»Zeig ihn mir.«

Arnaud gab ihr die rechte Hand, deren Mittelfinger mit einem Ring geschmückt war. Sie strich mit dem Daumen über den schimmernden Diamanten. Dann streifte sie ihm den Ring vom Finger und steckte ihn ihm an die linke Hand.

»Laß ihn an deiner Linken«, befahl sie, »und zieh ihn niemals ab.«

»Gut. Hab keine Sorge.«

»Links, Arnaud. Am Ringfinger.«

»Ja.«

»Wir haben gewartet. Wir haben Jahre gewartet. Heute abend ist es soweit. Ich danke dem Herrn, der mich hat alt werden lassen, damit ich diese Nacht erlebe. Und wenn Er dies tat, Arnaud, dann, weil Er es wollte. Er wollte, daß ich da sey, damit du es erfüllest.«

»Das stimmt, Mané.«

»Trinken wir, Arnaud, auf dein Wohl.«

Die alte Frau erhob ihr Glas und stieß mit Arnaud an. Sie tranken schweigend mehrere Schlucke, seine Hand noch immer in ihrer.

»Schluß mit dem Mist«, sagte Mané. »Ist wirklich alles bereit? Hast du den Code, das Stockwerk? Zu wievielt sind sie da drin?«

»Er lebt allein.«

»Komm, ich gebe dir das Material, du darfst nicht allzu sehr trödeln. Ich habe ihnen seit achtundvierzig Stunden nichts zu fressen gegeben, sie werden sich auf ihn stürzen wie der Teufel auf die arme Seele. Zieh deine Handschuhe an.«

Arnaud folgte ihr bis zu der Leiter, die auf den Speicher führte.

»Fall nicht, Mané!«

»Kümmer du dich um deinen Kram! Ich mach das zweimal am Tag.«

Mühelos kletterte Mané zum Speicher hinauf, von wo ein schrilles Quieken zu hören war.

»Immer mit der Ruhe, ihr Kleinen«, befahl sie. »Leuchte mir, Arnaud, dort auf den linken.«

Arnaud richtete die Lampe auf einen großen Käfig, in dem sich etwa zwanzig Ratten drängten.

»Sieh dir die da in der Ecke an, die liegt in den letzten Zügen. Morgen habe ich schon wieder neue.«

»Bist du sicher, daß sie infiziert sind?«

»Voll bis zum Rand. Willst du mein Wissen anzweifeln? Just vor dem Großen Abend?«

»Natürlich nicht. Aber mir wäre lieber, du gibst mir zehn mit statt fünf. Dann wären wir sicherer.«

»Ich gebe dir fünfzehn, wenn du willst. Dann kannst du ganz beruhigt schlafen.«

Die alte Frau bückte sich, um einen kleinen Stoffbeutel aufzuheben, der neben dem Käfig auf dem Boden lag.

»Vorgestern an der Pest gestorben«, sagte sie und schwenkte den Beutel vor Arnauds Nase. »Wir werden ihr die Flöhe abkämmen, und dann ab damit. Leuchte mir.«

Arnaud sah zu, wie Mané sich in der Küche an dem Rattenkadaver zu schaffen machte.

»Paß auf dich auf. Was ist, wenn sie dich beißen?«

»Ich hab nichts zu befürchten, sag ich dir«, schimpfte Mané. »Außerdem bin ich vom Kopf bis Fuß mit Olivenöl eingerieben. Beruhigt dich das?«

Zehn Minuten später warf sie das Tier in den Mülleimer und hielt Arnaud einen großen Umschlag hin.

»Zweiundzwanzig Flöhe«, sagte sie. »Du siehst, du hast was zur Sicherheit.«

Er steckte den Umschlag vorsichtig in die Innentasche seiner Jacke.

»Ich gehe jetzt, Mané.«

»Schlitz ihn mit einer raschen Bewegung auf und schieb ihn unter der Tür durch. Und mach es ohne Furcht. Du bist der Meister.«

Die alte Frau schloß ihn kurz in die Arme.

»Schluß mit dem Mist«, sagte sie. »Jetzt bist du dran. Möge der Herr dich beschützen, und nimm dich vor den Bullen in acht!«

15

Adamsberg kam gegen neun Uhr morgens in die Brigade. Der Samstag war ein Tag mit wenig Betrieb, mit reduzierter Belegschaft, und der Lärm der Bohrhämmer war verstummt. Danglard war nicht da, sicherlich war er gerade dabei, den hohen Preis für seine im *Viking* durchgemachte Verjüngungskur zu zahlen. Adamsberg selbst bewahrte vom Vorabend nur jenes Gefühl, das den mit Camille verbrachten Nächten eigen war, eine Mattigkeit in den Schenkel- und Rückenmuskeln, die ihn bis ungefähr zwei Uhr begleiten würde, wie ein gedämpftes Echo aus dem Innern seines Körpers. Dann würde es verschwinden.

Er verbrachte den Vormittag mit einer neuerlichen Telefonrunde durch die Kommissariate der Arrondissements. Nichts zu vermelden, kein verdächtiger Todesfall in den mit Vieren versehenen Gebäuden. Dafür waren drei zusätzliche Anzeigen wegen Sachbeschädigung im 1., 16. und 17. Arrondissement eingegangen. Immer Vieren, immer dieselbe Unterschrift, bestehend aus drei Buchstaben, CLT. Er beendete seine Runde mit einem Anruf bei Breuil in der Polizeipräfektur.

Breuil war ein liebenswürdiger und vielschichtiger Kerl, ein ironischer Ästhet und begabter Koch, Eigenschaften, die dafür bürgten, daß er seinen Nächsten nicht voreilig beurteilte. Am Quai des Orfèvres, wo die Ernennung Adamsbergs zum Chef des Morddezernats angesichts seiner Unbekümmertheit, seiner Kleidung und seiner mysteriösen beruflichen Erfolge beträchtliche Wellen geschlagen hatte, war

Breuil einer der wenigen, die ihn nahmen, wie er war, ohne je zu versuchen, ihn in eine Schablone zu pressen. Und diese Duldsamkeit war um so wertvoller, als Breuil in der Präfektur einen einflußreichen Posten bekleidete.

»Sei bitte so gut, mich zu informieren, falls es in einem dieser Häuser Ärger geben sollte«, bat Adamsberg. »Ich bin seit mehreren Tagen an der Sache dran.«

»Das heißt, ich soll dir helfen?«

»Ganz genau.«

»Verlaß dich auf mich«, erwiderte Breuil. »Ich an deiner Stelle würde mir aber keine allzu großen Sorgen machen. Typen, die so abgedreht agieren wie dein Sonntagsmaler, sind im allgemeinen harmlos.«

»Ich mach mir trotzdem Sorgen. Und ich behalt ihn im Auge.«

»Sind sie bei dir mit den Gittern fertig?«

»Noch zwei Fenster.«

»Komm doch mal abends zum Essen. Eine Spargelmousse mit Kerbel, du wirst überrascht sein. Selbst du.«

Adamsberg legte lächelnd auf und ging, die Hände in den Taschen, zum Mittagessen. Fast drei Stunden lang lief er unter einem ziemlich grauen Septemberhimmel herum und kehrte erst im Laufe des Nachmittags zur Brigade zurück.

Als er näher kam, baute sich ein unbekannter Beamter vor ihm auf.

»Kommissar Lamarre«, verkündete der Mann sofort, während er, den Blick zur gegenüberliegenden Wand gerichtet, an einem Knopf seiner Jacke nestelte. »Ein Anruf für Sie um dreizehn Uhr einundvierzig. Ein gewisser Decambrais, Hervé, erbittet einen Rückruf unter der hier angegebenen Telefonnummer«, ergänzte er und hielt ihm eine Notiz hin.

Adamsberg sah Lamarre prüfend an und versuchte, seinen Blick aufzufangen. Der gequälte Knopf fiel zu Boden, aber der Mann blieb aufrecht stehen, mit baumelnden Armen. Etwas an seiner hochgewachsenen Statur, dem blonden Haar und den blauen Augen erinnerte Adamsberg an den Wirt des *Viking*.

»Sind Sie Normanne, Lamarre?« fragte er ihn.

»Jawohl, Herr Kommissar. Geboren in Granville.«

»Kommen Sie von der Gendarmerie?«

»Jawohl, Herr Kommissar. Ich habe mich qualifiziert, um in die Hauptstadt versetzt zu werden.«

»Sie können ihren Knopf aufheben, Brigadier«, schlug Adamsberg vor. »Und Sie können sich setzen.«

Lamarre führte den Vorschlag aus.

»Und Sie können versuchen, mich anzusehen. In die Augen.«

Leichte Panik verzerrte das Gesicht des Brigadiers, und sein Blick blieb hartnäckig auf die Wand gerichtet.

»Es ist für die Arbeit«, erklärte Adamsberg. »Strengen Sie sich an.«

Der Mann drehte langsam den Kopf.

»So ist es gut«, stoppte ihn Adamsberg. »Rühren Sie sich nicht mehr. Sehen Sie weiter auf die Augen. Hier sind Sie bei der Polizei, Brigadier. Die Abteilung Kapitalverbrechen erfordert mehr Diskretion, Natürlichkeit und Menschlichkeit als jede andere. Zu Ihren Aufgaben gehört hier, sich einschleichen, sich verstecken zu müssen, verhören, bedrängen zu müssen, ohne entdeckt zu werden, Vertrauen einflößen und auch Tränen trocknen zu müssen. So, wie Sie jetzt sind, erkennt man Sie auf hundert Meilen, starr wie ein Stier auf seiner Weide. Sie werden lernen müssen, sich gehenzulassen, und das braucht länger als einen Tag. Erste Übung: Schauen Sie die anderen an.«

»Gut, Herr Kommissar.«

»In die Augen, nicht auf die Stirn.«

»Ja, Herr Kommissar.«

Adamsberg öffnete sein Notizbuch und notierte sich auf der Stelle: *Viking*, Knopf, Blick starr auf die Wand gleich Lamarre.

Decambrais nahm beim ersten Klingeln ab.

»Ich wollte Ihnen lieber Bescheid geben, daß unser Mann den kritischen Punkt erreicht hat, Kommissar.«

»Das heißt?«

»Am besten lese ich Ihnen die ›Speziellen‹ von heute morgen und heute mittag vor. Sind Sie bereit?«

»Ich bin soweit.«

»Die erste ist die Fortsetzung des Tagebuchs von diesem Engländer.«

»Sepys.«

»Pepys, Kommissar. *Heute sah ich mit großem Unbehagen zwei oder drei Häuser, die mit einem roten Kreuz über den Türen markiert waren und die Inschrift trugen ›Der Herr sei uns gnädig‹, was mir ein trauriger Anblick war, das erste Mal, daß ich so etwas je sah, soweit ich mich erinnern kann.*«

»Es wird nicht besser.«

»Das kann man wohl sagen. Dieses rote Kreuz kennzeichnete die Türen der infizierten Häuser, damit die Passanten sich von ihnen fernhalten konnten. Pepys ist also seinen ersten Pestkranken begegnet. In Wirklichkeit hat die Krankheit schon recht lange in den Vorstädten geschwelt, aber Pepys, der geschützt in der City der Reichen lebt, war darüber noch nicht informiert.«

»Und die zweite Nachricht?« unterbrach Adamsberg.

»Noch schlimmer. Ich lese sie Ihnen vor.«

»Langsam«, bat Adamsberg.

»*Am* 17. August *gehen falsche Gerüchte dem Übel voraus, viele zittern, eine große Zahl indes hofft, unter Berufung auf den berühmten Arzt Rainssant. Unnötige Mühen: Am* 14. September *ist die Pest in die Stadt gelangt. Zunächst hat sie im*

Quartier Rousseau *zugeschlagen, wo ein Toter nach dem anderen von ihrer Gegenwart zeugt.* Da Sie das Blatt nicht vor Augen haben, weise ich Sie darauf hin, daß der Text gespickt ist mit Auslassungspunkten. Der Typ ist besessen, er erträgt es nicht, einen Originalsatz zu kürzen, ohne es zu kennzeichnen. Außerdem sind ›17. August‹, ›14. September‹ und ›Quartier Rousseau‹ in einer anderen Schrift getippt. Bestimmt hat er die ursprünglichen Daten und den wirklichen Ort des Textes verändert und hebt seine Entstellungen hervor, indem er die Schrift wechselt. Meiner Meinung nach.«

»Heute ist der 14. September, nicht wahr?« fragte Adamsberg, der sich auf ein, zwei Tage Differenz nie ganz sicher mit dem Datum war.

»Ganz richtig. Das bedeutet schlicht und einfach, daß dieser Verrückte uns ankündigt, daß die Pest heute in die Stadt Paris gelangt ist und getötet hat.«

»Rue Jean-Jacques Rousseau.«

»Glauben Sie, das ist der anvisierte Ort?«

»Ich habe ein mit Vieren gekennzeichnetes Haus in dieser Straße.«

»Was für Vieren?«

Adamsberg hielt Decambrais für ausreichend in die Sache verwickelt, um ihn über die andere Seite der Betätigungen seines Verkünders informieren zu können. Er merkte allerdings, daß Decambrais, so kultiviert er auch war, anscheinend nichts über die Bedeutung dieser Vier wußte, ebensowenig wie der gebildete Danglard. Das Schutzzeichen war also nicht sehr bekannt, und der Typ, der es benutzte, mußte verdammt beschlagen sein.

»Jedenfalls können Sie die Angelegenheit jetzt ohne mich weiterverfolgen, als Dokumentation für Ihre *Lebensfragen*«, sagte Adamsberg abschließend. »Das wird ein hübsches Stück in Ihrer Sammlung werden – für Sie wie für die Annalen des Ausrufers. Was hingegen das Risiko eines Verbrechens betrifft, so können wir den Kerl, glaube ich, vergessen. Er hat eine andere, rein symbolische Kurve genommen, wie mein Stellvertreter sagen würde. Denn in der letzten Nacht ist in der Rue Jean-Jacques Rousseau nichts geschehen, genausowenig wie in den anderen betroffenen Häusern. Dafür malt unser Mann weiter. Soll er, solange er will.«

»Um so besser«, bemerkte Decambrais nach kurzem Schweigen. »Lassen Sie mich Ihnen sagen, daß es mir eine Freude war, Sie näher kennenzulernen, und seien Sie mir nicht böse, daß Sie meinetwegen Zeit verloren haben.«

»Im Gegenteil. Ich schätze den wahren Wert der verlorenen Zeit.«

Adamsberg legte auf und beschloß, daß sein samstäglicher Arbeitstag beendet war. Die Kladde enthielt nichts, was nicht bis Montag warten konnte. Bevor er sein Büro verließ, konsultierte er sein Notizbuch, um den Gendarmen aus Granville mit Namen anzusprechen.

Inzwischen drang die Sonne erneut durch die dünner gewordenen Wolken, und die Stadt begann zögernd, sich wieder etwas sommerlicher zu gebärden. Er zog die Jacke aus, warf sie sich über die Schulter und ging langsam in Richtung Fluß. Die Pariser schienen oft zu vergessen, daß sie einen Fluß hatten. Auch wenn die Seine verdreckt war, war sie mit ihrem trägen Dahinfließen, ihrem Geruch nach feuchter Wäsche und ihrem Vogelgeschrei doch ein Zufluchtsort für ihn.

Während er in aller Ruhe durch die schmalen Straßen lief, sagte er sich, daß es ganz gut war, daß Danglard seinen Calvadosrausch zu Hause ausschlief. Es war ihm lieber, die Sache mit den Vieren ohne Zeugen begraben zu haben. Danglard hatte recht gehabt. Aktionskünstler oder symbolbesessener Irrer – der Verrückte mit den Vieren drehte sich als ein freies Rädchen in einem Universum, mit dem sie nichts zu tun hatten. Adamsberg hatte die Partie verloren, aber es war ihm egal, um so besser. Er legte keinen falschen Stolz in diese Konfrontationen mit seinem Stellvertreter, aber er wußte es zu schätzen, daß seine Kapitulation in aller Stille erfolgt war. Am Montag würde er ihm sagen, daß er sich getäuscht hatte und daß die Vieren sich in der Welt der Anekdoten zu den Riesenkäfern von Nanteuil gesellen würden. Von wem hatte er diese Geschichte? Von dem Fotografen, dem Typen mit den Sommersprossen. Wie hieß der noch gleich? Er erinnerte sich nicht mehr.

16

Am Montag verkündete Adamsberg Danglard das Ende des Falls mit den Vieren. Als Mann von Welt gestattete Danglard sich keinerlei Kommentar und begnügte sich mit einem Nicken.

Am Dienstag wurde Adamsberg um Viertel nach zwei durch einen Anruf aus dem Kommissariat des 1. Arrondissements über die Entdeckung einer Leiche in der Rue Jean-Jacques Rousseau 117 informiert.

Er legte mit äußerster Langsamkeit den Hörer auf, so wie man es mitten in der Nacht tut, wenn man niemanden wecken will. Aber es war mitten am Tag. Und er versuchte nicht, den Schlaf der anderen zu schützen, sondern selbst einzuschlafen, sich geräuschlos in den Zustand des Vergessens zu befördern. Er kannte diese Momente, in denen ihn seine eigene Natur derart beunruhigte, daß er darum betete, sich eines Tages in einem Refugium aus Stumpfsinn und Ohnmacht zusammenrollen zu können, um es nie wieder zu verlassen. Diese Momente, in denen er gegen jede Vernunft recht behalten hatte, waren nicht seine besten. Sie überwältigten ihn für kurze Zeit, als spürte er plötzlich die lastende Bürde einer unheilvollen Begabung, die ihm eine etwas vertrottelte böse Fee bei seiner Geburt verliehen hatte, indem sie sich über seine Wiege gebeugt und die Worte gesprochen hatte: »Da ihr mich zu dieser Taufe nicht eingeladen habt« – was nicht weiter verwunderlich war, da seine Eltern, arm wie die Kirchenmäuse, seine Geburt tief in den Pyrenäen allein gefeiert und ihren

Sohn in eine warme Decke gewickelt hatten –, »da ihr mich zu dieser Taufe nicht eingeladen habt, schenke ich diesem Kind die Gabe, eine große Schweinerei immer dann vorauszuahnen, wenn noch kein anderer sie wahrgenommen hat.« Oder irgend etwas in dieser Art, nur besser formuliert, denn die böse Fee war schließlich nicht der letzte Analphabet und auch keine ungehobelte Person, keinesfalls.

Diese Momente des Unwohlseins waren von kurzer Dauer. Zum einen, weil Adamsberg nicht die geringste Absicht hatte, sich zusammenzurollen, da es ihn den halben Tag lang drängte, zu laufen, und den anderen halben Tag, zu stehen, zum anderen, weil er über keinerlei Begabung zu verfügen glaubte. Was er vorausgeahnt hatte, als das mit den Vieren begonnen hatte, war letzten Endes nur logisch gewesen, wenn seine Logik auch nicht so schön nachvollziehbar war wie die von Danglard und er sich nicht in der Lage sah, ihre nicht faßbare Funktionsweise zu erläutern. Es schien ihm offensichtlich, daß diese Vieren von Anfang an als Drohgebärden geplant waren, so deutlich, als hätte ihr Urheber auf die Türen geschrieben: »Ich bin da. Schaut mir zu, und seht euch vor.« Es war offensichtlich, daß die Bedrohung zugenommen hatte und eine wirkliche Gefahr zu werden schien, als Decambrais und Le Guern gekommen waren, um ihm zu berichten, daß seit demselben Tag ein Pestverkünder umging. Es war offensichtlich, daß sich der Mann in einer Tragödie gefiel, die er eigenhändig inszenierte. Es war offensichtlich, daß er nicht auf halbem Weg stehenbleiben würde, es war offensichtlich, daß dieser mit so viel melodramatischer Detailversessenheit angekündigte Tod wahrscheinlich zu einer Leiche führen würde. Es war logisch gewesen, so logisch, daß Decambrais es genauso gefürchtet hatte wie er.

Die ungeheuerliche Inszenierung, ihr Bombast, ihre Komplexität verwirrten Adamsberg nicht. In all ihrer Seltsamkeit hatte sie fast etwas Klassisches, etwas, das für einen seltenen

Mördertypus, der von einem kolossalen, verhöhnten Stolz getrieben wurde und sich auf einen Sockel schwang, der seiner Erniedrigung und seinem Ehrgeiz entsprach, geradezu exemplarisch war. Weniger offensichtlich, ja unverständlich war, warum er auf die alte Vorstellung von der Pest zurückgegriffen hatte.

Der Kommissar des 1. Arrondissements war ganz sicher gewesen: Nach den ersten Informationen der Beamten, die die Leiche entdeckt hatten, war der Körper schwarz.

»Wir fahren los, Danglard«, sagte Adamsberg, als er am Büro seines Stellvertreters vorbeiging. »Trommeln Sie die Einsatzmannschaft zusammen, wir haben eine Leiche. Der Gerichtsmediziner und die Männer von der Spurensicherung sind unterwegs.«

In solchen Momenten konnte Adamsberg eine ziemliche Schnelligkeit entwickeln, und Danglard beeilte sich, die Männer zusammenzutrommeln und ihm zu folgen, ohne ein Wort der Erklärung bekommen zu haben.

Der Kommissar ließ die beiden Oberleutnants und den Brigadier hinten im Wagen Platz nehmen und faßte Danglard am Ärmel.

»Einen Augenblick, Danglard. Wir sollten die Männer nicht zu früh beunruhigen.«

»Justin, Voisenet und Kernorkian«, sagte Danglard.

»Es ist also geschehen. Die Leiche befindet sich in der Rue Jean-Jacques Rousseau. Gerade erst waren zehn Wohnungstüren in dem Haus mit spiegelverkehrten Vieren gekennzeichnet worden.«

»Scheiße«, sagte Danglard.

»Das Opfer ist ein Mann, um die Dreißig, ein Weißer.«

»Warum sagen Sie ›Weißer‹?«

»Weil sein Körper schwarz ist. Seine Haut ist schwarz, geschwärzt. Seine Zunge auch.«

Danglard runzelte die Stirn.

»Die Pest«, sagte er. »Der ›Schwarze Tod‹.«

»Genau das. Aber ich glaube nicht, daß dieser Mann an der Pest gestorben ist.«

»Was macht Sie da so sicher?«

Adamsberg zuckte mit den Schultern.

»Ich weiß es nicht. Zu überzogen. In Frankreich gibt es seit langem keine Pest mehr.«

»Man kann immer noch Menschen damit infizieren.«

»Dazu müßte man sie sich beschaffen können.«

»Das ist nicht schwer. Die Forschungsinstitute sind voll mit Yersinien, hier in Paris und anderswo. An diesen geheimen Orten geht der Kampf weiter. Ein geschickter, versierter Mensch könnte sich da bedienen.«

»Was sind Yersinien?«

»Das ist ihr Familienname. Name, Vorname: *Yersinia pestis*. Eigenschaft: Pestbazillus. Beruf: historischer Massenmörder. Zahl der Opfer: zig Millionen. Motiv: Sühne.«

»Sühne«, murmelte Adamsberg. »Sind Sie sich sicher?

»Tausend Jahre lang hat niemand daran gezweifelt, daß Gott persönlich die Pest über die Welt gebracht hat, um uns für unsere Sünden zu bestrafen.«

»Ich will Ihnen mal was sagen: Ich möchte Gott nicht mitten in der Nacht auf der Straße begegnen. Stimmt das, was Sie da sagen, Danglard?«

»Es stimmt. Die Pest ist die Geißel Gottes schlechthin. Stellen Sie sich einen Typen vor, der so was in seiner Tasche spazieren trägt – das kann explosiv werden.«

»Und wenn es das nicht ist, Danglard, wenn man uns nur glauben machen will, daß ein Typ die Geißel Gottes in seiner Tasche spazierenträgt, wäre das katastrophal. Kaum wird das bekannt, verbreitet es sich wie ein Präriefeuer. Wir riskieren eine kollektive Psychose, groß wie ein ganzes Gebirge.«

Vom Auto aus rief Adamsberg in der Brigade an.

»Strafverfolgungsbrigade, Oberleutnant Noël«, meldete sich eine barsche Stimme.

»Noël, nehmen Sie einen Mann mit, jemand Unauffälligen, oder besser nein, nehmen Sie diese Frau mit, die braunhaarige, etwas zurückhaltende ...«

»Oberleutnant Hélène Froissy, Kommissar?«

»Ganz richtig, und begeben Sie sich schleunigst zur Kreuzung Edgar-Quinet-Delambre. Überprüfen Sie von weitem, ob ein gewisser Decambrais sich an seinem Wohnsitz aufhält, Ecke Rue de la Gaîté, und bleiben Sie vor Ort bis zum Abendausrufen.«

»Zum Abendausrufen?«

»Wenn Sie's sehen, werden Sie es verstehen. Ein Kerl steigt kurz nach sechs auf eine Kiste. Bleiben Sie da, bis Sie abgelöst werden, und achten Sie möglichst auf alles. Vor allem auf das Publikum des Ausrufers. Ich melde mich wieder.«

Die fünf Männer stiegen in den fünften Stock hinauf, wo sie der Kommissar des 1. Arrondissements erwartete. In allen Stockwerken waren die Wohnungstüren gesäubert worden, aber man konnte noch gut die breiten schwarzen Spuren erkennen, die die kürzlich aufgetragene Farbe hinterlassen hatte.

»Kommissar Devillard«, flüsterte Danglard Adamsberg zu, bevor sie das letzte Stockwerk erreichten.

»Danke«, erwiderte Adamsberg.

»Anscheinend übernehmen Sie den Fall, Adamsberg?« fragte Devillard und schüttelte ihm die Hand. »Ich habe gerade mit dem Quai des Orfèvres gesprochen.«

»Ja«, antwortete Adamsberg. »Ich war schon auf seiner Spur, da gab's ihn noch gar nicht.«

»Wunderbar«, sagte Devillard, der übermüdet schien. »Ich habe einen Einbruch in einer Videothek am Hals, eine wirklich große Sache, und dreißig aufgebrochene Autos in meinem Sektor. Ich hab diese Woche mehr, als mir zusteht. Sie wissen, wer der Typ ist?«

»Ich weiß nichts, Devillard.«

Adamsberg zog die Wohnungstür zu, um sich die Vorderseite anzusehen. Sie war sauber, ohne die geringste Farbspur.

»René Laurion, ledig«, erklärte Devillard, während er seine ersten Notizen durchsah, »zweiunddreißig Jahre, Inhaber einer Autowerkstatt. Korrekt, keine Vorstrafen. Die Putzfrau hat die Leiche gefunden, sie kommt einmal die Woche, dienstags morgens.«

»Pech«, bemerkte Adamsberg.

»Wirklich. Sie hat einen Nervenzusammenbruch erlitten, ihre Tochter hat sie abgeholt.«

Devillard drückte ihm seine Notizen in die Hand, und Adamsberg nickte ihm dankend zu. Er näherte sich der Leiche, und die Männer von der Spurensicherung machten ihm Platz. Der Mann war nackt, auf den Rücken gedreht, die Arme ausgebreitet, und seine Haut hatte etwa zehn große rußschwarze Flecken an den Schenkeln, am Rumpf, an einem Arm und im Gesicht. Seine Zunge hing aus dem Mund, sie war ebenfalls schwarz. Adamsberg kniete sich hin.

»Simuliert, wie?« fragte er den Gerichtsmediziner.

»Machen Sie sich nicht über mich lustig, Kommissar«, antwortete der Arzt barsch. »Ich habe die Leiche noch nicht untersucht, aber der Kerl ist tot, mausetot, und zwar seit Stunden. Nach den Spuren am Hals unter der schwarzen Schicht zu urteilen, wurde er erwürgt.«

»Natürlich«, sagte Adamsberg besänftigend, »das hatte ich nicht gemeint.«

Er sammelte ein wenig von dem schwarzen Pulver auf, das sich auf dem Boden verstreut hatte, rieb es zwischen den Fingern und wischte seine Hände dann an der Hose ab.

»Kohle«, murmelte er. »Der Typ wurde mit Kohle eingerieben.«

»Es sieht ganz danach aus«, bemerkte ein Mann von der Spurensicherung.

Adamsberg sah sich um.

»Wo ist seine Kleidung?« fragte er.

»Sauber zusammengelegt im Schlafzimmer«, antwortete Devillard. »Die Schuhe stehen unter dem Stuhl.«

»Nichts zerstört? Kein Einbruch?«

»Nein. Entweder hat Laurion dem Mörder aufgemacht, oder der Kerl hat das Schloß in aller Ruhe mit einem Dietrich geöffnet. Ich glaube, wir halten uns an die zweite Möglichkeit. Wenn's so gewesen ist, macht uns das die Dinge leichter.«

»Ein Fachmann, nicht?«

»Ganz genau. Schlösser wie ein Profi zu öffnen, lernt man nicht auf der Schule. Der Typ war bestimmt im Knast, und zwar für ein ganzes Weilchen, nur so hatte er Zeit, sich die nötigen Kenntnisse anzueignen. In diesem Fall ist er in der Kartei. Wenn er hier auch nur den kleinsten Fingerabdruck hinterlassen hat, haben Sie ihn in Null Komma nichts. Etwas Besseres kann ich Ihnen nicht wünschen, Adamsberg.«

Drei Beamte der Spurensicherung durchsuchten schweigend die Wohnung: Einer nahm sich die Umgebung des Toten vor, der andere das Schloß, der dritte sämtliche Möbelstücke. Adamsberg ging langsam durch das Wohnzimmer, dann besichtigte er das Bad, die Küche, das kleine, aufgeräumte Schlafzimmer. Er hatte Handschuhe angezogen und öffnete mechanisch die Schranktür, den Nachttisch, die Schubladen der Kommode, des Schreibtischs, der Anrichte. Auf dem Küchentisch, dem einzigen Ort, an dem eine gewisse Unordnung herrschte, blieb sein Blick auf einem großen elfenbeinfarbenen Umschlag haften, der quer auf einem Stapel mit Briefen und Zeitungen lag. Er war mit einer raschen Bewegung glatt aufgeschlitzt worden. Er betrachtete ihn lange, ohne ihn anzufassen, und wartete darauf, daß das Bild auf seinen Befehl hin aus seinem Gedächtnis aufstieg. Das Bild war nicht weit weg, es würde nur ein oder zwei Minuten dauern. So unfähig Adamsbergs Gedächtnis war, Eigennamen, Titel, Marken, Orthographie, Syntax und all das zu registrieren, was mit Geschriebenem zu tun hatte, so sehr übertraf es sich, was Bilder anging. Adamsberg war ein hochbegabter Augenmensch, der das Schauspiel des Lebens vollständig erfaßte, vom Licht der Wolken bis zu dem an Devillards Ärmel fehlenden Knopf. Sehr deutlich tauchte das Bild wieder auf. Decambrais bei seinem Besuch der Brigade, wie er ihm gegenübersaß und den Stoß mit »Speziellen« aus einem dicken elfenbeinfarbenen Umschlag zog, der überdurchschnittlich groß und mit blaßgrauem Seidenpapier gefüttert war. Es war der gleiche Umschlag wie der, der jetzt auf dem Zeitungsstapel vor seinen Augen lag. Er winkte dem Fotografen, der mehrere Aufnahmen davon machte, während Adamsberg auf der Suche nach dem Namen des Mannes sein Notizbuch durchblätterte.

»Danke, Barteneau«, sagte er dann.

Er nahm den Umschlag und öffnete ihn. Er war leer. Er ging den Stapel mit der unerledigten Post durch und überprüfte jeden einzelnen Umschlag. Alle waren mit dem Finger geöffnet worden und enthielten noch ihren Inhalt. Im Mülleimer fanden sich neben dem mindestens drei Tage alten Müll zwei zerrissene Umschläge und mehrere zerknüllte Blätter, aber keines, dessen Format dem elfenbeinfarbenen Umschlag entsprach. Er stand auf und wusch nachdenklich seine Handschuhe unter dem Wasserhahn. Warum hatte der Mann den leeren Umschlag aufbewahrt? Und warum hatte er ihn nicht mit dem Finger geöffnet wie alle anderen?

Er ging in das Wohnzimmer zurück, wo die Männer ihre Arbeit inzwischen beendet hatten.

»Kann ich gehen, Kommissar?« fragte der Gerichtsmediziner, der offenbar nicht wußte, ob er sich an Devillard oder an Adamsberg wenden sollte.

»Gehen Sie«, antwortete Devillard.

Adamsberg beförderte den Umschlag in einen Plastikbeutel und übergab ihn einem der Beamten.

»Das muß mit dem Rest ins Labor«, sagte er. »Dringender Sonderfall.«

Eine Stunde später verließ er das Gebäude, als die Leiche abtransportiert wurde, und ließ zwei Beamte vor Ort zurück, die den Auftrag hatten, die Hausbewohner zu vernehmen.

17

Um fünf Uhr nachmittags saßen dreiundzwanzig Beamte der Strafverfolgungsbrigade zwischen den Schutthaufen auf Stühlen um Adamsberg herum. Es fehlten nur Noël und Froissy, die die Place Edgar-Quinet überwachten, sowie die beiden Männer, die in der Rue Jean-Jacques Rousseau Dienst taten.

Adamsberg stand und pinnte mit Reißzwecken einen großen Stadtplan an die frisch gestrichene Wand. Schweigend warf er einen Blick auf die Liste, die er in der Hand hielt, markierte dann mit großen roten Nadeln die vierzehn Gebäude, die bereits mit Vieren markiert waren, sowie mit einer grünen Nadel das fünfzehnte, in dem der Mord geschehen war.

»Am 17. August ist jemand bei uns auf der Erde erschienen, der die Absicht hat, Leute abzumurksen«, sagte Adamsberg. »Nennen wir ihn CLT. CLT springt aber nicht mit verhängten Zügeln dem ersten Dahergelaufenen an die Gurgel. Vorher schiebt er eine Vorbereitungsphase ein, für die er fast einen Monat braucht; und zweifellos ist auch diese lange im voraus geplant worden. Er agiert gleichzeitig an zwei Fronten. Front 1: Er sucht sich Gebäude in Paris aus, in denen er nachts schwarze Ziffern auf die Wohnungstüren malt.«

Adamsberg schaltete einen Projektor ein, und das Bild einer großen, spiegelverkehrten Vier erschien an der weißen Wand.

»Es ist eine sehr spezifische Vier, spiegelverkehrt, mit

einem breiteren Fuß und am Querbalken mit zwei Längsstrichen versehen. Diese Besonderheiten finden sich bei jeder der Zeichnungen. Unten rechts fügt er die drei Großbuchstaben CLT hinzu. Im Gegensatz zu den Vieren sind die Buchstaben schlicht, ohne Schnörkel. Dieses Motiv bringt er stets auf allen Wohnungstüren in dem Haus an – *mit Ausnahme einer einzigen.* Die Wahl der verschonten Tür erfolgt anscheinend zufällig. Die Auswahlkriterien für die Häuser scheinen ebenfalls willkürlich zu sein. Sie befinden sich in elf Pariser Arrondissements, sowohl in großen Avenuen als auch in unauffälligen Straßen. Unter den Hausnummern gibt es gerade wie ungerade Zahlen, die Häuser selbst sind von ganz unterschiedlichem Stil und aus allen Epochen, stattlich oder armselig. Man könnte meinen, CLT habe bei dieser Auswahl eine größtmögliche Bandbreite im Sinn gehabt. Als ob er damit andeuten wollte, daß er alle treffen kann, daß niemand ihm entgeht.«

»Und die Bewohner?« fragte ein Oberleutnant.

»Später«, erwiderte Adamsberg. »Die Bedeutung dieser spiegelverkehrten Vier ist zuverlässig entschlüsselt worden: Es handelt sich um eine Chiffre, die früher als Talisman diente, um sich gegen die Gefährdung durch die Pest zu schützen.«

»Welche Pest?« fragte eine Stimme.

Adamsberg erkannte den Brigadier an den Augenbrauen.

»*Die* Pest, Favre, es gibt nicht x verschiedene davon. Danglard, bitte, in drei Sätzen.«

»Die Pest erreichte 1347 das Abendland«, sagte Danglard. »Binnen fünf Jahren verwüstete sie Europa von Neapel bis Moskau und brachte dreißig Millionen Menschen den Tod. Dieses entsetzliche Ereignis in der Geschichte der Menschen wird der ›Schwarze Tod‹ genannt. Diese Bezeichnung zu kennen ist wichtig für die Ermittlungen. Sie kam …«

»Drei Sätze, Danglard«, unterbrach Adamsberg.

»Danach tauchte sie in Abständen wieder auf, ungefähr alle zehn Jahre, verwüstete ganze Regionen und gab erst im 18. Jahrhundert auf. Ich habe jetzt allerdings weder vom frühen Mittelalter noch von der Gegenwart, noch vom Orient berichtet.«

»Das ist perfekt, berichten Sie nichts weiter. Es reicht aus, um zu verstehen, wovon wir hier reden. Von der historischen Pest, die einen Menschen in fünf bis zehn Tagen umbringt.«

Auf diese letzte Information hin erhob sich allgemeines Gemurmel. Die Hände in den Taschen, den Kopf gesenkt, wartete Adamsberg, bis der Saal sich wieder beruhigte.

»Ist der Mann aus der Rue Jean-Jacques Rousseau an der Pest gestorben?« fragte eine unsichere Stimme.

»Dazu komme ich gleich. Front 2: Ebenfalls am 17. August lanciert CLT seine erste Anzeige in der Öffentlichkeit. Zu diesem Zweck wählt er sich die Kreuzung Edgar-Quinet-Delambre, wo ein Mann mit gewissem Erfolg den Beruf des öffentlichen Ausrufers neu erfunden hat.«

Rechts von ihm erhob sich ein Arm.

»Wie hat man sich das vorzustellen?«

»Der Mann hat Tag und Nacht eine Urne an einem Baum hängen, und die Leute werfen dort Nachrichten ein, die dann – ich vermute, gegen eine kleine Entlohnung – vorgelesen werden. Dreimal täglich leert der Ausrufer den Kasten und ruft dann aus.«

»Das ist doch völlig bescheuert«, sagte eine Stimme.

»Vielleicht, aber es funktioniert«, bemerkte Adamsberg. »Es ist nicht bescheuerter, Worte zu verkaufen als Blumen.«

»Oder Bulle zu sein«, sagte eine Stimme links von ihm.

Adamsberg machte den Mann ausfindig, der gerade gesprochen hatte, ein kleiner Grauhaariger mit Zweidrittelglatze, der breit lächelte.

»Oder Bulle zu sein«, bestätigte Adamsberg. »Die Nachrichten von CLT sind für das breite Publikum, ja für das gesamte Publikum unverständlich. Es handelt sich um kurze Auszüge aus alten Büchern, auf französisch oder sogar lateinisch, die in großen elfenbeinfarbenen Umschlägen in die Urne geworfen werden. Die Texte wurden mit einem Drucker erstellt. Einen Mann vor Ort, der sich recht gut mit alten Büchern auskennt, hat das so beschäftigt, daß er versucht hat, mehr darüber herauszufinden.«

»Name? Beruf?« fragte ein Oberleutnant mit einem geöffneten Notizblock auf den Knien.

Adamsberg zögerte eine Sekunde.

»Decambrais«, antwortete er. »Rentner und Berater in Lebensfragen.«

»Sind die da etwa alle durchgeknallt?« fragte jemand.

»Schon möglich«, sagte Adamsberg. »Aber das ist eine Frage der Optik. Solange man etwas aus der Ferne betrachtet, scheint eigentlich immer alles in Ordnung. Sobald man sich nähert und sich die Zeit nimmt, auf die Details zu achten, entdeckt man, daß alle mehr oder weniger irre sind – auf diesem Platz, auf einem anderen, an sonst einem Ort und auch in dieser Brigade.«

»Damit bin ich nicht einverstanden«, protestierte Favre laut. »Um Blödsinn auf einem Platz herumzuschreien, muß man doch wirklich krank sein. Soll der Kerl doch mal ordentlich in die Muschel rotzen, das wird ihn auf andere Gedanken bringen. In der Rue de la Gaîté zahlst du dreihundert Mäuse, und das öffnet sich ganz von allein.«

Gelächter. Adamsberg ließ seinen Blick ruhig über die Reihen schweifen, und das Lachen erstarb. Er sah den Brigadier an.

»Favre, ich sagte gerade, es gibt Irre in dieser Brigade.«

»Sagen Sie mal, Kommissar!« begann Favre mit gerötetem Gesicht und sprang auf.

»Halten Sie die Klappe«, bemerkte Adamsberg schroff.

Überrascht setzte sich Favre sofort wieder, wie schockiert von dem Zusammenprall. Schweigend wartete Adamsberg ein paar Sekunden mit verschränkten Armen.

»Ich hatte Sie schon einmal gebeten nachzudenken, Favre«, sagte er dann bedächtiger. »Ich bitte Sie ein zweites Mal. Sicherlich haben Sie ein Hirn, suchen Sie es. Falls Sie dabei scheitern, werden Ihre Entgleisungen zukünftig außerhalb meines Blickfeldes und außerhalb dieser Brigade stattfinden müssen.«

Er wandte sich ab, betrachtete den großen Stadtplan und fuhr fort:

»Diesem Decambrais ist es gelungen, die Bedeutung der von CLT eingeworfenen Botschaften zu entschlüsseln. Alle stammen aus alten Abhandlungen über die Pest oder aus einem Tagebuch, das über sie berichtet. Einen Monat lang hat sich CLT auf die Beschreibung der Vorzeichen beschränkt. Dann hat er das Tempo erhöht und am vergangenen Samstag die Ankunft der Pest in der Stadt im ›Viertel Rousseau‹ verkündet. Drei Tage später, das heißt heute, wird die erste Leiche in einem mit Vieren gekennzeichneten Gebäude entdeckt. Das Opfer ist der junge Besitzer einer Autowerkstatt, alleinstehend, solide, ohne Eintrag im Strafregister. Die Leiche ist nackt, und die Haut des Toten ist mit schwarzen Flecken bedeckt.«

»Der ›Schwarze Tod‹«, sagte eine Stimme, dieselbe, die sich zuvor besorgt nach der Todesursache erkundigt hatte.

Adamsberg entdeckte einen schüchternen jungen Mann mit noch rundlichen Zügen und grünen, sehr großen Augen. Neben ihm erhob sich eine Frau mit einem groben, verdrossenen Gesicht.

»Kommissar«, sagte sie. »Die Pest ist eine schrecklich ansteckende Krankheit. Nichts beweist uns, daß dieser Mann nicht an der Pest gestorben ist. Aber Sie haben vier

Beamte an den Tatort mitgenommen, ohne auch nur den Bericht des Gerichtsmediziners abzuwarten.«

Nachdenklich stützte Adamsberg das Kinn auf die Faust. Diese außerordentliche Informationsversammlung wurde zu einer Veranstaltung, die etwas von einem Initiationsritus hatte, mit Wortgefechten und Provokationsversuchen.

»An der Pest erkrankt man nicht durch Kontakt«, erklärte Adamsberg. »Es ist eine Krankheit der Nagetiere, insbesondere der Ratten, die über den Biß infizierter Flöhe auf den Menschen übertragen wird.«

Adamsberg hatte sein gänzlich frisches Wissen aus dem Lexikon, das er kurz zuvor konsultiert hatte.

»Als ich die vier Männer mitgenommen habe«, fuhr er fort, »war bereits sicher, daß das Opfer nicht an der Pest gestorben ist.«

»Warum nicht?« fragte die Frau.

Danglard eilte dem Kommissar zu Hilfe.

»Die Ankündigung, die Pest habe die Stadt erreicht, erfolgte am Samstag durch den Ausrufer«, sagte er. »Laurion ist in der Nacht von Montag auf Dienstag gestorben, drei Tage später. Dazu muß man wissen, daß die Zeit zwischen der Infektion mit dem Bazillus und dem Tod durch die Pest fünf Tage beträgt, von seltenen Ausnahmen abgesehen. Es war also ausgeschlossen, daß wir es mit einem wirklichen Pestfall zu tun hatten.«

»Tatsächlich? Er hätte ihn vorher infizieren können.«

»Nein. CLT ist ein Besessener. Und Besessene können nicht schummeln. Wenn er seine Nachricht am Samstag verkündet, dann infiziert er sein Opfer auch am Samstag.«

»Möglich«, sagte die Frau halbwegs besänftigt und setzte sich wieder.

»Der Werkstattinhaber ist erwürgt worden«, fuhr Adamsberg fort. »Danach wurde sein Körper mit Holzkohle geschwärzt, bestimmt, um die Symptome der Pest zu imitieren und damit an diese Krankheit zu erinnern. CLT ist also nicht im Besitz des Bazillus. Er ist kein irrer Laborant, der mit der Spritze in der Tasche herumläuft. Der Mann agiert symbolisch. Aber es ist klar, daß er daran glaubt – und zwar sehr stark. Die Tür des Opfers trug keine Vier. Ich erinnere Sie daran, daß diese Vieren nicht Drohungen sind, sondern ein *Schutz*. Nur derjenige, dessen Tür unberührt bleibt, ist daher der Gefahr ausgesetzt. CLT wählt sein Opfer im voraus und schützt die anderen Bewohner des Hauses durch diese Zeichnungen. Dieses Bestreben, die anderen zu verschonen, zeigt, daß CLT überzeugt davon ist, eine wirkliche, ansteckende Pest zu verbreiten. Er schlägt also nicht unüberlegt zu: Er tötet einen und versucht die anderen zu beschützen, diejenigen, die die Geißel seiner Ansicht nach nicht verdienen.«

»Er erwürgt jemanden und glaubt dabei, er würde die Pest verbreiten?« fragte der Mann rechts. »Wenn er fähig ist, sich selbst derartig zu täuschen, haben wir es mit einem echten Schizophrenen zu tun, oder?«

»Nicht unbedingt«, erwiderte Adamsberg. »CLT regiert über eine imaginäre Welt, die ihm kohärent erscheint. Das ist gar nicht so selten: Viele Leute glauben, man könne die Zukunft aus Spielkarten oder Kaffeesatz lesen, dort, anderswo, in der Straße gegenüber oder in dieser Brigade. Wo ist da der Unterschied? Unzählige andere Leute hängen sich eine Marienfigur übers Bett und sind überzeugt, daß diese kleine Statue, die von Menschenhand hergestellt und für 69 Francs erworben wurde, sie tatsächlich beschützen wird. Sie reden mit der Statue, sie erzählen ihr Geschichten. Wo ist der Unterschied? Die Grenze zwischen der Idee der Wirklichkeit und der Wirklichkeit, Oberleutnant, ist nur eine Sache des Standpunkts, der Person, der Bildung.«

»Gibt es noch weitere Zielpersonen?« unterbrach der grauhaarige Beamte. »Sind all diejenigen, deren Türen nicht angerührt wurden, demselben Schicksal ausgesetzt wie Laurion?«

»Das ist zu befürchten: Heute abend werden wir vor den vierzehn unberührten Türen der markierten Gebäude Wachen plazieren. Aber nicht alle betroffenen Häuser sind uns bekannt, nur die Fälle, in denen wir Anzeigen aufgenommen haben. Es gibt bestimmt zwanzig weitere in Paris, vielleicht mehr.«

»Warum geben wir keinen Aufruf an die Bevölkerung heraus, um die Leute zu warnen?« fragte eine Frau.

»Das ist die Frage. Ein Aufruf könnte allgemeine Panik auslösen.«

»Man braucht ja nur von den Vieren zu sprechen«, schlug der Grauhaarige vor. »Weitere Informationen müssen ja nicht rausgegeben werden.«

»Es wird sich auf die eine oder andere Weise herumsprechen«, erwiderte Adamsberg. »Und wenn es sich nicht herumspricht, wird CLT es sich zur Aufgabe machen, die Schleusen der Angst zu öffnen. Das war von Anfang an seine Absicht. Er hat sich den Ausrufer ausgesucht, weil er sich gar nichts Besseres hätte wünschen können. Wenn seine geschraubten Botschaften an Zeitungen gegangen wären, wären sie sofort im Papierkorb gelandet. Er hat also bescheiden angefangen. Wenn man heute abend in den Medien von ihm spricht, eröffnet man ihm eine großartige Möglichkeit. Aber es ist so oder so nur eine Frage von Tagen. Er wird sich die Möglichkeit selbst eröffnen. Wenn er weitermacht, wenn er weiter tötet, wenn er seinen schwarzen Tod verbreitet, werden wir eine Massenhysterie nicht verhindern können.«

»Was wollen Sie also tun, Kommissar?« fragte Favre mit leiser Stimme.

»Leben retten. Wir werden eine Bekanntmachung veröffentlichen, die die Bewohner der mit Ziffern versehenen

Gebäude auffordert, sich bei den Kommissariaten zu melden.«

Allgemeines Stimmengewirr signalisierte das Einverständnis aller Beamten der Brigade. Adamsberg fühlte sich erschöpft, weil er an diesem Nachmittag vor allem Bulle war. Am liebsten hätte er sich damit begnügt zu sagen: »Wir gehen jetzt an die Arbeit, und jeder sieht, wie er zurechtkommt.« Statt dessen mußte er Fakten darlegen, Fragen aufgliedern, das Vorgehen bei der Ermittlung bestimmen, Aufgaben auf ihr Ziel ausrichten. In einer bestimmten Ordnung und mit einer gewissen Autorität. Flüchtig sah er sich wieder vor sich, wie er als Kind über Bergpfade gerannt war, nackt in der Sonne, und er fragte sich, was er hier machte, wie er dazu kam, dreiundzwanzig Erwachsene, deren Augen ihm wie ein Pendel folgten, ins Gebet zu nehmen.

Doch, er erinnerte sich, was er hier machte. Es gab jemanden, der andere erwürgte, und er, Adamsberg, suchte ihn. Es war seine Arbeit, solche Menschen daran zu hindern, Leute abzumurksen.

»Die wichtigsten Ziele«, faßte Adamsberg zusammen, während er sich aufrichtete, »sind erstens: Schutz der potentiellen Opfer. Zweitens: Erstellung der Opferprofile und Suche nach jeder möglichen Verbindung zwischen ihnen, Familie, Alter, Geschlecht, beruflich-soziales Umfeld, die ganze übliche Routine. Drittens: Überwachung der Place Edgar-Quinet. Viertens, und das versteht sich von selbst: Suche nach dem Mörder.«

Adamsberg ging zweimal ziemlich langsam quer durch den Saal, bevor er fortfuhr.

»Was wissen wir über ihn? Vielleicht ist es eine Frau, diese Möglichkeit können wir nicht ausschließen. Ich tendiere zu einem Mann. Dieses literarische Paradieren, diese Zurschaustellung erinnert an männlichen Stolz, an das

Verlangen, öffentlich aufzutreten, das Bedürfnis, Stärke zu demonstrieren. Wenn sich bestätigen sollte, daß der Tod durch Erwürgen herbeigeführt wurde, können wir fast sicher davon ausgehen, daß wir es mit einem Mann zu tun haben. Ein sehr gebildeter, ja äußerst gebildeter Mann, ein Literat. Gutsituiert, da er über einen Computer und einen Drucker verfügt. Vielleicht mit Geschmack am Luxus. Die von ihm verwendeten Umschläge sind ungewöhnlich und teuer. Er ist zeichnerisch begabt, sauber, sehr sorgfältig. Und ganz sicher von seinem Plan besessen. Also ängstlich und abergläubisch. Ja, vielleicht war er sogar mal im Knast. Wenn das Labor bestätigt, daß das Schloß aufgebrochen wurde, müßten wir in dieser Richtung arbeiten. Häftlinge überprüfen, deren Initialen CLT lauten, wenn es sich denn dabei wirklich um seine Unterschrift handelt. Kurz, wir wissen nichts.«

»Und die Pest? Warum die Pest?«

»Wenn wir das verstehen, haben wir ihn.«

Unter dem Scharren der Stühle löste sich die Gruppe auf.

»Verteilen Sie die Aufgaben, Danglard, ich werde zwanzig Minuten laufen.«

»Soll ich die Bekanntmachung vorbereiten?«

»Bitte. Sie werden das besser machen als ich.«

Die von Adrien Danglard in nüchternem Ton verfaßte Meldung lief auf allen Kanälen in den Acht-Uhr-Fernsehnachrichten. Alle Bewohner von Wohnblöcken und Häusern, deren Türen mit einer Vier markiert waren, wurden aufgefordert, sich so bald wie möglich beim nächsten Kommissariat zu melden. Der vorgebliche Grund: die Fahndung nach einer organisierten Bande.

Ab halb neun klingelten in der Brigade pausenlos die Telefone. Ein Drittel der Mannschaft war dageblieben,

Danglard und Kernorkian hatten Essen und Wein besorgt und alles auf den Arbeitstisch der Elektriker gestellt. Um halb zehn hatte man vierzehn weitere betroffene Gebäude registriert, insgesamt also neunundzwanzig, die Adamsberg auf dem Stadtplan mit roten Punkten markierte. Man hatte eine Liste erstellt, auf der die Vieren chronologisch nach dem Zeitpunkt ihres Auftauchens erfaßt waren. Auch die Bewohner der achtundzwanzig Wohnungen mit den unberührt gebliebenen Türen waren jetzt verzeichnet. Sie erschienen auf den ersten Blick sehr unterschiedlich: Kinderreiche Familien, Alleinstehende, Frauen, Männer fanden sich darunter, junge Leute, solche mittleren Alters, Alte, alle Altersklassen, beide Geschlechter, alle Berufe und sozialen Kategorien. Nach elf Uhr kam Danglard, um Adamsberg darüber zu informieren, daß in allen betroffenen Gebäuden vor jeder unmarkierten Wohnungstür zwei Polizisten Wache stünden.

Adamsberg entließ die Beamten, die länger geblieben waren, stellte eine Nachtmannschaft zusammen und nahm einen Dienstwagen, um einen Umweg über die Place Edgar-Quinet zu machen. Zwei Leute hatten das vorherige Tandem abgelöst, der kahlköpfige Mann und die wuchtige Frau, die ihn bei der Sitzung angegriffen hatte. Er entdeckte sie auf einer Bank, auf der sie sich zu unterhalten schienen, während sie die Urne in fünfzehn Meter Entfernung nicht aus den Augen ließen. Er ging hin und grüßte unauffällig.

»Konzentrieren Sie sich auf das Format des Umschlags«, sagte er. »Mit etwas Glück und unter der Laterne ist er vielleicht zu sehen.«

»Sollen wir niemanden überprüfen?« fragte die Frau.

»Begnügen Sie sich mit Beobachten. Wenn ein Typ Ihren Verdacht erregt, folgen Sie ihm unauffällig. Zwei Fotografen sind im Treppenhaus dieses Hauses dort stationiert. Sie werden jeden fotografieren, der sich der Urne nähert.«

»Wann werden wir abgelöst?« fragte die Frau gähnend.

»Um drei Uhr morgens.«

Adamsberg betrat das *Viking* und entdeckte Decambrais, der mit dem Ausrufer und fünf weiteren Personen ganz hinten an seinem Tisch saß. Adamsbergs Ankunft ließ die Gespräche ersterben, wie ein Orchester, das abbricht. Er begriff, daß alle an diesem Tisch wußten, daß er Bulle war. Decambrais entschied sich für eine direkte Eröffnung.

»Kommissar Jean-Baptiste Adamsberg«, sagte er. »Kommissar, ich möchte Ihnen Lizbeth Glaston vorstellen, Sängerin, Damas Viguier vom *Roll-Rider*, seine Schwester Marie-Belle, Castillon, pensionierter Schmied, und Eva, unsere Madonna. Joss Le Guern kennen Sie bereits. Trinken Sie einen Calvados mit uns?«

Adamsberg lehnte ab.

»Kann ich kurz mit Ihnen sprechen, Decambrais?«

Lizbeth zupfte den Kommissar ungezwungen am Ärmel. Adamsberg erkannte jene besondere, verständnisinnige Unbekümmertheit, als hätten sie gemeinsam die Kommissariatsbänke gedrückt, jene gleichgültige Ungezwungenheit, die Prostituierte, von zahllosen Razzien abgehärtet, gegenüber Bullen an den Tag legten.

»Erzählen Sie mal, Kommissar«, sagte sie und musterte Adamsbergs Kleidung. »Tarnen Sie sich heute abend? Ist das Ihre Verkleidung für die Nacht?«

»Nein, das trage ich immer.«

»Sie verausgaben sich ja nicht gerade. Scheint leger zuzugehen bei der Polizei.«

»Die Kleidung macht noch nicht den Menschen, Lizbeth«, gab Decambrais zu bedenken.

»Manchmal schon«, erwiderte Lizbeth. »Dieser Mann schert sich nicht um seine Wirkung, ein Kerl, der keinen Einruck schinden will. Stimmt's Kommissar?«

»Eindruck schinden bei wem?«

»Bei den Frauen«, schlug Damas lächelnd vor. »Schließlich muß man die Frauen doch beeindrucken können.«

»Du bist nicht gerade ein Schlauberger, Damas«, sagte Lizbeth und drehte sich zu ihm herum, worauf der junge Mann bis an die Haarwurzeln errötete. »Die Frauen geben nichts drum, beeindruckt zu werden.«

»Ach so«, sagte Damas stirnrunzelnd. »Und worum geben sie was, Lizbeth?«

»Um nichts«, antwortete Lizbeth und schlug mit ihrer dicken schwarzen Hand auf den Tisch. »Sie geben um nichts mehr etwas. Nicht wahr, Eva? Weder um Liebe noch um Zärtlichkeit, vielleicht noch um eine Stiege grüne Bohnen. Da siehst du's. Überleg mal ein bißchen.«

Eva antwortete nicht, und Damas drehte mit düsterem Gesicht sein Glas in den Händen.

»Du bist nicht gerecht«, sagte Marie-Belle mit zitternder Stimme. »Um die Liebe geben logischerweise alle etwas. Was noch?«

»Grüne Bohnen, ich hab's dir gerade gesagt.«

»Du redest Unsinn, Lizbeth«, sagte Marie-Belle und verschränkte, den Tränen nahe, die Arme. »Nur weil du Erfahrung hast, darfst du doch die anderen nicht entmutigen.«

»Probier's aus, Kindchen«, erwiderte Lizbeth. »Ich hindere dich nicht daran.«

Plötzlich begann Lizbeth zu lachen, küßte Damas auf die Stirn und strich Marie-Belle über den Kopf.

»Lächle, Kindchen«, sagte sie. »Und glaub nicht alles, was die dicke Lizbeth sagt. Die dicke Lizbeth ist verbittert. Die dicke Lizbeth nervt alle mit ihrer Regimentserfahrung. Du tust gut daran, dich zu verteidigen. Das ist gut. Aber probier nicht allzuviel aus, wenn du den Rat einer Professionellen willst.«

Adamsberg zog Decambrais zur Seite.

»Entschuldigen Sie«, sagte Decambrais. »Aber ich muß dem Gespräch folgen. Am nächsten Tag gebe ich Ratschläge, verstehen Sie? Ich muß mich auf dem laufenden halten.«

»Er ist verliebt, was?« fragte Adamsberg im unbestimmt interessierten Tonfall des Mannes, der mit geringem Einsatz Lotto spielt.

»Damas?«

»Ja. In die Sängerin?«

»Getroffen. Was wollten Sie von mir, Kommissar?«

»Es ist geschehen, Decambrais«, sagte Adamsberg leise. »Eine schwarze Leiche, Rue Jean-Jacques Rousseau. Man hat sie heute morgen entdeckt.«

»Schwarz?«

»Erwürgt, nackt und mit Kohle eingerieben.«

Decambrais biß die Zähne zusammen.

»Ich wußte es«, sagte er.

»Ja.«

»War es eine nicht markierte Tür?«

»Ja.«

»Haben Sie die anderen überwachen lassen?«

»Die achtundzwanzig anderen.«

»Entschuldigung. Ich kann mir denken, daß Sie Ihr Handwerk verstehen.«

»Ich brauche diese ›Speziellen‹, Decambrais, alle, die sich in Ihrem Besitz befinden, zusammen mit den Umschlägen, wenn Sie sie noch haben.«

»Folgen Sie mir.«

Die beiden Männer überquerten den Platz, und Decambrais führte Adamsberg in sein überquellendes Arbeitszimmer. Er räumte einen Stapel Bücher ab, um Adamsberg einen Platz anzubieten.

»Hier«, sagte Decambrais und reichte ihm einen Packen Blätter und Umschläge. »Was die Fingerabdrücke angeht, können Sie sich ja denken, daß das wenig Sinn hat. Le Guern hat sie mehr als einmal angefaßt, und danach ich. Ich brauch Ihnen meine nicht zu geben, Sie haben sie von allen zehn Fingern im Zentralregister.«

»Ich brauche noch die von Le Guern.«

»Auch im Register. Le Guern hat vor vierzehn Jahren im Knast gesessen, eine große Schlägerei in Le Guilvinec, soweit ich weiß. Sehen Sie, wir sind entgegenkommende Menschen, wir machen die halbe Arbeit für Sie. Sie brauchen kaum zu fragen, und schon sind wir in Ihrem Computer.«

»Sagen Sie mal, Decambrais, hier haben ja alle schon mal im Knast gesessen.«

»Es gibt solche Orte, wo der Geist weht. Ich lese Ihnen die Spezielle von Sonntag vor. Es gab nur eine: *Am Abend nach Hause zum Essen und höre dort zu meiner großen Beunruhigung, daß die Pest jetzt in die City gekommen ist.* Auslassungspunkte. *Zum Amt, um meine Briefe zu beenden, und dann nach Hause zu Bett, beunruhigt über die Seuche, und mein Kopf auch voll von anderen Dingen und besonders, wie ich Vermögen und Besitz ordnen soll, falls es Gott gefallen sollte, mich abzurufen, was Gott zu seinem Ruhme lenken möge!*«

»Die Fortsetzung des *Tagebuchs* von diesem Engländer«, vermutete Adamsberg.

»Ganz richtig.«

»Sepys.«

»Pepys.«

»Und gestern?

»Gestern gab es nichts.«

»Ach was«, bemerkte Adamsberg. »Er verlangsamt das Tempo.«

»Ich glaube nicht. Hier ist die von heute morgen: *Diese Geißel ist immer bereit und untersteht dem Befehl Gottes, der sie schickt und sie wieder verschwinden läßt, wann es ihm gefällt.* Beachten Sie dieses ›immer bereit‹ und das ›wann es ihm gefällt‹. Er trompetet. Er höhnt.«

»Er spielt den Übermächtigen«, sagte Adamsberg.

»Also den Infantilen.«

»Das bringt uns nicht weiter«, bemerkte Adamsberg kopfschüttelnd. »Er ist kein Idiot. Mit all den Bullen am Hals wird er uns keine Ortsangabe mehr liefern. Er braucht Bewegungsfreiheit. Er hat das ›Quartier Rousseau‹ genannt, um sicherzugehen, daß wir die Verbindung zwischen dem ersten Verbrechen und seiner angekündigten Pest herstellen. Es ist gut möglich, daß er jetzt unbestimmter wird. Halten Sie mich auf dem laufenden, Decambrais, Anzeige für Anzeige.«

Adamsberg verließ ihn, den Packen mit Botschaften unter dem Arm.

18

Am nächsten Tag gegen zwei Uhr spuckte der Computer einen Namen aus.

»Ich habe einen«, rief Danglard und winkte seine Kollegen herbei.

Etwa zehn Beamte gruppierten sich hinter ihm, die Augen auf den Bildschirm seines Computers geheftet. Seit dem Vormittag suchte Danglard einen CLT in der Kartei, während andere weitere Informationen über die achtundzwanzig bedrohten Wohnungen zusammentrugen und vergeblich eine Verbindung suchten. Am Vormittag waren die ersten Ergebnisse vom Labor gekommen: Das Schloß war auf professionelle Weise geknackt worden. In der Wohnung befanden sich keine weiteren Fingerabdrücke außer denen des Opfers und der Putzfrau. Die Holzkohle, die zum Schwärzen der Haut des Leichnams verwendet worden war, war aus Apfelholz und stammte nicht aus den im Handel erhältlichen Säcken, die mit einer Mischung verschiedener Waldgehölze gefüllt sind. Den elfenbeinfarbenen Umschlag konnte man in jedem besser sortierten Schreibwarengeschäft zum Preis von drei Francs zwanzig pro Stück bekommen. Er war mit einer glatten Klinge geöffnet worden. Er enthielt nur Papierstaub sowie ein kleines totes Insekt. Ob man das Tierchen dem Entomologen bringen solle? Adamsberg hatte die Stirn gerunzelt und dann zugestimmt.

»Christian Laurent Taveniot«, las Danglard, über den Bildschirm gebeugt, vor. »Vierunddreißig Jahre, geboren in Villeneuve-les-Ormes. Vor zwölf Jahren wegen Körperverletzung im Zentralgefängnis von Périgueux in Haft genommen. Achtzehn Monate Knast und zwei Monate zusätzlich wegen eines Angriffs auf das Wachpersonal.«

Danglard ließ die Akte auf dem Bildschirm hochrollen, und alle reckten den Hals, um CLT zu sehen, ein langes Gesicht mit niedriger Stirn, breiter Nase und engstehenden Augen. Rasch las Danglard weiter.

»Nach der Haftentlassung ein Jahr arbeitslos, dann Nachtwächter auf einem Schrottplatz. Wohnhaft in Levallois, verheiratet, zwei Kinder.«

Danglard warf Adamsberg einen fragenden Blick zu.

»Schulbildung?« fragte Adamsberg zweifelnd.

Danglard klapperte auf der Tastatur herum.

»Mit dreizehn wird er auf den beruflichen Schulzweig geschickt. Scheitert beim Abschluß seiner Lehre als Bauklempner. Gibt auf, lebt von Sportwetten und baut Mofas zusammen, die er unter der Hand weiterverkauft. Bis zu der Prügelei, bei der er einen Kunden fast umbringt, als er ihm aus nächster Nähe das Mofa entgegenschleudert. Dann Knast.«

»Die Eltern?«

»Eine Mutter, angestellt in einer Kartonfabrik in Périgueux.«

»Geschwister?«

»Ein älterer Bruder, Nachtwächter in Levallois. Über ihn hat er die Anstellung gefunden.«

»Das läßt wenig Raum zum Lernen. Ich kann mir nicht vorstellen, wie Christian Laurent Taveniot Zeit und Mittel gefunden haben soll, Latein zu lernen.«

»Ein Autodidakt?« schlug jemand vor.

»Ich kann mir nicht vorstellen, wie ein Kerl, der seine Wut abreagiert, indem er mit Mofas wirft, dazu kommen sollte, Altfranzösisch von sich zu geben. Da hätte er binnen zehn Jahren seine Methode gründlich geändert.«

»Also?« fragte Danglard enttäuscht.

»Zwei Männer sollen das überprüfen. Aber ich glaube nicht daran.«

Danglard schaltete den Computer auf Stand-by und folgte Adamsberg in dessen Büro.

»Ich habe ein Problem«, erklärte er.

»Was ist los?«

»Ich habe Flöhe.«

Adamsberg war überrascht. Es war das erste Mal, daß Danglard, ein diskreter und schamhafter Mensch, über häusliche Hygienesorgen sprach.

»Öffnen Sie pro zehn Quadratmeter eine Desinfektionskartusche, mein Lieber. Gehen Sie zwei Stunden raus, kommen Sie zurück, und lüften Sie durch, das funktioniert sehr gut.«

Danglard schüttelte den Kopf.

»Es sind Flöhe von Laurion«, präzisierte er.

»Wer ist Laurion?« fragte Adamsberg lächelnd. »Ein Händler?«

»Scheiße, René Laurion ist der Tote von gestern.«

»Entschuldigung«, sagte Adamsberg. »Sein Name war mir entfallen.«

»Na, dann schreiben Sie ihn sich auf, Herrgott noch mal. Ich habe mir diese Flöhe bei Laurion eingefangen. Abends in der Brigade hat es angefangen zu jucken.«

»Verdammt, was soll ich Ihrer Meinung nach tun, Danglard? Der Typ war eben weniger gepflegt, als es den Anschein hatte. Oder er hat sich in seiner Werkstatt welche eingefangen. Was kann ich dafür?«

»Herrgott noch mal!« rief Danglard, der allmählich wütend wurde. »Sie selbst haben erst gestern der Mannschaft gesagt: Die Pest wird über Flohbisse übertragen.«

»Hm«, bemerkte Adamsberg und musterte seinen Stellvertreter eingehend. »Ich verstehe, Danglard.«

»Sie sind heute vormittag ziemlich langsam.«

»Ich habe wenig geschlafen. Sind Sie sich sicher, daß es sich um Flöhe handelt?«

»Ich kann einen Flohbiß von einem Mückenstich unterscheiden. Ich habe Bisse in der Leiste und unter den Achseln, die Flecken sind so groß wie mein Fingernagel. Ich habe sie erst heute morgen entdeckt und noch keine Zeit gehabt, die Kinder zu untersuchen.«

Adamsberg merkte, daß Danglard ernsthaft besorgt war.

»Was befürchten Sie, mein Lieber? Was ist los?«

»Laurion ist an der Pest gestorben, und ich habe mir Flöhe bei ihm eingefangen. Ich habe vierundzwanzig Stunden, um zu reagieren, oder es ist vielleicht zu spät. Dasselbe gilt für die Kleinen.«

»Herrgott, fallen Sie etwa auf den Trick herein? Erinnern Sie sich nicht, daß Laurion durch Erdrosseln starb, daß die Pestsymptome lediglich vorgetäuscht waren?«

Adamsberg war aufgestanden, hatte die Tür zugemacht und dann seinen Stuhl neben den seines Stellvertreters gerückt.

»Ich erinnere mich«, erwiderte Danglard. »Aber in seiner Vorliebe für Symbole hat CLT die Detailtreue so weit getrieben, daß er Flöhe in der Wohnung ausgesetzt hat. Das kann kein Zufall sein. Im Kopf dieses Verrückten sind es pestverseuchte Flöhe. Und nichts, absolut nichts garantiert mir, daß sie nicht tatsächlich infiziert sind.«

»Wenn sie es wären: Warum hätte er sich dann die Mühe gemacht, Laurion zu erdrosseln?«

»Weil er den Tod selbst verursachen will. Ich bin kein Angsthase, Kommissar. Aber von Flöhen gebissen zu werden, die von einem Pestbesessenen ausgesetzt wurden, finde ich nicht lustig.«

»Wer hat uns gestern begleitet?«

»Justin, Voisenet und Kernorkian. Sie. Der Gerichtsmediziner. Devillard und die Männer vom 1. Arrondissement.«

»Haben Sie sie noch?« fragte Adamsberg und griff nach dem Telefon.

»Wen?«

»Ihre Flöhe.«

»Sicher. Es sei denn, sie treiben sich schon in der Brigade herum.«

Adamsberg nahm den Telefonhörer und wählte die Nummer des Labors der Präfektur.

»Adamsberg«, sagte er. »Erinnern Sie sich an das Insekt, das Sie in dem leeren Umschlag gefunden haben? Ja, genau. Machen Sie dem Entomologen Beine, die Sache hat absoluten Vorrang. Na, dann hat er Pech, sagen Sie ihm, er soll seine Fliegen auf später verschieben. Es ist dringend, mein Lieber, ein Pestfall. Ja, tummeln Sie sich, und sagen Sie ihm, daß ich ihm weitere Exemplare schicke, die noch leben. Er soll vorsichtig sein und vor allem absolutes Stillschweigen bewahren.«

»Was Sie betrifft, Danglard«, sagte er, als er auflegte, »gehen Sie unter die Dusche, und stopfen Sie alle Ihre Klamotten in eine Plastiktüte. Wir lassen sie analysieren.«

»Wie soll ich das machen? Soll ich den ganzen Tag nackt rumlaufen?«

»Ich werde Ihnen ein paar Sachen zum Anziehen kaufen«, antwortete Adamsberg und stand auf. »Sie brauchen Ihre Tierchen nicht in der ganzen Stadt zu verbreiten.«

Danglard war zu sehr durcheinander, um sich wegen der Kleidungsstücke, die Adamsberg ihm bringen würde, zu beunruhigen. Aber eine unbestimmte Sorge durchzog seine Gedanken.

»Beeilen Sie sich, Danglard. Ich schicke die Desinfektion zu Ihnen und hier in die Brigade. Und ich alarmiere Devillard.«

Bevor er seine Kleidungskäufe tätigte, rief Adamsberg Marc Vandoosler, den putzenden Historiker, an. Zufällig saß dieser gerade bei einem späten Mittagessen zu Hause.

»Erinnern Sie sich an den Fall mit den Vieren, wegen dem ich Sie um Rat gefragt habe?« fragte Adamsberg.

»Ja«, antwortete Vandoosler. »Inzwischen habe ich die Bekanntmachung in den Acht-Uhr-Nachrichten gehört und heute morgen die Zeitungen gelesen. Dort steht, man habe einen Toten gefunden, und ein Journalist versichert, daß beim Hinaustragen der Leiche ein Arm unter dem Tuch herausgeragt habe, und zwar ein Arm mit schwarzen Flecken.«

»Mist«, sagte Adamsberg.

»War die Leiche schwarz, Kommissar?«

»Kennen Sie sich mit Pestangelegenheiten aus?« fragte Adamsberg statt einer Antwort. »Oder nur mit Ziffern?«

»Ich bin Mediävist«, erklärte Vandoosler. »Ich kenne die Pest gut, ja.«

»Gibt es viele, die sich damit auskennen?«

»Pestologen? Sagen wir, gegenwärtig gibt es fünf. Ich rede nicht von Biologen. Ich habe zwei Kollegen im Süden, die eher Richtung medizinische Aspekte der Frage arbeiten, einen weiteren in Bordeaux, der sich mehr auf die Überträger konzentriert, und einen Historiker, der in Richtung Demographie arbeitet, an der Universität von Clermont.«

»Und Sie? In welcher Richtung arbeiten Sie?«

»Richtung Arbeitslosigkeit.«

Fünf, sagte sich Adamsberg, das ist nicht viel für ein ganzes Land. Und bis jetzt war Marc Vandoosler der einzige gewesen, der die Bedeutung der Vieren kannte. Historiker, literarisch gebildet, Pestologe und sicher Latinist, es würde sich bestimmt lohnen, sich den Mann genauer anzusehen.

»Sagen Sie, Vandoosler, wieviel Zeit würden Sie für die Dauer der Krankheit veranschlagen? Grob?«

»Im Schnitt drei bis vier Tage Inkubationszeit, aber manchmal auch nur ein oder zwei, und fünf bis sieben Tage klare Pestsymptome. Grosso modo.«

»Kann man es erfolgreich behandeln?«

»Wenn man bei den allerersten Symptomen damit anfängt.«

»Ich glaube, ich werde Sie brauchen. Wären Sie bereit, mich zu empfangen?«

»Wo?« fragte Vandoosler mißtrauisch.

»Bei Ihnen?«

»Einverstanden«, antwortete Vandoosler nach deutlichem Zögern.

Der Junge war zurückhaltend. Aber das waren viele bei der Vorstellung, einen Bullen bei sich aufkreuzen zu sehen, im Grunde fast alle. Das machte aus diesem Vandoosler noch nicht automatisch einen CLT.

»In zwei Stunden«, schlug Adamsberg vor.

Er legte auf und eilte in das Kaufhaus an der Place d'Italie. Er schätzte Danglard auf Größe 52 oder 54, fünfzehn Zentimeter größer als er selbst und dreißig Kilo schwerer. Er brauchte etwas, um seinen Bauch darin zu verstauen. Er nahm ein paar Strümpfe vom Haken, Jeans und ein großes schwarzes T-Shirt, denn weiß macht dick, hatte er gehört, und Streifen auch. Eine Jacke war nicht nötig, es war angenehm draußen, und dank des Biers war Danglard immer warm.

Eingewickelt in ein Handtuch, wartete Danglard im Duschraum. Adamsberg gab ihm die neuen Kleidungsstücke.

»Ich schicke das Paket mit den Klamotten ins Labor«, sagte er und hob den großen Müllsack auf, in den Danglard seine Sachen gesteckt hatte. »Keine Panik, Danglard. Sie haben zwei Tage Inkubationszeit vor sich, wir haben genug Spielraum. Das läßt uns Zeit, die Untersuchungsergebnisse abzuwarten. Sie werden unserem Problem absolute Priorität einräumen.«

»Danke«, brummte Danglard und zog das T-Shirt und die Jeans aus der Tüte. »Meine Güte, wollen Sie etwa, daß ich das anziehe?«

»Sie werden sehen, es wird Ihnen perfekt stehen, Hauptmann.«

»Ich werde aussehen wie ein Idiot.«

»Sehe ich aus wie ein Idiot?«

Danglard antwortete nicht und erforschte die Tiefen der Tüte.

»Sie haben mir keine Unterhose gekauft.«

»Das habe ich vergessen, Danglard, aber es ist ja kein Drama. Trinken Sie bis heute abend einfach weniger Bier.«

»Praktisch.«

»Haben Sie der Schule Bescheid gegeben? Damit die Kinder untersucht werden?«

»Natürlich.«

»Zeigen Sie mir diese Bisse.«

Danglard hob einen Arm, und Adamsberg zählte drei große, gerötete Stellen unter der Achsel.

»Unbestreitbar«, gab er zu. »Es sind Flöhe.«

»Haben Sie keine Angst, sich auch welche zu holen?« fragte Danglard, als er sah, wie Adamsberg den Sack in alle Richtungen drehte, um ihn zuzubinden.

»Nein, Danglard. Ich habe nicht oft Angst. Damit warte ich, bis ich tot bin, das wird mir das Leben weniger vermiesen. Um die Wahrheit zu sagen: Das einzige Mal in meinem Leben, wo ich wirklich Angst hatte, war, als ich ganz allein auf dem Rücken liegend diesen Gletscher runter bin, praktisch senkrecht. Was mir außer dem unmittelbar drohenden Absturz Angst machte, waren diese verdammten Gemsen neben mir, die mir mit ihren großen braunen Augen zu sagen schienen: ›Du armer Irrer. Das schaffst du nie.‹ Ich respektiere das, was die Gemsen mit ihren Augen sagen, aber ich werde es Ihnen ein andermal erzählen, Danglard, wenn Sie weniger angespannt sind.«

»Bitte«, erwiderte Danglard.

»Ich werde diesem putzenden Historiker-Pestologen Marc Vandoosler, der nicht weit von hier in der Rue Chasle wohnt, einen kleinen Besuch abstatten. Schauen Sie nach, ob Sie etwas über ihn haben, und leiten Sie alle Anrufe des Labors auf mein Handy weiter.«

19

In der Rue Chasle blieb Adamsberg vor einem heruntergekommenen, schmalen, hohen Haus stehen, das erstaunlicherweise mitten in Paris erhalten geblieben war. Mit einer gewissen Befriedigung querte er den mit hohem Gras bewachsenen Streifen Brachland, der das Gebäude von der Straße trennte. Ein alter Mann öffnete ihm spöttisch lächelnd die Tür, er hatte ein schönes Gesicht, das im Gegensatz zu Decambrais' nicht den Eindruck vermittelte, als habe sein Träger mit den Vergnügungen des Lebens abgeschlossen. Er hielt einen Holzlöffel in der Hand und wies ihm mit dessen Ende den Weg.

»Nehmen Sie im Refektorium Platz«, sagte er.

Adamsberg betrat einen großen Raum mit drei hohen Rundbogenfenstern, in dem ein langer Holztisch stand, an dessen Oberfläche sich ein Krawattenträger in gekonnten kreisförmigen Bewegungen mit Lappen und Wachs zu schaffen machte.

»Lucien Devernois«, stellte der Mann sich mit lauter Stimme und festem Händedruck vor, nachdem er seinen Lappen weggelegt hatte. »Marc ist in einer Minute fertig.«

»Entschuldigen Sie die Unordnung«, sagte der Alte. »Das ist die Zeit, zu der Lucien den Tisch wachst. Da kann man nichts machen, so ist die Vorschrift.«

Adamsberg setzte sich auf eine der Holzbänke und enthielt sich jeglichen Kommentars, während der Alte mit dem Ausdruck eines Mannes, der sich gleich ein paar schöne Momente gönnt, ohne lange zu fragen, ihm gegenüber Platz nahm.

»Nun, Adamsberg«, begann der Alte frohlockend, »erkennt man die Ehemaligen nicht wieder? Grüßt man nicht mehr? Respektiert man wie gewöhnlich nichts?«

Sprachlos starrte Adamsberg den alten Mann an und rief die in seiner Erinnerung vergrabenen Bilder auf. Es konnte nicht gerade gestern gewesen sein, gewiß nicht. Es würde mindestens zehn Minuten dauern, bis das Bild wieder hochkam. Der Typ mit dem Lappen, Devernois, hatte seine Bewegungen verlangsamt und blickte von einem zum anderen.

»Ich sehe, Sie haben sich nicht verändert«, fuhr der Alte lächelnd fort. »Das hat Sie nicht daran gehindert, von Ihrem Schemel als Brigadier-Major aus die Leiter hochzuklettern. Man muß zugeben, Sie hatten verdammte Erfolge, Adamsberg. Der Fall Carréron, der Fall von der Somme, die Müllkippe von Valandry, gewaltige Trophäen. Ohne von den jüngeren Großtaten zu reden, dem Fall Le Nermord, dem Gemetzel im Mercantour, dem Fall Vinteuil. Glückwunsch, Kommissar. Ich habe Ihre Karriere aufmerksam verfolgt, wie Sie sehen.«

»Warum?« fragte Adamsberg in der Defensive.

»Weil ich mich gefragt habe, ob man Sie leben oder sterben lassen würde. Mit Ihrem Wesen wie wilder Kerbel, der auf einer geharkten Wiese wächst, so ruhig und gleichgültig, haben Sie alle genervt, Adamsberg. Ich glaube, das wissen Sie besser als ich. Sie haben sich im Polizeiapparat wie eine Billardkugel in den Gängen der Hierarchie bewegt. Unkontrolliert und unkontrollierbar. Ja, ich habe mich gefragt, ob man Sie wachsen lassen würde. Sie haben sich durchgeschlängelt, um so besser. Ich hatte nicht dasselbe Glück wie sie. Man hat mich erwischt und rausgeworfen.«

»Armand Vandoosler«, murmelte Adamsberg und sah hinter den Zügen des alten Mannes ein energisches Gesicht erscheinen, einen um dreiundzwanzig Jahre jüngeren Kommissar, bissig, egozentrisch, genießerisch.

»Sie sagen es.«

»Im Hérault«, fuhr Adamsberg fort.

»Ja. Das verschwundene junge Mädchen. Sie sind mit dem Fall gut zurechtgekommen, Brigadier-Major. Wir haben den Kerl im Hafen von Nizza geschnappt.«

»Und unter den Arkaden zu Abend gegessen.«

»Pulpo.«

»Pulpo.«

»Ich hol mir ein Glas Wein«, beschloß Vandoosler und stand auf. »Das muß begossen werden.«

»Ist Marc Ihr Sohn?« fragte Adamsberg und akzeptierte die Einladung.

»Mein Neffe und Patensohn. Er beherbergt mich im Obergeschoß, weil er ein guter Kerl ist. Sie müssen wissen, Adamsberg, daß ich genauso ätzend geblieben bin wie Sie wendig. Sogar noch ätzender. Und Sie? Noch wendiger?«

»Ich weiß es nicht.«

»Schon damals gab es einen Haufen Dinge, die Sie nicht wußten, was Sie aber nicht weiter zu beunruhigen schien. Was suchen Sie hier in diesem Haus, das Sie nicht wissen?«

»Einen Mörder.«

»Und wo ist der Zusammenhang mit meinem Neffen?«

»Die Pest.«

Vandoosler der Ältere nickte. Er nahm einen Besenstiel und stieß zweimal gegen die Decke. An dieser Stelle war der Gips von den Stößen schon reichlich eingedellt.

»Wir sind hier vier«, erklärte Vandoosler der Ältere, »und wohnen übereinandergestapelt. Ein Stoß für den heiligen Matthäus, zwei Stöße für den heiligen Markus, drei Stöße für den hier mit seinem Lappen anwesenden heiligen Lukas und vier Stöße für mich. Sieben Stöße: Hinunterstürzen aller Evangelisten.«

Während er den Besenstiel beiseite stellte, warf Vandoosler Adamsberg einen Blick zu.

»Sie ändern sich nicht, wie?« fragt er. »Sie sind durch nichts zu beeindrucken, wie?«

Adamsberg lächelte statt einer Antwort, und Marc erschien im Refektorium. Er ging um den Tisch, schüttelte dem Kommissar die Hand und warf seinem Onkel einen verärgerten Blick zu.

»Ich sehe, daß du die Leitung der Operation schon an dich gerissen hast«, bemerkte er.

»Tut mir leid, Marc. Wir haben vor dreiundzwanzig Jahren zusammen Pulpo gegessen.«

»Das Zusammenrücken in den Gräben«, murmelte Lucien und faltete seinen Lappen.

Adamsberg betrachtete den Pestologen, Vandoosler den Jüngeren. Schmal, agil, schwarzes glattes Haar und in den Gesichtszügen irgend etwas Indianisches. Er war von oben bis unten dunkel gekleidet, abgesehen von einem etwas protzigen Gürtel, und trug Silberringe an den Fingern. An seinen Füßen bemerkte Adamsberg schwere schwarze Schnallenstiefel, ungefähr die gleichen, die Camille trug.

»Wenn Sie ein vertrauliches Gespräch wünschen«, sagte er zu Adamsberg, »so müssen wir rausgehen, fürchte ich.«

»Es wird schon gehen«, erwiderte Adamsberg.

»Sie haben ein Problem mit der Pest, Kommissar?«

»Genauer gesagt, ein Problem mit einem Kenner der Pest.«

»Mit dem, der diese Vieren zeichnet?«

»Ja.«

»Besteht ein Zusammenhang mit dem Mord von gestern?«

»Was glauben Sie?«

»Ich glaube, ja.«

»Wegen?«

»Der schwarzen Haut. Aber die Vier gilt als Schutz vor der Pest und nicht als Verursacher.«

»Also?«

»Also vermute ich, daß Ihr Opfer nicht geschützt war.«

»Das ist richtig. Glauben Sie an die Macht dieser Ziffer?«

»Nein.«

Adamsberg blickte Vandoosler in die Augen. Er wirkte aufrichtig und auf unbestimmte Art beleidigt.

»Nicht mehr als an Amulette, Ringe, Türkise, Smaragde, Rubine oder die hunderterlei anderen Talismane, die erfunden wurden, um sich vor der Pest zu schützen, und die natürlich erheblich teurer sind als eine einfache Vier.«

»Trug man Ringe dagegen?«

»Wenn man über die entsprechenden Mittel verfügte. Die Reichen starben selten an der Pest. Ohne es zu wissen, waren sie durch ihre soliden Hauser, die von den Ratten verschont blieben, geschützt. Das einfache Volk mußte dran glauben. Also glaubte man erst recht an die Macht der Edelsteine: Die Armen trugen keine Rubine, und sie starben. Das Non plus ultra war der Diamant, der Schutz par excellence: ›Dem an der linken Hand getragenen Diamanten wird die Macht zugeschrieben, alle möglichen Entwicklungen unwirksam zu machen.‹ So gewöhnten sich die reichen Männer an, ihrer Verlobten als Liebespfand einen Diamanten zu schenken, um sie vor der Geißel zu schützen. Der Diamant ist geblieben, aber niemand weiß mehr, warum, genausowenig wie man sich noch an die Bedeutung der Vieren erinnert.«

»Der Mörder erinnert sich daran. Wo hat er das finden können?«

»In Büchern«, erwiderte Marc Vandoosler mit einer gewissen Ungeduld. »Wenn Sie mir das Problem darstellen würden, könnte ich Ihnen vielleicht helfen, Kommissar.«

»Ich muß Sie zunächst fragen, wo Sie Montag nacht gegen zwei Uhr morgens waren.«

»Ist das die Tatzeit?«

»Ungefähr.«

Der Gerichtsmediziner hatte als Tatzeit etwa ein Uhr dreißig festgestellt, aber Adamsberg ließ lieber Spielraum. Vandoosler strich sich sein glattes Haar hinter die Ohren.

»Warum ich?« fragte er.

»Tut mir leid, Vandoosler. Nur wenige kennen die Bedeutung dieser Vier, sehr wenige.«

»Das ist logisch, Marc«, warf Vandoosler der Ältere ein. »Das ist sein Job.«

Marc machte eine verärgerte Geste. Dann stand er auf, griff nach dem Besenstiel und stieß einmal gegen die Decke.

»Abstieg des heiligen Matthäus«, erklärte der Alte.

Die Männer warteten schweigend ab, nur durch den Lärm gestört, den Lucien machte, der sich von dem Gespräch abgewandt hatte und Geschirr spülte.

Eine Minute später trat ein sehr großer blonder Mann ein, der so breit war wie die Tür und nur eine grobe Leinenhose trug, die an der Taille von einem Strick zusammengehalten wurde.

»Man hat mich gerufen?« fragte er mit Baßstimme.

»Mathias«, fragte Marc, »was habe ich Montag nacht um zwei Uhr morgens gemacht? Es ist wichtig, niemand sagt vor.«

Mathias konzentrierte sich ein paar Augenblicke und runzelte die hellen Augenbrauen.

»Du bist ziemlich spät mit Bügelwäsche nach Hause gekommen, so gegen zehn. Lucien hat dir was zu essen gemacht, dann ist er mit Élodie in sein Zimmer gegangen.«

»Émilie«, korrigierte Lucien und drehte sich um. »Es ist doch wirklich schrecklich, daß ihr ihren Namen nicht in den Kopf kriegt.«

»Wir haben zwei Partien Karten mit dem Paten gespielt«, fuhr Mathias fort, »er hat dreihundertzwanzig Francs eingesackt und ist dann schlafen gegangen. Du hast angefangen, die Wäsche von Madame Boulain zu bügeln, dann die von Madame Druyet. Als du um eins das Bügelbrett weggeräumt hast, ist dir eingefallen, daß du am nächsten Morgen zwei Paar Laken abliefern solltest. Ich habe dir geholfen, und wir haben sie zu zweit auf dem Tisch gebügelt. Ich habe das alte Bügeleisen genommen. Um halb drei waren wir fertig mit Zusammenlegen und haben zwei getrennte Pakete daraus gemacht. Als wir zum Schlafen hochgegangen sind, sind wir dem Paten begegnet, der zum Pinkeln runterging.«

Mathias hob den Kopf.

»Er ist Prähistoriker«, bemerkte Lucien von der Spüle aus. »Ein Exakter, Sie können ihm vertrauen.«

»Kann ich wieder gehen?« fragte Mathias. »Ich bin nämlich gerade am Zusammensetzen.«

»Ja«, sagte Marc. »Ich danke dir.«

»Am Zusammensetzen?« fragte Adamsberg.

»Er klebt im Keller altsteinzeitliche Feuersteine zusammen«, erklärte Marc Vandoosler.

Adamsberg nickte verständnislos. Was er jedoch verstand, war, daß ein paar Fragen nicht reichten, um zu begreifen, wie dieses Haus, geschweige denn seine Bewohner funktionierten. Das erforderte bestimmt einen vollständigen Lehrgang, und es ging ihn auch nichts an.

»Natürlich könnte Mathias lügen«, sagte Marc Vandoosler. »Aber wenn Sie wollen, befragen Sie uns getrennt über die Farbe der Laken. Das Datum hat er nicht vertauschen können. Ich habe die Wäsche am selben Morgen bei Madame Toussaint, Avenue de Choisy 22, abgeholt, Sie können das überprüfen. Ich habe sie im Lauf des Tages in der Maschine gehabt und getrocknet, und wir haben sie abends gebügelt. Am nächsten Tag habe ich sie zurückgebracht. Zwei hellblaue Laken mit Muscheln und zwei andere braunrosafarbene, die linke Seite grau.«

Adamsberg nickte. Ein tadelloses häusliches Alibi. Der Kerl kannte sich mit Wäsche aus.

»Gut«, sagte er. »Ich fasse Ihnen die Dinge in wenigen Worten zusammen.«

Da Adamsberg langsam redete, brauchte er trotz allem fünfundzwanzig Minuten, um die Sache mit den Vieren, dem Ausrufer und dem gestrigen Mord darzulegen. Die beiden Vandooslers hörten aufmerksam zu. Marc nickte häufig, wie um die einzelnen Passagen des Berichts zu bestätigen.

»Da haben Sie einen sogenannten ›Pestbereiter‹ am Hals«, schloß er. »Und zugleich einen Beschützer. Also einen Menschen, der sich für einen Meister der Pest hält. Das hat es schon gegeben, vor allem aber sind sie schon zu Tausenden erfunden worden.«

»Das heißt?« fragte Adamsberg und schlug sein Notizbuch auf.

»Bei jedem Ausbruch der Pest«, erklärte Marc, »war der Schrecken so groß, daß man außer Gott, den Kometen und der Verseuchung der Luft, die man nicht züchtigen konnte, irdische Verantwortliche suchte, die man bestrafen konnte. Man suchte ›Pestbereiter‹. Man beschuldigte Menschen, die Geißel mittels Salben, Fetten und verschiedener Präparate zu verbreiten, die sie auf Klingeln, Schlössern, Geländern und Fassaden aufbrachten. Ein armer Kerl, der achtlos mit der Hand ein Gebäude berührte, riskierte tausend Tode. Es wurden massenweise Leute gehängt. Man nannte sie Pestbereiter oder auch Salber, ohne sich auch nur ein einziges Mal in der Menschheitsgeschichte zu fragen, wieso jemand dies tun sollte. Hier haben Sie einen Pestbereiter, kein Zweifel. Aber er verbreitet seine Pest nicht überall. Er greift den einen an und beschützt die anderen. Er ist Gott und schwingt die Geißel Gottes. Als Gott wählt er diejenigen aus, die er zu sich ruft.«

»Wir haben eine Verbindung zwischen all denjenigen gesucht, die der Gefahr ausgesetzt sind. Im Augenblick noch erfolglos.«

»Wenn es einen Bereiter gibt, gibt es auch Überträger. Was benutzt er? Haben Sie Spuren von Salben auf den unberührten Türen gefunden? An den Schlössern?«

»Danach haben wir nicht gesucht. Wozu ein Überträger, wo er seine Opfer doch erwürgt?«

»Ich vermute, daß er sich in seiner Logik nicht als Mörder sieht. Wenn er selbst morden wollte, brauchte er diese ganze Pestgeschichte nicht. Als Medium braucht er eine Geißel, die er zwischen sich und jene setzt, die er umbringt. Die Pest tötet, nicht er.«

»Deswegen die Anzeigen.«

»Ja. Er inszeniert die Pest mit großem Brimborium und macht sie so allein verantwortlich für das, was sich ereignen wird. Und er braucht notwendigerweise einen Überträger.«

»Die Flöhe«, gab Adamsberg zu bedenken. »Mein Stellvertreter ist gestern bei dem Opfer gebissen worden.«

»Verdammt, Flöhe? Gab es bei dem Toten Flöhe?«

Marc war plötzlich aufgesprungen, die Fäuste in den Hosentaschen.

»Was für Flöhe?« fragte er nervös. »Katzenflöhe?«

»Ich weiß es nicht. Ich habe die Kleidungsstücke ins Labor bringen lassen.«

»Wenn es sich um Katzen- oder Hundeflöhe handelt, ist nichts zu befürchten«, erklärte Marc und ging neben dem Tisch auf und ab. »Sie sind ungeeignet. Aber wenn es sich um Rattenflöhe handelt, wenn der Kerl wirklich Rattenflöhe infiziert hat und sie aussetzt, verdammt, dann ist das eine Katastrophe.«

»Sind sie wirklich gefährlich?«

Marc starrte Adamsberg an, als habe der ihn gefragt, was er von Eisbären halte.

»Ich rufe das Labor an«, sagte Adamsberg.

Er ging beiseite, um zu telefonieren, und Marc bedeutete Lucien, beim Aufräumen der Teller nicht solchen Lärm zu machen.

»Ja, ganz richtig«, bestätigte Adamsberg. »Sind Sie mit der Untersuchung fertig? Was sagen Sie? Wie heißen die? Buchstabieren Sie, verdammt.«

Adamsberg notierte ein N, dann ein O, dann kam er ins Stocken. Marc nahm ihm den Stift aus der Hand und vervollständigte das begonnene Wort: *Nosopsyllus fasciatus.* Dann setzte er ein Fragezeichen dahinter. Adamsberg nickte.

»O.k., ich habe den Namen«, sagte er dem Entomologen.

Marc hatte dahintergeschrieben: »Sind sie infiziert?«

»Bringen Sie sie in die Bakteriologie«, fügte Adamsberg hinzu. »Suchen Sie nach dem Pestbazillus. Sagen Sie den Leuten, sie sollen sich beeilen, einer meiner Männer ist schon gebissen worden. Und bitte, verlieren Sie sie bloß nicht im Labor. Ja, unter derselben Nummer. Die ganze Nacht.«

Adamsberg steckte das Handy in seine Jackeninnentasche.

»In der Kleidung meines Stellvertreters befanden sich zwei Flöhe. Es waren keine Menschenflöhe. Es waren …«

»Nosopsyllus fasciatus, Rattenflöhe«, ergänzte Marc.

»In dem Umschlag, den ich bei dem Toten mitgenommen habe, lag noch ein weiterer, toter. Dieselbe Gattung.«

»Auf diese Weise schafft er sie in die Wohnung.«

»Ja«, bemerkte Adamsberg und ging seinerseits auf und ab. »Er öffnet den Umschlag und läßt die Flöhe in der Wohnung frei. Aber ich glaube nicht, daß diese verdammten Flöhe infiziert sind. Ich glaube, er agiert weiterhin auf der symbolischen Ebene.«

»Immerhin treibt er es dabei so weit, daß er sich Rattenflöhe besorgt. Es ist gar nicht so einfach, welche zu bekommen.«

»Ich glaube, er blufft nur, deshalb tötet er selbst. Er weiß, daß seine Flöhe nicht töten können.«

»Das ist nicht sicher. Es wäre ganz in Ihrem Interesse, alle Flöhe einzusammeln, die bei Laurion herumspringen.«

»Und wie mache ich das?«

»Das einfachste ist, ein oder zwei Meerschweinchen fünf Minuten in der Wohnung herumlaufen zu lassen. Die werden sich alles einfangen, was da rumspringt. Dann packen Sie sie schnell in einen Beutel und bringen sie ins Labor. Unmittelbar danach müssen die Räumlichkeiten desinfiziert werden. Lassen Sie das Meerschweinchen aber nicht zu lange herumlaufen. Die Flöhe neigen dazu, abzuhauen und einen Spaziergang zu machen, sobald sie gebissen haben. Man muß sie während ihrer Mahlzeit schnappen.«

»Gut«, sagte Adamsberg und notierte sich die Strategie. »Danke für Ihre Hilfe, Vandoosler.«

»Zwei Dinge noch«, sagte Marc auf dem Weg zur Tür. »Ich möchte Sie darauf hinweisen, daß Ihr Pestbereiter sich mit der Pest gar nicht so gut auskennt. Seine Bildung hat Grenzen.«

»Irrt er sich?«

»Ja.«

»Wo?«

»Bei der Kohle, dem ›Schwarzen Tod‹. Das ist ein Bild, eine Begriffsverwechslung. *Pestis atra* bedeutete ›schrecklicher Tod‹ und nicht ›schwarzer Tod‹. Die Leichen der

Pestopfer sind nie schwarz gewesen. Ein paar bläuliche Flecken hier und da, wenn überhaupt. Das ist ein spät aufgekommener Mythos, ein populärer und weitverbreiteter Irrtum. Alle glauben es, aber es ist trotzdem falsch. Wenn Ihr Mann die Leiche mit Kohle einreibt, täuscht er sich. Er begeht sogar einen gewaltigen Schnitzer.«

»Aha«, erwiderte Adamsberg.

»Bewahren Sie einen kühlen Kopf, Kommissar«, sagte Lucien, der das Zimmer verließ. »Marc ist pedantisch wie alle Mediävisten. Er verliert sich in den Einzelheiten und übersieht das Wesentliche.«

»Und das wäre?«

»Na, die Gewalt, Kommissar. Die menschliche Gewalt.«

Marc lächelte und trat zur Seite, um Lucien hinausgehen zu lassen.

»Was macht Ihr Freund?« fragte Adamsberg.

»Sein Hauptberuf besteht darin, die Leute zu ärgern, aber das wird nicht bezahlt. Diese Tätigkeit übt er ehrenamtlich aus. In zweiter Linie ist er Zeitgeschichtler, Spezialist für den Ersten Weltkrieg. Wir haben große Epochen-Konflikte.«

»Ach so, gut. Und das zweite, was Sie mir sagen wollten?«

»Sie suchen doch einen Kerl, dessen Initialen CLT lauten sollen?«

»Das ist eine ernst zu nehmende Spur.«

»Lassen Sie es bleiben. CLT ist schlicht und einfach die Abkürzung des berühmten Elektuariums der drei Adverbien.«

»Wie bitte?«

»Praktisch alle Abhandlungen über die Pest führen das als den wirksamsten Ratschlag an: *Cito, longe fugeas et tarde redeas.* Das heißt: *Fliehe schnell, weit weg und komme spät zurück.* Mit anderen Worten, verschwinde, so schnell du kannst, und das für eine Ewigkeit. Das ist das berühmte ›Elektuarium der drei Adverbien‹: ›Schnell, weit, spät‹. Auf lateinisch: ›cito, longe, tarde‹. CLT.«

»Können Sie mir das aufschreiben?« bat Adamsberg und hielt ihm sein Notizbuch hin.

Marc kritzelte ein paar Zeilen.

»›CLT‹ ist ein Ratschlag, den Ihr Mörder den Leuten gibt, während er sie durch die Vier zugleich schützt«, erklärte Marc und gab ihm sein Notizbuch zurück.

»Mir wären Initialen bedeutend lieber gewesen«, bemerkte Adamsberg.

»Verstehe ich. Können Sie mich auf dem laufenden halten? Was die Flöhe betrifft?«

»Haben Sie solches Interesse an den Ermittlungen?«

»Darum geht es nicht«, erwiderte Marc lächelnd. »Aber vielleicht haben Sie Nosopsyllus an sich. In diesem Fall habe ich vielleicht auch welche. Und die anderen genauso.«

»Ich verstehe.«

»Das ist ein anderes Mittel gegen die Pest. Stopp sie rasch und wasch dich gut. SWG.«

Beim Hinausgehen begegnete Adamsberg dem blonden Riesen und wandte sich an ihn, um ihm eine einzige Frage zu stellen.

»Ein Paar war beige«, antwortete Mathias, »mit einer grauen linken Seite, und das andere war blau mit Jakobsmuschel-Muster.«

Leicht benommen verließ Adamsberg das Haus in der Rue Chasle durch den brachliegenden Garten. Es gab Leute auf Erden, die Unmengen von unglaublichen Dingen wußten. Die erst in der Schule zugehört und anschließend weiter kesselwagenweise Kenntnisse eingefahren hatten. Kenntnisse von einer anderen Welt. Leute, die ihr Leben mit Geschichten von Pestbereitern, Salben, lateinischen Flöhen und Elektuarien verbrachten. Und er war sich ganz sicher, daß das alles nur ein Bruchteil der Kesselwagenladungen war, die im Kopf dieses Marc Vandoosler angehäuft waren. Kesselwagenladungen, die ihm anscheinend nicht dabei halfen, besser im Leben zurechtzukommen als andere. In diesem Fall jedoch würde es helfen, und zwar gewaltig.

20

In der Brigade waren neue Faxe aus dem Labor eingegangen, und Adamsberg sah sie sich rasch an: Die »Speziellen« trugen keinerlei Fingerabdrücke, abgesehen von denen des Ausrufers und Decambrais', die auf allen Anzeigen identifiziert worden waren.

»Es hätte mich überrascht, wenn der Pestbereiter sich hätte hinreißen lassen, seine Finger auf die Botschaften zu setzen«, sagte Adamsberg.

»Warum leistet er sich solche Umschläge?« fragte Danglard.

»Eine Frage des Zeremoniells. In seinen Augen haben alle seine Handlungen einen hohen Wert. Er wird sie nicht in einem proletarischen Umschlag präsentieren. Er will sie in edle Kuverts hüllen, weil das ein Akt hochgradiger Verfeinerung ist. Nicht so erbärmlich wie bei dem erstbesten dahergelaufenen Passanten wie Ihnen oder mir, Danglard. Es ist unvorstellbar, daß ein großer Koch Ihnen eine Blätterteigpastete in einer Plastikschüssel serviert. Nun, hier ist es genauso. Der Umschlag entspricht der Geste: Er ist ausgefallen.«

»Fingerabdrücke von Le Guern und Ducouëdic«, sagte Danglard und legte das Fax zurück. »Zwei ehemalige Häftlinge.«

»Ja. Aber nur kurze Haftstrafen. Neun und sechs Monate.«

»Zeit genug, um nützliche Kontakte zu knüpfen«, gab Danglard zu bedenken, während er sich heftig unter dem

Arm kratzte. »Der Schlosserlehrgang kann auch nach dem Knast stattgefunden haben. Wie lauteten die Anklagepunkte?«

»Bei Le Guern war es Körperverletzung mit Tötungsabsicht.«

Danglard stieß einen Pfiff aus. »Na, das ist doch schon mal was. Warum hat er nicht mehr bekommen?«

»Mildernde Umstände: Der Reeder, den er zusammengeschlagen hat, hat seinen Trawler verrotten lassen, und das Schiff ist schließlich abgesoffen. Zwei Seeleute sind dabei ertrunken. Als Le Guern aus dem Rettungshubschrauber stieg, war er schier wahnsinnig vor Schmerz und hat sich auf ihn gestürzt.«

»Hat der Reeder was aufgebrummt gekriegt?«

»Nein. Weder er noch die Kerle vom Hafenamt, die ihn gedeckt haben und die nach Joss Le Guerns damaliger Aussage geschmiert wurden. Alle Reeder haben sich abgesprochen und Le Guern dann in sämtlichen Häfen der Bretagne abblitzen lassen. Er hat nie wieder einen Job als Kapitän gefunden. Vor dreizehn Jahren ist er dann völlig mittellos auf dem Vorplatz von Montparnasse gelandet.«

»Da hat er ja wirklich einigen Grund, der ganzen Welt böse zu sein, glauben Sie nicht?«

»Gewiß, und außerdem ist er cholerisch und nachtragend. Aber René Laurion hat offenbar nie einen Fuß in ein Hafenamt gesetzt.«

»Vielleicht sucht er sich Ersatzopfer. Alles schon dagewesen. Immerhin hätte Le Guern reichlich Gelegenheit, sich die Botschaften selbst zu schicken, nicht? Übrigens kommen keine ›Speziellen‹ mehr, seitdem wir den Platz beobachten. Und Le Guern wußte als erster davon.«

»Er war nicht der einzige, der wußte, daß die Bullen da sind. Um neun Uhr abends wußten im *Viking* schon alle Bescheid.«

»Wie hätte der Mörder das erfahren sollen, wenn er nicht im Viertel wohnt?«

»Er hat einen Mord begangen, da kann er sich wohl denken, daß die Bullen im Großeinsatz sind. Er hat gesehen, daß sie, scheinbar gut getarnt, auf einer Bank saßen.«

»Also überwachen wir den Platz am Ende umsonst?«

»Wir überwachen ihn aus Prinzip. Und noch aus einem anderen Grund.«

»Warum hat Decambrais-Ducouëdic gesessen?«

»Wegen der versuchten Vergewaltigung einer Minderjährigen in der Schule, in der er unterrichtete. Die gesamte Presse ist damals über ihn hergefallen. Mit zweiundfünfzig wäre er auf offener Straße beinahe gelyncht worden. Er brauchte bis zum Prozeß Polizeischutz.«

»Der Fall Ducouëdic, ich erinnere mich. Ein Mädchen, das auf der Toilette überfallen wurde. Man würde es nicht glauben, nicht wahr? Wenn man ihn sieht?«

»Erinnern Sie sich an seine Verteidigung, Danglard. Drei Schüler der elften Klasse sollen sich auf ein zwölfjähriges Mädchen gestürzt haben, als niemand in der Schulkantine war. Ducouëdic will die Kerle heftig geschlagen und die Kleine geschnappt und mit ihr den Raum verlassen haben. Im Gang hielt er das halbnackte brüllende Mädchen in den Armen. Das haben die anderen Kinder gesehen. Die drei Kerle haben eine umgekehrte Version der Fakten präsentiert: Ducouëdic hat das Mädchen vergewaltigt, sie haben eingegriffen, worauf Ducouëdic sie geschlagen und die Kleine rausgezerrt hat, um zu fliehen. Aussage gegen Aussage. Darüber ist Ducouëdic gestürzt. Seine Freundin hat ihn auf der Stelle sitzenlassen, und die Kollegen haben sich von ihm abgewandt. Es war der Zweifel. Der Zweifel schafft Abgründe, Danglard, und der Zweifel bleibt. Das ist der Grund, weshalb er sich Decambrais nennt. Er ist ein Mann, der sein Leben mit zweiundfünfzig beendet hat.«

»Wie alt wären diese drei Kerle heute? Ungefähr zweiunddreißig, dreiunddreißig? So alt wie Laurion?«

»Laurion war Schüler in Périgueux. Ducouëdic unterrichtete in Vannes.«

»Er kann sich Ersatzopfer suchen.«

»Schon wieder?«

»Na und? Kennen Sie keine alten Männer, die eine ganze Generation verabscheuen?«

»Ich kenne zu viele davon.«

»Wir müssen die beiden Kerle weiter unter die Lupe nehmen. Decambrais hat die beste Gelegenheit, die Nachrichten einzuwerfen, und geradezu perfekte Möglichkeiten, sie zu verfassen. Immerhin war er es, der hinter ihre Bedeutung gekommen ist. Durch ein kleines arabisches Wort, das ihn direkt auf die Fährte des *Canon medicinae* von Avicenna gebracht hat. Gut, was?«

»Beobachten müssen wir so oder so. Ich bin überzeugt, daß der Mörder sich unter Le Guerns Zuhörern befindet. Von dort ist er ausgegangen, denn schließlich konnte er sich seine Mittel nicht aussuchen, das ist klar. Aber auch, weil er die Urne seit langem kannte. Diese Ausruferei kommt uns unpassend vor, ist aber für ihn ein ganz natürliches Mittel zur Verbreitung von Nachrichten, wie für alle im Viertel. Dessen bin ich mir sicher. Und ich bin überzeugt, daß er kommt, um seine Nachrichten zu hören, ich bin sicher, daß er sich unter das Publikum mischt.«

»Dazu hat er keinen Grund«, wandte Danglard ein. »Und es ist gefährlich.«

»Er hat keinen Grund, aber das ist egal, Danglard, ich glaube, er ist da, in der Menge. Deshalb werden wir den Platz weiter überwachen.«

Adamsberg verließ das Büro, durchquerte den großen Saal und baute sich vor dem Stadtplan auf. Die Polizisten folgten ihm mit den Augen, doch Adamsberg merkte, daß nicht er, sondern Danglard – gehüllt in ein weites schwarzes T-Shirt mit kurzen Ärmeln – das Interesse aller auf sich zog. Er hob den rechten Arm, und alle Blicke wandten sich wieder ihm zu.

»Um achtzehn Uhr erfolgt die Evakuierung der Räumlichkeiten zwecks Desinfizierung«, sagte er. »Wenn Sie nach Hause kommen, duschen Sie, jeder von Ihnen, waschen sich auch die Haare und stecken all Ihre Kleidungsstücke, ich sage: wirklich alle, bei sechzig Grad in die Waschmaschine. Grund: die Ausrottung möglicher Flöhe.«

Allgemeines Grinsen und Murmeln.

»Das ist ein ausdrücklicher Befehl«, sagte Adamsberg, »der gilt für alle, insbesondere für die drei Männer, die mit mir bei Laurion waren. Ist hier jemand seit gestern gebissen worden?«

Ein Arm hob sich, der von Kernorkian. Die anderen starrten ihn neugierig an.

»Oberleutnant Kernorkian«, verkündete er.

»Beruhigen Sie sich, Oberleutnant, Sie sind nicht der einzige, Hauptmann Danglard ist ebenfalls gebissen worden.«

»Bei sechzig Grad ist das Hemd hin«, sagte eine Stimme.

»Entweder das oder verbrennen«, erklärte Adamsberg. »Jeder, der gegen diese Anordnung verstößt, läuft möglicherweise Gefahr, an der Pest zu erkranken. Ich sage: möglicherweise. Ich bin überzeugt davon, daß die Flöhe, die der Mörder bei Laurion ausgesetzt hat, gesund und ebenso symbolisch gemeint sind wie der Rest. Dennoch bleibt diese Maßnahme obligatorisch. Flöhe beißen vor allem nachts, ich bitte Sie daher ausdrücklich, diese Operation vorzunehmen, sobald Sie nach Hause gekommen sind. Führen Sie danach eine vorschriftsmäßige Entwesung durch, Desinfektionskartuschen stehen im Umkleideraum zu Ihrer Verfügung. Noël und Voisenet, Sie überprüfen morgen die Alibis dieser vier Wissenschaftler«, sagte er und streckte ihnen einen Zettel hin, »sie sind alle vier Pestologen, also verdächtig. Und Sie«, sagte er und wandte sich an den lächelnden Mann mit den grauen Haaren.

»Oberleutnant Mercadet«, sagte der Beamte und erhob sich halb.

»Mercadet, Sie überprüfen diese Geschichte mit der Bettwäsche bei einer gewissen Madame Toussaint, Avenue de Choisy.«

Adamsberg hielt ihm einen Zettel hin, der von Hand zu Hand bis zu Mercadet durchgereicht wurde. Dann zeigte er auf das runde, ängstliche Gesicht mit den grünen Augen und auf den steifen Brigadier aus Granville.

»Brigadier Lamarre«, sagte der ehemalige Gendarm, erhob sich und stand kerzengerade.

»Brigadier Estalère«, sagte das runde Gesicht.

»Sie suchen die neunundzwanzig Gebäude auf und sehen sich noch einmal die unbemalten Türen an. Ziel: Suche nach einer Salbe, einem Fett oder einem wie auch immer gearteten Produkt, das auf das Schloß, die Klingel oder die Klinke aufgetragen wurde. Seien Sie vorsichtig, ziehen Sie Handschuhe über. Wer hat sich mit den neunundzwanzig Personen beschäftigt?«

Vier Arme hoben sich, Noël, Danglard, Justin und Froissy.

»Was hat Ihre Untersuchung ergeben? Gibt es Überschneidungen?«

»Nicht eine einzige«, antwortete Justin. »Das Datenmaterial ergibt keinerlei Gesetzmäßigkeiten.«

»Und die Vernehmungen in der Rue Jean-Jacques Rousseau?«

»Nichts. Niemand hat einen Unbekannten im Gebäude gesehen. Und die Nachbarn haben nichts gehört.«

»Der Code an der Eingangstür?«

»Ein Kinderspiel. Die Schlüsselziffern sind derart abgenutzt, daß sie nicht mehr zu lesen sind. Damit bleiben hundertzwanzig Kombinationen, die man in sechs Minuten ausprobieren kann.«

»Wer hatte die Aufgabe übernommen, die Bewohner der achtundzwanzig anderen Gebäude zu befragen? Hat nicht ein einziger Mensch diesen Maler gesehen?«

Die plumpe Frau mit den groben Gesichtszügen hob entschlossen den Arm.

»Oberleutnant Retancourt«, sagte sie. »Niemand hat den Maler gesehen. Er agiert zwangsläufig nachts, und sein Pinsel macht keinerlei Geräusch. Mit einer gewissen Übung braucht er nicht länger als eine halbe Stunde dazu.«

»Und dort die Eingangscodes?«

»Bei vielen sind Spuren von Knetmasse zu sehen, Kommissar. Er nimmt den Abdruck und sucht dann nach den fettigen Stellen.«

»Knasti-Trick«, bemerkte Justin.

»Da kann jeder drauf kommen«, entgegnete Noël.

Adamsberg sah auf die Wanduhr.

»Zehn vor«, sagte er. »Wir räumen.«

Um drei Uhr morgens wurde Adamsberg von einem Anruf des Labors geweckt.

»Kein Bazillus«, verkündete eine müde Männerstimme. »Negativ. Weder in den Flöhen, die aus den Kleidungsstücken stammen, noch in dem aus dem Umschlag, noch in den zwölf Exemplaren, die wir bei Laurion aufgesammelt haben. Kerngesund und blitzsauber.«

Adamsberg fiel ein Stein vom Herzen.

»Alles Rattenflöhe?«

»Alle. Fünf Männchen, zehn Weibchen.«

»Wunderbar. Hüten Sie sie wie Ihren Augapfel.«

»Sie sind tot, Kommissar.«

»Keine Blumen, keine Kränze. Bewahren Sie sie im Röhrchen auf.«

Es setzte sich auf, knipste die Lampe an und fuhr sich durchs Haar. Dann rief er Danglard und Vandoosler an, um sie über das Ergebnis zu informieren. Nacheinander wählte er die sechsundzwanzig Nummern der anderen Beamten der Brigade, dann die des Gerichtsmediziners und die von Devillard. Kein einziger beschwerte sich darüber, daß er mitten in der Nacht geweckt wurde. Er fand sich unter seinen Mitarbeitern nicht zurecht, und sein Notizbuch war nicht mehr auf dem neuesten Stand. Er hatte keine Zeit gehabt, sich weiter um seine Notizen zu kümmern oder Camille anzurufen, um sich mit ihr zu verabreden. Er hatte den Eindruck, der Pestbereiter würde ihn kaum noch zum Schlafen kommen lassen.

Um sieben Uhr dreißig erreichte ihn ein Anruf auf offener Straße, als er gerade vom Marais zur Brigade lief.

»Kommissar?« fragte eine atemlose Stimme. »Brigadier Gardon, vom Nachtdienst. Zwei Leichen auf dem Bürgersteig im 12. Arrondissement, eine in der Rue de Rottembourg, die andere nicht weit entfernt auf dem Boulevard Soult. Nackt auf dem Asphalt ausgestreckt und mit Holzkohle eingerieben. Zwei Männer.«

21

Um zwölf Uhr mittags waren die beiden Toten ins Leichenschauhaus gebracht und der Fundort wieder für den Verkehr freigegeben worden. Da die schwarzen Körper so spektakulär auf dem Bürgersteig drapiert worden waren, bestand keinerlei Hoffnung mehr, die Öffentlichkeit noch länger heraushalten zu können. Noch am selben Abend würden die Fernsehnachrichten sich auf die Toten stürzen, und am nächsten Morgen würde alles in den Zeitungen stehen. Es würde unmöglich sein, die Identität der Opfer geheimzuhalten, und die Verbindung zu ihren Wohnungen in der Rue Poulet und der Avenue de Tourville wäre schnell hergestellt. Zwei Häuser, deren Wohnungstüren sämtlich mit Vieren bemalt worden waren, mit Ausnahme einer einzigen, der ihren. Zwei Männer im Alter von einunddreißig und sechsunddreißig Jahren, der eine Familienvater, der andere in einer festen Beziehung lebend. Drei Viertel von den Leuten der Brigade hatten sich über die Hauptstadt verteilt, die einen suchten nach Zeugen an den Orten, an denen die Toten gefunden worden waren, die anderen hatten sich erneut in die beiden Häuser begeben, um den Angehörigen irgendwelche Informationen zu entlocken, die auf eine Verbindung zwischen den Toten und René Laurion hindeuten konnten. Die restlichen saßen vor den Computern, schrieben Berichte und gaben die neuen Informationen ein.

Mit gesenktem Kopf lehnte Adamsberg an der Wand seines Büros, unweit des Fensters, so daß er durch die neuen Gitterstäbe sehen konnte, wie das Leben auf dem Bürgersteig unaufhörlich vorbeiflutete, und er versuchte, die inzwischen sehr schwer gewordene Masse an Informationen über die Morde und weitere diesbezügliche Details zu ordnen. Diese Masse schien ihm das Hirn eines einzelnen Menschen zu sprengen, jedenfalls seins, er meinte, ihre Umrisse schon nicht mehr überschauen zu können, von ihr erdrückt zu werden. Im Wust der »Speziellen«, der kleinen Affären an der Place Edgar-Quinet, des Vorstrafenregisters von Le Guern und Ducouëdic, der Lage der markierten Gebäude, der Identität der Opfer, ihrer Nachbarn, ihrer Verwandten, im Wust von Kohle, Flöhen, Briefumschlägen, Laboranalysen, der Anrufe des Gerichtsmediziners, der Wesensmerkmale des Mörders übersah er die Gesamtheit der Möglichkeiten nicht mehr, verlor er sich darin. Zum erstenmal hatte er den Eindruck, daß eher Danglard mit seinem Computer dieser Sache Herr werden würde als er, dem der Sturm um die Nase wehte.

Zwei neue Opfer in einer Nacht, zwei Männer auf einen Schlag. Da die Bullen ihre Türen bewachten, hatte der Mörder sie einfach nach draußen gelockt, um sie umzubringen, und das Hindernis so auf ebenso schlichte Weise umgangen wie die Deutschen, als sie die unüberwindliche Maginotlinie mit Flugzeugen überquerten, während die Franzosen die Straßen blockierten. Die beiden Brigadiere, die vor der Wohnung von Jean Viard, dem Toten von der Rue de Rottembourg, Wache standen, hatten ihn um zwanzig Uhr dreißig die Wohnung verlassen sehen. Man konnte einen Menschen doch wohl nicht hindern, zu einer Verabredung zu gehen, oder? Vor allem, da besagter Viard sich nicht eine Sekunde lang von »diesem verdammten Vieren-Schwachsinn« hatte beeindrucken lassen, wie er den wachhabenden Polizisten erklärt hatte. Der andere Mann, François Clerc, hatte das Haus um zehn Uhr verlassen, um einen Spaziergang zu machen, wie er erklärt hatte. Die Polizisten vor seiner Tür würden ihn einengen, es sei ein lauer Abend, er wolle etwas trinken gehen. Man konnte einen Menschen auch nicht hindern, etwas trinken zu gehen, oder? Die beiden Männer waren erwürgt worden, genau wie Laurion, im Abstand von etwa einer Stunde. Mord am Fließband. Dann waren die Leichen, zweifellos beide zusammen, in ein Auto gelegt worden, wo man sie ausgezogen und mit Kohle eingerieben hatte. Schließlich hatte der Mörder sie mitsamt ihren Kleidungsstücken auf offener Straße abgelegt, im 12. Arrondissement, am Rand von Paris. Der Pestbereiter hatte sich nicht dem Risiko ausgesetzt, gesehen zu werden, denn diesmal waren die Leichname nicht christusartig mit ausgebreiteten Armen auf den Rücken gelegt worden. Sie lagen so, wie sie in der Eile fallen gelassen worden waren. Adamsberg vermutete, daß diese Notwendigkeit, auf der letzten Etappe schludern zu müssen, den Mörder verärgert hatte. Es war mitten in der Nacht gewesen, und niemand hatte auch nur das Geringste wahrgenommen. Mit ihren zwei Millionen Einwohnern kann die Hauptstadt unter der Woche um vier Uhr morgens so ausgestorben sein wie ein Bergdorf. Hauptstadt oder nicht, auf dem Boulevard Soult schläft man genau wie in den Pyrenäen.

Die einzige neue Erkenntnis, über die man nun verfügte, war die, daß alle drei Männer über Dreißig waren. Das war nicht gerade ein großer gemeinsamer Nenner. Der Rest der Persönlichkeitsmerkmale paßte absolut nicht zusammen. Im Gegensatz zu dem ersten Opfer hatte Jean Viard sich nicht in den Vorstädten abgerackert. Er kam aus den besten Vierteln, war EDV-Ingenieur und mit einer Rechtsanwältin verheiratet. François Clerc stammte aus einfacheren Verhältnissen, ein schwerer Mann mit breiten Schultern, von Beruf Lieferant im Dienste eines großen Weinhändlers.

Ohne seine Wand zu verlassen, rief Adamsberg den Gerichtsmediziner an, der gerade mit Viards Leiche beschäftigt war. Während man ihn ans Telefon holte, konsultierte Adamsberg sein Notizbuch auf der Suche nach dem Familiennamen des Mannes. Romain.

»Romain, hier ist Adamsberg. Entschuldigen Sie die Störung. Können Sie bestätigen, daß er erdrosselt wurde?«

»Kein Zweifel. Der Mörder hat eine solide Kordel verwendet, vermutlich eine dicke Kunststoffschnur. Es gibt eine ziemlich deutliche Druckstelle im Nacken. Es könnte sich um eine Art Kabelbinder handeln. Da braucht der Mörder nur nach rechts zu ziehen, das erfordert nicht viel Kraft. Er hat übrigens seine Technik verbessert und sich auf Großschlachterei verlegt: Die beiden Opfer haben eine gehörige Ladung Tränengas abbekommen. Bevor sie reagieren konnten, hatte der Mörder ihnen schon die Schlinge übergeworfen. Das ist schnell und sicher.«

»Hatte Laurion Bisse am Körper, Insektenbisse?«

»Verdammt, das hatte ich nicht in den Bericht geschrieben. Zu diesem Zeitpunkt schien mir das noch nicht wichtig. Er hatte relativ frische Flohbisse in der Leistengegend. Viard ebenfalls, und zwar an der Innenseite des rechten Oberschenkels und am Hals, die Bisse sind schon älteren Datums. Ich habe noch nicht die Zeit gehabt, den letzten zu untersuchen.«

»Können Flöhe einen Toten beißen?«

»Nein, Adamsberg, auf keinen Fall. Sie verlassen ihn bei den ersten Anzeichen des Erkaltens.«

»Danke, Romain. Vergewissern Sie sich, daß kein Bazillus vorhanden ist, genau wie bei Laurion. Man kann nie wissen.«

Adamsberg steckte sein Mobiltelefon ein und legte die Hände über die Augen. Also hatte er sich getäuscht. Der Mörder konnte seinen Umschlag mit den Flöhen nicht zum Zeitpunkt des Mordes hinterlegt haben. Zwischen dem Aussetzen der Flöhe und dem Mord war eine gewisse Zeit vergangen, da die Insekten die Opfer lebend gebissen hatten. In Viards Fall mußte dieser Zeitraum sogar ziemlich lang gewesen sein, da der Gerichtsmediziner erklärt hatte, daß die Bißstellen schon älter seien.

Die Arme auf dem Rücken verschränkt, ging Adamsberg im Zimmer auf und ab. Der Pestbereiter folgte demnach einem ziemlich irrsinnigen Protokoll: Er schob zunächst den geöffneten Umschlag unter den Türen seiner künftigen Opfer hindurch, um dann einige Zeit später mit Holzkohle in der Tasche zurückzukommen, das Schloß aufzubrechen und seine Opfer zu erwürgen. Er arbeitete im Zweiertakt. Erstens, die Flöhe. Zweitens, der Mord. Ganz zu schweigen von den teuflischen Vieren und den Verkündigungsbotschaften. Adamsberg spürte so etwas wie Ohnmacht in sich aufsteigen. Die Wege verschlangen sich, der richtige Weg verlor sich darin, dieser zeremonielle Mörder wurde ihm fremd und unverständlich. Auf eine Eingebung hin wählte er Camilles Nummer und streckte sich eine halbe Stunde später auf seinem Bett aus, nackt unter seiner Kleidung, dann nackt ohne seine Kleidung. Camille legte sich auf ihn, und er schloß die Augen. Binnen einer Minute vergaß er, daß siebenundzwanzig Männer seiner Brigade in den Straßen patrouillierten oder sich über ihre Tastaturen beugten.

Zweieinhalb Stunden später traf er auf der Place Edgar-Quinet ein, mit sich selbst wieder im Einklang und von diesem leichten Ziehen in den Schenkeln begleitet und geschützt.

»Ich wollte Sie gerade anrufen, Kommissar«, sagte Decambrais, der eben aus dem Haus trat und auf ihn zuging. »Gestern gab es zwar keine, aber heute kam eine.«

»Wir haben niemanden gesehen, der sie in die Urne geworfen hat«, erwiderte Adamsberg.

»Sie ist mit der Post gekommen. Er hat die Methode gewechselt, er geht das Risiko nicht mehr ein, selbst zu kommen. Er schickt sie mit der Post.«

»An welche Adresse?«

»An Joss Le Guern, hier auf dem Platz.«

»Kennt er etwa den Namen des Ausrufers?«

»Viele Leute kennen ihn.«

Adamsberg folgte Decambrais in sein Refugium und öffnete den großen Umschlag.

Plötzlich geht das rasch bestätigte Gerücht um, daß die Pest in der Stadt in zwei Straßen zugleich ausgebrochen sei. Es hieß, die beiden (...) seien mit den deutlichsten Zeichen des Übels aufgefunden worden.

»Hat Le Guern das ausgerufen?«

»Ja, um zwölf. Sie hatten gesagt, er solle weitermachen.«

»Die Texte sind jetzt, wo der Kerl zur Tat geschritten ist, klarer. Welche Wirkung haben sie auf das Publikum?«

»Unruhe, Fragen und zahlreiche Diskussionen im *Viking*. Ich glaube, es war ein Journalist da. Er stellte Joss und den anderen haufenweise Fragen. Ich weiß nicht, wie der hier auftauchen konnte.«

»Wegen der Gerüchte, Decambrais. Das war unvermeidlich. Mit den ›Speziellen‹ der letzten Tage, mit der Bekanntmachung von Dienstagabend und dem Toten vom Morgen hat die Schlinge sich unweigerlich zugezogen. Das mußte kommen. Vielleicht hat der Pestbereiter der Presse aber auch selbst eine Erklärung zugespielt, um einen Wirbelsturm auszulösen.«

»Das ist gut möglich.«

»Gestern aufgegeben«, bemerkte Adamsberg, als er den Umschlag umdrehte. »Im 1. Arrondissement.«

»Mit der Ankündigung von zwei Toten«, ergänzte Decambrais.

»Schon geschehen«, sagte Adamsberg und sah ihn an. »Sie werden es heute in den Abendnachrichten hören. Zwei Männer, die wie Säcke auf den Bürgersteig geworfen wurden, nackt und mit Kohle eingerieben.«

»Zwei auf einmal«, erwiderte Decambrais dumpf.

Er preßte die Lippen zusammen, so daß zahlreiche kleine Falten auf der weißen Haut seines Gesichts entstanden.

»Decambrais, sind die Körper von Pestkranken Ihrer Ansicht nach schwarz?«

Der Gelehrte runzelte die Stirn.

»Ich bin kein Fachmann in dieser Frage, Kommissar, schon gar nicht für die Geschichte der Medizin. Deshalb habe ich ja so lange gebraucht, diese ›Speziellen‹ zu identifizieren. Aber ich kann Ihnen versichern, daß die zeitgenössischen Ärzte dieses Aussehen, diese Farbe nie erwähnten. Flecken, Brand, Bubonen, Beulen, ja, aber nicht dieses Schwarz. Das hat sich erst sehr viel später in der kollektiven Vorstellung verankert, durch eine semantische Verschiebung, verstehen Sie.«

»Ach so.«

»Aber das ist unerheblich, denn der Irrtum ist geblieben, und die Pest wird nun mal der ›Schwarze Tod‹ genannt. Diese Worte sind für den Mörder sicherlich wesentlich, denn es sind Worte, die Schrecken verbreiten. Er will beeindrucken, er will das Vorstellungsvermögen der Menschen mit starken Ideen reizen, seien sie nun richtig oder falsch. Und der ›Schwarze Tod‹ trifft wie eine Kanone.«

Adamsberg setzte sich ins *Viking*, wo es an diesem Spätnachmittag recht ruhig war, und bestellte bei dem großen Bertin einen Kaffee. Durch die Scheibe hatte er eine Panoramasicht über den ganzen Platz. Eine Viertelstunde später rief Danglard ihn an.

»Ich bin im *Viking*«, erklärte Adamsberg.

»Hüten Sie sich vor diesem Calvados«, sagte Danglard. »Er ist sehr eigenartig. Er raubt Ihnen im Handumdrehen jegliche Idee.«

»Ich habe keine einzige Idee mehr, Danglard. Ich bin verloren. Ich glaube, er hat mich trunken gemacht, orientierungslos. Ich glaube, er hat mich reingelegt.«

»Der Calvados?«

»Der Pestbereiter. CLT. Apropos, Danglard, vergessen Sie das mit den Initialen.«

»Mein Christian Laurent Taveniot?«

»Lassen Sie ihn in Frieden«, erklärte Adamsberg, der sein Notizbuch auf der Seite mit Vandooslers Erklärungen aufgeschlagen hatte. »Es ist das Elektuarium der drei Adverbien.«

Adamsberg wartete vergeblich auf eine Reaktion seines Stellvertreters. Auch Danglards Verstand wurde überflutet. Sein aufgeklärter Geist ertrank.

»*Cito, longe, tarde*«, las Adamsberg. »Mach, daß du wegkommst, und zwar für eine Ewigkeit.«

»Mist«, sagte Danglard nach einer ganzen Weile. »*Cito, longe fugeas et tarde redeas.* Ich hätte es mir denken müssen.«

»Niemand denkt mehr was, nicht einmal Sie. Er ersäuft uns regelrecht.«

»Wer hat es Ihnen erklärt?«

»Marc Vandoosler.«

»Ich habe übrigens die gewünschten Auskünfte über diesen Vandoosler.«

»Lassen Sie auch das sein. Er ist nicht verdächtig.«

»Wußten Sie auch, daß sein Onkel Bulle war und kurz vor dem Ende seiner Karriere rausgeworfen wurde?«

»Ja. Ich hab mit dem Mann Pulpo gegessen.«

»Ach so. Wußten Sie, daß der Neffe, Marc, in ein paar Fälle verwickelt war?«

»Kriminalfälle?«

»Ja, aber auf Ermittlerseite. Gar nicht dumm, der Typ.«

»Das habe ich bemerkt.«

»Ich rufe Sie wegen der Alibis der vier Pestologen an. Alle in Ordnung, keine Geldschwierigkeiten, stabile Familienverhältnisse.«

»Kein Glück.«

»Nein. Jetzt bleibt uns niemand mehr.«

»Und ich selbst, ich sehe nichts mehr. Ich spüre nichts mehr, mein Lieber.«

Danglard hätte sich über die Agonie von Adamsbergs Intuition freuen sollen. Und doch ertappte er sich dabei, daß er diesen Zusammenbruch bedauerte und den Wunsch verspürte, Adamsberg auf seinem Weg, den er mehr als jeden anderen mißbilligte, zu ermutigen.

»Doch«, sagte er entschlossen. »Irgend etwas spüren Sie ganz sicher, zumindest eine winzige Spur.«

»Zumindest eine winzige Spur«, räumte Adamsberg nach kurzem Schweigen ein. »Und zwar immer dieselbe.«

»Sagen Sie, was es ist.«

Adamsberg ließ seinen Blick über den Platz wandern. Allmählich bildeten sich kleine Gruppen, andere kamen aus der Bar und bereiteten sich auf das Ausrufen von Le Guern vor. Hinten neben der großen Platane wurden Wetten auf Rettung oder Untergang der Schiffsbesatzung abgeschlossen.

»Ich weiß, daß er da ist«, sagte er.

»Wo ›da‹?«

»Auf diesem Platz. Er ist da.«

Adamsberg besaß keinen Fernseher mehr und hatte sich angewöhnt, notfalls die Wohnung zu verlassen und einen hundert Meter entfernten, mit Musik und Guinness-Geruch gesättigten irischen Pub aufzusuchen. Dort erlaubte ihm Enid, eine Kellnerin, die ihn seit langem kannte, den kleinen Fernseher zu benutzen, der unter den Tresen gequetscht war. So stieß er also um fünf vor acht die Tür zu den *Schwarzen Wassern von Dublin* auf und zwängte sich hinter den Tresen. Die Schwarzen Wasser – das entsprach genau der Stimmung, in der er seit dem Morgen war. Während Enid ihm eine riesige Kartoffel mit Speck zubereitete – wo diese Iren derart gigantische Kartoffeln herbekamen, konnte man sich wirklich fragen, wenn man denn die Zeit dazu hatte, das heißt, wenn einem nicht gerade ein Pestbereiter vollständig den Kopf blockierte –, verfolgte Adamsberg vor dem leisegedrehten Fernseher die Nachrichtensendung. Es war fast so katastrophal, wie er befürchtet hatte.

Der Moderator meldete, daß in der Nacht von Montag auf Dienstag und von Mittwoch auf Donnerstag in Paris drei Männer unter besorgniserregenden Umständen tot aufgefunden worden seien. Die Opfer wohnten alle in Häusern, die mit jenen Vieren bemalt seien, über die die Sonderbekanntmachung der Polizeipräfektur zwei Tage zuvor in den Fernsehnachrichten informiert habe. Die Bedeutung dieser Zeichen, über die die Polizei sich damals nicht habe äußern wollen, sei dank einer kurzen Botschaft des Täters an die Nachrichtenagentur AFP jetzt bekannt. Diese anonyme Erklärung sei mit größter Vorsicht zu behandeln, und nichts garantiere deren Authentizität. Ihr Verfasser behaupte, die drei Männer seien an der Pest gestorben, und versichere, er habe die Bevölkerung der Hauptstadt seit langem mittels öffentlicher Ankündigungen auf der Kreuzung Edgar-Quinet-Delambre vor der Geißel gewarnt. Das Bekenntnis zu einer solchen Tat, fuhr der Sprecher fort, sei sicherlich einem geistig Verwirrten zuzuschreiben. Auch wenn die Leichen in der Tat Merkmale des ›Schwarzen Todes‹ aufwiesen, so sei doch von der Polizeipräfektur bestätigt worden, daß es sich bei diesen

Männern um die unglücklichen Opfer eines Serienmörders handele, die durch Erwürgen zu Tode gekommen seien. Adamsberg hörte, wie sein Name genannt wurde.

Es folgten Bilder der markierten Türen, unterlegt mit Erklärungen, Aussagen von Bewohnern, dann ein Schwenk über die Place Edgar-Quinet und schließlich Generalkommissar Brézillon höchstpersönlich in seinem Büro am Quai des Orfèvres, wie er mit dem erforderlichen Ernst versicherte, daß alle Personen, die von dem geistig Verwirrten bedroht seien, durch Polizeikräfte geschützt würden und das Gerücht der Pest schlicht eine Erfindung der gesuchten Person sei, da die an den Toten festgestellten schwarzen Flecken durch das Einreiben mit Holzkohle hervorgerufen worden seien. Anstatt sich auf diese beruhigenden Aussagen zu beschränken, hängten die Nachrichten noch einen kurzen Dokumentarbericht an, der die Geschichte der schwarzen Pest in Frankreich aufrollte, voller absolut grauenhafter Bilder und Kommentare.

Niedergeschlagen kehrte Adamsberg an seinen Platz zurück und machte sich an seine kolossale Kartoffel, ohne sie wirklich zu sehen.

Im *Viking* hatte man indessen den Fernseher lauter gestellt, und Bertin schob den Zeitpunkt des Abendessens und die Entfesselung des Donners hinaus. Joss, der im Mittelpunkt des allgemeinen Interesses stand, erwehrte sich, so gut er konnte, des Ansturms von Fragen, vorbildlich unterstützt von Decambrais, der vollkommen gelassen blieb, sowie von Damas, der – auch wenn er nicht wußte, wie er sich nützlich machen konnte – spürte, daß eine angespannte, komplizierte Situation entstanden war, und nicht von Joss' linker Seite wich. Marie-Belle hatte zu schluchzen begonnen, was bei Damas Panik ausgelöst hatte.

»Ist jetzt die Pest ausgebrochen?« hatte sie in die Nachrichten hineingerufen und damit die schlimmste Befürchtung aller Anwesenden, die niemand so naiv zu äußern wagte, in Worte gefaßt.

»Hast du's nicht gehört?« sagte Lizbeth mit ihrer gebieterischen Stimme. »Die Kerle sind nicht an der Pest gestorben, sie sind erdrosselt worden. Hast du's nicht gehört? Du mußt zuhören, Marie-Belle.«

»Und wer sagt uns, daß der Dicke von der Präfektur uns nicht hinters Licht führt?« fragte ein Mann an der Bar. »Glaubst du, die geben uns in den Nachrichten freundlich Bescheid, wenn in der Stadt die Pest ausbricht, Lizbeth? Glaubst du, die sagen uns alles, was sie wissen? Das ist genau wie mit dem Zeug, das sie in den Mais und in die Kühe tun, glaubst du, die erzählen uns das?«

»Und was machen wir solange?« fragte ein anderer. »Wir futtern ihren Mais.«

»Ich futtere den nicht mehr«, erklärte eine Frau.

»Du hast doch noch nie welchen gegessen«, widersprach ihr Mann, »du magst doch überhaupt keinen Mais.«

»Bei all ihren schwachsinnigen Versuchen«, fuhr eine andere Stimme an der Bar fort, »ist es gut möglich, daß sie sich mal wieder eine gigantische Dummheit geleistet und die Krankheit freigesetzt haben. Weißt du übrigens, woher die Grünalgen kommen?«

»Hm, ja«, antwortete ein Mann. »Und jetzt kann man sie nicht mehr zurückholen. Das ist wie mit dem Mais und den Kühen.«

»Drei Tote, stell dir mal vor! Wie wollen sie das stoppen? Das wissen die nicht mal selber, das garantier ich dir.«

»Du hast ja keine Ahnung«, sagte ein Mann am Ende der Bar.

»Verdammt noch mal!« rief Lizbeth und versuchte den Lärm zu übertönen. »Die Kerle sind erdrosselt worden!«

»Weil sie die Vier nicht hatten«, sagte ein Mann mit erhobenem Zeigefinger. »Sie waren nicht geschützt. Haben die das im Fernsehen erklärt oder nicht? Das haben wir doch wohl nicht geträumt, oder?«

»Na, wenn das stimmt, dann ist da kein Zeug entwischt, sondern es gibt einen Typen, der es schickt.«

»Das Zeug ist entwischt«, wiederholte der Mann entschlossen, »und es gibt einen Typen, der versucht, die Leute zu schützen und sie zu warnen. Der tut, was er kann.«

»Und warum hat er dann Leute vergessen? Warum hat er nur eine Handvoll Häuser bemalt?«

»Sag mal, der Kerl ist doch nicht Gott. Er hat doch keine vier Hände. Du kannst dir deine Vier ja selbst malen, wenn du Schiß hast.«

»Verdammt noch mal!« rief Lizbeth erneut.

»Was ist denn passiert?« fragte Damas schüchtern, ohne daß ihn jemand beachtete.

»Laß es sein, Lizbeth«, sagte Decambrais und faßte sie am Arm. »Die drehen durch. Hoffen wir, daß sie sich über Nacht wieder beruhigen. Wir servieren das Abendessen, ruf die Mieter zusammen.«

Während Lizbeth ihre Schäfchen um sich versammelte, entfernte sich Decambrais von der Bar und rief Adamsberg an.

»Kommissar, hier ist dicke Luft«, sagte er. »Die Leute verlieren den Kopf.«

»Hier auch«, erwiderte Adamsberg von seinem Tisch in der irischen Bar. »Wer Quote sät, wird Panik ernten.«

»Was werden Sie tun?«

»Wiederholen und noch mal wiederholen, daß die drei Männer ermordet wurden. Wer sagt was in Ihrer Umgebung?«

»Lizbeth hat schon Schlimmeres erlebt und bewahrt einen kühlen Kopf. Le Guern ist es eigentlich egal, er versucht, seinen Broterwerb zu verteidigen, da müssen schon stärkere Stürme kommen als der hier, um ihn zu erschüttern. Bertin scheint mir ziemlich ins Wanken gebracht, Damas versteht überhaupt nichts, und Marie-Belle ist gereizt. Der Rest denkt, wie vorauszusehen war: Man verheimlicht uns alles, man sagt uns nichts, und die Jahreszeiten sind auch nicht mehr das, was sie mal waren. Erinnern sie sich an die Nachricht von neulich: *Wie wenn der Winter warm ist, statt kalt zu sein; der Sommer kühl statt warm, und ebenso der Frühling und der Herbst.*«

»Da werden Sie alle Hände voll zu tun haben, Berater.«

»Sie auch, Kommissar.«

»Ich weiß schon nicht mehr, wie viele Hände ich habe.«

»Was gedenken Sie jetzt zu tun?«

»Ich gedenke schlafen zu gehen, Decambrais.«

22

Am Freitagmorgen um acht Uhr wurden zwölf Mann zur Verstärkung der Abteilung Kapitalverbrechen beordert, des weiteren wurden eiligst fünfzehn zusätzliche Telefonanschlüsse installiert, um die Anrufe entgegennehmen zu können, die von den überlasteten Kommissariaten der verschiedenen Arrondissements an die Brigade weitergeleitet wurden. Mehrere tausend Pariser forderten Informationen darüber, ob die Polizei hinsichtlich dieser Toten die Wahrheit gesagt habe oder nicht, ob Vorsichtsmaßnahmen zu treffen seien und wie die Anweisungen lauteten. Die Präfektur hatte allen Kommissariaten den Befehl erteilt, jeden Anruf ernst zu nehmen und vor allem auf die Paniker, die zu den ersten gehören, die Chaos verbreiten, aufmerksam einzugehen.

Die Morgenzeitungen würden nicht gerade dazu beitragen, die wachsende Besorgnis zu dämpfen. Adamsberg hatte die wichtigsten Zeitungen auf seinem Schreibtisch ausgebreitet und überflog eine nach der anderen. Die Journalisten gaben im großen und ganzen den Inhalt der Fernsehnachrichten vom Vorabend wieder, ergänzt durch zusätzliche Kommentare und Fotos; viele Blätter zeigten auf der Titelseite die spiegelverkehrte Vier. Manche dramatisierten das Ereignis, andere waren zurückhaltender und hatten sich bemüht, gemäßigtere Schlagzeilen zu finden. Alle Zeitungen jedoch waren vorsichtig genug, ausführlich die Worte von Generalkommissar Brézillon zu zitieren. Und alle gaben die Texte der beiden letzten »Speziellen«

wieder. Adamsberg las sie noch einmal und versuchte sich in einen Menschen hineinzuversetzen, der sie in ihrem nun bekannten Kontext, das heißt in Verbindung mit den drei schwarzen Leichen, zum erstenmal vor Augen hatte:

Diese Geißel ist immer bereit und untersteht dem Befehl Gottes, der sie schickt und sie wieder verschwinden läßt, wann es ihm gefällt.

Plötzlich geht das rasch bestätigte Gerücht um, daß die Pest in der Stadt in zwei Straßen zugleich ausgebrochen sei. Es hieß, die beiden (...) seien mit den deutlichsten Zeichen des Übels aufgefunden worden.

In diesen wenigen Zeilen lag genug, um die Leichtgläubigsten aus dem Takt geraten zu lassen – etwa achtzehn Prozent der Bevölkerung, so viele Menschen jedenfalls hatten sich jüngst vor der Jahrtausendwende gefürchtet. Adamsberg war überrascht, wieviel Raum die Presse der Sache einräumte und wie schnell der Funken zu dem hell lodernden Feuer geworden war, das er schon seit der Ankündigung des ersten Toten befürchtet hatte. In den Artikeln dieser Journalisten erstand die Pest, jene verstaubte, überlebte, in der Tiefe der Geschichte versunkene Geißel, mit fast ungebrochener Vitalität aufs neue.

Adamsberg warf einen Blick auf die Wanduhr und bereitete sich auf die Pressekonferenz vor, die er auf Anordnung der Generaldirektion um neun Uhr abhalten sollte. Er mochte weder Anordnungen noch Pressekonferenzen, aber ihm war bewußt, daß die Situation sie erforderte. Die Gemüter beruhigen, Fotos von den Würgemalen zeigen, Gerüchte zerstreuen, so lauteten die Anweisungen. Der Gerichtsmediziner war zur Verstärkung gekommen, und vorausgesetzt, es würde kein weiterer Mord geschehen oder keine besonders erschreckende »Spezielle« eingehen, hielt er die Situation für noch kontrollierbar. Er hörte, wie die Menge der Journalisten hinter der Tür anwuchs und die Unterhaltungen lauter wurden.

Zur gleichen Zeit beendete Joss seinen Seewetterbericht vor einer deutlich größer gewordenen Menge und machte sich an die »Spezielle« des Tages, die am Morgen mit der Post gekommen war. Die Haltung des Kommissars war klar gewesen: Wir lesen weiter vor, wir schneiden nicht die einzige Verbindung durch, die uns mit dem Pestbereiter verknüpft. In die beklemmende Stille hinein brachte Joss die Nummer 20 zu Gehör:

»Kleine geläufige Abhandlung über die Pest. Enthaltend Beschreibung, Symptome und Auswirkungen derselben, mit dafür erforderlicher Heilmethode sowie vorbeugenden wie heilenden Mitteln, Auslassungspunkte. *So erkennt, daß er von besagter Pest befallen ist, derjenige, welcher die Beulen an der Leiste aufweist, welche gemeiniglich Bubonen genannt werden, wer an Fieber und Taumel leidet, an Geistesschwäche und allen Arten des Wahns sowie wer Flecken gewahrt, die auf der Haut erscheinen und die man gemeiniglich Trac oder Purpur nennt und welche zumeist von bläulicher Farbe, fahl und schwarz sind und gleichwohl größer werden. Wer sich vor der Gefährdung der Erkrankung zu bewahren wünscht, wird Sorgfalt darauf verwenden, an seiner Türe den Talisman des Kreuzes mit den vier Spitzen anzubringen, welcher ganz gewißlich die Ansteckung seines Hauses abzuwenden weiß.«*

Nachdem Joss mühsam die lange Beschreibung beendet hatte, ging Decambrais zum Telefon, um sie Adamsberg ohne weitere Verzögerung zu übermitteln.

»Wir sind jetzt mittendrin«, faßte Decambrais zusammen. »Der Typ ist fertig mit dem Vorgeplänkel. Er beschreibt das

Übel, als ob es sich wirklich in der Stadt befände. Ich denke an einen Text vom Anfang des 17. Jahrhunderts.«

»Lesen Sie mir bitte das Ende noch mal vor«, bat Adamsberg. »Langsam.«

»Ist bei Ihnen viel los? Ich höre Lärm.«

»Etwa sechzig Journalisten, die ungeduldig warten. Und bei Ihnen?«

»Mehr Leute als gewöhnlich. Fast ein kleines Gedränge, lauter neue Gesichter.«

»Schreiben Sie mir die alten auf. Versuchen Sie, eine Liste mit dem Stammpublikum zu erstellen, soweit Sie sich erinnern, und zwar so vollständig wie möglich.«

»Das wechselt je nach Tageszeit.«

»Tun Sie Ihr Möglichstes. Bitten Sie diejenigen, die immer auf dem Platz sind, Ihnen zu helfen. Den Betreiber des Cafés, den Surfbrett-Händler, seine Schwester, die Sängerin, den Ausrufer, alle, die etwas wissen.«

»Denken Sie, er ist hier?«

»Ich glaube, ja. Das war sein Ausgangspunkt, dort wird er auch bleiben. Jeder Mensch hat seinen Bau, Decambrais. Lesen Sie mir dieses Ende noch mal vor.«

»Wer sich vor der Gefährdung der Erkrankung zu bewahren wünscht, wird Sorgfalt darauf verwenden, an seiner Türe den Talisman des Kreuzes mit den vier Spitzen anzubringen, welcher ganz gewißlich die Ansteckung seines Hauses abzuwenden weiß.«

»Ein Aufruf an die Bevölkerung, selbst Vieren auf die Türen zu malen. Ein Ablenkungsmanöver.«

»Genau. Ich sagte ›17. Jahrhundert‹, aber ich habe den Eindruck, daß wir es hier zum erstenmal, und zwar aus einer Notwendigkeit heraus, mit erfundenen Fragmenten zu tun haben. Sie tun so, als ob, aber ich glaube, sie sind falsch. Irgend etwas stimmt am Ende mit dem Stil nicht.«

»Zum Beispiel?«

»Das ›Kreuz mit den vier Spitzen‹. Mir ist diese Formulierung noch nie begegnet. Der Verfasser will eine Vier benennen, er will jeden Irrtum ausschließen, aber ich glaube, er hat diese Passage von A bis Z erfunden.«

»Wenn der Auszug nicht nur an Le Guern, sondern gleichzeitig an die Presse gegangen ist, dann werden wir bald überschwemmt, Decambrais.«

»Einen Augenblick, Adamsberg, ich höre gerade dem Schiffbruch zu.«

Zwei Minuten lang herrschte Stille, dann kam Decambrais zurück ans Telefon.

»Und?« fragte Adamsberg.

»Alle gerettet«, antwortete Decambrais. »Worauf hatten Sie gesetzt?«

»Alle gerettet.«

»Na, wenigstens das ist für heute gewonnen.«

In dem Augenblick, als Joss von seiner Kiste sprang, um bei Damas einen Kaffee zu trinken, betrat Adamsberg den großen Saal und stieg auf das kleine Podest, das Danglard für ihn vorbereitet hatte, den Gerichtsmediziner neben sich, den Projektor bereit. Er wandte sich der Journalistenschar und den auf ihn gerichteten Mikrofonen zu und sagte:

»Ich warte auf Ihre Fragen.«

Anderthalb Stunden später war die Pressekonferenz beendet; sie war sogar recht gut verlaufen, da es Adamsberg gelungen war, die hinsichtlich der drei schwarzen Toten aufgekommenen Zweifel auszuräumen, indem er behutsam und Punkt für Punkt antwortete. Mitten in der Sitzung war er Danglards Blick begegnet und hatte in dessen angespannter Miene gelesen, daß etwas vorgefallen sein mußte. Die Reihen seiner Beamten hatten sich nach und nach unauffällig gelichtet. Kaum war die Pressekonferenz beendet, schloß Danglard die Bürotür hinter den Besuchern.

»Eine Leiche in der Avenue de Suffren«, teilte er mit. »Unter einen Lieferwagen gelegt, die Kleidungsstücke auf einem Haufen. Sie wurde erst entdeckt, als der Fahrer heute morgen um Viertel nach neun losfuhr.«

»Scheiße«, entfuhr es Adamsberg, der sich auf seinen Stuhl fallen ließ. »Ein Mann? Über Dreißig?«

»Eine Frau, unter Dreißig.«

»Unser einziger gemeinsamer Nenner ist hin. Wohnte sie in einem dieser verdammten Häuser?«

»In Nummer 14 auf unserer Liste, in der Rue du Temple. Es wurde vor zwei Wochen mit Vieren markiert, außer an der Wohnungstür des Opfers, zweite Etage rechts.«

»Die ersten Informationen?«

»Sie heißt Marianne Bardou. Sie lebte zurückgezogen, hat Eltern in der Corrèze, einen Wochenendliebhaber in Mantes und einen zweiten für ein paar Abende in Paris. Sie war Verkäuferin in einem Feinkostgeschäft in der Rue du Bac. Eine hübsche Frau, sehr sportlich, Mitglied in mehreren Fitness-Studios.«

»Ich vermute, daß sie dort weder Laurion noch Viard, noch Clerc getroffen hat?«

»Das hätte ich Ihnen gesagt.«

»Ist sie gestern ausgegangen? Hat sie dem wachhabenden Beamten etwas gesagt?«

»Das wissen wir noch nicht. Voisenet und Estalère sind zu ihrer Wohnung gefahren. Mordent und Retancourt sind in der Avenue de Suffren, sie erwarten Sie.«

»Ich weiß nicht mehr, wer wer ist, Danglard.«

»Das sind Ihre Mitarbeiter, Männer und Frauen.«

»Was ist mit der jungen Frau? Erwürgt? Nackt? Die Haut schwarz eingerieben?«

»Wie die anderen.«

»Keine Vergewaltigung?«

»Anscheinend nicht.«

»Avenue de Suffren, das ist geschickt gewählt. Nachts ist das einer der verlassensten Orte der Stadt. Da hat man genug Zeit, um in aller Ruhe vierzig Leichen abzuladen. Warum unter einem Laster, was glauben Sie?«

»Ich hab darüber nachgedacht. Er muß sie ziemlich früh in der Nacht dort abgelegt haben, wollte aber nicht, daß man sie vor dem Morgen findet. Entweder, um die Tradition der Fuhrknechte fortzuführen, die frühmorgens die Leichen einsammelten, die man auf die Straße geworfen hatte, oder damit die Leiche erst nach dem Ausrufen entdeckt wird. Wurde dieser Tod beim Ausrufen angekündigt?

»Nein. Es gab Ratschläge, wie man sich vor der Geißel schützen kann. Raten Sie.«

»Vieren?«

»Vieren. Vieren, die man ganz allein zu Hause malen soll, ohne jede Hilfe.«

»Ist unser Pestbereiter zu sehr mit Töten beschäftigt? Hat er keine Zeit mehr zu malen? Delegiert er das jetzt?«

»Das ist es nicht«, erklärte Adamsberg, stand auf und zog seine Jacke an. »Er macht das, um uns zu überschwemmen. Stellen Sie sich vor, nur ein Zehntel aller Pariser gehorcht und schützt die Wohnungstür mit einer Vier, dann können wir seine echten nicht mehr von den individuell gemalten unterscheiden. Sie sind leicht zu kopieren, die Zeitungen haben sie sehr genau abgebildet, man braucht sie nur sorgfältig abzumalen.«

»Ein Graphologe kann die wahren Vieren rasch von den falschen trennen.«

Adamsberg schüttelte den Kopf.

»Nein, Danglard, nicht rasch. Nicht, wenn man vor fünftausend Vieren steht, die von fünftausend Händen ausgeführt wurden. Und mit dieser Schätzung bleibe ich ganz sicher deutlich hinter der Realität zurück. Die Leute werden ihm massenweise folgen. Wieviel sind achtzehn Prozent von zwei Millionen?«

»Wieso achtzehn Prozent?«

»Soviel Leichtgläubige, Ängstliche, Abergläubische gibt es. Diejenigen, die Sonnenfinsternisse, neue Jahrtausende, Weissagungen und das Ende der Welt fürchten. Oder zumindest diejenigen, die das in Umfragen zugeben. Wieviel macht das, Danglard?«

»Dreihundertsechzigtausend.«

»Nun, dann können wir uns auf etwa diese Größenordnung gefaßt machen. Wenn noch die Angst dazukommt, gibt es eine Flutwelle. Und wenn man die echten Vieren nicht mehr erkennen kann, erkennt man auch die echten unberührten Türen nicht mehr. Wir werden dann niemanden mehr schützen können. Und der Pestbereiter wird umherspazieren können, wie es ihm gefällt, ohne daß ihn auf jedem Treppenabsatz ein Bulle erwartet. Dann kann er sogar am hellichten Tag malen, ohne sich mit den Eingangscodes herumzuärgern. Schließlich können wir nicht Tausende von Leuten festnehmen, die etwas auf ihre Türen malen. Begreifen Sie jetzt, warum er das macht, Danglard? Er manipuliert die öffentliche Meinung, weil ihm das entgegenkommt, weil er sie braucht, um die Bullen loszuwerden. Er ist scharfsinnig, Danglard, scharfsinnig und pragmatisch.«

»Scharfsinnig? Nichts hat ihn gezwungen, diese verdammten Vieren zu malen. Nichts hat ihn gezwungen, seine Opfer zu isolieren. Das ist eine Falle, die er sich selbst gestellt hat.«

»Er wollte, daß man versteht, daß es sich um die Pest handelt.«

»Dafür hätte er doch bloß *hinterher* ein rotes Kreuz zu malen brauchen.«

»Das stimmt. Aber er verbreitet eine selektive Pest, nicht eine allgemeine. Er sucht sich seine Opfer aus und ist fest entschlossen, diejenigen, die mit ihnen in Berührung kommen, vor Ansteckung zu schützen. Auch das ist pragmatisch und überlegt.«

»Aber nur innerhalb seiner Welt des Irrsinns. Er könnte auch töten, ohne diese verdammte Pest von außerhalb der Zeit zu inszenieren.«

»Er will nicht selbst töten. Er will, daß die Leute getötet werden. Er will die wirkende Kraft sein, die den Fluch steuert. Das muß für ihn ein gewaltiger Unterschied sein. Er fühlt sich nicht verantwortlich.«

»Verdammt noch mal, aber die Pest! Das ist doch grotesk. Wo kommt der Kerl her? Aus welcher Welt? Aus welchem Grab?«

»Wenn wir das verstanden haben, dann haben wir ihn, Danglard, ich sagte es schon einmal. Grotesk ist es sicherlich. Aber unterschätzen Sie diese alte Pest nicht. Sie ist noch immer virulent und interessiert bereits sehr viel mehr Leute, als sie sollte. Grotesk, vielleicht, mit ihren zerfetzten alten Kleidern, aber nicht amüsant. Grotesk, aber furchtbar.«

Während er mit dem Auto Richtung Avenue de Suffren fuhr, rief Adamsberg den Entomologen an, um ihn mit einem Meerschweinchen in die Wohnung des neuen Opfers in der Rue du Temple zu schicken. In den Wohnungen von Jean Viard und François Clerc hatte man Nosopsyllus-fasciatus-Exemplare gefunden, vierzehn bei dem ersten und neun bei dem zweiten, plus ein paar in den Kleiderbündeln, die der Pestbereiter neben den Leichen abgelegt hatte. Alle gesund. Alle aus einem dicken elfenbeinfarbenen Umschlag, der mit einem Messer aufgeschlitzt worden war. Sein zweiter Anruf galt der Nachrichtenagentur AFP. Jeder, der einen solchen Umschlag erhielte, solle sich sofort mit der Polizei in Verbindung setzen. Der Umschlag solle mittags in den Fernsehnachrichten gezeigt werden.

Betrübt betrachtete Adamsberg den nackten Körper der jungen Frau, der von der Strangulation entstellt und fast gänzlich mit Kohlenstaub und dem Schmutz des Lieferwagens bedeckt war. Ihre Kleider waren zu einem kleinen, anrührenden Haufen an ihrer Seite aufgeschichtet. Man hatte die Avenue gesperrt, um Schaulustige abzuhalten, aber es waren bereits Hunderte von Menschen an ihr vorbeigelaufen. Es würde unmöglich sein, die Information zurückzuhalten. Traurig steckte er die Fäuste in die Taschen. Er hatte jegliche Klarsicht verloren, es gelang ihm nicht mehr, zu verstehen, zu spüren, diesen Mörder zu erfassen. Der Pestbereiter hingegen legte eine außerordentliche Effizienz an den Tag, trompetete seine Botschaften heraus, beherrschte die Presse und tötete seine Opfer, wo er wollte und wann er wollte, ungeachtet eines enormen Polizeiaufgebots, das ihn eigentlich von allen Seiten hätte einkreisen sollen. Vier Tote, die Adamsberg nicht hatte verhindern können, und das, obwohl seine Wachsamkeit lange vorher geweckt worden war. Wann übrigens? Beim zweiten Besuch von Maryse, der Mutter am Rande des Nervenzusammenbruchs. Der Augenblick, an dem er sich erstmals Gedanken gemacht hatte, stand deutlich vor seinen Augen. Aber er wußte nicht mehr, wann er den Faden verloren, in welchem Moment er sich im Nebel verirrt hatte, ohnmächtig und von Informationen überschwemmt.

Er betrachtete die junge Marianne Bardou, bis man ihren Körper in den Wagen lud, gab ein paar kurze Befehle und lauschte zerstreut den Berichten seiner Leute, die aus der Rue du Temple kamen. Die junge Frau war gestern abend nicht ausgegangen, sie war nach der Arbeit schlicht nicht nach Hause gekommen. Ohne große Hoffnung schickte er zwei Oberleutnants zu ihrem Arbeitgeber und ging zu

Fuß in Richtung Brigade. Er lief lange, deutlich länger als eine Stunde, und bog in Richtung Montparnasse ab. Wenn er sich nur erinnern könnte, an welchem Punkt er sich verirrt hatte.

Er ging die Rue de la Gaîté hinauf und betrat das *Viking*. Dann bestellte er ein Sandwich und setzte sich an den Tisch vor dem Fenster, das zum Platz hinausging, den Tisch, den niemand wollte, weil man ziemlich klein sein mußte, um sich nicht an dem falschen Bug des Drachenboots zu stoßen, das darüber an der Wand hing. Kaum hatte er den ersten Bissen seines Sandwichs verzehrt, erhob sich Bertin und schlug auf eine Kupferplatte über der Bar, womit er ein Donnergrollen auslöste. Überrascht sah Adamsberg, wie unter geräuschvollem Flügelschlagen alle Tauben vom Platz aufflogen, während zugleich eine Masse von Gästen hereinströmte, darunter Le Guern, dem er kurz zunickte. Ohne zu fragen, setzte sich der Ausrufer neben ihn.

»Geben Sie sich trüben Gedanken hin, Kommissar?« fragte Joss.

»Ich gebe mich dem Nichts hin, Le Guern, sieht man das so deutlich?«

»Hm, ja. Die Orientierung verloren?«

»Ich könnte es nicht besser ausdrücken«.

»Das ist mir dreimal passiert, und wir haben uns wie Unselige im Nebel gedreht, haben die eine Katastrophe umschifft, nur um an der nächsten gerade so vorbeizuschrammen. Zweimal hat der Ruderapparat ganz von allein gesponnen. Beim drittenmal war ich es, der einen Sextantenfehler beging, am Ende einer durchwachten Nacht. Zu große Müdigkeit, und schon kommt es zum Fehler, zum Schnitzer. Unverzeihlich.«

Adamsberg richtete sich auf, und Joss sah, wie in den Algenaugen des Kommissars dasselbe Licht aufflammte, das er beim erstenmal in dessen Büro hatte leuchten sehen.

»Sagen Sie das noch mal, Le Guern. Sagen Sie das genau so noch einmal.«

»Die Sache mit dem Sextanten?«

»Ja.«

»Na, das ist die Sache mit dem Sextanten. Wenn man sich täuscht, der grobe Schnitzer, der unverzeihliche Fehler …«

Konzentriert, unbeweglich, eine Hand ausgestreckt, wie um den Ausrufer zum Schweigen zu bringen, fixierte Adamsberg einen Punkt auf dem Tisch. Joss wagte nicht mehr zu sprechen. Er beobachtete, wie das Sandwich zwischen den Fingern des Kommissars sich langsam bog.

»Jetzt weiß ich es, Le Guern«, sagte Adamsberg und hob den Kopf. »Ich weiß jetzt, ab wann ich nichts mehr verstanden habe, ab wann ich ihn nicht mehr gesehen habe.«

»Wen?«

»Den Pestbereiter. Ich sehe ihn nicht mehr, ich habe den Kurs verloren. Aber jetzt weiß ich, wann das passiert ist.«

»Ist das wichtig?«

»Genauso wichtig, wie es für Sie wäre, wenn sie Ihren Sextantenfehler rückgängig machen und genau an den Punkt zurückkehren könnten, an dem Sie sich verirrt haben.«

»Ja, dann ist es wichtig«, bestätigte Joss.

»Ich muß gehen«, sagte Adamsberg und ließ einen Geldschein auf dem Tisch liegen.

»Passen Sie auf das Drachenboot auf«, warnte Joss. »Man stößt sich den Schädel.«

»Ich bin klein. Gab es heute morgen eine ›Spezielle‹?«

»Wir hätten Ihnen Bescheid gegeben.«

Und als Adamsberg schon die Tür öffnete, fragte Joss: »Gehen Sie jetzt und suchen Ihren Punkt?«

»Ganz genau, Kapitän.«

»Wissen Sie wirklich, wo er ist?«

Adamsberg tippte mit dem Finger an seine Stirn und ging hinaus.

Es war das Wort »Schnitzer« gewesen. Als Marc Vandoosler von dem Schnitzer gesprochen hatte. In diesem Moment hatte er die Richtung verloren. Im Gehen versuchte Adamsberg, sich Vandooslers Satz in Erinnerung zu rufen. Er ließ die Bilder aufsteigen, die noch nicht alt waren, mitsamt dem Ton. Vandoosler, wie er an der Tür stand, mit seinem glänzenden Gürtel und seiner in der Luft herumfuchtelnden, mit drei Silberringen geschmückten schmalen Hand. Ja, es war die Geschichte mit der Kohle, bei dem Thema waren sie gerade gewesen. *Wenn Ihr Mann die Leiche mit Kohle einreibt, täuscht er sich. Er begeht sogar einen gewaltigen Schnitzer.*

Erleichtert atmete Adamsberg auf. Er setzte sich auf die erstbeste Bank, schrieb sich die Bemerkung von Marc Vandoosler in sein Notizbuch und aß sein Sandwich auf. Er wußte nicht besser als vorher, wohin die Reise ging, aber zumindest hatte er den Punkt wiedergefunden. Den Punkt, an dem sein Sextant den Kurs verloren hatte. Und er wußte, daß es, wenn er von diesem Punkt ausging, die Chance gab, daß die Nebel sich auflösten. Er empfand dem Seemann Joss Le Guern gegenüber ein lebhaftes Gefühl der Dankbarkeit.

Ruhig ging er zur Brigade zurück, wobei sich sein Blick bei jedem Kiosk, an dem er vorbeikam, an den Schlagzeilen der Zeitungen stieß. Heute abend oder morgen, wenn der Pestbereiter seine neue Botschaft, seine gefährliche kleine *Abhandlung über die Pest* an AFP übermitteln und der Tod des vierten Opfers bekannt würde, würde keine Pressekonferenz mehr die Verbreitung der Gerüchte zurückhalten können. Der Pestbereiter war am Werk, und sein Werk würde reichlich Früchte tragen.

Heute abend oder morgen.

23

»Bist du es?«

»Ich bin's, Mané. Mach auf«, rief der Mann ungeduldig.

Kaum war er drinnen, warf er sich in die Arme der alten Frau, drückte sich an sie und wiegte sich sacht hin und her.

»Es funktioniert, Mané, es funktioniert!« rief er.

»Wie die Fliegen, sie gehen ein wie die Fliegen!«

»Sie krümmen sich und gehen ein, Mané. Erinnerst du dich, daß die Erkrankten sich früher wie wahnsinnig die Kleider vom Leib rissen und zum Fluß rannten, um sich dort zu ertränken? Oder gegen eine Wand liefen, um sich daran zu zerschmettern?«

»Komm, Arnaud«, sagte die alte Frau und zog ihn an der Hand. »Bleiben wir nicht hier im Dunkeln.«

Mané folgte dem Strahl der elektrischen Taschenlampe ins Wohnzimmer.

»Setz dich, ich habe dir Kekse gebacken. Du weißt, man findet keine Milch mehr, auf der sich Rahm bildet, ich bin gezwungen, Sahne zu nehmen, ich bin gezwungen, Arnaud. Schenk dir Wein ein.«

»Früher hat man sich der Kranken entledigt, indem man sie aus den Fenstern warf, so viele gab es, und man fand sie auf der Straße – aus den Häusern geworfen wie alte Matratzen. Traurig, nicht wahr, Mané? Eltern, Brüder, Schwestern.«

»Das sind nicht deine Brüder und Schwestern. Es sind wilde Tiere, die es nicht verdienen, auf der Erde herumzulaufen. Danach, aber erst danach wirst du wieder zu Kräften kommen. Entweder das oder du. Und jetzt bist du es.«

Arnaud lächelte.

»Weißt du, daß sie sich im Kreis drehen und innerhalb von ein paar Tagen zusammenbrechen?«

»Die Geißel Gottes erschlägt sie in ihrem Lauf. Sollen sie ruhig laufen. Ich glaube, daß sie es jetzt wissen.«

»Natürlich wissen sie es, und sie zittern, Mané. Jetzt sind sie an der Reihe«, sagte Arnaud und leerte sein Glas.

»Schluß mit dem Mist. Kommst du wegen des Materials?«

»Ich brauche viel. Jetzt kommt die Reise, Mané, weißt du, ich breite mich aus.«

»Das Material war kein Pfusch, nicht wahr?«

Auf dem Dachboden, wo es quiekte und scharrte, ging die alte Frau zwischen den Käfigen umher.

»Aber, aber«, brummte sie, »müßt ihr denn immer so schreien? Gibt euch Mané nicht genug zu fressen?«

Sie hob einen kleinen, wohlverschlossenen Beutel auf, den sie Arnaud hinstreckte.

»Da«, sagte sie. »Du berichtest mir, wie es weitergeht.«

Während er vor Mané die Leiter hinabstieg, sorgfältig darauf bedacht, die alte Frau auf Abstand zu halten, streckte Arnaud, beeindruckt, die tote Ratte möglichst weit weg von seinem Körper. Mané war eine verdammt gute Spezialistin, sie war die beste. Ohne sie hätte er das nicht geschafft. Er war der Meister, ohne Zweifel, dachte er und drehte seinen Ring, und das bewies er auch, aber ohne sie hätte er weitere zehn Jahre seines Lebens verloren. Sein Leben aber brauchte er jetzt, und zwar sofort.

Er verließ das alte Haus bei Dunkelheit, die Taschen beladen mit fünf Umschlägen, in denen sich Nosopsyllus fasciatus bewegten, deren Proventrikel vollgeladen waren wie Torpedos. Leise redete er mit sich selbst, als er in der Dunkelheit den Weg entlangging. Proventrikel. Mittlerer

Stechrüssel des Mundapparates. Proboscis, Saugrüssel, Injektion. Arnaud mochte Flöhe, und außer Mané gab es niemanden, mit dem er in aller Ruhe über ihr gewaltiges Innenleben sprechen konnte. Aber keine Katzenflöhe, das kam gar nicht in Frage. Das waren Unfähige, die Mané und er zutiefst verachteten.

24

An diesem Samstag waren alle Beamten der Brigade, die Überstunden machen konnten, aufgefordert worden zu arbeiten, und abgesehen von drei Männern, die sich familiären Zwängen beugen mußten, war Adamsbergs Mannschaft vollständig anwesend, erweitert um zwölf zusätzliche Leute. Adamsberg war bereits um sieben gekommen und hatte sich ohne falsche Hoffnungen die letzten Laborergebnisse angesehen, bevor er sich an den Zeitungsstapel machte, den man ihm in seinen Raum gelegt hatte. Nach Möglichkeit versuchte er, das Wort »Büro« durch das Wort »Raum« zu ersetzen, das ihm – auch wenn es ihn nicht begeisterte – weniger auf den Schultern lastete. »Büro« klang für ihn nach Bürokrat, Automat, Apparat. In »Raum« hörte er es raunen, hörte Baum, Traum und Schaum. Raum war Bewegung, Büro war starr.

In diesem Raum stapelte er die letzten technischen Ergebnisse, die zu nichts führten. Marianne Bardou war nicht vergewaltigt worden, ihr Arbeitgeber versicherte, daß sie sich im Hinterraum des Ladens umgezogen habe, um auszugehen, daß sie aber nicht gesagt habe, wohin, der Arbeitgeber hatte ein gutes Alibi, ebenso die beiden Geliebten von Marianne. Ihr Tod war gegen zehn Uhr abends durch Strangulation eingetreten, und man hatte ihr Tränengas ins Gesicht gesprüht, genau wie Viard und Clerc. Kein Flohbiß am Körper, ebensowenig wie am Körper von François Clerc. Aber man hatte neun Exemplare von Nosopsyllus fasciatus bei ihr zu Hause gefunden, die allesamt nicht mit dem Bazillus infiziert waren. Die verwendete Holzkohle: Apfelholz. Keine Spur von Salbe, Fett oder einer anderen Substanz auf irgendeiner der Türen.

Es war halb acht, und die dreiundvierzig Telefone der Brigade begannen zu klingeln. Adamsberg hatte seine Leitung auf einen anderen Apparat gelegt und nur noch das Handy behalten. Er zog den Zeitungsstapel zu sich heran, und schon die erste Titelseite verhieß nichts Gutes. Nachdem die Meldung von den neuen Opfern des »Schwarzen Todes« am Vorabend in den Acht-Uhr-Nachrichten gekommen war, hatte er Generalkommissar Brézillon benachrichtigt. Wenn der Pestbereiter auf den Gedanken käme, seine guten »vorbeugenden wie heilenden« Ratschläge an die Presse zu geben, wäre die Polizei kaum noch in der Lage, die möglichen Opfer zu schützen.

»Und die Umschläge?« hatte Brézillon entgegnet. »Haben Sie sich auf diesen Punkt konzentriert?«

»Er kann den Umschlag wechseln. Ganz zu schweigen von Spaßvögeln oder Leuten, die sich rächen wollen und unter unzähligen Türen Umschläge durchschieben.«

»Und die Flöhe?« hatte der Generalkommissar gefragt. »Wenn jede gebissene Person sich in den Schutz der Polizei begibt?«

»Sie beißen nicht in jedem Fall«, hatte Adamsberg erwidert. »Clerc und Bardou sind nicht gebissen worden. Außerdem würden wir riskieren, daß Tausende von durchgedrehten Leuten hier auftauchen, die einfach nur von Menschen-, Katzen- oder Hundeflöhen befallen wurden, während wir die wahren Zielscheiben gar nicht bemerken.«

»Und eine allgemeine Panik«, hatte Brézillon düster hinzugefügt.

»Die Presse bemüht sich schon darum«, hatte Adamsberg bemerkt. »Wir werden das nicht verhindern können.«

»Verhindern Sie es«, hatte Brézillon entschieden.

Als Adamsberg auflegte, war ihm klar, daß seine kürzlich erfolgte Beförderung zur Strafverfolgungsbrigade auf tönernen Füßen stand. Sein Schicksal lag in den fachkundigen Händen des Pestbereiters. Ob er seine Stelle verlor und woanders hingehen mußte, war ihm ziemlich gleichgültig. Aber die Gefahr, den Faden zu verlieren, jetzt, wo er den Punkt wiedergefunden hatte, an dem er sich verwirrt hatte, beunruhigte ihn in höchstem Maße.

Bevor er die Zeitungen vor sich ausbreitete, schloß er die Bürotür, um sich von dem schrillen Klingeln der Telefone im großen Saal abzukapseln, die sämtliche Beamten der Brigade mobilisierten.

Die *Kleine Abhandlung* des Pestbereiters war großflächig auf den meisten Titelseiten abgebildet, begleitet von Fotos des letzten Opfers und Infokästen, versehen mit Überschriften, die geeignet waren, die Angst zu schüren:

Schwarze Pest oder Massenmörder? Die Rückkehr der Geißel Gottes? Morde oder Seuche? Ein vierter verdächtiger Todesfall in Paris.

Und so weiter.

Einige Artikel, die weniger zurückhaltend waren als am Vortag, begannen bereits die »offizielle Strangulations-These« anzuzweifeln. In fast allen Ausgaben wurden die Beweise, die Adamsberg am Tage zuvor bei der Pressekonferenz vorgetragen hatte, angeführt, um sie sogleich in Zweifel zu ziehen und darüber hinwegzugehen. Die schwarze Farbe der Leichen machte ganz offensichtlich selbst die besonnensten Schreiber nervös und weckte alte Ängste, wie lauter Dornröschen nach einem fast dreihundert Jahre währenden Schlaf. Dieses Schwarz, das doch nichts anderes als ein *gewaltiger Schnitzer* war. Ein gewaltiger Schnitzer, der die Stadt in Abgründe des Wahnsinns stürzen konnte.

Adamsberg suchte eine Schere und begann einen Artikel auszuschneiden, der ihm mehr Sorgen bereitete als alle anderen. Ein Beamter, wahrscheinlich Justin, klopfte und kam herein.

»Kommissar«, sagte er mit atemlos klingender Stimme, »wir zählen Unmengen von Vieren im Umkreis der Place Edgar-Quinet. Das geht von Montparnasse bis zur Avenue du Maine und erreicht den Boulevard Raspail. Wahrscheinlich sind schon zwei-, dreihundert Gebäude betroffen, ungefähr tausend Türen. Favre und Estalère sind auf Erkundung. Estalère will kein Team mit Favre bilden, er sagt, der ginge ihm auf den Sack, was tun wir?«

»Tauschen Sie, bilden Sie ein Team mit Favre.«

»Er geht mir auf den Sack.«

»Brigadier ...«, begann Adamsberg.

»Oberleutnant Voisenet«, verbesserte der Mann.

»Voisenet, wir haben keine Zeit, uns um Favres, Estalères oder Ihren Sack zu kümmern.«

»Ist mir klar, Kommissar. Das wird vertagt.«

»Ganz richtig.«

»Machen wir mit den Patrouillen weiter?«

»Das ist, als wollten wir das Meer mit einem Löffel ausschöpfen. Die Welle ist längst da. Sehen Sie sich das an«, sagte er und hielt ihm die Zeitungen hin. »Die Ratschläge des Pestbereiters stehen auf allen Titelblättern: Malen Sie Vieren auf Ihre Türen, um sich vor Ansteckung zu schützen.«

»Ich hab's gesehen, Kommissar. Eine Katastrophe. Wir werden da nicht mehr rauskommen. Abgesehen von den neunundzwanzig ersten Häusern werden wir nicht mehr wissen, wen wir schützen sollen.«

»Es sind nur noch fünfundzwanzig, Voisenet. Gibt es Anrufe wegen der Umschläge?«

»Mehr als hundert, allein hier. Wir kommen nicht mehr nach.«

Adamsberg seufzte.

»Sagen Sie den Leuten, sie sollen sie zur Brigade bringen. Und lassen Sie diese verdammten Dinger überprüfen. Vielleicht ist ja ein echter darunter.«

»Machen wir mit den Patrouillen weiter?«

»Ja. Versuchen Sie, das Ausmaß des Phänomens zu erfassen. Machen Sie Stichproben.«

»Zumindest gab's keinen Mord heute nacht, Kommissar. Die fünfundzwanzig waren am Morgen alle wohlauf.«

»Ich weiß, Voisenet.«

Adamsberg schnitt hastig den Artikel zu Ende aus, der sich durch seinen zurückhaltend formulierten und fundierten Inhalt von der Masse abhob. Hier war er, der Funke, der noch fehlte, um das Pulverfaß zum Explodieren zu bringen, das Öl, das in das aufflammende Feuer geschüttet wurde. Der Artikel trug die rätselhafte Überschrift: *Die Krankheit Nr. 9.*

Die Krankheit Nr. 9

Die Polizeipräfektur hat uns durch Generalkommissar Pierre Brézillon versichern lassen, daß die vier geheimnisvollen Todesfälle, die diese Woche in Paris eingetreten sind, das Werk eines Massenmörders seien. Die Opfer sollen durch Erwürgen zu Tode gekommen sein, und der mit den Ermittlungen beauftragte Hauptkommissar Jean-Baptiste Adamsberg hat höchst überzeugende Fotos von den Strangulierungsmalen an die Presse weitergeleitet. Aber inzwischen weiß jeder, daß ein anonymer Informant die Todesfälle zugleich einer sich ausbreitenden Epidemie der schwarzen Pest zuschreibt, dieser schrecklichen Geißel, die früher die Welt verwüstete.

Angesichts dieser zweiten Erklärung erlauben wir uns, Zweifel an der vorbildlichen Beweisführung unserer Polizeidienste zu äußern, indem wir achtzig Jahre zurückblicken. Paris hat die Geschichte seiner letzten Pest verdrängt. Und doch ist die letzte Epidemie in der Hauptstadt erst 1920 ausgebrochen. Die dritte Pestpandemie war 1894 von China ausgegangen, verwüstete Indien, wo sie zwölf Millionen Tote hinterließ, und traf Westeuropa in all seinen Häfen, Lissabon, London, Porto, Hamburg, Barcelona … und schließlich auch Paris über einen aus Le Havre kommenden Lastkahn, der seine Ladung an den Ufern von Levallois gelöscht hatte. Wie überall in Europa nahm die Seuche glücklicherweise ab und verschwand binnen weniger Jahre ganz. Dennoch befiel sie sechsundneunzig Personen, die zur verelendeten Bevölkerungsgruppe der Lumpensammler gehörten und in baufälligen Behausungen vor allem in der nördlichen und östlichen Banlieue der Stadt wohnten. Die Krankheit drang sogar in die Stadt selbst vor, wo ihr etwa zwanzig Menschen zum Opfer fielen.

Während die Epidemie andauerte, wurde sie von der französischen Regierung geheimgehalten. Man impfte die gefährdete Bevölkerung, ohne daß die Presse über den wirklichen Grund für diese außerordentlichen Maßnahmen informiert worden wäre. Die Seuchenbehörde der Polizeipräfektur beharrte in einer Reihe interner Schreiben auf der Notwendigkeit, die Krankheit, die sie verschämt »die Krankheit Nr. 9« nannte, der Bevölkerung zu verheimlichen. So liest man 1920 in einem Bericht des Generalsekretärs: »Eine gewisse Zahl von Fällen der Krankheit Nr. 9 wurden aus Saint-Ouen, Clichy, Levallois-Perret und aus dem 19. und 20. Arrondissement gemeldet. (…) Ich möchte Sie auf den streng vertraulichen Charakter dieses Berichts sowie auf die Notwendigkeit hinweisen, die Bevölkerung nicht zu alarmieren.« *Eine Indiskretion erlaubte es der Zeitung* L'Humanité, *in ihrer Ausgabe vom 3. Dezember 1920 die Wahrheit zu enthüllen:* »Der Senat hat sich in seiner gestrigen Sitzung mit der Krankheit Nr. 9 beschäftigt. Was ist die Krankheit Nr. 9? Um halb vier erfuhren wir von M. Gaudin de Vilaine, daß es sich dabei um die Pest handelt …«

Ohne die Vertreter der Polizei beschuldigen zu wollen, heute genau wie damals die Tatsachen zu verfälschen, um die Wirklichkeit zu verschleiern, mag dieser kleine historische Rückblick dazu beitragen, die Bürger daran zu erinnern, daß der Staat seine eigene Wahrheit hat, die die Wahrheit nicht kennt, und daß er sich zu allen Zeiten auf die Kunst der Verheimlichung verstanden hat.

Nachdenklich ließ Adamsberg den Arm sinken, den verheerenden Artikel noch in der Hand. Eine Pestepidemie in Paris, im Jahre 1920. Davon hörte er zum erstenmal. Er wählte die Nummer von Vandoosler.

»Ich habe gerade die Zeitungen gelesen«, sagte Vandoosler, noch bevor Adamsberg irgend etwas fragen konnte. »Wir steuern direkt in die Katastrophe.«

»Genau da steuern wir hin«, bestätigte Adamsberg. »Stimmt das mit dieser Pest von 1920, oder ist das dummes Zeug?«

»Das ist absolut richtig. Sechsundneunzig Fälle, davon vierunddreißig mit tödlichem Ausgang. Lumpensammler aus den Randgebieten und ein paar Leute aus der Stadt. Besonders heftig war es in Clichy, da waren ganze Familien betroffen. Die Kinder hatten die Ratten eingesammelt, die auf den Müllhalden verreckt waren.«

»Warum hat sich die Krankheit nicht ausgebreitet?«

»Impfung und Prophylaxe. Vor allem aber schienen die Ratten immun geworden zu sein. Es war die Agonie der letzen Pest in Europa. In Ajaccio trieb sie sich allerdings noch 1945 herum.«

»Stimmt es, daß die Polizei das damals verschwiegen hat? Stimmt diese Geschichte mit der ›Krankheit Nr. 9‹?«

»Sie stimmt, Kommissar, tut mir leid. Sie können das unmöglich dementieren.«

Adamsberg legte auf und ging im Zimmer auf und ab. Die

Epidemie von 1920 drehte sich in seinem Kopf, wie ein diskreter kleiner Mechanismus, der eine verborgene Tür freigibt. Jetzt hatte er nicht nur seinen Punkt wiedergefunden, sondern auch den Eindruck, sich durch diese plötzlich geöffnete Tür vorwagen zu können, in Richtung einer düsteren, etwas morschen Treppe – der Geschichte. Sein Handy in der Jacke klingelte, und er hatte einen Brézillon am Apparat, der nach der Lektüre der Morgenzeitungen vor Wut schäumte.

»Was ist denn das für ein Unsinn über die angebliche Heimlichtuerei der Polizei?« brüllte der Generalkommissar. »Was ist das für ein Unsinn über eine Pest im Jahr 1920? Die spanische Grippe war das! Das werden Sie mir ganz fix dementieren!«

»Unmöglich, Herr Generalkommissar. Es stimmt.«

»Wollen Sie sich über mich lustig machen, Adamsberg? Oder wollen Sie wieder auf Ihre Alm zurück?«

»Darum geht es nicht, Herr Generalkommissar. Es war eine Pest, es war im Jahre 1920, es gab sechsundneunzig Fälle, darunter vierunddreißig mit tödlichem Ausgang, und Polizei wie Regierung haben seinerzeit versucht, der Bevölkerung diese Tatsache zu verheimlichen.«

»Versetzen Sie sich mal in deren Lage, Adamsberg!«

»Da bin ich, Herr Generalkommissar.«

Einen Augenblick lang herrschte Stille, dann legte Brézillon geräuschvoll auf.

Justin oder Voisenet, einer von beiden mußte es sein, öffnete die Bürotür. Voisenet.

»Die Flut steigt, Kommissar. Anrufe von überallher. Die ganze Stadt weiß Bescheid, die Leute haben Schiß, immer mehr Türen tragen eine Vier. Wir wissen nicht mehr, wo uns der Kopf steht.«

»Versuchen Sie nicht mehr, herauszufinden, wo Ihnen der Kopf steht. Lassen Sie sich treiben.«

»Ach so, gut, Kommissar.«

Das Handy klingelte erneut, und Adamsberg nahm seinen Platz an der Wand wieder ein. Der Minister? Der Untersuchungsrichter? Je größer die Anspannung der anderen wurde, desto unbekümmerter wurde er selbst. Seitdem er den Punkt wiedergefunden hatte, entspannte sich alles in ihm.

Es war Decambrais. Er war der erste, der ihm an diesem Morgen nicht sagte, daß er die Zeitungen gelesen habe und man auf eine Katastrophe zusteuere. Decambrais war noch immer auf seine »Speziellen« fixiert, die er exklusiv und vorab erhielt, bevor sie AFP erreichten. Der Pestbereiter ließ dem Ausrufer ganz offensichtlich einen leichten zeitlichen Vorsprung, wie um ihm sein Privileg zu erhalten, von dem er zu Anfang profitiert hatte, oder um ihm dafür zu danken, daß er ihm ohne Widerrede als Sprungbrett gedient hatte.

»Die ›Spezielle‹ von heute morgen«, sagte Decambrais. »Sehr nachdenkenswert. Sie ist lang, nehmen Sie sich was zu schreiben.«

»Ich bin soweit.«

»Es währte tatsächlich schon siebzig Jahre«, begann Decambrais, *»daß sie die Unerbittlichkeit dieser schrecklichen Geißel nicht mehr hinnehmen mußten und wieder gänzlich ungehindert Handel treiben konnten,* Auslassungspunkte, *als man ein Schiff,* Auslassungspunkte, *anlegen sah, das beladen war mit Baumwolle und anderer Fracht.* Auslassungspunkte. Ich weise auf die Punkte hin, weil sie so im Text stehen, Kommissar.«

»Ich weiß. Machen Sie weiter, aber langsam.«

»Die Freiheit, die man den Passagieren gewährt hatte, mitsamt ihrem Gepäck die Stadt zu betreten, und der Umgang, den sie mit den Einwohnern pflegten, zeitigte jedoch bald unheilvolle Folgen: Denn ab dem, Auslassungspunkte, *kamen die Herren,* Auslassungspunkte, *welche Ärzte waren, zum*

Rathaus der Stadt, um die Magistratsbeamten darüber in Kenntnis zu setzen, daß sie am Morgen des, Auslassungspunkte, *gerufen worden waren, um einem kranken jungen Mann namens Eissalene, Schiffer von Beruf, der ihnen an der Seuche erkrankt schien, einen Krankenbesuch abzustatten.«*

»Ist das das Ende?«

»Nein, es kommt noch ein interessanter Epilog über die Geisteshaltung der Regierenden der Stadt, der Ihren Vorgesetzten gefallen dürfte.«

»Ich höre.«

»Ein derartiger Hinweis ließ die Magistratsbeamten erzittern; und so, als hätten sie bereits die Unglücke und Gefahren, die sie erleiden sollten, vorhergesehen, verfielen sie plötzlich in eine Niedergeschlagenheit, die unschwer den übergroßen Schmerz erkennen ließ, der sie ergriffen hatte. Und in der Tat darf man nicht überrascht sein, daß das Nahen der Pest solcherlei Erschrecken in den Köpfen und Herzen bewirkte, da die heiligen Bücher uns lehren, daß von den drei Geißeln, mit denen Gott einst sein Volk bedrohte, jene der Pest die strengste und die unerbittlichste ist …«

»Ich weiß nicht, ob mein Generalkommissar in Niedergeschlagenheit verfallen ist«, kommentierte Adamsberg. »Er neigt eher dazu, die anderen niederzuschlagen.«

»Das kann ich mir vorstellen. Ich habe das so ähnlich schon mal erlebt. Ein Kopf muß rollen. Haben Sie Grund, um Ihre Stelle zu fürchten?«

»Das merke ich schon noch. Was sagt Ihnen die heutige Nachricht?«

»Daß sie lang ist. Sie ist lang, weil sie zwei Ziele verfolgt: die Angst der Bevölkerung zu legitimieren, indem sie die der Regierenden rechtfertigt, sowie weitere Todesfälle anzukündigen. Und zwar präzise anzukündigen. Ich habe da eine vage Idee, Adamsberg, aber ich bin mir nicht sicher, ich muß das überprüfen. Ich bin kein Fachmann.«

»Stehen viele Leute um Le Guern herum?«

»Noch mehr als gestern abend. Wenn das Ausrufen anfängt, wird es eng.«

»Le Guern sollte Eintrittsgeld nehmen. So hätte wenigstens einer was davon.«

»Vorsicht, Kommissar. Ich warne Sie davor, derlei Scherze in Anwesenheit des Bretonen zu machen. Denn die Le Guerns sind vielleicht eine rohe Sippe, aber keine Gauner.«

»Sicher?«

»Jedenfalls behauptet das sein verstorbener Ururgroßvater. Er stattet ihm von Zeit zu Zeit einen Besuch ab. Nicht ständig, aber doch ziemlich regelmäßig.«

»Decambrais, haben Sie heute morgen eine Vier auf Ihre Tür gemalt?«

»Wollen Sie mich beleidigen? Wenn es noch einen gibt, der sich den tödlichen Wellen des Aberglaubens entgegenwirft, dann bin ich das, Ducouëdic, Bretonenehrenwort. Ich und Le Guern. Und Lizbeth. Wenn Sie sich uns anschließen wollen, sind Sie in unserem Trupp herzlich willkommen.«

»Ich werde darüber nachdenken.«

»Wer von Aberglauben redet, redet von Leichtgläubigkeit«, fuhr Decambrais fort, der in Schwung gekommen war. »Wer von Leichtgläubigkeit redet, redet von Manipulation, und wer von Manipulation redet, redet von Unheil. Das ist die wahre Plage der Menschheit, sie hat mehr Tote auf dem Gewissen als alle Pestepidemien zusammen. Versuchen Sie, diesen Pestbereiter zu erwischen, bevor man Sie rausschmeißt, Kommissar. Ich weiß nicht, ob er sich seines Tuns bewußt ist, aber er verursacht einen gewaltigen Schaden, indem er das Volk von Paris auf die niedrigste Stufe seiner selbst zurückstößt.«

Nachdenklich lächelnd legte Adamsberg auf. »Sich seines Tuns bewußt« sein. Decambrais hatte an etwas gerührt, das ihn seit dem Vorabend beschäftigte und zu einer Spur geworden war, der er ganz behutsam zu folgen begann. Den Text der »Speziellen« vor Augen, wählte er zum zweitenmal Vandooslers Nummer, während Justin/Voisenet die Tür öffnete und ihm mit Gesten bedeutete, die Anzahl der mit Vieren versehenen Gebäude habe jetzt die Zahl siebenhundert erreicht. Adamsberg gab ihm mit einer Bewegung der Augenbrauen zu verstehen, daß er begriffen habe. Er vermutete, daß sie bei dieser Geschwindigkeit noch vor dem Abend die Tausendermarke erreicht haben würden.

»Vandoosler? Hier noch mal Adamsberg. Ich lese Ihnen die ›Spezielle‹ von heute morgen vor, haben Sie Zeit? Es dauert ein bißchen.«

»Fangen Sie an.«

Marc hörte aufmerksam zu, wie Adamsberg mit sanfter Stimme das unmittelbar bevorstehende große Unglück beschrieb, das in der Person des jungen Eissalene über die Stadt kam.

»Und?« fragte Adamsberg, als er fertig war, so als konsultiere er ein Wörterbuch. Es schien ihm unmöglich, daß Marc Vandooslers Kesselwagen ihm nicht die Lösung für diese neue Botschaft liefern würde.

»Marseille«, sagte Marc entschieden. »Die Pest erreicht Marseille.«

Adamsberg hatte sich auf ein Ablenkungsmanöver des Pestbereiters gefaßt gemacht, da sein Text einen neuen Ausbruch der Krankheit beschrieb, nicht aber darauf, daß die Seuche Paris verließ.

»Sind Sie sich da ganz sicher, Vandoosler?«

»Ganz sicher. Es geht um die *Grand Saint-Antoine*, die am 25. Mai 1720 die Inseln des Château d'If erreichte, ein Schiff, das aus Syrien und Zypern kam, beladen mit infizierten Seidenballen, und eine Mannschaft an Bord hatte, die von der Krankheit bereits dezimiert war. Die hier ausgelassenen Namen der Ärzte lauten Vater und Sohn Peissonel, sie waren diejenigen, die damals Alarm schlugen. Der Text ist berühmt, und die Epidemie ebenfalls, ein Desaster, das fast die halbe Stadt dahinraffte.«

»Wissen Sie, wo die Ärzte diesen Jungen, diesen Eissalene, untersucht haben?«

»An der Place Linche, der heutigen Place de Lenche, hinter dem nördlichen Kai des Alten Hafens. Das Zentrum der Epidemie verwüstete die Rue de l'Escale. Die Straße gibt es heute nicht mehr.«

»Ist da kein Irrtum möglich?«

»Nein. Es ist Marseille. Ich kann Ihnen eine Kopie des Originaltextes schicken, wenn Sie sich vergewissern wollen.«

»Das wird nicht nötig sein, Vandoosler. Ich danke Ihnen.«

Aufgerüttelt verließ Adamsberg sein Büro. Er ging zu Danglard, der genau wie seine dreißig Kollegen versuchte, der vielen Anrufe Herr zu werden und den immer heftiger tosenden Wirbelsturm des Aberglaubens statistisch zu erfassen. Der große Saal roch nach Bier und vor allem nach Schweiß.

»Bald gibt es nicht einen Farbtopf mehr in der ganzen Stadt«, erklärte Danglard, legte den Hörer auf und notierte eine Zahl.

Dann hob er den Kopf und sah Adamsberg an. Auf seiner Stirn glänzte der Schweiß.

»Marseille«, sagte Adamsberg und hielt ihm den Text der »Speziellen« unter die Nase. »Der Pestbereiter hebt ab. Wir werden reisen, Danglard.«

»Verdammt«, stöhnte Danglard, nachdem er den Text rasch überflogen hatte. »Die Ankunft der *Grand Saint-Antoine.*«

»Kannten Sie die Passage?«

»Jetzt, wo Sie mir den Ort sagen, erkenne ich sie wieder. Ich weiß nicht, ob ich sie sofort entschlüsselt hätte.«

»Ist sie bekannter als die anderen?«

»Bestimmt. Es war die letzte Epidemie in Frankreich, aber sie war furchtbar.«

»Nicht die letzte«, bemerkte Adamsberg und hielt ihm den Artikel über die Krankheit Nr. 9 hin. »Lesen Sie das, und Sie werden verstehen, warum man spätestens heute abend keinen einzigen Pariser mehr finden wird, der dem Wort eines Bullen noch Glauben schenkt.«

Danglard las und nickte.

»Das ist eine Katastrophe«, sagte er.

»Verwenden Sie dieses Wort nicht mehr, ich flehe Sie an, Danglard. Verbinden Sie mich mit dem Kollegen, der in Marseille für den Sektor Alter Hafen zuständig ist.«

»Alter Hafen, das ist Masséna«, murmelte Danglard, der die General- und Hauptkommissare des gesamten Landes ebensogut kannte wie die Hauptorte der Arrondissements. »Ein annehmbarer Kerl, nicht so ein Rohling wie sein Vorgänger, der am Ende wegen Körperverletzung und der erklärten Absicht, die Araber Blut pissen zu lassen, degradiert wurde. Masséna ist an seine Stelle getreten, und er ist korrekt.«

»Das ist mir nur recht«, sagte Adamsberg, »denn wir werden kooperieren müssen.«

Um fünf nach sechs stand Adamsberg auf der Place Edgar-Quinet, um dem Abendausrufen zu lauschen, das nichts Neues brachte. Seitdem der Pestbereiter auf die Post angewiesen war, um seine Nachrichten in die Urne zu befördern, war er zeitlich eingeschränkt. Adamsberg wußte das und war nur gekommen, um die Gesichter der Leute zu beobachten, die sich um Le Guern scharten. Das Gedränge war erheblich größer als an den vorausgegangenen Tagen, und viele reckten die Hälse, um zu sehen, wie dieser »Ausrufer« aussah, dessen Mund die Seuche verkündet hatte. Die beiden auf dem Platz stationierten Beamten hatten den zusätzlichen Auftrag erhalten, auf die Sicherheit von Joss Le Guern zu achten, für den Fall, daß es während des Ausrufens zu Feindseligkeiten kommen sollte.

Adamsberg hatte sich nahe dem Podest an einen Baum gelehnt, und Decambrais kommentierte die vertrauten Gesichter für ihn. Etwa vierzig Personen hatte er bereits auf einer Liste festgehalten, die er in drei Kategorien, Unermüdliche, Stammgäste und Unbeständige, aufgeteilt und mit, wie Le Guern zu sagen pflegte, *diesbezüglichen* Beschreibungen des äußeren Erscheinungsbildes versehen hatte. Die Namen der Leute, die die *Blätter aus der Geschichte Frankreichs* nutzten, um Wetten über den Ausgang der Schiffbrüche vor dem Finistère abzuschließen, hatte er rot unterstrichen, blau die Schnellen, die sofort nach Ende des Ausrufens wieder zur Arbeit gingen, gelb die Nachhut, die dablieb, um auf dem Platz oder im *Viking* zu diskutieren, und lila die regelmäßigen Besucher, die von den Marktzeiten abhängig waren. Er hatte saubere, präzise Arbeit geleistet. Mit dem Blatt in der Hand deutete Decambrais so unauffällig wie möglich auf die entsprechenden Gesichter, die Adamsberg sich einzuprägen versuchte.

»Carmella, *österreichischer Dreimaster, 405 Tonnen, unbefrachtet von Bordeaux aus mit Ziel Cardiff in See gestochen, hat vor Gazk-ar-Vilers Schiffbruch erlitten. Mannschaft: 14 Mann, gerettet*«, endete Joss und sprang von seinem Podest.

»Schnell, sehen Sie«, sagte Decambrais. »All die, die jetzt verblüfft sind und die Stirn runzeln, all die, die nichts verstehen, sind Neue.«

»Neulinge«, bemerkte Adamsberg.

»Ganz genau. Und die, die diskutieren, den Kopf schütteln, gestikulieren, gehören zum Stammpublikum.«

Decambrais verließ Adamsberg, um Lizbeth beim Putzen der grünen Bohnen zu helfen, die sie stiegenweise zu einem günstigen Preis erworben hatten, und Adamsberg betrat das *Viking* und zwängte sich unter dem geschnitzten Bug des Drachenbootes hindurch, um sich an den Tisch zu setzen, den er bereits als den seinen ansah. Die Schiffbruch-Wettenden waren an der Bar versammelt, und Münzen wechselten geräuschvoll den Besitzer. Bertin führte die Wettliste, damit nicht geschummelt wurde. Aufgrund seiner göttlichen Vorfahren wurde Bertin allgemein für einen sicheren Mann gehalten, der für Schmiergelder unempfänglich war.

Adamsberg bestellte einen Kaffee, dann verharrte sein Blick auf dem Profil von Marie-Belle, die am Nebentisch saß und mit großem Eifer einen Brief schrieb. Sie war ein zartes Mädchen, das mit markanteren Lippen fast bezaubernd gewesen wäre. Genau wie ihr Bruder hatte sie dichtes, gelocktes Haar, das ihr über die Schultern fiel, nur daß ihres sauber und blond war. Sie lächelte ihm zu und machte sich wieder an ihr Werk. Neben ihr saß die junge Frau namens Eva, die sich bemühte, ihr zu helfen. Sie war nicht ganz so hübsch, vermutlich, weil ihr die Unbefangenheit fehlte. Eva hatte ein glattes, ernstes Gesicht mit bläulichen Ringen um die Augen, so wie Adamsberg sich eine Romanheldin aus dem 19. Jahrhundert vorstellte, die, von der Außenwelt abgeschlossen, in ihrem holzvertäfelten Haus in der Provinz lebt.

»Ist das gut so? Glaubst du, daß er das versteht?« fragte Marie-Belle.

»Es ist gut«, erwiderte Eva, »aber ein bißchen kurz.«

»Soll ich ihm schreiben, wie das Wetter ist?«

»Zum Beispiel.«

Marie-Belle machte sich wieder ans Werk, den Kugelschreiber fest umklammert.

»›Bronchien‹ schreibt sich mit i«, sagte Eva.

»Bist du dir sicher?«

»Ich glaube. Laß mich versuchen.«

Eva machte mehrere Versuche auf einem Schmierzettel, dann runzelte sie unentschlossen die Stirn.

»Jetzt weiß ich's nicht mehr.«

Marie-Belle wandte sich an Adamsberg.

»Kommissar«, fragte sie ein wenig schüchtern, »schreibt sich ›Bronchien‹ mit i oder nicht?«

Zum erstenmal in seinem Leben stellte jemand Adamsberg eine orthographische Frage, und er war unfähig, sie zu beantworten.

»In dem Satz ›Zum Glück hat Damas nichts an den Bronchien‹?« präzisierte Marie-Belle.

»Der Satz ändert doch nichts dran«, wandte Eva leise ein, noch immer über ihren Schmierzettel gebeugt.

Adamsberg erklärte, er kenne sich mit Orthographie überhaupt nicht aus, und Marie-Belle schien betrübt.

»Aber Sie sind Polizist«, wandte sie ein.

»So ist das, Marie-Belle.«

»Ich muß los«, sagte Eva und strich Marie-Belle über den Arm. »Ich habe Damas versprochen, ihm beim Kassemachen zu helfen.«

»Danke«, erwiderte Marie-Belle. »Nett, daß du mich vertrittst. Mit dem Brief, den ich hier schreiben muß, werde ich keine Zeit dafür haben.«

»Nichts zu danken«, erklärte Eva, »das lenkt mich ab.«

Sie verschwand still und leise, und Marie-Belle drehte sich sofort zu Adamsberg um.

»Kommissar, darf ich ihm von dieser ... dieser ... Geißel erzählen? Oder sollte man das soweit wie möglich verschweigen?«

Adamsberg schüttelte langsam den Kopf.

»Es gibt keine Geißel.«

»Aber die Vieren? Die schwarzen Leichen?«

Adamsberg schüttelte noch einmal den Kopf.

»Ein Mörder, Marie-Belle, das ist schon völlig ausreichend. Aber es gibt keine Pest, nicht einmal den Schatten einer Pest.«

»Kann ich Ihnen das glauben?«

»Blind.«

Marie-Belle lächelte erneut und schien sichtlich erleichtert.

»Ich fürchte, daß Eva sich in Damas verliebt hat«, sagte sie dann stirnrunzelnd, als erwarte sie, daß Adamsberg, nachdem er ihr Pestproblem gelöst hatte, alle weiteren Komplikationen ihres Lebens entwirren würde. »Der Berater sagt, das sei gut, das wäre ein Zeichen, daß das Leben in sie zurückkehrt, man solle sie machen lassen. Aber ausnahmsweise bin ich mit dem Berater nicht einer Meinung.«

»Weshalb?«

»Weil Damas die dicke Lizbeth liebt, deshalb.«

»Mögen Sie Lizbeth nicht?«

Marie-Belle verzog das Gesicht, dann fing sie sich wieder.

»Sie ist nett«, sagte sie, »aber sie ist so laut. Sie macht mir auch ein bißchen Angst. Auf jeden Fall ist Lizbeth hier unantastbar. Der Berater sagt, sie wäre wie ein Baum, der Hunderten von Vögeln Schutz bietet. Mag ja sein, aber dann ist sie ein Baum, der einem ganz schön auf die Nerven geht. Und außerdem zwingt Lizbeth allen ihren Willen auf. Alle Männer kriechen vor ihr. Ist ja logisch, bei ihrer Erfahrung.«

»Sind Sie eifersüchtig?« fragte Adamsberg lächelnd.

»Der Berater behauptet, ja, aber ich merke nichts davon. Mich stört nur, daß Damas jeden Abend dort steckt. Ich muß ja zugeben, es ist ganz logisch, daß man Lizbeths Charme verfällt, wenn man sie singen hört. Damas hat's wirklich voll erwischt, und er sieht Eva nicht, weil sie nicht so laut ist. Natürlich ist Eva langweiliger, aber das ist ja logisch bei den Erfahrungen, die sie gemacht hat.«

Marie-Belle warf Adamsberg einen inquisitorischen Blick zu, um herauszufinden, wieviel er über Eva wußte. Offensichtlich nichts.

»Ihr Mann hat sie jahrelang geschlagen«, erklärte sie, unfähig, der Versuchung zu widerstehen. »Sie ist abgehauen, aber er sucht sie, um sie umzubringen, können Sie sich das vorstellen? Wie kommt es, daß die Polizei nicht vorher ihren Mann umbringt? Niemand darf Evas Namen erfahren, das ist eine Anordnung vom Berater, und gnade Gott demjenigen, der seine Nase da hineinsteckt. Er kennt ihren Namen, aber er darf das, weil er der Berater ist.«

Adamsberg ließ sich von dem Gespräch treiben, während er von Zeit zu Zeit einen Blick auf die eher trägen Aktivitäten auf dem Platz warf. Le Guern band seine Urne für die Nacht an der Platane fest. Der Lärm der Telefone, von dem er gedacht hatte, er würde ihn noch lange nach dem Verlassen der Brigade verfolgen, verebbte nach und nach. Je harmloser das Gespräch wurde, desto mehr entspannte er sich. Er hatte die Nase voll von intensivem Nachdenken.

»Nun ja«, sagte Marie-Belle gerade und wandte sich ihm ganz zu, »das ist gut für Eva, weil sie nach dieser Geschichte Männer nicht mehr riechen konnte. Das läßt sie wiederaufleben. Mit Damas lernt sie, daß es bessere Männer gibt als das Miststück, das sie verdroschen hat. Das ist gut, weil ein Leben als Frau ohne Mann ganz logisch keinen Sinn hat. Lizbeth glaubt nicht daran, sie sagt, die Liebe wäre ein Unfug und nur dazu da, um alles am Laufen zu halten. Sie sagt sogar, sie wäre nichts als dummes Zeug, na, da sehen Sie's.«

»War sie mal Prostituierte?« fragte Adamsberg.

»Aber nein!« entgegnete Marie-Belle schockiert. »Warum sagen Sie so was?«

Adamsberg bereute seine Frage. Marie-Belle war offensichtlich noch naiver, als er angenommen hatte, und das war äußerst entspannend.

»Das macht Ihr Beruf«, stellte Marie-Belle bekümmert fest. »Der deformiert alles.«

»Das befürchte ich auch.«

»Und Sie? Glauben Sie an die Liebe? Ich frag gern jeden nach seiner Meinung, weil die Ansicht von Lizbeth hier wie ein Gesetz ist.«

Da Adamsberg schwieg, nickte Marie-Belle.

»Logisch«, folgerte sie, »bei alldem, was Sie so sehen. Aber der Berater ist für die Liebe, dummes Zeug hin, dummes Zeug her. Er sagt, besser ein bißchen dummes Zeug, als sich daheim zu langweilen. Das stimmt, jedenfalls bei Eva. Seitdem sie abends mit Damas Kasse macht, hat sie mehr Schwung. Nur liebt Damas eben Lizbeth.«

»Ja«, erwiderte Adamsberg, der ohne großes Mißfallen merkte, daß sie sich im Kreis drehten. Je stärker sie sich im Kreis drehten, desto weniger würde er sagen müssen, und desto schneller würde er den Pestbereiter und die vielen hundert Türen vergessen, die in diesem Augenblick mit Vieren versehen wurden.

»Und Lizbeth liebt Damas nicht. Also wird Eva logischerweise Kummer haben. Damas wird ebenfalls Kummer haben, und bei Lizbeth weiß ich's nicht.«

Marie-Belle suchte nach einer anderen Variante, mit der alle zufrieden sein konnten.

»Und Sie?« fragte Adamsberg. »Lieben Sie jemanden?«

»Mit meinen zwei Brüdern habe ich schon genug Männer, mit denen ich mich beschäftigen muß«, sagte Marie-Belle errötend und tippte mit dem Finger auf ihren Brief.

»Schreiben Sie Ihrem Bruder?«

»Dem jüngeren. Er lebt in Romorantin und bekommt gerne Post. Ich schreibe ihm jede Woche und rufe ihn an. Ich hätte gern, daß er nach Paris kommt, aber Paris macht ihm Angst. Damas und er sind nicht sehr geschickt. Der Kleine noch weniger. Ich muß ihm immer sagen, was er machen soll, sogar mit den Frauen. Dabei ist er ein hübscher Junge, sehr blond. Aber nein, er wartet drauf, daß ich ihn schubse, sonst rührt er sich nicht. Also muß ich mich logischerweise um sie kümmern, bis sie heiraten. Da hab ich was zu tun, vor allem, wenn Damas jahrelang für nichts und wieder nichts auf Lizbeth wartet. Und wer trocknet hinterher die Tränen? Der Berater sagt, ich wär nicht gezwungen, mich drum zu kümmern.«

»Das stimmt.«

»Dabei kümmert er sich doch ziemlich viel um die Leute. Den ganzen Tag kommen sie in sein Büro, und er klaut sich sein Geld wirklich nicht zusammen. Er gibt keine wertlosen Ratschläge. Aber ich kann meine Brüder doch nicht fallenlassen.«

»Das schließt nicht aus, daß Sie jemanden lieben.«

»Doch, das schließt es aus«, erklärte Marie-Belle entschlossen. »Und mit der Arbeit, mit dem Geschäft, lerne ich logischerweise nicht viele kennen. Es gibt niemanden hier auf dem Platz, der mir gefallen würde. Der Berater sagt, ich soll ein bißchen weiter weg suchen.«

Die Pendeluhr des Cafés schlug halb acht, und Marie-Belle sprang auf. Sie faltete eilig ihren Brief zusammen, klebte eine Briefmarke auf den Umschlag und stopfte ihn in ihre Tasche.

»Entschuldigen Sie, Kommissar, aber ich muß gehen. Damas wartet auf mich.«

Sie rannte los, und Bertin kam, um die Gläser abzuräumen.

»Geschwätzig«, erklärte der Normanne, wie um Marie-

Belle zu entschuldigen. »Man darf auch nicht alles glauben, was sie über Lizbeth sagt. Marie-Belle ist eifersüchtig, sie hat Angst, daß Lizbeth ihr ihren Bruder abspenstig macht. Das ist menschlich. Lizbeth ist eine Frau, die über den anderen steht, das können nicht alle verstehen. Bleiben Sie zum Abendessen?«

»Nein«, antwortete Adamsberg und stand auf. »Ich habe zu tun.«

»Sagen Sie, Kommissar«, fragte Bertin, der ihm bis zur Tür folgte, »soll man diese Vier nun malen oder nicht?«

»Es heißt doch, Sie seien ein Nachfahre des Donners?« fragte Adamsberg und wandte sich um. »Oder ist das nur Tratsch, den ich auf dem Platz gehört habe?«

»Nein, das stimmt«, erwiderte Bertin und hob das Kinn. »Über die Toutins, meine Familie mütterlicherseits.«

»Nun, dann verzichten Sie auf diese Vier, Bertin, wenn Sie nicht wollen, daß Ihre ruhmreichen Vorfahren sich mit einem Tritt in den Hintern von Ihnen lossagen.«

Bertin schloß die Tür hinter ihm, das Kinn noch immer in die Höhe gereckt und von plötzlicher Entschlossenheit erfüllt. So lange er lebte, würde nicht eine Vier auf der Tür des *Viking* erscheinen.

Eine halbe Stunde später hatte Lizbeth die Mieter zum Abendessen versammelt. Decambrais bat um Ruhe, indem er mit dem Messer an sein Glas schlug, eine Geste, die er als etwas ordinär empfand, aber bisweilen für notwendig hielt. Castillon verstand den Ordnungsruf und verstummte sofort.

»Ich pflege meinen Gästen« – Decambrais war dieser Titel lieber als die allzu direkte Bezeichnung »Mieter« – »nicht vorzuschreiben, wie sie sich verhalten sollen; sie sind absolute Alleinherrscher über ihre Zimmer«, begann er. »Dennoch bitte ich angesichts der besonderen aktuellen

Umstände einen jeden, der kollektiven Beeinflussung zu widerstehen und darauf zu verzichten, einen wie auch immer gearteten Talisman auf seine Tür zu malen. Ein solches Zeichen würde dieses Haus entehren. Da ich jedoch die individuellen Freiheiten respektiere, so hätte ich nichts dagegen einzuwenden, wenn jemand unter Ihnen sich unter den Schutz dieser Vier zu stellen wünschte. Ich wäre demjenigen jedoch dankbar, wenn er für die Zeit dieses Wahnsinns, in den uns der Pestbereiter hineinzuziehen sucht, an einen anderen Ort zöge. Ich will hoffen, daß niemand von Ihnen ein solches Vorhaben gutheißt.«

Decambrais' Blick wanderte von einem Mitglied der schweigenden Tischgemeinschaft zum nächsten. Er bemerkte, daß Eva zögerte, schwankte, daß Castillon zwar wichtigtuerisch lächelte, dabei aber leicht beunruhigt wirkte, daß Joss das Ganze absolut schnuppe war und Lizbeth allein bei der Idee, man könne eine Vier in ihrer Umgebung anbringen, bereits vor Wut kochte.

»Erledigt«, drängte Joss, der Hunger hatte. »Einstimmige Entscheidung.«

»Naja«, sagte Eva, zu ihm gewandt, »wenn Sie nicht all diese Teufelsbotschaften vorgelesen hätten ...«

»Der Teufel macht mir keine Angst, meine kleine Eva«, erklärte Joss. »Wellen dagegen schon, reden Sie mir nicht davon, das ist echte Angst. Aber der Teufel, die Vieren und all das verworrene Zeug können Sie getrost den Hasen geben. Bretonenehrenwort.«

»Das gilt«, sagte Castillon, den Joss' Rede aufgebaut hatte.

»Das gilt«, wiederholte Eva leise.

Lizbeth schwieg und teilte die Suppe aus. Jeder bekam eine reichliche Portion.

25

Adamsberg rechnete damit, daß der Sturm sich am Sonntag durch die dann auf ein Minimum reduzierte Presse ein wenig legen würde. Die letzte Schätzung vom Vorabend hatte ihn verstimmt, ohne ihn jedoch zu erstaunen: vier- bis fünftausend mit Vieren markierte Gebäude in Paris. Auf der anderen Seite ließ der Sonntag den Parisern genügend freie Zeit, sich um ihre Wohnungstür zu kümmern, und die Zahl konnte daher dramatisch ansteigen. Im Grunde hing alles vom Wetter ab. Sollte es an diesem 22. September schön werden, würden sie die Stadt verlassen, und die Geschichte könnte sich ein wenig setzen. Sollte es trübe werden, wäre die Stimmung anfälliger, und die Türen würden es abkriegen.

Nach dem Aufwachen sah er, ohne sich aus dem Bett zu bewegen, als erstes zum Fenster. Es regnete. Er verschränkte die Arme über den Augen und tröstete sich mit der Absicht, keinen Fuß in die Brigade zu setzen. Falls der Pestbereiter in der vergangenen Nacht trotz verstärkter Überwachung der ersten fünfundzwanzig Gebäude zugeschlagen hätte, würde die Bereitschaft wissen, wo sie ihn finden könnte.

Nachdem er geduscht hatte, legte er sich vollständig angezogen aufs Bett und wartete ab, die Augen zur Decke gerichtet. Seine Gedanken schweiften umher. Um halb zehn stand er auf und dachte, der Tag sei zumindest an einer Front gewonnen. Der Pestbereiter hatte nicht getötet.

Wie am Tag zuvor verabredet, traf er sich mit dem Facharzt für Psychiatrie, Ferez, der ihn am Seinequai der Île

Saint-Louis erwartete. Adamsberg mochte die Vorstellung nicht, in dessen Praxis eingeschlossen auf einem Stuhl festzusitzen, und hatte es geschafft, die Verabredung nach draußen zu verlegen, wo sie aufs Wasser sehen konnten. Ferez pflegte sich den Launen seiner Patienten nicht zu beugen, aber Adamsberg war kein Patient, und die kollektive Aufregung, die durch den Mann mit den Vieren entstanden war, beschäftigte ihn seit ihren ersten Anfängen.

Adamsberg erkannte Ferez von weitem, ein sehr großer, unter einem breiten, grauen Regenschirm ein klein wenig gebeugter Mann mit eckigem Gesicht, hoher Stirn, den Schädel umgeben von einem Kranz weißer Haare, die im Regen glänzten. Er war ihm zwei Jahre zuvor anläßlich einer Abendeinladung begegnet, deren andere Gäste er vergessen hatte. Dieser Mann, der eine taktvolle Gelassenheit pflegte, eine zurückhaltende Zufriedenheit und eine rücksichtsvolle Distanz zu den anderen, die sich in echte Aufmerksamkeit verwandeln konnte, wenn man ihn darum bat, hatte die etwas starren Vorstellungen, die Adamsberg sich von dessen Beruf machte, verändert. Der Kommissar hatte es sich angewöhnt, Ferez zu konsultieren, wenn seine Ahnung vom Funktionieren anderer Menschen an die Grenzen seiner medizinischen Sachkenntnis stieß.

Adamsberg, der keinen Regenschirm besaß, kam völlig durchnäßt zu der Verabredung. Ferez wußte über den Mörder und dessen obsessive Schrullen nur, was er durch die Medien erfahren hatte, und er hörte zu, wie der Kommissar ihm zusätzliche Einzelheiten lieferte. Aus dem ausdruckslosen Gesicht, das der Arzt aus professioneller Gewohnheit zur Schau trug, heftete sich ein eindringlicher, heller Blick auf die Lippen seines Gesprächspartners.

»Ich glaube, daß geklärt werden muß, weshalb der Pestbereiter sich der Pest bedient«, sagte Adamsberg, nachdem er eine lange Dreiviertelstunde erzählt hatte, ohne daß der

Arzt ihn einmal unterbrochen hätte. »Es ist nicht so, als ob er eine alltägliche Vorstellung verwenden würde, eine, die in allen Köpfen verbreitet ist, wie zum Beispiel ...«

Adamsberg hielt inne, um nach Worten zu suchen.

»Wie zum Beispiel ein Thema, das gerade Mode ist und das niemanden überraschen würde ...«

Er brach erneut ab. Etwas mit präzisen Begriffen in Worte zu fassen bereitete ihm manchmal Schwierigkeiten. Ferez versuchte nicht ansatzweise, ihm zu helfen.

»Wie zum Beispiel der Weltuntergang an der Wende zum dritten Jahrtausend, oder bestimmte *Fantasy*-Themen.«

»Ja«, bestätigte Ferez.

»Oder die immer gleichen Vampir-, Heilands- oder Sonnen-Geschichten. All das könnte einem Mörder, der den Wunsch hat, sich von der Verantwortung für seine Taten zu lösen, als lesbare Verkleidung dienen, Ferez. Unter lesbar verstehe ich für alle verständlich, im Geist unserer Zeit liegend. Würde der Mann sich als Herr der Sümpfe, Abgesandter der Sonne oder des Großen Ganzen präsentieren, würde jeder sofort verstehen, daß es sich um einen Verrückten handelt, der durchgedreht ist oder sich von einer Sekte hat erleuchten lassen. Drücke ich mich klar aus?«

»Fahren Sie fort, Adamsberg. Möchten Sie nicht unter meinen Schirm?«

»Danke, es hört gleich auf. Mit der Pest aber stellt sich unser Pestbereiter außerhalb seines Jahrhunderts. Er ist anachronistisch, er ist ›grotesk‹, wie mein Stellvertreter sagt. Er ist grotesk, weil er völlig neben der Spur ist, weil diese Pest in unserer Zeit auf der Bildfläche erscheint wie ein Dinosaurier im Porzellanladen. Der Pestbereiter steht neben dem allgemeinen Getriebe, er verläßt die gespurten Pisten. Bin ich immer noch klar?«

»Fahren Sie fort«, wiederholte Ferez.

»Und doch gelingt es seiner Pest, so veraltet sie sein mag,

historische Ängste zu wecken, die wesentlich weniger amorph sind, als man hätte glauben können, aber das ist ein anderes Thema. Mein Thema ist der Abgrund, der zwischen diesem Kerl und seiner Zeit klafft, diese unverständliche Wahl eines Themas, auf das niemand, absolut niemand gekommen wäre. Dieses Unverständliche muß man zu fassen kriegen. Ich sage nicht, daß es nicht Typen gäbe, die sich mit diesem Thema beschäftigen, unter historischem Blickwinkel natürlich. Ich kenne so einen. Aber sagen Sie mir, Ferez, ob ich mich täusche: So intensiv jemand sich mit seinem Forschungsgegenstand beschäftigen mag, kann dieser Gegenstand ihn doch nicht derartig durchdringen, daß er zur Triebkraft für eine Reihe von Morden wird, oder?«

»Das ist richtig. Das Forschungsobjekt dringt nicht in die instinktiv handelnde Persönlichkeit vor, erst recht nicht, wenn es erst spät in ihr Leben getreten ist. Es ist eine Beschäftigung, kein Trieb.«

»Auch wenn diese Beschäftigung geradezu frenetisch wird?«

»Auch dann.«

»Ich streiche also jegliche rationale Motivation und auch jeden Zufall aus dem Entscheidungsprozeß des Pestbereiters. Er ist kein Mensch, der sich gesagt hat, na, nehmen wir uns die Geißel Gottes, das wird wie ein Paukenschlag sein. Er ist kein Blender oder Spaßvogel. Ausgeschlossen. Der Pestbereiter verfügt nicht über diese Distanz. Er glaubt zutiefst an seine Pest. Er zeichnet seine Vieren mit aufrichtiger Liebe, er hat sich vollkommen in seine Sache verbissen. Er benutzt die Pest instinktiv, ohne jeden angemessenen kulturellen Kontext. Ihm ist es egal, ob er verstanden wird oder nicht. Er versteht sich. Er greift auf sie zurück, weil es sein muß. Zu diesem Schluß komme ich.«

»Gut«, bemerkte Ferez geduldig.

»Wenn das für den Pestbereiter gilt, dann weil die Pest in

ihm ist, sie ist für ihn etwas Fundamentales. Also handelt es sich um eine Art ...«

»Familienangelegenheit«, vervollständigte Ferez.

»Exakt. Stimmen Sie mit mir überein?«

»Es besteht kein Zweifel, Adamsberg. Weil es keine andere Lösung gibt.«

»Gut«, sagte Adamsberg, beruhigt und mit dem Gefühl, daß er nun, was das Vokabular anging, das Schwierigste hinter sich gebracht hatte. »Anfangs habe ich gedacht, daß der Kerl sich die Krankheit vielleicht in einem fernen Land geholt hat, als junger Mensch, ein Unglück, ein Trauma, was weiß ich«, fuhr er fort. »Das hat mir aber nicht genügt.«

»Also?« fragte Ferez ermutigend.

»Also habe ich mir den Kopf zerbrochen und überlegt, unter welchen Bedingungen ein Mann als Kind unter den Folgen eines Dramas hätte leiden können, das zu Beginn des 18. Jahrhunderts zu Ende gegangen ist. Ich bin auf die einzige logische Lösung gekommen, daß der Pestbereiter zweihundertsechzig Jahre alt sein müßte. Das hat mich nicht befriedigt.«

»Nicht schlecht. Ein interessanter Patient.«

»Dann habe ich erfahren, daß Paris 1920 noch einmal von der Pest getroffen wurde. In unserem, gerade zu Ende gegangenen Jahrhundert, und zwar einige Jahre nach dessen Beginn. Wußten Sie das?«

»Nein«, gab Ferez zu. »Ganz ehrlich, nein.«

»Sechsundneunzig Fälle, vierunddreißig Tote, mehrheitlich in der ärmlichen Banlieue. Und ich glaube, daß die Familie unseres Pestbereiters diese Wirren erlebt hat, Ferez, daß sie zum Teil davon betroffen war, vielleicht die Urgroßeltern. Und daß das Drama sich für alle Zeiten in die Familiengeschichte eingebrannt hat.«

»So etwas nennt man einen Familienmythos«, unterbrach der Arzt.

»Sehr gut. Es ist zu einem festen Bestandteil dieser Familie geworden, und auf diese Weise ist die Pest in den Kopf des Kindes gedrungen, durch die immer wieder erzählte Geschichte von der Auslöschung seiner Vorfahren. Meiner Ansicht nach ist das Kind ein Junge. Für ihn ist sie also ein natürlicher Bestandteil seines Lebens, seines ...«

»Seines psychischen Umfelds.«

»Genau. Für ihn ist sie ein lebendiges Element und nicht eine überkommene historische Gestalt wie für uns. Ich werde den Namen seiner Familie also unter den Namen der vierunddreißig Pestopfer von 1920 finden.«

Adamsberg blieb stehen, verschränkte die Arme und sah den Arzt an.

»Sie sind ziemlich gut, Adamsberg«, sagte Ferez lächelnd. »Und Sie sind auf dem richtigen Weg. Fügen Sie diesem Familienmythos noch heftige Erschütterungen hinzu, die seine Fortschreibung ermöglicht haben. Mythen nisten sich in Brüchen ein.«

»Verstanden.«

»Aber ich befürchte, ich muß Sie enttäuschen. Ich würde Ihren Pestbereiter nicht in einer Familie suchen, die von der Pest dezimiert wurde. Sondern in einer Familie, die *verschont geblieben* ist. Das macht Tausende von möglichen Kandidaten und nicht mehr nur vierunddreißig.«

»Warum verschont geblieben?«

»Weil Ihr Pestbereiter sich der Pest als Machtinstrument bedient.«

»Ja, und?«

»Das wäre nicht der Fall, wenn die Pest seine Familie *besiegt* hätte. Dann würde er sie hassen.«

»Ich habe mir gedacht, daß ich mich irgendwo geirrt haben muß«, seufzte Adamsberg und begann, die Arme im Rücken verschränkt, wieder auf und ab zu gehen.

»Es war kein Irrtum, Adamsberg, nur ein einfaches Gelenkstück, das falsch angebracht war. Denn der Pestbereiter nutzt die Krankheit als Machtinstrument, weil sie seiner Familie zu ihrer Zeit Macht verliehen hat. Wahrscheinlich wurde der Haushalt inmitten eines Viertels, in dem alle anderen starben, wie durch ein Wunder verschont. Und womöglich hat die Familie einen hohen Preis für dieses Wunder bezahlt. Es ist kein großer Schritt nötig, um all jene, die davonkommen, nicht mehr nur zu hassen, sondern sie auch zu verdächtigen, mit einer geheimen Kraft im Bunde zu stehen, und sie schließlich sogar zu beschuldigen, die Geißel verbreitet zu haben. Sie kennen die ewige Geschichte. Es würde mich nicht wundern, wenn man seine Familie erst verhöhnt, dann bedroht und schließlich voller Abscheu verfolgt hätte, bis sie den Ort des Dramas verlassen mußte, weil sie sonst womöglich von den Nachbarn in Stücke gerissen worden wäre.«

»Verdammt«, sagte Adamsberg und trat mit dem Fuß in ein Grasbüschel am Fuß eines Baumes. »Sie haben recht.«

»Es ist eine Möglichkeit.«

»Es ist die einzige. Die Saga seiner Familie erzählt von dem Wunder ihres Überlebens, von ihrer Ausgrenzung und Verfolgung. Die Saga besteht darin, der Pest entgangen zu sein und, mehr noch, Herr über sie gewesen zu sein. Womöglich waren die Angehörigen dieser Familie stolz auf das, was ihnen vorgeworfen wurde.«

»So ist das im allgemeinen. Werfen Sie jemandem vor, er sei blöd, und er wird Ihnen antworten, daß er stolz darauf ist. Ein gewöhnlicher Verteidigungsreflex, ganz unabhängig vom Gegenstand des Vorwurfs.«

»Der Mythos liegt in ihrem Anderssein, in ihrer unaufhörlich beschworenen Macht über die Geißel Gottes.«

»Adamsberg, Sie sollten im Falle Ihres Pestbereiters noch folgendes einkalkulieren: eine zerrissene Familie, der Verlust des Vaters oder der Mutter, ein Gefühl des Verlassenseins, kurz: immense Ohnmachtserfahrungen. Das ist die wahrscheinlichste Erklärung dafür, daß der Junge sich an den Ruhm der Familie geklammert hat, seine einzige Quelle der Macht. Diese Quelle wurde zweifellos immer wieder genährt, wahrscheinlich durch einen Großvater. Die Tradierung dramatischer Berichte überspringt meist eine Generation.«

»Das wird mir nicht gerade helfen, ihn im Standesamtsregister zu finden«, bemerkte Adamsberg, der noch immer auf dasselbe Grasbüschel eintrat. »Hunderttausende sind der Pest entkommen.«

»Tut mir leid.«

»Schade, Ferez. Sie haben mir sehr geholfen.«

26

Adamsberg lief den Boulevard Saint-Michel hinauf, über dem erneut die Sonne zu strahlen begann. Seine Jacke hatte er sich über den Arm gehängt, damit sie trocknen konnte. Er versuchte gar nicht erst, Argumente gegen Ferez' Ansicht zu sammeln, er wußte, daß der Arzt recht hatte. Damit war der Pestbereiter nun, kaum hatte er ihn in Reichweite geglaubt, wieder unerreichbar geworden. Somit blieb nur die Place Edgar-Quinet, die er gerade ansteuerte. Der Enkel der Lumpensammler von 1920 befand sich auf diesem Platz, dorthin kehrte er immer wieder zurück. Dort hielt er sich zumindest zeitweise auf, ungeachtet der Gefahr. Was hatte er schließlich zu befürchten? Er fühlte sich als der Meister, das hatte er in einem entscheidenden Augenblick seines Lebens bewiesen. Da würden ihn, der die Geißel Gottes befehligte und sie mit einer kurzen Handbewegung blockieren konnte, doch achtundzwanzig Bullen nicht schrecken. Achtundzwanzig Bullen waren da nichts anderes als achtundzwanzig Häufchen Vogeldreck.

Und alle nährten sie den Stolz des Pestbereiters: Die Pariser gehorchten ihm und malten gewissenhaft den Talisman an ihre Türen. Und die achtundzwanzig Bullen ließen zu, daß es immer mehr Leichen gab. Bereits vier Todesfälle, und Adamsberg hatte nicht den Anflug einer Idee, wie der nächste verhindert werden konnte. Außer, sich auf diese Kreuzung zu stellen und zu beobachten, was, das wußte er selbst nicht, und um seine Jacke und die Hosenbeine trocknen zu lassen.

Er kam genau in dem Moment auf dem Platz an, als der Donnerschlag des Normannen ertönte. Inzwischen hatte er das System verstanden und beeilte sich, von dem warmen Essen zu profitieren. Er schloß sich der Tischgesellschaft an, die Decambrais, Lizbeth, Le Guern, die schwermütige Eva und einige unbekannte Gesichter umfaßte. Wie auf einen – offensichtlich von Decambrais erteilten – Befehl hin versuchte man von allem zu reden außer von dem Pestbereiter. An den Nachbartischen hingegen kreisten die Gespräche gut hörbar genau um dieses Kapitel, und manche Diskussionsteilnehmer vertraten mit großer Heftigkeit die Sicht des kritischen Zeitungsartikels: Die Bullen logen. Die Fotos der Strangulationsmale waren Fälschungen, für was hielt man die Leute eigentlich? Für Idioten? Schön und gut, antwortete eine weitere Stimme, aber wenn deine Toten an der Pest gestorben sind, wie kommt es dann, daß sie noch Zeit hatten, sich auszuziehen und ihre Sachen fein säuberlich aufzutürmen, bevor sie ins Gras gebissen haben? Oder daß sie die Zeit hatten, sich unter einen Laster zu legen? Wie soll das gehen, kannst du mir das sagen? Erinnert das an Pest oder an Mord? Sehr richtig, dachte Adamsberg, der sich umgewandt hatte, um sich das intelligente, bedächtige Gesicht der Sprecherin anzusehen, einer sehr dicken Frau, die in eine geblümte Bluse gezwängt war. Ich sage ja nicht, daß das einfach ist, gab sich ihr Gegenüber halb geschlagen. Darum geht es nicht, unterbrach ein hagerer Mann mit heller Stimme. Es ist beides zugleich. Es sind Leute, die an der Pest sterben, aber da der Unbekannte will, daß die Sache ans Licht kommt, holt er die Opfer aus ihrer Wohnung und zieht sie aus, damit man deutlich sieht, wie es um sie steht, und damit die Bevölkerung Bescheid weiß. Er ist kein Betrüger. Er versucht zu helfen. Und warum wird er dann nicht deutlicher? fuhr die Frau fort. Kerle, die sich verstecken, haben mir noch nie Vertrauen eingeflößt. Er versteckt sich, weil er sich nicht zeigen kann, erklärte die helle Stimme, die ihre Theorie erst mühsam beim Reden entwickelte. Es ist ein Kerl aus einem Labor, und dieser Kerl weiß, daß sie die Pest freigesetzt haben, als ein Glasröhrchen oder so was geplatzt ist. Er darf nichts sagen, weil das Labor Befehl hat, die Klappe zu halten, wegen der Bevölkerung. Die Regierung mag die Bevölkerung nicht, wenn die sich nicht ruhig verhält. Also Mund halten. Der Kerl versucht, den Leuten das begreiflich zu machen, ohne selbst erkannt zu werden. Warum? fragte die Frau nach. Hat er Angst, seine Stelle zu verlieren? Wenn dein Beschützer deswegen nicht reden will, André, dann laß dir sagen, er ist ein jämmerlicher Wicht.

Beim Kaffee entfernte sich Adamsberg, weil er einen Anruf von Oberleutnant Mordent bekommen hatte. Die Zahl der betroffenen Gebäude wurde inzwischen auf fast zehntausend geschätzt. Einerseits sei kein neues Opfer zu verzeichnen, nein, was das anging, komme man ein bißchen zu Atem. Andererseits aber ertrinke man regelrecht in Anrufen. Ob man jetzt damit aufhören könne, die Anrufe sämtlicher Paniker zu beantworten? Außerdem seien sie heute nur zu sechst in der Brigade. Natürlich, erwiderte Adamsberg. Gut, sagte Mordent, um so besser. Es tröste ihn, daß es jetzt wenigstens auch in Marseille heftig losgehe, da hätten sie immerhin Gesellschaft. Masséna hatte um seinen Rückruf gebeten.

Adamsberg schloß sich in der Toilette ein, um Masséna anzurufen. Er setzte sich auf den heruntergeklappten Klodeckel.

»Es geht los, Kollege«, sagte Masséna. »Seitdem die Botschaft Ihres Irren im Radio gekommen ist und die Journalisten sie kommentiert haben, ist hier die Hölle los.«

»Es ist nicht *mein* Irrer, Masséna«, erklärte Adamsberg recht deutlich. »Es ist jetzt auch Ihrer. Teilen wir.«

Masséna schwieg einen kurzen Augenblick lang, genau die Zeit, die er brauchte, um den Kollegen einzuschätzen.

»Teilen wir«, sagte er schließlich. »Unser Verrückter hat den Finger auf einen neuralgischen Punkt gelegt; die Pest ist hier eine alte Wunde, aber es braucht nicht viel, um sie wieder aufzureißen. Jedes Jahr im Juni hält der Erzbischof eine Votivmesse, um die Epidemie zu bannen. Wir haben noch Denkmäler und Straßen zu Ehren des Chevalier Roze oder des Bischofs Belsunce. Die Namen sind noch lebendig, weil die Marseiller kein Arschloch anstelle des Gedächtnisses haben.«

»Was waren das für Leute?« fragte Adamsberg ruhig.

Masséna war ein Choleriker, den, so vermutete Adamsberg, eine instinktive Aversion gegen die Hauptstädter vollends auf die Palme brachte – was Adamsberg völlig kaltließ, weil er kein Pariser war, ihn aber auch dann kaltgelassen hätte, wenn er Pariser gewesen wäre. Ob man von hier oder von dort kam, hatte für ihn nicht die geringste Bedeutung. Aber Masséna gab sich nur nach außen so streitbar, und Adamsberg würde keine Viertelstunde brauchen, um diese Fassade zum Einsturz zu bringen.

»Diese Leute, Kollege, sind Männer, die Tag und Nacht größte Anstrengungen unternommen haben, um den Menschen während der großen Seuche von 1720 zu helfen, als städtische Beamte, Notabeln, Ärzte und Pfarrer die Beine in die Hand genommen haben und in Scharen abgehauen sind. Kurz: Es waren Helden.«

»Es ist normal, Angst vor dem Tod zu haben, Masséna. Sie waren nicht dabei.«

»Hören Sie mal zu. Wir sind nicht hier, um die Geschichte neu aufzurollen. Ich erkläre Ihnen nur, daß die Angst vor der Geißel der *Grand Saint-Antoine* sich mit rasender Geschwindigkeit hier wieder ausbreitet.«

»Erzählen Sie mir nicht, daß alle Einwohner von Marseille wissen, wer dieser Roze und dieser Belsain waren.«

»Belsunce, Kollege.«

»Belsunce.«

»Nein«, gab Masséna zu. »Sicher nicht alle. Aber die Geschichte der Pest, die verwüstete Stadt, die Pestmauer, die kennen sie. Die Pest sitzt tief in den Köpfen.«

»Hier offenbar auch, Masséna. Die Zahl der markierten Gebäude wird heute die Zehntausendermarke überschreiten. Man kann nur noch beten, daß es bald keine Farbe mehr gibt.«

»Nun, hier habe ich an einem einzigen Vormittag im alten Hafenviertel ungefähr zweihundert gezählt. Rechnen Sie das auf die Größe der Stadt um. Verdammte Scheiße, Kollege, sind die denn alle verrückt geworden?«

»Das tun sie, um sich zu schützen, Masséna. Würden Sie all die Leute zählen, die ein Kupferarmband, eine Hasenpfote, einen heiligen Christophorus oder Lourdes-Wasser besitzen oder die auf Holz klopfen – von Kreuzen will ich gar nicht reden –, kämen Sie leicht auf vierzig Millionen.«

Masséna seufzte.

»Solange sie es selbst tun, ist das nicht schlimm«, fuhr Adamsberg fort. »Gibt es irgend etwas, das auf eine authentische Handschrift hindeutet? Eine Vier, die der Pestbereiter selbst gemalt haben könnte?«

»Schwer zu sagen, Kollege. Die Leute malen ab. Es gibt viele, die den Ansatz nicht verbreitern, wissen Sie, oder die einen Längsstrich statt zwei an den Querbalken zeichnen. Aber zu fünfzig Prozent sind sie gewissenhaft. Das Ding hat verteufelte Ähnlichkeit mit dem Original. Wie soll ich mich da zurechtfinden?«

»Wurden Umschläge gemeldet?«

»Nein.«

»Haben Sie Häuser registriert, in denen alle Türen außer einer gezeichnet wurden?«

»Es gibt welche, Kollege. Aber es gibt auch haufenweise Leute, die einen kühlen Kopf bewahren und sich weigern, diesen Blödsinn auf ihre Wohnungstür zu malen. Es gibt auch Schamhafte, die eine winzige Vier unten an ihre Tür kritzeln. So tun sie es, ohne es wirklich zu tun, ganz diskret, oder sie tun es nicht, während sie es doch tun, ganz wie Sie wollen. Ich kann nicht alle Türen mit der Lupe untersuchen. Machen Sie das etwa?«

»Es ist eine Flutwelle, Masséna, die Hauptbeschäftigung dieses Wochenendes. Wir kontrollieren nicht mehr.«

»Gar nichts mehr?«

»Fast nichts mehr. Von den hundertfünf Millionen Quadratmetern der Stadt kontrolliere ich hundert. Das ist der Platz, auf dem der Pestbereiter, der jetzt, wo ich mit Ihnen rede, vielleicht gerade am Alten Hafen herumstreift, hoffentlich aufkreuzen wird.«

»Haben Sie seine Beschreibung? Eine vage Vorstellung?«

»Nichts. Niemand hat ihn gesehen. Ich weiß nicht einmal, ob es ein Mann ist.«

»Nach was halten Sie dann Ausschau auf Ihrem kleinen Platz, Kollege? Nach einem Teleplasma?«

»Nach einem Eindruck. Ich rufe Sie heute abend wieder an, Masséna. Halten Sie durch.«

Schon eine ganze Weile wurde wütend an der Klinke der Toilettentür gerüttelt, und als Adamsberg friedlich die Kabine verließ, wartete jemand ungeduldig darauf, seine vier Bier endlich wegpissen zu können.

Adamsberg bat Bertin um die Erlaubnis, seine Jacke über einem der Stühle trocknen zu lassen, während er draußen auf dem Platz umherschlenderte. Seitdem der Kommissar den sinkenden Mut des Normannen in letzter Minute wiederaufgerichtet und ihn damit vielleicht davor bewahrt hatte, zum allgemeinem Gespött zu werden und seine göttliche Autorität bei seiner Kundschaft für immer zu verlieren, sah Bertin sich als sein Schuldner auf Lebenszeit. Er hätte ihm lieber zehn- als nur einmal erlaubt, die Jacke, der er die besorgte Aufmerksamkeit einer Mutter entgegenbringen würde, im *Viking* zu lassen, und drängte Adamsberg, eine grüne Öljacke anzuziehen, bevor er sich draußen dem Wind und dem Regen aussetzte, die Joss beim Mittagsausrufen angekündigt hatte. Adamsberg befolgte den Rat, um den stolzen Nachfahren Thors nicht zu verletzen.

Er vertrödelte den ganzen Nachmittag auf der Kreuzung, zwischendurch trank er den einen oder anderen Kaffee im *Viking* und telefonierte. Bis zum Abend würde die Zahl der markierten Gebäude in Paris die fünfzehntausend und in Marseille, das in der Tat einen rasanten Start hinlegte, die viertausend überschreiten. Adamsberg fühlte, daß er immer mehr abstumpfte, und bot all seine Befähigung zur Gleichgültigkeit auf, um gegen diese steigende Flut anzukämpfen. Hätte man ihm von zwei Millionen Vieren berichtet, es hätte ihn auch nicht stärker erschüttert. Alles in ihm kam zum Stillstand, ergab sich dem gegenwärtigen Moment. Alles außer seinen Augen, den einzigen Teilen seines Körpers, die noch lebendig geblieben waren.

Für das Abendausrufen lehnte er sich schlaff und mit hängenden Armen gegen die Platane. In der deutlich zu weiten Öljacke des Normannen sah er verloren aus. Sonntags verschob Le Guern die Zeiten nach hinten, und so war es bereits fast sieben Uhr, als er seine Kiste auf den Bürgersteig stellte. Adamsberg erwartete sich von diesem Ausrufen nichts, da sonntags der Briefträger nicht kam. Aber er begann in den Grüppchen, die sich um das Podest bildeten, Gesichter wiederzuerkennen. Mit Hilfe der von Decambrais angelegten Liste überprüfte er seine neuen Bekanntschaften sofort. Um zwei Minuten vor sieben erschien Decambrais auf seiner Türschwelle, Lizbeth drängte sich kraft ihrer Ellbogen durch die kleine Menschenmenge, um sich an ihren Stammplatz zu begeben, und auch Damas erschien vor seinem Geschäft, im Pulli, und lehnte sich an das heute nicht hochgezogene Eisengitter.

Entschlossen begann Joss mit dem Ausrufen. Seine klangvolle Stimme drang bis zum anderen Ende des Platzes. Adamsberg hörte mit Vergnügen zu, wie die harmlosen Anzeigen unter der kraftlosen Sonne dahinzogen. Dieser gänzlich untätige Nachmittag, an dem er Körper und Gedanken vollständig hatte erschlaffen lassen, hatte ihm geholfen, sich nach seiner kompakten Diskussion mit Ferez am Vormittag zu entspannen. Er hatte den Energiezustand eines von der Dünung hin und her geworfenen Schwammes erreicht, exakt den Zustand, den er bisweilen suchte.

Am Ende des Ausrufens, Joss war gerade bei seinem Schiffbruch angekommen, schreckte Adamsberg plötzlich auf, als habe ein spitzer Stein den Schwamm mit voller Wucht getroffen. Der Schock schmerzte beinahe und versetzte ihn in höchste Alarmbereitschaft, obwohl Adamsberg nicht sagen konnte, was diese jähe Erschütterung ausgelöst hatte. Ein Bild mußte ihn angestoßen haben, gerade als er, gegen den Stamm der Platane gelehnt, fast eingeschlafen war. Ein winziger Fetzen eines Bildes, irgendwo auf dem Platz, der ihn eine Zehntelsekunde gestreift hatte.

Adamsberg richtete sich auf und suchte in allen Richtungen nach dem unbekannten Bild, um an den Moment des Schocks anzuknüpfen. Dann lehnte er sich noch einmal gegen den Baum und rekonstruierte genau die Stellung, in der er sich im Augenblick des Einschlags befunden hatte. Sein Blickfeld reichte von Decambrais' Haus bis zum Geschäft von Damas und umfaßte die Rue du Montparnasse und etwa ein Viertel des Publikums, das er von vorne sah. Adamsberg preßte die Lippen zusammen. Das war ein ziemlich großer Teil des Platzes, und es waren ganz schön viele Leute, und schon zerstreute sich die Menge in alle Winde. Fünf Minuten später trug Joss seine Kiste zurück, und der Platz leerte sich. Alles entglitt ihm. Adamsberg schloß die Augen, den Kopf zum Weiß des Himmels erhoben, in der Hoffnung, das Bild käme auf dem Luftweg von allein zurück. Aber das Bild war in die Tiefe seines Bewußtseins gefallen wie ein namenloser Stein in einen Brunnen. Vielleicht war es verärgert darüber, daß er ihm in dem kurzen Augenblick, in dem es wie eine Sternschnuppe vorübergezogen war, nicht mehr Aufmerksamkeit geschenkt hatte; vielleicht würde es Monate dauern, bevor es sich entschloß, wieder aufzusteigen.

Enttäuscht verließ Adamsberg den Platz, überzeugt, daß er gerade seine einzige Chance hatte entgleiten lassen.

Erst als er zu Hause war und sich auszog, merkte er, daß er die grüne Öljacke des Normannen anbehalten und seine alte schwarze Jacke unter dem geschnitzten Bug des Drachenbootes hängengelassen hatte. Ein Zeichen, daß auch er dem göttlichen Schutz in der Person von Bertin vertraute. Oder – was wahrscheinlicher war – ein Zeichen dafür, daß er alles treiben ließ.

27

Camille stieg die vier engen Treppen hinauf, die zu Adamsbergs Wohnung führten. Im Vorbeigehen bemerkte sie, daß der Bewohner der dritten Etage links seine Tür mit einer gigantischen schwarzen Vier bemalt hatte. Sie und Jean-Baptiste hatten verabredet, sich heute abend zu treffen, um die Nacht miteinander zu verbringen, nicht vor zehn wegen der unvorhersehbaren Tagesabläufe, die der Pestbereiter der Brigade diktierte.

Das Kätzchen unter ihrem Arm nervte sie. Seit Stunden war es ihr gefolgt. Sie hatte es gestreichelt, dann stehenlassen, dann abgehängt, aber das Kätzchen hatte sich hartnäckig an ihre Fersen geheftet, war ihr hinterhergerannt und hatte sich bemüht, sie in unkoordinierten Sprüngen wieder einzuholen. Camille hatte die Grünanlage durchquert, um die Verfolgungsjagd zu beenden. Sie hatte es vor der Wohnungstür zurückgelassen, während sie zu Abend aß, und es auf dem Treppenabsatz wiedergefunden, als sie gegangen war. Mutig hatte das Kätzchen, ganz auf sein Ziel konzentriert, erneut die Verfolgung aufgenommen. Als sie vor Adamsbergs Haus angekommen war und immer noch nicht wußte, was sie mit diesem Tier tun sollte, das sie erwählt hatte, hatte sie es um des lieben Friedens willen aufgehoben und unter den Arm geklemmt. Es war eine kleine weiß-graue Kugel, nichts weiter, leicht wie ein Schaumstoffball, mit vollkommen runden blauen Augen.

Um fünf nach zehn stieß Camille die Tür auf, die Adamsberg fast immer nur anlehnte, und sah niemanden, weder im Wohnzimmer noch in der Küche. Neben dem Spülbecken tropfte Geschirr ab, und Camille schloß daraus, daß Jean-Baptiste eingeschlafen war, während er auf sie wartete. Sie könnte sich zu ihm legen, ohne ihn aus seinem ersten Schlaf zu reißen, den sie in Phasen intensiver Ermittlungen stets schonte, und den Kopf für die Nacht auf seinen Bauch legen. Sie stellte ihren Rucksack ab, zog die Jacke aus, setzte das Kätzchen auf die Bank und ging mit vorsichtigen Schritten ins Schlafzimmer.

Jean-Baptiste befand sich zwar in dem dunklen Raum, aber er schlief nicht. Als sie seinen nackten Körper, der sich braun von den weißen Laken abhob, von hinten sah, brauchte Camille einen Augenblick, um zu begreifen, daß er gerade mit einer jungen Frau schlief.

Ein stechender Schmerz durchfuhr ihre Stirn wie ein Granatsplitter, der zwischen ihren Augen einschlug, und unter dem Eindruck dieses Blitzes stellte sie sich für den Bruchteil einer Sekunde vor, daß sie in ihrem Leben nie wieder sehen würde. Mit weichen Knien ließ sie sich auf den hölzernen Überseekoffer fallen, der allen möglichen Zwecken diente, heute abend als Ablage für die Kleider der jungen Frau. Vor ihr bewegten sich die beiden Körper, die sich Camilles stiller Anwesenheit nicht bewußt waren. Camille beobachtete sie benommen. Sie sah Jean-Baptistes Bewegungen und erkannte sie eine nach der anderen wieder. Dieser Schmerz in der Stirn, der wie ein rotglühender Bohrer zwischen ihren Augenbrauen festsaß, zwang sie, die Augen zusammenzukneifen. Ein brutales Bild, ein banales Bild, Verletzung und Banalität. Camille senkte den Blick.

Weine nicht, Camille.

Sie fixierte einen Punkt auf dem Boden und zwang sich, den Blick von den auf dem Bett ausgestreckten Körpern abzuwenden.

Verschwinde, Camille. Verschwinde rasch, weit weg und für lange Zeit.

Cito, longe, tarde.

Camille versuchte sich zu bewegen, aber sie spürte, daß ihre Beine sie nicht mehr trugen. Sie senkte den Blick noch tiefer und konzentrierte sich fest auf ihre Füße. Auf ihre schwarzen Lederstiefel, deren karreeförmige Kappe, seitliche Schnallen, staubige Falten und schiefgelaufene Absätze sie intensiv musterte.

Deine Stiefel, Camille, sieh auf deine Stiefel.

Ich sehe drauf.

Was für ein Glück, daß sie ihre Schuhe nicht ausgezogen hatte. Barfuß und entwaffnet, wäre sie nicht mehr in der Lage gewesen, wohin auch immer zu gehen. Vielleicht wäre sie dageblieben, auf den Koffer festgenagelt, mit diesem Bohrer in der Stirn. Bestimmt ein Betonbohrer, kein Holzbohrer. Sieh auf deine Stiefel, da du sie hast. Sieh fest auf deine Stiefel. Und renn, Camille.

Aber es war zu früh. Ihre Beine ruhten wie schlaff hängende Fahnen auf dem Holz des Koffers. Heb nicht den Kopf, sieh nicht hin.

Natürlich wußte sie es. Es war immer so gewesen. Es hatte immer schon andere Frauen gegeben, viele Frauen, für unterschiedlich lange Phasen, das hing von der Belastbarkeit der Frau ab, da Adamsberg jede Situation bis zur Erschöpfung zerfallen ließ. Natürlich hatte es immer Frauen gegeben, die wie Sirenen im Fluß schwammen, die sich an den Uferböschungen schlängelten. »Sie rühren mich«, war Jean-Baptistes lakonischer Kommentar gewesen. Ja, Camille kannte das alles, die Augenblicke, da er plötzlich verschwand, die Zeiten, von denen er nicht sprach, all das, was irgendwo in der Ferne brodelte. Einmal hatte sie kehrtgemacht und war davongegangen. Sie hatte Jean-Baptiste Adamsberg und seine übervölkerten Uferböschungen, jene Welt geräuschvoller Dramen, die ihr zu nahe gekommen waren, vergessen. Sie hatte sich für Jahre entfernt und hatte Adamsberg mit allen Ehren begraben, die man einem schuldet, den man sehr geliebt hat.

Bis er im letzten Sommer an einer Straßenbiegung aufgetaucht war und ihre totgeglaubte Erinnerung sie auf ziemlich gerissene Weise an den Oberlauf seines Flusses zurückgeführt hatte. Mit einer Stiefelspitze hatte sie ihn wieder angenommen, ein Fuß draußen, ein Fuß drinnen, wobei sie auf einen großen Sicherheitsabstand achtete und manchmal auch schwankte zwischen den Armen der Freiheit und denen von Jean-Baptiste. Bis zum heutigen Abend, an dem dieser unvorhergesehene Schlag ihr dieses Dings in die Stirn gerammt hatte. Wegen einer einfachen Datumsverwechslung. Jean Baptiste war nie sehr penibel gewesen, was Daten anging.

Durch das Anstarren ihrer Stiefel hatten ihre Beine ihre Entschlossenheit wiedergefunden. Die Bewegungen auf dem Bett verebbten. Camille erhob sich behutsam und ging um den Koffer herum. Sie schlich durch die Tür, als die junge Frau sich aufrichtete und einen Schrei ausstieß. Camille hörte das Geräusch von Körpern, die sich aufgeregt bewegten, Jean-Baptiste, der mit einem Satz aus dem Bett sprang und ihren Namen rief.

Verschwinde, Camille.

Ich tu, was ich kann. Camille schnappte ihre Jacke, ihren Rucksack und griff sich das herrenlose Kätzchen von der Bank. Sie hörte die junge Frau reden und Fragen stellen. Fliehen, rasch. Camille stürzte die Treppe hinunter und rannte lange durch die Straßen. Schließlich blieb sie keuchend vor einer verlassenen Grünanlage stehen, stieg über das Gitter und ließ sich auf einer Bank nieder, die Knie angezogen, die Stiefel mit den Armen umschlungen. Das Dings, das in ihre Stirn gerammt worden war, lockerte den Druck.

Ein junger Mann mit gefärbten Haaren setzte sich neben sie.

»Alles in Ordnung?« fragte er behutsam.

Er drückte ihr einen Kuß auf die Schläfe und entfernte sich schweigend.

28

Danglard schlief nicht, als nach Mitternacht leise an seine Tür geklopft wurde. Er saß im Unterhemd vor dem laufenden Fernseher, ohne hinzuschauen, trank ein Bier und blätterte immer wieder in seinen Notizen über den Pestbereiter und seine Opfer. Es konnte kein Zufall sein. Dieser Kerl wählte seine Opfer aus, irgendwo mußte es eine Verbindung geben. Auf der Suche nach einem Berührungspunkt, so klein dieser auch sein mochte, hatte er stundenlang die Familien befragt und ging jetzt seine Notizen durch.

So elegant Danglard tagsüber war, so sehr ließ er sich abends gehen. Dann lief er so herum, wie er in der Kindheit seinen Vater gesehen hatte: in grober Kordhose, Unterhemd und unrasiert. Die fünf Kinder schliefen, daher ging er leise den langen Flur entlang, um zu öffnen. Er rechnete mit Adamsberg, statt dessen stand die Tochter von Königin Mathilde auf seinem Treppenabsatz, sehr gerade, fast starr, ein wenig außer Atem, und unter dem Arm hielt sie etwas, das wie ein Katzenjunges aussah.

»Weck ich dich, Adrien?« fragte Camille.

Danglard schüttelte den Kopf und winkte ihr, ihm leise zu folgen. Camille fragte sich nicht, ob ein Mädchen oder irgendwas in der Art gerade bei Danglard war, und ließ sich erschöpft auf das abgewetzte Sofa sinken. Im Licht der Lampe sah Danglard, daß sie geweint hatte. Wortlos machte er den Fernseher aus und öffnete eine Bierflasche, die er ihr hinstreckte. Camille trank sie, ohne abzusetzen, zur Hälfte aus.

»Es geht nicht gut, Adrien«, sagte sie in einem raschen Atemzug und stellte die Flasche ab.

»Adamsberg?«

»Ja. Wir haben uns dumm angestellt.«

Camille trank die zweite Hälfte ihres Biers. Danglard wußte, woran das lag. Wenn man weint, muß man die Flüssigkeitsmenge ersetzen, die verdampft. Er beugte sich zu dem angebrochenen Sechserpack auf dem Boden neben seinem Sessel hinunter und öffnete eine zweite Flasche, die er auf dem niedrigen, glatten Tisch zu Camille hinüberschob, wie man einen Bauer beim Schach vorrücken läßt – voller Hoffnung.

»Es gibt ganz verschiedene Arten von Feldern, Adrien«, begann Camille und hob einen Arm. »Die eigenen, die man beackert, und die fremden, die man besucht. Es gibt da haufenweise Sachen zu sehen, Luzerne, Raps, Flachs, Weizen und auch Brache und Brennesseln. Den Brennesseln komm ich nie zu nah, Adrien, ich reiß sie nicht raus. Sie gehören mir nicht, verstehst du, genausowenig wie alles andere.«

Camille ließ den Arm wieder sinken und lächelte.

»Aber plötzlich rutschst du aus, machst einen Fehler. Und verbrennst dich, ohne es zu wollen.«

»Brennt es?«

»Nicht schlimm, das geht vorbei.«

Sie nahm die zweite Bierflasche und trank, diesmal langsamer, ein paar Schlucke. Danglard beobachtete sie. Camille ähnelte ihrer Mutter sehr, der Königin Mathilde, sie hatte deren eckige Kieferknochen, den zierlichen Hals und die leicht geschwungene Nase. Aber Camille hatte sehr helle Haut und noch kindliche Lippen, die sich von dem breiten, siegesgewissen Lächeln Mathildes unterschieden. Einen Augenblick saßen sie schweigend da, und Camille leerte ihre zweite Flasche.

»Liebst du ihn?« fragte Danglard.

Camille stützte ihre Ellbogen auf die Knie und betrachtete aufmerksam die kleine grüne Flasche auf dem niedrigen Tisch.

»Sehr heikel«, antwortete sie behutsam und schüttelte den Kopf.

»Weißt du, Camille, an dem Tag, an dem Gott Adamsberg schuf, hatte Er eine sehr schlechte Nacht hinter sich.«

»Ach nein«, sagte Camille und hob den Blick, »das wußte ich nicht.«

»Doch. Und Er hatte nicht nur schlecht geschlafen, sondern war auch ein wenig knapp mit Material. So daß Er in seinem Leichtsinn bei seinem Kollegen anklopfte, um sich ein wenig Material zu leihen.«

»Du willst sagen ... bei dem Kollegen von unten?«

»Natürlich. Dieser stürzte sich auf den unverhofften Glücksfall und beeilte sich, das Nötige zu besorgen. Und Gott, von seiner schlaflosen Nacht noch wie benommen, mischte alles unüberlegt zusammen. Aus dieser Masse machte Er Adamsberg. Es war wirklich kein gewöhnlicher Tag.«

»Davon wußte ich überhaupt nichts.«

»Das findet sich in allen guten Büchern«, bemerkte Danglard lächelnd.

»Und? Was gab Gott Jean-Baptiste?«

»Er gab ihm Intuition, Sanftmut, Schönheit und Anpassungsfähigkeit.«

»Und was gab Satan?«

»Gleichgültigkeit, Sanftmut, Schönheit und Anpassungsfähigkeit.«

»Scheiße.«

»Ganz richtig. Aber man hat nie herausgefunden, in welchem Verhältnis Gott, der Leichtsinnige, sein Gemisch zubereitete. Das ist noch heute eines der großen theologischen Mysterien.«

»Ich will damit nichts zu tun haben, Adrien.«

»Das ist normal, Camille, denn es ist allgemein bekannt, daß Gott, als er dich herstellte, siebzehn Stunden lang gepennt hatte und in phantastischer Form war. Den ganzen Tag lang strengte Er sich an, dich beseligt mit seinen eifrigen Händen zu modellieren.«

Camille lächelte.

»Und du, Adrien? Wie war Gott, als er dich schuf?«

»Er hatte den ganzen Abend mit seinen Kumpanen Raphael, Michael und Gabriel gepichelt, irgendwas Hochprozentiges. Die Anekdote ist weniger bekannt.«

»Das hätte sich doch fabelhaft auswirken können.«

»Nein, denn die Hände zitterten ihm davon. Deshalb siehst du meine Umrisse verworren, schwammig, aufgelöst.«

»Alles hat eine Erklärung.«

»Ja, da siehst du, wie einfach das ist.«

»Ich werde mal wieder losziehen, Adrien.«

»Bist du dir sicher?«

»Hast du eine bessere Idee?«

»Zwing ihn.«

»Ich mag Menschen nicht zwingen, das hinterläßt Spuren an ihnen.«

»Du hast recht. Mich hat man einmal gezwungen.«

Camille nickte.

»Du mußt mir helfen. Ruf mich morgen an, wenn er in der Brigade ist. Dann kann ich bei mir vorbeigehen und meine Sachen packen.«

Camille nahm die dritte Flasche und trank in großen Schlucken.

»Wo gehst du hin?« fragte Danglard.

»Keine Ahnung. Wo gibt es Platz?«

Danglard zeigte auf seine Stirn.

»Ach ja«, sagte Camille lächelnd, »aber du bist ein alter Philosoph, und mir fehlt deine Weisheit. Adrien?«

»Ja?«

»Was mache ich damit?«

Camille streckte die Hand aus und zeigte ihm die Fellkugel. Es war tatsächlich ein Kätzchen.

»Es ist mir heute abend gefolgt. Ich vermute, es wollte mir helfen. Es ist ganz klein, aber scharfsinnig und sehr stolz. Ich kann es nicht mitnehmen, es ist zu zerbrechlich.«

»Willst du, daß ich mich um die Katze kümmere?«

Danglard packte das Kätzchen am Rückenfell, sah es sich an und setzte es irritiert wieder auf den Boden.

»Es wäre besser, du bliebest«, bemerkte Danglard. »Du wirst ihm fehlen.«

»Dem Katzenbaby?«

»Adamsberg.«

Camille trank ihre dritte Flasche aus und stellte sie geräuschlos auf den Tisch.

»Nein«, erwiderte sie. »Er ist nicht zerbrechlich.«

Danglard versuchte nicht, Camille umzustimmen. Nach solchen Unfällen hilft es manchmal, loszuziehen und umherzustreifen. Er würde auf die Katze aufpassen, das wäre eine Erinnerung, so sanft und hübsch wie Camille selbst, aber natürlich weniger prächtig.

»Wo wirst du schlafen?« fragte er.

Camille zuckte mit den Schultern.

»Hier«, entschied Danglard. »Ich klapp dir die Bank aus.«

»Bemüh dich nicht, Adrien. Ich werde mich drauflegen, weil ich in meinen Stiefeln schlafe.«

»Warum? Das wird unbequem.«

»Das ist nicht schlimm. Von nun an schlafe ich in Stiefeln.«

»Das ist nicht sehr sauber«, wandte Danglard ein.

»Besser aufrecht als sauber.«

»Weißt du, Camille, daß hochtrabende Worte noch niemandem aus der Patsche geholfen haben?«

»Ja, das weiß ich. Es ist mein dämlicher Teil, der mich manchmal hochtrabend daherreden läßt. Oder niedrigtrabend.«

»Weder auf dem Hochtrabenden noch auf dem Niedrigtrabenden, noch auf dem Selbstgesprächstrabenden ist je etwas gewachsen.«

»Worauf wächst dann etwas?« fragte Camille und zog ihre Stiefel aus.

»Auf dem Überlegttrabenden.«

»Gut«, sagte sie. »Kauf ich mir.«

Camille streckte sich mit geöffneten Augen rücklings auf der Bank aus. Danglard ging ins Bad und kam mit einem Handtuch und kaltem Wasser zurück.

»Leg das auf deine Augen, damit sie abschwellen.«

»Als Gott mit Jean-Baptiste fertig war, hatte Er da noch Masse übrig, Adrien?«

»Ein ganz kleines bißchen.«

»Was hat Er daraus gemacht?«

»Ein paar ziemlich komplizierte Kleinigkeiten, wie zum Beispiel Ledersohlen. Wunderbar zu tragen, aber leider rutschen sie an Steigungen und werden glitschig, sobald es regnet. Diese tausendjährige Schwierigkeit hat der Mensch erst kürzlich überwunden, indem er Gummi daraufgeklebt hat.«

»Auf Jean-Baptiste kann man keinen Gummi kleben.«

»Um zu vermeiden, daß man ausrutscht? Nein, das kann man nicht.«

»Was noch, Adrien?«

»Er hatte nicht mehr viel Masse, weißt du.«

»Was noch?«

»Murmeln.«

»Siehst du, Murmeln sind wirklich nichts Einfaches.«

Camille schlief ein, und Danglard wartete noch eine halbe Stunde, bevor er ihr die kalte Kompresse abnahm und das Deckenlicht löschte. Er sah die junge Frau im Dunkeln an. Zehn Monate Bier hätte er dafür gegeben, sie flüchtig berühren zu dürfen, wenn Adamsberg vergaß, sie zu küssen. Er packte die Katze, hob sie hoch und sah ihr starr in die Augen.

»Unfälle sind blöd«, sagte er zu ihr. »Immer sehr blöd. Und wir beide müssen jetzt ein gutes Stückchen Weg zusammen gehen. Wir warten darauf, daß sie vielleicht zurückkommt. Nicht wahr, Kugel?«

Bevor er schlafen ging, blieb Danglard vor dem Telefon stehen und zögerte, ob er Adamsberg Bescheid geben sollte. Camille verraten oder Adamsberg verraten. Er meditierte eine ganze Weile vor dem düsteren Tor dieser Alternative.

Während Adamsberg sich eilig anzog, um Camille hinterherzurennen, stellte die junge Frau ihm ängstlich Frage auf Frage, seit wann er sie kennen würde, warum er nicht von ihr erzählt hätte, ob er mit ihr schlafen würde, ob er sie lieben würde, woran er denken würde, warum er ihr hinterherrennen würde, wann er zurückkommen würde, warum er nicht dabliebe, sie bliebe nicht gern allein. Adamsberg bekam einen Drehwurm und konnte keine Frage beantworten. Er ließ sie in der Gewißheit zurück, sie bei seiner Rückkehr mitsamt ihrem Knäuel von Fragen noch immer in der Wohnung anzutreffen. Der Fall Camille war ungleich ärgerlicher, denn Camille war die Einsamkeit egal. Sogar so egal, daß sie beim geringsten Zwischenfall loszog.

Adamsberg lief schnell durch die Straßen, die zu große Öljacke des Normannen flatterte, er fror an den Armen. Er kannte Camille. Sie würde verschwinden, und zwar schnell. Wenn Camille sich in den Kopf gesetzt hatte, den Ort zu wechseln, war es ebenso schwierig, sie zurückzuhalten, wie einen mit Helium vollgepumpten Vogel wieder einzufangen, ebenso schwierig, wie ihre Mutter, Königin Mathilde, einzufangen, wenn sie im Ozean tauchte. Camille war den Raum, in dem ihrer beider verschlungene Flugbahnen sich unglücklich überkreuzt hatten, plötzlich leid und brach auf, um in ihren eigenen Breiten zu werkeln. Genau in diesem Moment würde sie ihre Stiefel schnüren, den Synthesizer einpacken, ihre Werkzeugtasche schließen. Camille verließ sich, was die Bewältigung ihres Lebens betraf, sehr auf diese Tasche, sehr viel mehr als auf ihn, dem sie zu Recht mißtraute.

Adamsberg bog in ihre Straße ein und sah zu ihrem Glasdach hinauf. Kein Licht. Keuchend setzte er sich auf die Motorhaube eines Autos und verschränkte die Arme vor dem Bauch. Camille war nicht mehr bei sich zu Hause vorbeigegangen, sicherlich würde sie auf und davon ziehen, ohne sich umzudrehen. So war das, wenn Camille loszog. Wer weiß, wann er sie wiedersehen würde, in fünf Jahren, in zehn Jahren oder nie mehr, auch das war möglich.

Verdrossen und mit langsamen Schritten kehrte er nach Hause zurück. Wenn der Pestbereiter nicht seine Zeiten und Gedanken heimgesucht hätte, wäre das nicht passiert. Müde ließ er sich auf sein Bett fallen, wortlos, während die betrübte junge Frau erneut ihre besorgten Fragen abspulte.

»Bitte sei still«, sagte er.

»Es ist doch nicht meine Schuld«, rief sie empört.

»Es ist meine«, erwiderte Adamsberg und schloß die Augen. »Aber sei jetzt still oder geh.«

»Ist dir das egal?«

»Mir ist alles egal.«

29

Um neun Uhr betrat Danglard besorgt Adamsbergs Raum, auch wenn er wußte, daß der geringe Kontakt des Kommissars zur Realität die Beständigkeit seines umherschweifenden Wesens nicht grundlegend beeinträchtigen konnte. Tatsächlich blätterte Adamsberg an seinem Schreibtisch einen Stapel Zeitungen durch, deren Schlagzeilen ziemlich verheerend waren, ohne daß ihn dies zu beeindrucken schien; sein Gesicht war so ruhig wie gewöhnlich, vielleicht ein wenig abwesender.

»Achtzehntausend markierte Gebäude«, bemerkte Danglard und legte ihm eine Notiz auf den Tisch.

»Das ist gut, Danglard.«

Danglard blieb schweigend stehen.

»Gestern auf dem Platz hätte ich den Typen beinahe erwischt«, sagte Adamsberg mit fast tonloser Stimme.

»Den Pestbereiter?« fragte Danglard überrascht.

»Den Pestbereiter persönlich. Aber er ist mir entwischt. Alles entwischt mir, Danglard«, fügte er hinzu, und sein Blick kreuzte rasch den seines Stellvertreters.

»Haben Sie etwas gesehen?«

»Nein. Eben nichts.«

»Nichts? Wie können Sie dann sagen, daß Sie den Typen beinahe erwischt hätten?«

»Weil ich's gespürt habe.«

»Was gespürt?«

»Ich weiß es nicht, Danglard.«

Danglard gab auf. Er zog es vor, Adamsberg allein zu lassen, wenn dieser seine vagen Gefilde ansteuerte, jenes Wattenmeer, wo die Schritte im weichen Schlamm versinken, wo Wasser und Land miteinander ringen. Er verdrückte sich zum Eingangstor, um Camille anzurufen, mit dem schamhaften Gefühl, wie ein Spion in der Brigade zu flüstern.

»Du kannst hin«, sagte er leise. »Er ist hier und hat einen Stapel Arbeit, hoch wie der Eiffelturm.

»Danke, Adrien. Auf Wiedersehen.«

»Auf Wiedersehen, Camille.«

Danglard legte traurig auf, ging an seinen Schreibtisch und schaltete mechanisch den Computer ein, dessen Signalton ein wenig zu fröhlich in seine düsteren Gedanken drang. Ein Computer ist blöd und paßt sich nicht an. Anderthalb Stunden später sah er, wie Adamsberg mit relativ raschem Schritt an ihm vorbeiging. Danglard rief sofort bei Camille an, um ihr einen möglichen Besuch anzukündigen. Aber Camille hatte bereits die Segel gesetzt.

Wieder stand Adamsberg vor verschlossener Tür, aber diesmal zögerte er nicht. Er nahm seinen Hauptschlüssel und öffnete. Ein Blick in das Atelier reichte aus, und er begriff, daß Camille weg war. Der Synthesizer war verschwunden, ebenso die Werkzeugtasche und der Rucksack. Das Bett war gemacht, der Kühlschrank geleert und der Strom abgestellt. Adamsberg setzte sich auf einen Stuhl, um die verlassene Wohnung zu betrachten und nachzudenken. Er betrachtete, aber er dachte nicht nach. Eine knappe Dreiviertelstunde später riß ihn das Handy aus seiner Starre.

»Masséna hat gerade angerufen«, sagte Danglard. »Sie haben eine Leiche in Marseille.«

»Das ist gut«, kommentierte Adamsberg wie schon am Morgen. »Ich komme. Besorgen Sie mir ein Ticket für den nächsten Flug.«

Bevor er gegen zwei Uhr die Brigade verließ, in der lebhafter Betrieb herrschte, stellte Adamsberg seine Tasche vor Danglards Schreibtisch ab.

»Ich fahre«, sagte er.

»Ja«, erwiderte Danglard.

»Ich vertraue Ihnen die Brigade an.«

»Ja.«

Adamsberg suchte nach Worten, und sein Blick blieb auf Danglards Füßen haften, die halb einen runden Korb verbargen, in dem ein ebenso rundes, winziges Kätzchen schlief.

»Was ist denn das, Danglard?«

»Das ist eine Katze.«

»Bringen Sie Katzen mit in die Brigade? Finden Sie nicht, daß wir hier schon genug Chaos haben?«

»Ich kann es nicht zu Hause lassen. Es ist zu jung, es macht überall hin und kann noch nicht richtig fressen.«

»Danglard, Sie hatten gesagt, Sie wollten kein Tier.«

»Man sagt das eine und tut das andere.«

Danglard war einsilbig, beinahe feindselig, den Blick starr auf den Bildschirm gerichtet, Zeichen, an denen Adamsberg deutlich jene stumme Mißbilligung erkennen konnte, die er bisweilen von seinem Stellvertreter zu erdulden hatte. Sein Blick wandte sich erneut dem Korb zu, und deutlich stieg das Bild vor ihm auf. Camille von hinten, wie sie ging, über einem Arm die Jacke, unter dem anderen ein weiß-graues Kätzchen, das er beim Hinterherrennen nicht weiter beachtet hatte.

»Sie hat es Ihnen anvertraut, nicht wahr, Danglard?« fragte er.

»Ja«, antwortete Danglard, den Blick noch immer auf den Bildschirm geheftet.

»Wie heißt es?«

»Die Kugel.«

Adamsberg zog sich einen Stuhl heran und setzte sich, die Ellbogen auf den Oberschenkeln.

»Sie ist weg«, sagte er.

»Ja«, wiederholte Danglard, und diesmal wandte er den Kopf und begegnete dem von Müdigkeit gezeichneten Blick Adamsbergs.

»Hat sie Ihnen gesagt, wohin?«

»Nein.«

Für einen Moment herrschte Schweigen.

»Es hat eine kleine Kollision gegeben«, sagte Adamsberg.

»Ich weiß.«

Adamsberg fuhr sich mit beiden Händen durchs Haar, mehrere Male, langsam, als ob er seinen Schädel zusammenpressen wollte, dann erhob er sich und verließ wortlos die Brigade.

30

Masséna holte seinen Kollegen am Flughafen Marseille-Marignane ab und brachte ihn direkt in die Leichenhalle, in die man den Toten transportiert hatte. Adamsberg wollte ihn sehen, da Masséna sich nicht in der Lage sah festzustellen, ob er es bei dem Mörder mit einem Trittbrettfahrer zu tun hatte oder nicht.

»Wir haben ihn nackt in seiner Wohnung gefunden«, erklärte Masséna. »Die Schlösser waren fachmännisch aufgebrochen worden. Sehr saubere Arbeit. Dabei hatte die Tür zwei ganz neue, starke Schlösser.«

»Anfängerarbeit«, kommentierte Adamsberg. »Stand keine Wache auf dem Treppenabsatz?«

»Ich habe viertausend Gebäude am Hals, Kollege.«

»Ja. Darin ist er stark. Binnen weniger Tage hat er die komplette polizeiliche Überwachung ausgehebelt. Name, Vorname, Merkmale?«

»Sylvain Jules Marmot, dreiunddreißig Jahre alt. Angestellt im Hafen, bei der Schiffsausbesserung.«

»Schiffsausbesserung«, wiederholte Adamsberg. »War er mal in der Bretagne?«

»Woher wissen Sie das?«

»Ich weiß es gar nicht, ich frage nur.«

»Mit siebzehn hat er in Concarneau gearbeitet. Da hat er das Handwerk gelernt. Plötzlich hat er dann alles sausen lassen und ist nach Paris gegangen, wo er sich von kleinen Schreinerarbeiten ernährt hat.«

»Lebte er allein hier?«

»Ja. Seine Freundin ist verheiratet.«

»Deshalb hat der Pestbereiter ihn zu Hause getötet. Er ist sehr gut informiert. Es gibt in der Sache keinen Zufall, Masséna.«

»Vielleicht, aber es gibt auch nicht den geringsten Berührungspunkt zwischen diesem Marmot und Ihren vier Opfern. Außer diesem Aufenthalt in Paris zwischen zwanzig und siebenundzwanzig. Machen Sie sich keine Sorgen wegen der Vernehmungen, Kollege, ich habe die gesamte Akte an Ihre Brigade geschickt.«

»Damals in Paris ist es passiert.«

»Was?«

»Ihre Begegnung. Diese fünf müssen sich irgendwie kennengelernt haben, sie müssen sich begegnet sein.«

»Nein, Kollege, ich glaube, der Pestbereiter will uns einfach in der Gegend herumschicken. Er macht uns glauben, die Morde hätten eine Bedeutung, um uns zu verwirren. Daß Marmot allein lebte, war leicht herauszufinden. Das ganze Viertel weiß es. Hier findet das Leben praktisch auf der Straße statt.«

»Hat er auch seine Portion Tränengas bekommen?«

»Einen ordentlichen Schwall ins Gesicht. Wir werden die Probe mit der von Paris vergleichen, um herauszufinden, ob er es mitgebracht oder in Marseille gekauft hat. Das könnte ein Anfang sein.«

»Hören Sie auf zu träumen, Masséna. Der Typ ist hochbegabt, da bin ich mir sicher. Er hat die ganze Sache im voraus geplant, mit allen Verknüpfungen, allen Kettenreaktionen – wie ein Chemiker. Und er weiß ganz genau, zu welchem Ergebnis er gelangen will. Es würde mich nicht wundern, wenn der Typ Wissenschaftler wäre.«

»Wissenschaftler? Ich dachte, Sie hielten ihn für einen Literaten.«

»Das schließt sich nicht aus.«

»Wissenschaftler und verrückt?«

»Er hat seit 1920 einen Mythos im Kopf.«

»Verdammt, Kollege, ein Greis von achtzig Jahren?«

Adamsberg lächelte. Im direkten Kontakt war Masséna sehr viel herzlicher als am Telefon. Fast zu herzlich, weil er fast jedes seiner Worte mit demonstrativen Gesten unterstrich und den Kollegen am Arm packte, ihm auf die Schulter oder auf den Rücken klopfte und im Auto auf den Schenkel.

»Ich stelle ihn mir eher zwischen zwanzig und vierzig vor.«

»Das ist nicht gerade eine kleine Spanne, Kollege, das ist schon eher eine große Abweichung.«

»Aber womöglich ist er achtzig, warum nicht. Seine Mordtechnik erfordert keinerlei Kraft. Schnelles Ersticken durch eine Kunststoffschlinge, wahrscheinlich diese Kabelbinder mit Verzahnungen, die die Elektriker benutzen, um große Kabelrollen zusammenzuschnüren. Ein erbarmungsloses Ding und kinderleicht zu handhaben.«

Masséna parkte ein Stück von der Leichenhalle entfernt, da er einen Platz im Schatten suchte. Hier in Marseille brannte die Sonne noch, und die Leute liefen mit offenem Hemd umher oder saßen im kühlen Schatten, auf den Stufen der Hauseingänge, einen Korb mit zu putzendem Gemüse auf den Knien. Bertin in Paris würde seine Öljacke suchen, um sich vor den Regenschauern zu schützen.

Man zog das Tuch von dem Toten, und Adamsberg untersuchte ihn aufmerksam. Die Holzkohleflecken waren von ähnlicher Größe wie die auf den Pariser Leichen und bedeckten fast den ganzen Bauch, die Arme, die Schenkel und die Zunge. Adamsberg fuhr mit dem Finger darüber, dann wischte er ihn an seiner Hose ab.

»Er wird gerade untersucht«, sagte Masséna.

»Hat er Flohbisse?«

»Zwei Stück, hier«, antwortete Masséna und deutete auf die Leistenbeuge.

»Und bei ihm zu Hause?«

»Dort wurden sieben Flöhe eingefangen. Die Methode, die Sie mir beschrieben haben, ist praktisch und effektiv, Kollege. Die Viecher sind im Labor.«

»Ein elfenbeinfarbener Umschlag?«

»Ja, im Mülleimer. Ich verstehe nicht, warum er uns nicht informiert hat.«

»Er hatte Angst, Masséna.«

»Gerade deshalb.«

»Angst vor den Bullen. Erheblich größere Angst vor den Bullen als vor dem Mörder. Er hat geglaubt, er könne sich allein verteidigen, er hat zwei zusätzliche Schlösser angebracht. Wie haben Sie seine Kleidung vorgefunden?«

»Über das ganze Schlafzimmer verteilt. Sehr unordentlich, dieser Marmot. Aber was macht das, wenn man allein wohnt?«

»Das ist seltsam. Der Pestbereiter zieht seine Opfer ordentlich aus.«

»Er brauchte ihn nicht auszuziehen, Kollege. Marmot schlief nackt auf seinem Bett. So schläft man hier im allgemeinen. Wegen der Hitze.«

»Kann ich das Haus sehen?«

Adamsberg ging durch den Torbogen eines rot verputzten, heruntergekommenen Gebäudes unweit des Alten Hafens.

»Kein Problem mit einem Eingangscode, was?«

»Der scheint schon eine ganze Weile kaputt zu sein«, erwiderte Masséna.

Masséna hatte eine starke Taschenlampe mitgebracht, da auch das Treppenlicht nicht mehr funktionierte. Im Strahl der Lampe untersuchte Adamsberg Stockwerk für Stockwerk aufmerksam die Türen.

»Also?« fragte Masséna, als sie die oberste Etage erreichten.

»Also, er war bei Ihnen. Das trägt seine Handschrift, kein Zweifel. Der Ansatz, die Schnelligkeit, die Gewandtheit, die Anordnung der senkrechten Striche – das ist er. Er hat sogar ohne große Hast gearbeitet. In den Gebäuden hier wird man wohl nicht oft gestört?«

»Wenn hier tags oder nachts ein Kerl auftaucht, der eine Tür bemalt«, erklärte Masséna, »ist das angesichts des Zustandes des Hauses allen egal, vermutlich würde es sogar noch als Verbesserung betrachtet. Und was hat er schon riskiert, bei all den Leuten, die zur gleichen Zeit wie er ihre Türen bemalten? Wollen wir ein Stück gehen, Kollege?«

Adamsberg sah ihn überrascht an. Es war das erste Mal, daß ein Bulle, genau wie er, ein Stück gehen wollte.

»Ich habe eine kleine Barkasse in einer Felsbucht liegen. Wollen wir aufs Meer raus? Da denkt es sich besser, nicht? Ich mache das oft so.«

Eine halbe Stunde später befand sich Adamsberg an Bord der *Edmond Dantès*, eines kleinen Motorboots, das gut im Wasser lag. Adamsberg saß mit bloßem Oberkörper am Bug und schloß die Augen im lauen Wind. Masséna, ebenfalls mit bloßem Oberkörper, stand hinten und steuerte. Keiner von beiden versuchte zu denken.

»Fahren Sie heute abend?« rief Masséna.

»Morgen früh«, rief Adamsberg zurück. »Ich würde gern ein bißchen am Hafen herumlaufen.«

»Ah, ja. Am Alten Hafen kann man auch denken.«

Adamsberg hatte während des Ausflugs das Handy abgeschaltet und hörte seine Nachrichten ab, als sie wieder an Land gingen. Ein Ordnungsruf von Brézillon, der sich äußerst besorgt über die Panikwelle äußerte, die die Hauptstadt heimsuchte, ein Anruf von Danglard, der ihm den letzten Stand in Sachen Vieren mitteilte, sowie ein weiterer von Decambrais, der ihm die »Spezielle« vorlas, die an diesem Montagmorgen eingetroffen war:

»In den ersten Tagen läßt sie sich in den einfachen, feuchten und schmutzigen Vierteln nieder. Einige Zeit lang macht sie wenig Fortschritte. Sie scheint sogar verschwunden zu sein. Aber kaum sind ein paar Monate verstrichen, da rückt sie, zunächst langsam, in die dichtbevölkerten und in die wohlhabenden Straßen vor und zeigt sich schließlich kühn in allen Vierteln und verbreitet ihr tödliches Gift. Sie ist überall.«

Adamsberg notierte sich den Text in seinem Notizbuch, dann sprach er ihn langsam auf den Anrufbeantworter von Marc Vandoosler. Auf der vernunftwidrigen Suche nach einer Nachricht, die unter den anderen verborgen sein könnte, tippte er erneut auf seinem Handy herum, aber es gab keine. Camille, bitte.

Nach einem üppigen gemeinsamen Abendessen hatte Adamsberg Masséna in der Nacht mit einer herzlichen Umarmung und dem festen Versprechen verlassen, einander wiederzusehen, und ging den südlichen Kai unterhalb der hell erleuchteten Basilika Notre-Dame-de-la-Garde entlang. Schiff für Schiff betrachtete er die Spiegelbilder im schwarzen Wasser, sie waren gestochen scharf bis hin zur Mastspitze. Er bückte sich und warf ein Steinchen ins Wasser, wodurch er das Abbild zum Erzittern, Erschauern brachte. In winzigen Blitzen tanzte das Mondlicht auf den kleinen Wellen. Adamsberg erstarrte, die flache Hand noch auf den Boden gestützt. Er war da, der Pestbereiter.

Vorsichtig hob er den Kopf und beobachtete die zahlreichen nächtlichen Spaziergänger, die, die letzte Wärme genießend, umherschlenderten. Paare und ein paar Gruppen von Jugendlichen. Kein einzelner Mann. Noch immer in gebückter Haltung, suchte Adamsberg die Kais Meter für Meter mit den Augen ab. Nein, auf den Kais war er nicht. Er war da und war woanders. Mit sparsamen Bewegungen warf Adamsberg ein weiteres Steinchen, das genauso klein war wie das letzte, in das glatte dunkle Wasser. Die Spiegelung erzitterte, und wieder ließ der Mond kurz die kleinen Wellen funkeln. Da war er, im Wasser, in diesem glitzernden Wasser. In den winzigen Blitzen, die in seinen Augen funkelten und dann erloschen. Adamsberg suchte sich einen stabileren Sitz auf dem Kai, beide Hände auf dem Boden, den Blick unter den weißen Schiffsrumpf getaucht. In diesen Blitzen war er, der Pestbereiter. Reglos wartete Adamsberg. Und wie Schaum, der sich aus felsigen Tiefen löst und träge zum Tageslicht aufsteigt, begann das am Vorabend verlorene Bild seinen langsamen Aufstieg. Er wagte kaum zu atmen und schloß die Augen. Im Blitz, das Bild war im Blitz.

Plötzlich war es vollständig da. Der Blitz am Ende von Joss' Auftritt. Jemand hatte sich bewegt, und etwas hatte gefunkelt, hell und kurz. Ein Blitzlicht? Ein Feuerzeug? Nein, natürlich nicht. Es war ein sehr viel kleinerer Blitz, winzig klein und weiß, so wie die kleinen Wellen heute abend und sehr viel flüchtiger. Er hatte sich von unten nach oben bewegt und war von einer Hand ausgegangen, rasch wie eine Sternschnuppe.

Adamsberg stand auf und holte tief Luft. Er hatte ihn. Das Funkeln eines Diamanten in der Bewegung einer Hand durch die Luft. Der Hand des Pestbereiters, die geschützt wurde vom König der Talismane. Er war dort gewesen, irgendwo auf dem Platz, mit einem Diamanten am Finger.

Am Morgen, in der Flughafenhalle von Marseille-Marignane, erreichte ihn die Antwort von Vandoosler.

»Ich habe die Nacht damit verbracht, diese verdammte Textstelle zu suchen«, sagte Marc. »Die Fassung, die Sie mir vorgelesen haben, ist eine modernisierte, sie wurde im 19. Jahrhundert umgearbeitet.«

»Und?« fragte Adamsberg, der weiterhin große Zuversicht in die Fähigkeiten von Vandooslers Kesselwagen hatte.

»Troyes. Originaltext von 1517.«

»Wie bitte?«

»Die Pest in der Stadt Troyes, Kommissar. Er schickt Sie rum.«

Adamsberg rief sofort Masséna an.

»Gute Nachricht, Masséna, Sie können aufatmen. Der Pestbereiter läßt Sie in Ruhe.«

»Was ist los, Kollege?«

»Er ist auf dem Weg nach Troyes, in die Stadt Troyes.«

»Armer Kerl.«

»Der Pestbereiter?«

»Der Kommissar dort.«

»Ich muß los, Masséna, mein Flug wird ausgerufen.«

»Wir sehen uns wieder, Kollege, wir sehen uns wieder.«

Adamsberg rief Danglard an, um ihm dieselbe Nachricht zu übermitteln und ihn zu bitten, sich sofort mit der bedrohten Stadt in Verbindung zu setzen.

»Schickt der uns jetzt durch ganz Frankreich?«

»Danglard, der Pestbereiter trägt einen Diamanten am Finger.«

»Eine Frau?«

»Das ist möglich, vielleicht, ich weiß es nicht.«

Vor dem Flug hatte Adamsberg sein Handy abgeschaltet; er schaltete es wieder ein, kaum daß er in Orly den Fuß auf den Boden gesetzt hatte. Er fragte seine leere Mailbox ab und steckte den Apparat mit zusammengepreßten Lippen in die Jackentasche.

31

Während sich die Stadt Troyes auf den Angriff vorbereitete, war Adamsberg, kaum dem Flugzeug entstiegen, in der Brigade vorbeigegangen und gleich wieder aufgebrochen, um sich zur Place Edgar-Quinet zu begeben. Decambrais war mit einem großen Umschlag in der Hand auf ihn zugekommen.

»Hat Ihr Spezialist die ›Spezielle‹ von gestern entschlüsselt?« fragte er.

»Troyes, die Epidemie von 1517.«

Decambrais strich sich mit einer Hand über die Wange, als rasierte er sich.

»Der Pestbereiter hat Geschmack am Reisen gefunden«, stellte er fest. »Wenn er alle Orte aufsucht, in der die Seuche gewütet hat, sind wir dreißig Jahre damit beschäftigt, durch Europa zu ziehen, von ein paar Orten in Ungarn und Flandern abgesehen. Er macht die Dinge kompliziert.«

»Er vereinfacht sie. Er zieht seine Leute zusammen.«

Decambrais warf ihm einen fragenden Blick zu.

»Ich glaube nicht, daß er aus reinem Vergnügen durchs Land fährt«, erklärte Adamsberg. »Seine Truppe ist verstreut, und er fängt sie wieder ein.«

»Seine Truppe?«

»Sie haben sich zerstreut, weil die Angelegenheit vor ziemlich langer Zeit stattgefunden hat«, fuhr Adamsberg fort, ohne auf die Frage zu antworten. »Eine Bande, eine Gruppe, eine Untat. Der Pestbereiter schnappt einen nach dem anderen, indem er die Geißel Gottes über sie bringt.

Es ist keine zufällige Auswahl, da bin ich mir sicher. Er weiß, auf wen er zielt, und die Opfer sind seit langem ausfindig gemacht. Sicher haben sie jetzt begriffen, daß sie bedroht sind. Und sicher wissen sie, wer der Pestbereiter ist.«

»Nein, Kommissar, in dem Fall würden sie sich in Ihren Schutz begeben.«

»Nein, Decambrais. Wegen der Untat. Das wäre wie ein Geständnis. Der Typ in Marseille hat das begriffen, er hatte gerade zwei neue Schlösser an seiner Tür angebracht.«

»Verdammt, was denn für eine Untat?«

»Wie soll ich das wissen? Es hat irgendeine Scheiße gegeben. Wir sind Zeugen des Gegenschlags. Wer Scheiße sät, wird Flöhe ernten.«

»Wenn es das wäre, hätten Sie die Verbindung schon längst gefunden.«

»Es gibt zwei Verbindungen. Alle, Männer wie Frauen, gehören derselben Generation an. Und sie haben in Paris gewohnt. Deshalb spreche ich von einer Gruppe, einer Bande.«

Er streckte die Hand aus, und Decambrais gab ihm den großen elfenbeinfarbenen Umschlag. Adamsberg zog die Mitteilung vom Morgen heraus:

Im August 1630 hörte die Epidemie schlagartig auf und die ganze (...) war darüber sehr froh; leider war diese Pause von wahrlich kurzer Dauer. Sie war der düstere Vorläufer eines so furchtbaren Wiederaufflammens, daß von Oktober 1631 bis gegen Ende des Jahres 1632 (...)

»Wie viele Häuser sind es inzwischen?« fragte Decambrais, während Adamsberg Vandooslers Nummer wählte. »Die Zeitungen sprechen von achtzehntausend in Paris und viertausend in Marseille.«

»Das war gestern. Wir sind jetzt bei zweiundzwanzigtausend, vorsichtig geschätzt.«

»Entsetzlich.«

»Vandoosler? Hier Adamsberg. Ich diktiere Ihnen die von heute morgen, sind Sie bereit?«

Während der Kommissar die »Spezielle« vorlas, sah Decambrais ihn mit argwöhnischem Gesichtsausdruck und ein wenig mißgünstig an.

»Er sucht und ruft mich zurück«, erklärte Adamsberg, als er auflegte.

»Begabt, der Typ, nicht?«

»Sehr«, bestätigte Adamsberg lächelnd.

»Wenn er Ihnen die Stadt nur mit Hilfe dieser Passage findet, hat er meinen Beifall. Dann ist er mehr als begabt, dann ist er ein Seher. Oder er ist schuldig. Dann brauchen Sie ihm nur noch Ihre Hunde auf die Fersen zu hetzen.«

»Das ist seit langem geschehen, Decambrais. Der Mann ist unverdächtig. Er hat nicht nur ein hervorragendes Wäsche-Alibi für den ersten Mord, ich habe ihn auch seitdem jeden Abend überwachen lassen. Der Typ schläft im eigenen Bett und verläßt morgens das Haus, um putzen zu gehen.«

»Um putzen zu gehen?« wiederholte Decambrais verwirrt.

»Er ist Putzfrau.«

»Und Pestspezialist?«

»Sie klöppeln ja auch.«

»Die hier wird er nicht rausbekommen«, prophezeite Decambrais nach kurzem, trotzigem Schweigen.

»Er wird.«

Der alte Mann fuhr sich durch sein weißes Haar, richtete seine blaue Krawatte und verschwand im Dunkel seines Arbeitszimmers, wo es keinen Rivalen gab.

Das Donnergrollen des Normannen fegte über den Platz, und unter leichtem Nieselregen begab man sich in Richtung *Viking*, wobei man den in Gegenrichtung auffliegenden Tauben aus dem Weg ging.

»Tut mir leid, Bertin«, sagte Adamsberg. »Ich habe Ihre Öljacke mit nach Marseille genommen.«

»Ihre ist inzwischen trocken. Meine Frau hat sie Ihnen gebügelt.«

Bertin holte sie unter der Theke hervor und legte dem Kommissar das saubere, sorgfältig gefaltete Bündel auf den Arm. Seit dem Kauf hatte die Leinenjacke nicht mehr so ausgesehen.

»Sag mal, Bertin, schleimst du dich jetzt bei den Bullen ein? Man führt dich an der Nase herum, und du bettelst um mehr?«

Der große Normanne wandte den Kopf nach demjenigen um, der gerade gesprochen hatte und jetzt hämisch grinste, während er seine Papierserviette zwischen seinen massigen Hals und den Hemdkragen steckte und zu essen beginnen wollte.

Der Sohn des Thor kam hinter seiner Theke hervor, ging auf den Tisch zu, wobei er ein paar Stühle umwarf, erreichte den Mann, packte ihn am Hemd und zog ihn brutal nach hinten. Als der Bursche lauthals brüllend protestierte, versetzte Bertin ihm zwei Ohrfeigen, zerrte ihn mit einem Arm zur Tür und warf ihn auf den Platz.

»Komm bloß nicht auf die Idee, dich hier noch mal blicken zu lassen, für Misthaufen deiner Art gibt's im *Viking* keinen Platz.«

»Dazu hast du kein Recht, Bertin!« schrie der Typ und stand mühsam auf. »Du bist ein öffentliches Lokal! Du hast kein Recht, dir deine Kundschaft auszusuchen!«

»Ich such mir die Bullen aus, und ich such mir die Leute aus«, antwortete Bertin und schlug die Tür zu. Dann fuhr er sich mit seiner breiten Hand durch sein helles Haar, strich es nach hinten und nahm würdevoll und schweigend wieder seinen Platz hinter der Theke ein.

Adamsberg setzte sich rechts unter den Bug.

»Essen Sie da zu Mittag?« fragte Bertin.

»Ich esse zu Mittag und mach's mir hier bis zum Ausrufen gemütlich.«

Bertin nickte. Er mochte die Bullen genausowenig wie jeder andere, aber dieser Tisch gehörte Adamsberg *ad vitam aeternam.*

»Ich verstehe nicht, was Sie an diesem Platz finden«, sagte der Normanne, während er mit ausladenden Bewegungen den Tisch abwischte, um seinem Gast einen sauberen Platz zu bieten. »Es wär hier doch ziemlich langweilig, wenn es Joss nicht gäbe.«

»Eben«, erwiderte Adamsberg. »Ich warte auf Joss.«

»Na gut«, sagte Bertin. »Da haben Sie noch fünf Stunden vor sich, aber jedem seine Methode.«

Adamsberg legte sein Handy neben den Teller und ließ den Blick darauf ruhen. Camille, verdammt, ruf an. Er nahm es, drehte es in die eine Richtung, dann in die andere. Dann gab er ihm einen leichten Schubs. Das Gerät drehte sich um sich selbst, wie beim Roulette. Möglich, daß es ihm egal war. Aber ruf an. Da nun schon alles egal ist.

Am Nachmittag rief Marc Vandoosler an.

»Nicht leicht«, sagte er im Tonfall eines Mannes, der den ganzen Tag eine Nadel im Heuhaufen gesucht hat.

Zuversichtlich wartete Adamsberg die Antwort ab.

»Châtellerault«, fuhr Vandoosler fort. »Ein später Bericht von den Ereignissen.«

Adamsberg gab die Information an Danglard weiter.

»Châtellerault«, vermerkte Danglard. »Das heißt, die Generalkommissare Levelet und Bourrelot. Ich alarmiere sie.«

»Gibt es Vieren in Troyes?«

»Noch nicht. Die Journalisten haben die Botschaft noch nicht entschlüsseln können, so wie sie es für Marseille getan haben. Ich muß auflegen, Kommissar. Die Kugel ruiniert gerade den neuen Putz.«

Adamsberg legte auf und brauchte einen Moment, bis er begriff, daß Danglard gerade von der Katze gesprochen hatte. Zum fünftenmal an diesem Tag sah er seinem Handy in die Augen, von Angesicht zu Angesicht.

»Klingle«, murmelte er. »Rühr dich. Es war eine Kollision, und es wird weitere geben. Darum brauchst du dich nicht zu kümmern, was geht dich das an? Es sind meine Kollisionen und meine Geschichten. Laß sie mir. Klingle.«

»Ist das ein Ding mit Spracherkennung?« fragte Bertin, als er das Essen brachte. »Antwortet das von allein?«

»Nein«, erwiderte Adamsberg, »es antwortet nicht.«

»Diese Dinger machen einen auch nicht immer glücklich.«

»Nein.«

Adamsberg verbrachte den Nachmittag im *Viking*, wo er nur von Castillon gestört wurde und später von Marie-Belle, die kam, um ihn für eine halbe Stunde mit ihrem sich im Kreise drehenden Geschwätz zu zerstreuen. Fünf Minuten vor Beginn des Ausrufens nahm er seinen gewohnten Standort ein, zur gleichen Zeit, wie auch Decambrais, Lizbeth, Damas, Bertin, Castillon ihre Plätze einnahmen, genau wie die schwermütige Eva, die er im Schatten der Litfaßsäule entdeckte. Die noch immer dichte Menge drängte sich um das Podest.

Adamsberg hatte seine Platane verlassen, um so nah wie möglich beim Ausrufer zu stehen. Sein angespannter Blick ging von einem Stammbesucher zum nächsten, überprüfte eine nach der anderen deren Hände und hielt nach der geringsten Geste Ausschau, die ihm ein schwaches Aufblitzen enthüllen würde. Joss las achtzehn Anzeigen vor, ohne daß Adamsberg etwas bemerkt hatte. Doch während des Seewetterberichts hob sich eine Hand, um über eine Stirn zu fahren, und Adamsberg erwischte sie im Flug. Der Blitz.

Verblüfft ging er zur Platane zurück. Dort blieb er lange Zeit angelehnt stehen, ohne sich zu rühren. Er zögerte.

Dann zog er sehr langsam das Telefon aus seiner gebügelten Jacke.

»Danglard«, murmelte er, »kreuzen Sie mit zwei Männern auf dem Platz auf, und zwar im Laufschritt. Machen Sie schnell, Hauptmann. Ich habe den Pestbereiter.«

»Wer?« fragte Danglard, während er aufstand und Noël und Voisenet bedeutete, ihm zu folgen.

»Damas.«

Wenige Minuten später bremste der Polizeiwagen auf dem Platz, drei Männer stürzten heraus und liefen zu Adamsberg, der sie an der Platane erwartete. Das Ereignis erregte die Aufmerksamkeit der Umstehenden, um so mehr, als der größte von den Bullen ein weiß-graues Kätzchen in der Hand trug.

»Er ist immer noch da drin«, sagte Adamsberg leise. »Er macht mit Eva und Marie-Belle Kasse. Rühren Sie die Frauen nicht an, schnappen Sie nur den Kerl. Vorsicht, er kann gefährlich sein, er ist athletisch gebaut, nehmen Sie Ihre Waffen mit. Richten Sie im Fall von Gewaltanwendung bitte keine Schäden an. Noël, Sie kommen mit mir. Es gibt eine zweite Tür, die auf die Seitenstraße führt, die, die der Ausrufer benutzt. Danglard und Justin, Sie postieren sich davor.«

»Voisenet«, verbesserte Voisenet.

»Sie postieren sich davor«, wiederholte Adamsberg und löste sich von dem Baumstamm. »Wir gehen.«

Der Auszug von Damas, der in Handschellen von vier Bullen aus dem Haus begleitet wurde, sowie seine sofortige Verfrachtung in den Polizeiwagen versetzten die Anwohner des Platzes in helle Aufregung. Eva rannte zum Auto, das ihr vor der Nase wegfuhr, während sie sich mit beiden Händen den Kopf hielt. Marie-Belle warf sich weinend Decambrais in die Arme.

»Er ist verrückt«, sagte Decambrais und drückte die junge Frau an sich. »Er ist vollkommen verrückt geworden.«

Sogar Bertin, der die ganze Szene hinter seinen Fenstern verfolgt hatte, fühlte sich in seiner Verehrung für Kommissar Adamsberg schwer erschüttert.

»Damas«, murmelte er. »Die haben den Kopf verloren.«

Binnen fünf Minuten hatte sich alles im *Viking* versammelt, wo in einer dramatisch aufgeladenen, fast rebellischen Atmosphäre erbitterte Diskussionen begannen.

32

Damas selbst war ruhig geblieben, ohne einen Anflug von Sorge oder einer Frage auf dem Gesicht. Er hatte sich ohne jeden Protest festnehmen, in den Wagen setzen und zur Brigade fahren lassen, ohne auch nur ein Wort zu sagen. Nicht einmal sein Gesichtsausdruck verriet eine Gemütsbewegung. Er war der ruhigste Beschuldigte, den Adamsberg je vor sich gehabt hatte.

Danglard setzte sich auf die Tischkante, Adamsberg lehnte sich mit verschränkten Armen an die Wand, Noël und Voisenet standen in den Ecken des Raumes. Favre hatte sich abseits an einem Tisch postiert und war bereit, das Verhör zu protokollieren. Damas, der recht unbekümmert auf seinem Stuhl lümmelte, warf seine langen Haare nach hinten und wartete, die mit Handschellen gefesselten Hände lagen auf den Knien.

Danglard stahl sich kurz hinaus, um die Kugel in ihren Korb zu setzen, und bat Mordent und Mercadet, für alle etwas zu trinken und zu essen zu holen, plus einen halben Liter Milch, wenn sie so freundlich wären.

»Ist die für den Beschuldigten?« fragte Mordent.

»Für die Katze«, antwortete Danglard diskret. »Wenn Sie ihren Napf füllen könnten, wäre das nett. Ich werde den ganzen Abend beschäftigt sein, vielleicht auch die ganze Nacht.«

Mordent versicherte ihm, er könne sich auf ihn verlassen, und Danglard ging zurück und setzte sich wieder auf die Tischkante.

Adamsberg nahm Damas gerade die Handschellen ab, wenngleich Danglard diese Geste für verfrüht hielt angesichts der Tatsache, daß ein Fenster noch ohne Gitter war und man die Reaktionen dieses Mannes nicht voraussehen konnte. Das beunruhigte ihn jedoch weniger als die Tatsache, Damas beschuldigt zu sehen, ohne auch nur den geringsten stichhaltigen Beweis dafür, daß er der Pestbereiter war. Damas' friedfertiges Aussehen entsprach überhaupt nicht ihren Erwartungen. Man suchte einen Gebildeten und großen Geist. Und Damas war ein schlichter Mensch, ja sogar ein bißchen schwer von Begriff. Es war absolut unmöglich, daß dieser Typ, der vor allem mit seiner Kraft protzte, dem Ausrufer derart komplizierte Nachrichten hätte übermitteln können. Danglard fragte sich besorgt, ob Adamsberg auch gut darüber nachgedacht haben mochte, bevor er sich mit gesenktem Kopf in diese unglaubliche Verhaftung gestürzt hatte. Nervös kaute er auf den Innenseiten seiner Wangen herum. Für ihn rannte Adamsberg geradewegs an die Wand.

Der Kommissar hatte sich bereits mit dem Vertreter des Staatsanwalts in Verbindung gesetzt und Durchsuchungsbefehle für Damas' Laden und seine Wohnung in der Rue de la Convention erwirkt. Vor einer Viertelstunde waren sechs Männer zu beiden Orten aufgebrochen.

»Damas Viguier«, begann Adamsberg, der dessen abgewetzten Personalausweis konsultierte. »Sie werden des Mordes an fünf Personen beschuldigt.«

»Warum?« fragte Damas.

»Weil Sie beschuldigt werden«, wiederholte Adamsberg.

»Ach so. Sie sagen mir, ich hätte Leute umgebracht?«

»Fünf«, bestätigte Adamsberg, breitete die Fotos der Opfer vor ihm aus und nannte eines nach dem anderen beim Namen.

»Ich habe niemanden umgebracht«, sagte Damas, während er die Fotos betrachtete. »Kann ich gehen?« fügte er dann hinzu und stand auf.

»Nein. Sie sind in Gewahrsam genommen. Sie können telefonieren.«

Damas sah den Kommissar bestürzt an.

»Aber telefonieren tu ich, wann ich will«, sagte er.

»Diese fünf Personen sind alle im Laufe der Woche erdrosselt worden«, erklärte Adamsberg. »Vier in Paris, die letzte in Marseille.«

»Sehr gut«, erwiderte Damas und setzte sich wieder.

»Erkennen Sie sie, Damas?«

»Natürlich.«

»Wo haben Sie sie gesehen?«

»In der Zeitung.«

Danglard erhob sich und verließ den Raum, ließ aber die Tür offen, um der Fortsetzung dieses kümmerlichen Verhörbeginns folgen zu können.

»Zeigen Sie mir Ihre Hände, Damas«, verlangte Adamsberg und legte die Fotos wieder zusammen. »Nein, nicht so, andersrum.«

Damas leistete der Aufforderung bereitwillig Folge und zeigte dem Kommissar seine langen, straffen Hände, die Ballen nach oben gerichtet. Adamsberg nahm seine linke Hand.

»Ist das ein Diamant, Damas?«

»Ja.«

»Warum drehen Sie ihn zur Innenseite?«

»Um ihn nicht zu beschädigen, wenn ich die Bretter repariere.«

»Ist er wertvoll?«

»Zweiundsechzigtausend Francs.«

»Wo haben Sie ihn her? Aus Familienbesitz?«

»Das war der Preis für ein Motorrad, das ich verkauft habe, eine 1000 R1, fast neu. Der Käufer hat mich damit bezahlt.«

»Es kommt nicht oft vor, daß ein Mann einen Diamanten trägt.«

»Ich trage ihn. Da ich ihn nun mal habe.«

Danglard erschien in der Tür und gab Adamsberg ein Zeichen, ihm nach draußen zu folgen.

»Die Männer von der Spurensicherung haben gerade angerufen«, sagte er leise. »Ohne Ergebnis. Nicht ein Sack Holzkohle, keine Flohzucht, keine lebende oder tote Ratte und vor allem kein Buch, weder im Geschäft noch bei ihm, abgesehen von ein paar Romanen in Taschenbuchausgaben.«

Adamsberg rieb sich den Nacken.

»Lassen Sie es bleiben«, riet Danglard eindringlich. »Sie sind im Begriff, einen Riesenirrtum zu begehen. Der Typ ist nicht der Pestbereiter.«

»Doch, Danglard.«

»Sie können sich doch nicht auf diesen Diamanten kaprizieren, das ist ja lächerlich.«

»Männer tragen keinen Diamanten, Danglard. Aber der hier trägt einen am linken Ringfinger, und er versteckt den Stein in der Hand.«

»Um ihn nicht zu beschädigen.«

»Blödsinn, nichts beschädigt einen Diamanten. Der Diamant ist der Schutzstein gegen die Pest schlechthin. Er ist seit 1920 im Besitz der Familie. Damas lügt, Danglard. Vergessen Sie nicht, daß er dreimal am Tag die Urne des Ausrufers in die Finger bekommt.«

»Der Typ hat sein Lebtag kein Buch gelesen, verdammt«, widersprach Danglard.

»Wie wollen wir das wissen?«

»Können Sie sich den Mann als Latinisten vorstellen? Machen Sie Witze?«

»Ich kenne keinen Latinisten, Danglard. Deswegen habe ich auch nicht Ihre Vorurteile.«

»Und Marseille? Wie ist er nach Marseille gekommen? Er steht immer im Laden.«

»Nicht am Sonntag und auch nicht am Montagmorgen. Nach dem Abendausrufen hatte er genug Zeit, um in den 20-Uhr-20-Zug zu steigen. Und um zehn Uhr morgens wieder hier zu sein.«

Wütend zuckte Danglard mit den Schultern und ging an seinen Bildschirm. Wenn Adamsberg sich irren wollte, so sollte er, aber ohne ihn.

Die Oberleutnants hatten etwas zum Abendessen gebracht, und Adamsberg servierte die Pizzen in ihren Schachteln auf seinem Schreibtisch. Damas aß mit großem Appetit und zufriedenem Gesicht. Adamsberg wartete ruhig ab, bis alle mit Essen fertig waren, stapelte die Kartons neben dem Mülleimer und nahm dann bei geschlossener Tür das Verhör wieder auf.

Eine halbe Stunde später klopfte Danglard. Seine Verdrossenheit schien größtenteils verflogen zu sein. Mit einem Blick gab er Adamsberg zu verstehen, er möge ihm folgen.

»Im Personenregister gibt es keinen Damas Viguier«, sagte er leise. »Der Typ existiert nicht. Seine Papiere sind falsch.«

»Sehen Sie, Danglard. Er lügt. Überprüfen Sie seine Fingerabdrücke, er hat sicher gesessen. Wir fangen noch mal von vorne an. Der Mann, der die Wohnung von Laurion und die in Marseille geöffnet hat, wußte, wie man's macht.«

»Die Datenbank mit den Abdrücken ist gerade abgestürzt. Ich hab Ihnen ja gesagt, daß diese verdammte Datenbank mich seit acht Tagen nervt.«

»Dann nichts wie zum Quai des Orfèvres, mein Lieber, schnell. Rufen Sie mich von dort aus an.«

»Scheiße, auf dem Platz hier hat wirklich jeder einen falschen Namen.«

»Decambrais sagt, es gibt Orte, an denen weht der Geist.«

»Sie heißen nicht Viguier?« fragte Adamsberg, als er seine Stellung an der Wand wieder einnahm.

»Das ist ein Name für den Laden.«

»Und für Ihre Papiere«, sagte Adamsberg und zeigte ihm seinen Ausweis. »Urkundenfälschung.«

»Die hat mir ein Freund gemacht, das ist mir lieber.«

»Weshalb?«

»Weil ich den Namen meines Vater nicht mag. Er ist zu auffällig.«

»Sagen Sie ihn nur.«

Zum erstenmal schwieg Damas und preßte die Lippen zusammen.

»Ich mag ihn nicht«, sagte er schließlich. »Man nennt mich Damas.«

»Nun, dann warten wir eben auf den Namen«, erwiderte Adamsberg.

Er wollte ein Stück zu Fuß gehen und überließ Damas seinen Oberleutnants. Es war manchmal sehr leicht zu erkennen, ob jemand log oder die Wahrheit sagte. Und Damas sagte die Wahrheit, wenn er beteuerte, niemanden umgebracht zu haben. Das hörte Adamsberg an seiner Stimme, er las es in seinen Augen, auf seinen Lippen und auf seiner Stirn. Aber er war nach wie vor überzeugt davon, den Pestbereiter vor sich zu haben. Zum erstenmal fühlte er sich vor einem Verdächtigen in zwei unvereinbare Hälften gespalten. Er rief die Männer an, die noch immer den Laden und die Wohnung durchsuchten. Die Durchsuchung war ein kompletter Mißerfolg. Eine Stunde später kehrte Adamsberg in die Brigade zurück, sah sich das Fax an, das Danglard geschickt hatte, und schrieb die Informationen in sein Notizbuch. Es überraschte ihn kaum, daß Damas auf seinem Stuhl eingeschlafen war und den tiefen Schlaf desjenigen schlief, der ein reines Gewissen hat.

»Er schläft jetzt seit einer Dreiviertelstunde«, sagte Noël.

Adamsberg legte Damas eine Hand auf die Schulter.

»Wach auf, Arnaud Damas Heller-Deville. Ich erzähl dir jetzt deine Geschichte.«

Damas öffnete die Augen, dann schloß er sie wieder.

»Ich kenne sie schon.«

»Ist der Heller-Deville von der Luftfahrtindustrie dein Vater?«

»Er war es«, antwortete Damas. »Gott sei Dank hat er sich vor zwei Jahren mitsamt seinem Privatflugzeug in die Luft gesprengt. Kein Friede seiner Seele.«

»Warum nicht?«

»Darum nicht«, sagte Damas, dessen Lippen leicht zitterten. »Sie haben nicht das Recht, mich zu befragen. Fragen Sie mich irgendwas anderes. Irgendwas anderes.«

Adamsberg dachte an die Worte von Ferez und ließ es bleiben.

»Du hast fünf Jahre in Fleury gesessen und bist vor zweieinhalb Jahren rausgekommen«, las Adamsberg ihm aus seinen Notizen vor. »Anklage wegen vorsätzlicher Tötung. Deine Freundin ist aus dem Fenster gestürzt.«

»Sie ist gesprungen.«

»Genau das hast du beim Prozeß wie ein Automat ständig wiederholt. Die Nachbarn haben ausgesagt. Sie haben gehört, daß ihr euch über Wochen wie Hunde angebrüllt hattet. Ein paarmal hätten sie beinahe die Bullen geholt. Das Motiv für die Streitigkeiten?«

»Sie war seelisch gestört. Sie hat die ganze Zeit geschrien. Sie ist gesprungen.«

»Du bist hier nicht im Gerichtssaal, Damas, und dein Prozeß wird nie wiederaufgerollt. Du kannst die Platte wechseln.«

»Nein.«

»Hast du sie gestoßen?«

»Nein.«

»Heller-Deville, hast du diese vier Typen und die Frau letzte Woche umgebracht? Hast du sie erdrosselt?«

»Nein.«

»Kennst du dich mit Schlössern aus?«

»Das hab ich gelernt.«

»Haben diese Typen und dieses Mädchen dir was angetan? Hast du sie umgebracht? Wie deine Freundin?«

»Nein.«

»Was hat dein Vater gemacht?«

»Kohle.«

»Was hat dein Vater mit deiner Mutter gemacht?«

Erneut preßte Damas die Lippen zusammen.

Das Telefon klingelte, und Adamsberg hatte den Untersuchungsrichter am Apparat.

»Hat er geredet?« fragte der Richter.

»Nein. Er blockt ab«, erwiderte Adamsberg.

»Besteht die Aussicht, daß er bald redet?«

»Nicht die geringste.«

»Was ist mit der Hausdurchsuchung?«

»Ergebnislos.«

»Beeilen Sie sich, Adamsberg.«

»Nein. Ich möchte einen Haftbefehl, Herr Richter.«

»Kommt nicht in Frage. Sie haben nicht den geringsten Beweis. Bringen Sie ihn zum Reden, oder lassen Sie ihn frei.«

»Viguier ist nicht sein richtiger Name, sein Ausweis ist gefälscht. Es handelt sich um Arnaud Damas Heller-Deville, fünf Jahre Haft wegen Totschlags. Reicht Ihnen das nicht als Verdachtsmoment?«

»Keineswegs. Ich erinnere mich sehr gut an den Fall Heller-Deville. Er wurde verurteilt, weil die Zeugenaussagen der Nachbarn die Geschworenen beeindruckt haben.

Aber seine Version hatte genauso Hand und Fuß wie die der Anklage. Es kommt nicht in Frage, ihm eine Pest anzuhängen, nur weil er gesessen hat.«

»Die Schlösser wurden von einem Fachmann geöffnet.«

»Wenn ich nicht irre, haben Sie dort auf dem Platz so viele ehemalige Häftlinge, daß Sie gar nicht mehr wissen, was Sie mit all denen machen sollen, oder? Ducouëdic und Le Guern kommen genauso in Frage wie Heller-Deville. Seine Resozialisierungsberichte sind alle ausgezeichnet.«

Richter Ardet war ein ebenso entschiedener wie sensibler und vorsichtiger Mann, seltene Eigenschaften, die Adamsberg an diesem Abend aber nicht entgegenkamen.

»Wenn man den Typen wieder freiläßt«, wandte Adamsberg ein, »garantiere ich für nichts mehr. Er wird erneut morden oder uns entwischen.«

»Kein Haftbefehl«, schloß der Richter nachdrücklich. »Oder Sie sorgen dafür, daß vor morgen abend halb acht Beweise vorliegen. Beweise, Adamsberg, nicht konfuse Intuition. Beweise. Ein Geständnis zum Beispiel. Gute Nacht, Kommissar.«

Adamsberg legte auf und schwieg lange; keiner wagte, ihn zu stören. Dann löste er sich von der Wand und ging mit gesenktem Kopf und verschränkten Armen im Raum umher. Danglard sah, wie unter der braunen Haut seiner Wangen und der Stirn der eigenartige Funke seiner Konzentration zu glimmen begann. Sosehr sich Adamsberg auch konzentrieren mochte, er würde keinen Hebel finden, um Arnaud Damas Heller-Deville knacken zu können. Denn Damas hatte vielleicht seine Freundin umgebracht und seine Papiere gefälscht, aber Damas war nicht der Pestbereiter. Wenn dieser Kerl mit seinem leeren Blick Latein konnte, würde er, Danglard, sein Hemd fressen. Adamsberg ging hinaus, um zu telefonieren, und kam dann zurück.

»Damas«, begann er erneut, zog einen Stuhl heran und

setzte sich nah zu ihm. »Damas, du verbreitest die Pest. Seit mehr als einem Monat wirfst du diese Anzeigen in die Urne von Joss Le Guern. Du züchtest Rattenflöhe, die du unter der Tür deiner Opfer aussetzt. Diese Flöhe tragen die Pest in sich, sie sind infiziert und beißen. Die Leichen weisen die Spuren ihrer tödlichen Bisse auf, und die Körper sind schwarz. Tod durch Pest, bei allen fünfen.«

»Ja«, erwiderte Damas. »Das haben die Journalisten geschrieben.«

»Du malst die schwarzen Vieren. Du schickst die Flöhe. Du mordest.«

»Nein.«

»Eine Sache mußt du kapieren, Damas. Die Flöhe, die du transportierst, springen auf dich genau wie auf die anderen. Du wechselst deine Kleidung nicht sonderlich häufig, und du wäschst dich nicht oft.«

»Ich habe mir letzte Woche die Haare gewaschen«, wandte Damas ein.

Wieder schwankte Adamsberg angesichts der Arglosigkeit, die in den Augen des jungen Mannes lag. Es war dieselbe Arglosigkeit wie in den Augen der etwas naiven Marie-Belle.

»Diese Pestflöhe sitzen auch auf dir. Aber du bist beschützt, du hast den Diamanten. Sie können dir also nichts anhaben. Aber wenn du den Edelstein nicht hättest, Damas?«

Damas schloß die Finger über seinem Ring.

»Wenn du nichts damit zu tun hast«, fuhr Adamsberg fort, »brauchst du dir keine Sorgen zu machen. Weil du in dem Falle keine Flöhe hättest. Verstehst du?«

Adamsberg schwieg einen Moment und beobachtete die leichten Veränderungen auf dem Gesicht des Mannes.

»Gib mir deinen Ring, Damas.«

Damas rührte sich nicht.

»Nur zehn Minuten«, drängte Adamsberg. »Ich geb ihn dir zurück, ich schwör's dir.«

Adamsberg streckte die Hand aus und wartete.

»Dein Ring, Damas, nimm deinen Ring ab.«

Damas blieb unbeweglich sitzen, wie alle anderen Männer im Raum. Danglard sah, wie seine Züge sich verhärteten. Etwas kam in Bewegung.

»Gib ihn her«, sagte Adamsberg, die Hand noch immer ausgestreckt. »Wovor hast du Angst?«

»Ich kann ihn nicht abziehen. Es ist ein Gelübde. Wegen dem Mädchen, das gesprungen ist. Es war ihr Ring.«

»Ich geb ihn dir wieder. Gib ihn mir, zieh ihn ab.«

»Nein«, sagte Damas und steckte die linke Hand unter den Oberschenkel.

Adamsberg erhob sich und ging umher.

»Du hast Angst, Damas. Sobald der Ring nicht mehr an deinem Finger steckt, weißt du, daß die Flöhe dich beißen und dich diesmal infizieren werden. Und daß du sterben wirst wie die anderen.«

»Nein. Es ist ein Gelübde.«

Fehlschlag, dachte Danglard und ließ die Schultern hängen. Schöner Versuch, aber gescheitert. Zu schwach, diese Geschichte mit dem Diamanten, schade.

»Dann zieh dich aus«, sagte Adamsberg.

»Was?«

»Zieh deine Klamotten aus, und zwar alle. Danglard, bringen Sie einen Sack.«

Ein Mann, den Adamsberg nicht kannte, steckte den Kopf durch die Tür.

»Martin«, stellte sich der Mann vor. »Entomologischer Dienst. Sie haben mich rufen lassen.«

»Sie bekommen die Sachen in einer Minute. Damas, zieh dich aus.«

»Vor all den Typen?«

»Macht dir das was aus? Gehen Sie raus«, sagte er zu Noël, Voisenet und Favre. »Er geniert sich vor Ihnen.«

»Warum sollte ich mich ausziehen?« fragte Damas feindselig.

»Ich will deine Kleidung, und ich will deinen Körper sehen. Also zieh dich jetzt aus, verdammt.«

Mit gerunzelter Stirn fing Damas langsam an, sich auszuziehen.

»Steck das in den Sack«, sagte Adamsberg.

Als Damas sich ausgezogen hatte und nur noch den Ring am Finger trug, band Adamsberg den Sack zu und rief Martin.

»Dringend. Suchen Sie nach diesen …«

»Nosopsyllus fasciatus.«

»Genau.«

»Noch heute abend?«

»Noch heute abend, so schnell wie möglich.«

Adamsberg ging in den Raum zurück, in dem Damas mit gesenktem Kopf stand.

Er stellte sich vor ihn hin und hob erst den einen, dann den anderen Arm seines Gefangenen.

»Stell die Füße dreißig Zentimeter auseinander.«

Adamsberg tastete die Haut an Damas' Hüfte ab, erst auf der einen Seite, dann auf der anderen Seite.

»Setz dich, es ist vorbei. Ich hole dir ein Handtuch.«

Adamsberg kam mit einem grünen Badetuch aus dem Umkleideraum zurück, das sich Damas mit einer raschen Bewegung schnappte.

»Ist dir nicht kalt?«

Damas schüttelte den Kopf.

»Du bist gebissen worden, Damas, und zwar von Flöhen. Du hast zwei Bißstellen unter dem rechten Arm, eine an der linken Leiste und drei an der rechten. Du hast nichts zu befürchten, du hast ja den Ring.«

Eingehüllt in sein großes Handtuch, hielt Damas weiter den Kopf gesenkt.

»Was hast du mir dazu zu sagen?«

»Es gibt Flöhe im Geschäft.«

»Menschenflöhe, willst du sagen?«

»Ja. Der Hinterraum ist nicht sehr sauber.«

»Rattenflöhe, das weißt du besser als ich. Wir werden noch ein Stündchen warten, dann werden wir es wissen. Martin wird uns anrufen. Weißt du, Martin ist ein großer Spezialist. Er braucht einen Rattenfloh nur anzusehen und kennt schon seinen Vornamen. Du kannst jetzt schlafen, wenn du magst. Ich werde dir Decken bringen.«

Er nahm Damas am Arm und führte ihn in seine Zelle. Der Mann war noch immer ruhig, aber er hatte seine erstaunte Gleichgültigkeit verloren. Er wirkte besorgt, angespannt.

»Die Zelle ist neu«, sagte Adamsberg und hielt ihm zwei Decken hin. »Und das Bettzeug ist sauber.«

Damas streckte sich wortlos aus, und Adamsberg schloß die Gittertür hinter ihm. Mit einem Gefühl des Unbehagens ging er in sein Büro zurück. Er hatte den Pestbereiter, er hatte recht gehabt, und ihm war nicht wohl. Dabei hatte der Kerl in acht Tagen fünf Menschen massakriert. Adamsberg zwang sich, daran zu denken, sich die Gesichter der Opfer vor Augen zu rufen, die junge Frau, die unter den Laster gelegt worden war.

Schweigend warteten sie über eine Stunde. Danglard wagte nicht, etwas zu sagen. Niemand garantierte ihnen, daß sich in Damas' Kleidung Pestflöhe befanden. Müde kritzelte Adamsberg auf einem Blatt herum, das auf seinem Knie lag. Es war halb zwei morgens. Um zehn nach zwei rief Martin an.

»Zwei Nosopsyllus fasciatus«, erklärte er wortkarg. »Lebend.«

»Danke, Martin. Ein höchst wertvoller Fund. Lassen Sie sie nicht auf Ihren Fliesen weghüpfen, sonst verduftet unser ganzes Dossier mit den beiden Herren.«

»Damen«, verbesserte der Entomologe. »Es sind Weibchen.«

»Tut mir leid, Martin. Ich wollte niemandem zu nahe treten. Schicken Sie die Kleidung hierher zurück, damit der Verdächtige sich wieder anziehen kann.«

Fünf Minuten später bewilligte der Richter, den sie aus dem Schlaf gerissen hatten, den Haftbefehl.

»Sie hatten recht«, sagte Danglard und erhob sich mühsam und schlaff, mit tiefen Schatten unter den Augen. »Aber um ein Haar wär es schiefgegangen.«

»Ein Haar ist stabiler, als man denkt. Man muß nur sehr behutsam und gleichmäßig daran ziehen.«

»Ich mache Sie darauf aufmerksam, daß Damas noch nicht geredet hat.«

»Er wird reden. Er weiß jetzt, daß es aus ist. Er ist äußerst durchtrieben.«

»Unmöglich.«

»Doch, Danglard. Er spielt den Blöden. Und da er äußerst durchtrieben ist, spielt er ihn sehr gut.«

»Wenn der Kerl Latein spricht, fresse ich mein Hemd«, sagte Danglard, als er ging.

»Guten Appetit, Danglard.«

Danglard schaltete seinen Computer aus, nahm den strohgeflochtenen Korb, in dem das Kätzchen schlief, und verabschiedete sich von der Nachtbelegschaft. In der Eingangshalle begegnete er Adamsberg, der ein Feldbett samt Decke aus dem Umkleideraum herunterbrachte.

»Verdammt«, sagte Danglard, »schlafen Sie hier?«

»Falls er redet«, erwiderte Adamsberg.

Kommentarlos setzte Danglard seinen Weg fort. Was gab es da zu kommentieren? Er wußte, daß Adamsberg keine große Lust hatte, in seine Wohnung zurückzukehren, wo noch die Schwaden des Zusammenpralls in der Luft hingen. Morgen würde es besser gehen. Adamsberg war jemand, der sich mit seltener Geschwindigkeit erholte.

Adamsberg stellte das Feldbett auf und legte die zusammengeknüllte Decke darauf. Er hatte den Pestbereiter, zehn Schritte von sich entfernt. Den Mann mit den Vieren, den Mann der grauenerregenden »Speziellen«, den Mann der Rattenflöhe, den Mann der Pest, den Mann, der seine Opfer erwürgte und mit Kohle einrieb. Dieses Einreiben mit Kohle, diese letzte Geste, sein *gewaltiger Schnitzer.*

Er zog Jacke und Hose aus und legte das Handy auf den Stuhl. Ruf an, verdammt.

33

Kurz hintereinander wurde mehrfach energisch an der Nachtglocke geläutet. Brigadier Estalère betätigte den Öffner für das Hoftor, und im Eingang erschien schweißgebadet ein Mann in einem hastig zugeknöpften Dreiteiler, aus dessen offenem Hemd schwarzes Brusthaar quoll.

»Mach ein bißchen schneller, Freundchen«, sagte der Mann, der sich rasch in den schützenden Innenraum der Brigade begab. »Ich will eine Anzeige erstatten. Gegen den Mörder, gegen den Pestmann.«

Estalère traute sich nicht, den Hauptkommissar zu alarmieren, und weckte Hauptmann Danglard.

»Verdammt, Estalère«, knurrte Danglard in seinem Bett, »warum rufen Sie mich an? Schütteln Sie Adamsberg, er schläft im Büro.«

»Das ist es ja, Hauptmann. Ich habe Angst, mich vom Kommissar tadeln zu lassen, falls es nicht wichtig ist.«

»Und vor mir haben Sie weniger Angst, Estalère?«

»Ja, Hauptmann.«

»Da liegen Sie falsch. Haben Sie Adamsberg in den sechs Wochen, die Sie ihn jetzt kennen, schon mal brüllen hören?«

»Nein, Hauptmann.«

»Nun, das werden Sie auch in den nächsten dreißig Jahren nicht erleben. Bei mir aber schon, und zwar genau jetzt, Brigadier. Wecken Sie ihn, verdammt noch mal! Er braucht sowieso nicht viel Schlaf. Ich schon.«

»Ja, Hauptmann.«

»Augenblick, Estalère. Was will der Typ?«

»Es ist so ein Hasenfuß. Er hat Angst, daß der Mörder ihn umbringt.«

»Wir hatten doch schon vor längerem beschlossen, sämtliche Paniker zu ignorieren. Es sind jetzt hunderttausend in der Stadt. Schmeißen Sie ihn raus, und lassen Sie den Kommissar schlafen.«

»Er behauptet, er wäre ein Sonderfall«, präzisierte Estalère.

»Diese Paniker halten sich alle für Sonderfälle. Sonst würden sie nicht durchdrehen.«

»Nein, er behauptet, er wäre gerade von Flöhen gebissen worden.«

»Wann?« fragte Danglard und richtete sich in seinem Bett auf.

»Heute nacht.«

»Okay, Estalère, wecken Sie den Kommissar. Ich komme auch.«

Adamsberg ließ kaltes Wasser über Gesicht und Oberkörper laufen, bestellte bei Estalère einen Kaffee – die neue Maschine war am Vorabend angeschlossen worden – und stieß das Feldbett mit dem Fuß in die Ecke seines Büros.

»Bringen Sie mir den Mann, Brigadier«, sagte er.

»Estalère«, präzisierte der junge Mann.

Adamsberg nickte und griff wieder nach seinem Notizbuch. Jetzt, wo der Pestbereiter in der Zelle saß, würde er sich vielleicht um diese Horde von Unbekannten kümmern können, die seine Brigade bevölkerten. Er schrieb: rundes Gesicht, grüne Augen, ängstlich gleich Estalère. Unmittelbar dahinter notierte er: Entomologe, Flöhe, Adamsapfel gleich Martin.

»Wie heißt er?« fragte er.

»Kévin Roubaud«, antwortete der Brigadier.

»Wie alt?«

»Etwa dreißig«, schätzte Estalère.

»Er hat gesagt, er sei heute nacht gebissen worden?«

»Ja, und er ist in Panik geraten.«

»Nicht schlecht.«

Estalère führte Kévin Roubaud zum Büro des Kommissars, während er in der linken Hand eine Tasse Kaffee ohne Zucker balancierte. Der Kommissar nahm keinen Zucker. Im Gegensatz zu Adamsberg hatte Estalère Sinn für die kleinen Details des Lebens, er erinnerte sich gern daran und zeigte auch gern, daß er sich erinnerte.

»Ich habe Ihnen keinen Zucker hineingetan, Kommissar«, sagte er, als er die Tasse auf den Tisch stellte und Kévin Roubaud auf dem Stuhl Platz nehmen ließ.

»Danke, Estalère.«

Roubaud fühlte sich sichtlich unwohl. Aufgeregt fuhr er sich mit den Fingern durch sein dichtes Brusthaar. Er roch nach Schweiß, und sein Schweiß roch nach Wein.

»Noch nie zuvor Flöhe gehabt?« fragte ihn Adamsberg.

»Nie.«

»Sind Sie sicher, daß die Bisse von heute nacht sind?«

»Es ist noch keine zwei Stunden her, dadurch nämlich bin ich wach geworden. Daraufhin bin ich schnell los, um Ihnen Bescheid zu sagen.«

»Befinden sich in Ihrem Haus Vieren auf den Wohnungstüren, Monsieur Roubaud?«

»Zwei. Die Concierge hat eine mit dem Filzstift auf ihre Scheibe gemalt, und dann gibt's noch eine bei dem Typen im fünften Stock links.«

»Dann ist es nicht unser Mann. Und es sind nicht seine Flöhe. Sie können beruhigt nach Hause gehen.«

»Machen Sie Witze?« fragte der Mann lauter. »Ich fordere Schutz.«

»Der Pestbereiter bemalt alle Türen außer einer, bevor er seine Flöhe aussetzt«, erklärte Adamsberg mit Nachdruck. »Es sind andere Flöhe. Hatten Sie in den letzten Tagen vielleicht Besuch? Jemand mit einem Tier?«

»Ja«, antwortete Roubaud mürrisch. »Vor zwei Tagen ist ein Freund mit seinem Köter vorbeigekommen.«

»Na bitte. Gehen Sie nach Hause, Monsieur Roubaud, und schlafen Sie. Wir sollten uns alle noch ein Stündchen aufs Ohr legen, das wird uns guttun.«

»Nein. Ich will nicht.«

»Wenn Sie so beunruhigt sind«, sagte Adamsberg und stand auf, »dann rufen Sie die Kammerjäger, und basta.«

»Das würde nichts nutzen. Der Mörder hat mich ausgesucht, er wird mich umbringen, Flöhe hin, Flöhe her. Ich fordere Schutz.«

Adamsberg kehrte hinter seinen Schreibtisch zurück, dann lehnte er sich wieder an seine Wand und musterte Kévin Roubaud aufmerksamer. Um die Dreißig, brutal, besorgt; seine großen, dunklen, etwas vorstehenden Augen hatten etwas Fliehendes.

»Na gut«, sagte Adamsberg. »Er hat Sie ausgesucht. Es gibt nicht eine einzige Vier in Ihrem Haus, die dieser Bezeichnung würdig wäre, aber Sie wissen, daß er Sie ausgesucht hat.«

»Die Flöhe«, knurrte Roubaud. »So steht es in der Zeitung. Alle Opfer hatten Flöhe.«

»Und der Hund Ihres Freundes?«

»Nein, das ist es nicht.«

»Warum sind Sie sich da so sicher?«

Der Ton des Kommissars veränderte sich, Roubaud spürte es und duckte sich auf seinem Stuhl.

»Wegen der Zeitung«, wiederholte er.

»Nein, Roubaud, es ist etwas anderes.«

Danglard war gerade gekommen, es war jetzt fünf nach sechs, und Adamsberg bedeutete ihm, Platz zu nehmen. Der Hauptmann setzte sich schweigend an die Tastatur.

»Also hören Sie mal«, sagte Roubaud, der seine Selbstsicherheit wiederfand, »ich werde bedroht, ein Verrückter versucht mich umzubringen, und dann bin *ich* es, dem man Schwierigkeiten macht?«

»Was machen Sie denn so im Leben?« fragte Adamsberg in sanfterem Ton.

»Ich arbeite in der Linoleum-Abteilung eines Einrichtungshauses, hinter der Gare de l'Est.«

»Sind Sie verheiratet?«

»Ich bin seit zwei Jahren geschieden.«

»Kinder?«

»Zwei.«

»Leben die bei Ihnen?«

»Bei ihrer Mutter. Ich habe Besuchsrecht am Wochenende.«

»Essen Sie abends auswärts? Oder bei sich zu Hause? Können Sie kochen?«

»Das kommt drauf an«, antwortete Roubaud verwirrt. »Manchmal mache ich mir eine Suppe oder was aus der Tiefkühltruhe. Manchmal geh ich ins Café runter. Restaurants sind zu teuer.«

»Mögen Sie Musik?«

»Ja«, erwiderte Roubaud ratlos.

»Haben Sie eine HiFi-Anlage, einen Fernseher?«

»Ja.«

»Sehen Sie sich Fußballspiele an?«

»Ja, natürlich.«

»Kennen Sie sich aus?«

»Ziemlich.«

»Haben Sie das Spiel Nantes-Bordeaux gesehen?«

»Ja.«

»Nicht schlecht gespielt, was?« fragte Adamsberg, der das Spiel nicht gesehen hatte.

»Wenn man so will«, erwiderte Roubaud und verzog das

Gesicht. »Ein ziemlich mattes Spiel, und am Ende dann ein Unentschieden. Darauf hätte man schon in der ersten Halbzeit wetten können.«

»Haben Sie in der Halbzeitpause die Nachrichten gesehen?«

»Ja«, sagte Roubaud mechanisch.

»Dann wissen Sie, daß man den Pestbereiter gestern abend geschnappt hat«, sagte Adamsberg und setzte sich dicht vor ihn.

»Das haben sie im Fernsehen gesagt«, murmelte Roubaud irritiert.

»Wovor haben Sie dann Angst?«

Der Mann biß sich auf die Lippe.

»Wovor haben Sie Angst?« wiederholte Adamsberg.

»Ich bin mir nicht sicher, daß er's wirklich ist«, erklärte der Mann stockend.

»Ach ja? Kennen Sie sich mit Mördern aus?«

Roubaud sog heftig an seiner Unterlippe und kratzte nervös in seiner Brustbehaarung.

»Ich werde bedroht, und da bin ich es, der Ärger kriegt?« wiederholte er. »Ich hätt's wissen sollen. Kaum ruft man die Bullen, verknacken sie einen, das ist alles, was sie können. Ich hätte mich selbst drum kümmern sollen. Da will man der Justiz helfen, und das kommt dann dabei raus.«

»Sie werden uns helfen, Roubaud, und zwar sogar sehr.«

»Tatsächlich? Ich glaube, da sind Sie schwer auf dem Holzweg, Kommissar.«

»Spiel hier nicht den Schlaumeier, Roubaud, dafür bist du nicht helle genug.«

»Ach nein?«

»Ach nein. Aber wenn du nicht helfen willst, gehst du brav zu dir nach Hause. Zu dir nach Hause, Roubaud. Solltest du versuchen abzuhauen, bringen wir dich in deine Wohnung zurück. Bis daß der Tod eintritt.«

»Seit wann schreibt ihr Bullen mir vor, wo ich hinzugehen habe?«

»Seitdem du mich nervst. Aber geh nur, Roubaud, du bist frei. Verschwinde.«

Der Mann rührte sich nicht.

»Du hast Angst, nicht wahr? Du hast Angst, daß er dich mit dem Kabelbinder erwürgt wie die fünf anderen? Du weißt, daß du dann wehrlos bist. Du weißt, daß er dich finden wird, wo du auch bist, in Lyon, in Nizza, in Berlin. Du bist die Zielscheibe. Und du weißt, *warum*.«

Adamsberg nahm die Fotos der fünf Opfer aus seiner Schublade und breitete sie vor dem Mann aus.

»Du weißt, daß du dasselbe durchmachen wirst, nicht? Du kennst sie, alle, und deshalb hast du Angst.«

»Lassen Sie mich in Ruhe«, sagte Roubaud und wandte sich ab.

»Na, dann geh. Hau ab.«

Zwei lange Minuten verstrichen.

»Also gut«, entschied sich der Mann.

»Kennst du sie?«

»Ja und nein.«

»Erklär's mir.«

»Sagen wir, ich bin ihnen vor langer Zeit mal abends begegnet, vor mindestens sieben, acht Jahren. Wir haben was getrunken.«

»Ach so. Ihr habt was getrunken, und deswegen werdet ihr jetzt einer nach dem anderen fertiggemacht.«

Der Mann schwitzte so, daß der Geruch den gesamten Raum füllte.

»Willst du einen Kaffee?« fragte Adamsberg.

»Gern.«

»Auch was zu essen?«

»Gern.«

»Danglard, sagen Sie Estalère, er soll was bringen.«

»Und Kippen«, fügte Roubaud hinzu.

»Erzähl«, wiederholte Adamsberg, während Roubaud sich mit dem stark gesüßten Milchkaffee stärkte. »Wie viele wart ihr?«

»Sieben«, murmelte Roubaud. »Wir haben uns in einer Bar getroffen, Ehrenwort.«

Adamsberg blickte prüfend in Roubauds große schwarze Augen und stellte fest, daß mit diesem »Ehrenwort« ein bißchen Wahrheit zum Vorschein gekommen war.

»Was habt ihr gemacht?«

»Nichts.«

»Roubaud, ich habe den Pestbereiter in der Zelle. Wenn du magst, steck ich dich zu ihm, mach die Augen zu und wir reden nicht mehr drüber. In einer halben Stunde bist du tot.«

»Sagen wir, wir haben einen Kerl schikaniert.«

»Wozu?«

»Das ist lang her. Wir wurden bezahlt, damit der Typ was rausrückt, das ist alles. Er hatte was geklaut und sollte es zurückgeben. Wir haben ihn schikaniert, so lautete die Abmachung.«

»Die Abmachung?«

»Ja, wir wurden dafür bezahlt. Ein kleiner Job halt.«

»Wo habt ihr ihn ›schikaniert‹?«

»In einem Fitness-Studio. Man hatte uns die Adresse übermittelt, den Namen von dem Kerl und den Namen der Bar, wo wir uns treffen sollten. Wir kannten uns nämlich vorher nicht.«

»Niemand von euch?«

»Nein. Wir waren sieben, und keiner kannte die anderen. Er hatte uns alle getrennt angeheuert. Ein schlauer Kerl.«

»Wo hat er euch angeheuert?«

Roubaud zuckte mit den Achseln.

»An Orten, wo man Männer findet, die bereit sind, andere für Geld ordentlich zu schikanieren. Das ist nicht schwer. Mich hat man in so 'nem Scheißladen in der Rue Saint-Denis geschnappt. Ehrenwort, ich mach solche Jobs schon ewig nicht mehr. Ehrenwort, Kommissar.«

»Wer hat dich da geschnappt?«

»Ich hab keine Ahnung, alles war schriftlich. Ein Mädchen hat mir den Brief gebracht. Schickes, sauberes Papier. Da hatte ich Vertrauen.«

»Von wem?«

»Ehrenwort, ich habe nie erfahren, wer uns angeheuert hat. Zu geschickt, der Chef. Falls wir später mehr Geld gewollt hätten.«

»Ihr habt euch also alle sieben getroffen und habt euch dann euer Opfer geschnappt.«

»Ja.«

»Wann war das?«

»An einem 17. März, einem Donnerstag.«

»Und dann habt ihr ihn in dieses Fitness-Studio gebracht. Und weiter?«

»Scheiße, ich hab's doch schon gesagt«, sagte Roubaud und rutschte auf seinem Stuhl herum. »Wir haben ihn schikaniert.«

»Erfolgreich? Hat er ausgespuckt, was er ausspucken sollte?«

»Ja. Am Ende hat er telefoniert. Er hat alle Informationen rausgerückt.«

»Worum ging es? Kohle? Dope?«

»Ich hab's nicht verstanden, Ehrenwort. Der Chef war wohl zufrieden, denn wir haben nichts mehr von der Sache gehört.«

»Gut bezahlt?«

»Hm, ja.«

»›Schikaniert‹, was? Und der Typ hat alles ausgespuckt? Würdest du nicht vielleicht eher sagen ›gefoltert‹?«

»Schikaniert.«

»Und acht Jahre später kommt euer Opfer und läßt euch dafür bezahlen?«

»Das glaube ich.«

»Nur für ein bißchen Schikane? Machst du dich über mich lustig, Roubaud? Am besten gehst du nach Hause.«

»Das ist die Wahrheit«, sagte Roubaud und klammerte sich an seinen Stuhl. »Warum hätten wir sie foltern sollen, verdammt? Sie waren Angsthasen, schon als sie uns gesehen haben, haben sie sich in die Hose gemacht.«

»›Sie‹?«

Roubaud sog wieder an seiner Unterlippe.

»Waren es mehrere? Beeil dich, Roubaud, die Zeit drängt.«

»Da war noch ein Mädchen dabei«, murmelte Roubaud. »Wir hatten keine Wahl. Als wir den Jungen geschnappt haben, war er mit seiner Freundin zusammen, was ändert das? Wir haben sie alle beide mitgenommen.«

»Und auch das Mädchen schikaniert?«

»Ein bißchen. Ich nicht, ich schwör's.«

»Du lügst. Verschwinde aus diesem Büro, ich will dich nicht mehr sehen. Lauf deinem Schicksal entgegen, Kévin Roubaud, ich wasche meine Hände in Unschuld.«

»Ich war's nicht«, flüsterte Roubaud. »Ich schwör's. Ich bin kein Rohling. Ein bißchen vielleicht, wenn man Streit mit mir sucht, aber nicht so wie die anderen. Ich hab mich nur ein bißchen amüsiert und den Rückweg gesichert.«

»Ich glaube dir«, sagte Adamsberg, der ihm nicht im geringsten glaubte. »Worüber hast du dich amüsiert?«

»Na, über das, was sie gemacht haben.«

»Beeil dich, Roubaud, du hast nur noch fünf Minuten, dann schmeiß ich dich raus.«

Roubaud atmete tief ein.

»Sie haben ihm die Klamotten ausgezogen«, fuhr er flüsternd fort. »Sie haben ihm Benzin über den … über sein …«

»Über sein Geschlecht gegossen?« fragte Adamsberg.

Roubaud nickte. Schweißperlen rannen ihm übers Gesicht und verschwanden unter seinem Hemd.

»Sie haben Feuerzeuge angemacht und sind immer um ihn rum und haben sich seinem … seinem Dings genähert. Der Typ hat gebrüllt; bei der Vorstellung, daß sein Dings in Flammen aufgeht, ist er vor Angst fast gestorben.«

»Schikaniert«, murmelte Adamsberg. »Und dann?«

»Dann haben sie ihn auf die Gymnastikbank gelegt und haben ihn genagelt.«

»Genagelt?«

»Na ja. Das nennt man ›einen Kerl dekorieren‹. Sie haben ihm Reißzwecken in den Körper gesteckt, und dann haben sie ihm einen Knüppel in den … in den Arsch getrieben.«

»Klasse«, knurrte Adamsberg zwischen den Zähnen. »Und das Mädchen? Erzähl mir nicht, ihr hättet das Mädchen nicht angerührt.«

»Ich nicht«, rief Roubaud. »Ich hab nur den Rückweg gesichert. Ich hab mich nur amüsiert.«

»Amüsierst du dich heute immer noch?«

Roubaud senkte den Kopf, die Hände weiter an den Stuhl geklammert.

»Und das Mädchen?« wiederholte Adamsberg.

»Wurde nacheinander von den fünf Typen vergewaltigt. Sie hat geblutet. Am Ende hat sie sich nicht mehr gerührt. Erst hab ich sogar gedacht, wir hätten einen bösen Fehler gemacht und sie wäre tot. In Wirklichkeit ist sie verrückt geworden, sie hat niemanden mehr erkannt.«

»Fünf? Ich dachte, ihr wärt zu siebt gewesen?«

»Ich hab sie nicht angerührt.«

»Aber der sechste Mann? Hat der nichts gemacht?«

»Das war ein Mädchen. Die da«, sagte Roubaud und zeigte mit dem Finger auf das Foto von Marianne Bardou. »Sie war die Freundin von einem der Typen. Wir wollten keine Mädels, aber sie klammerte dermaßen, daß wir sie mitgenommen haben.«

»Was hat sie gemacht?«

»Sie war diejenige, die das Benzin verteilt hat. Das hat ihr viel Spaß gemacht.«

»Ganz entschieden.«

»Ja«, sagte Roubaud.

»Und dann?«

»Nachdem der Typ in seinem Erbrochenen lag und telefoniert hat, haben wir sie beide nackt mit ihren Sachen rausgeworfen und sind noch ordentlich zechen gegangen.«

»Schöner Abend«, kommentierte Adamsberg. »So was muß begossen werden.«

»Ehrenwort, das hat mir gereicht. Ich hab damit nie wieder was zu tun gehabt und auch die Typen nie wiedergesehen. Die Kohle kam wie abgemacht mit der Post, danach hab ich nie wieder was davon gehört.«

»Bis diese Woche.«

»Ja.«

»Als du die Opfer wiedererkannt hast.«

»Nur den, den und die Frau«, sagte Roubaud und zeigte auf die Fotos von Viard, Clerc und Bardou. »Ich hatte sie ja nur einen Abend gesehen.«

»Hast du sofort begriffen, was los war?«

»Erst nach dem Mord an der Frau. Ich hab sie erkannt, weil sie lauter Leberflecken im Gesicht hatte. Da habe ich mir die Fotos der anderen angesehen und hab's kapiert.«

»Daß er zurückgekommen ist.«

»Ja.«

»Weißt du, warum er die ganze Zeit gewartet hat?«

»Nein, ich kenne ihn nicht.«

»Weil er danach fünf Jahre im Knast gesessen hat. Seine Freundin, das Mädchen, das ihr verrückt gemacht habt, ist einen Monat später aus dem Fenster gesprungen. Verdau das, Roubaud, wenn du nicht schon genug zu verarbeiten hast.«

Adamsberg erhob sich und riß das Fenster ganz auf, um Atem zu schöpfen und den Gestank von Schweiß und Grauen zu vertreiben. Er lehnte sich einen Moment ans Geländer und blickte auf die Leute hinunter, die über die Straße liefen und nichts von dieser Geschichte wußten. Viertel nach sieben. Der Pestbereiter schlief noch immer.

»Warum hast du Angst, wo er doch hinter Gittern sitzt?« fragte er, als er sich umwandte.

»Weil er es nicht ist«, keuchte Roubaud. »Sie sitzen so was von im falschen Boot! Der Kerl, den wir gefoltert haben, war ein großer Schwächling, den man mit einem Stups umgeworfen hätte, ein erbärmlicher Wicht, ein Waschlappen, so ein Intellektueller, der hätte nicht mal eine Wäscheklammer stemmen können. Der Typ, den sie im Fernsehen gezeigt haben, ist muskulöser, kräftiger, die haben nichts miteinander zu tun, das können Sie mir glauben.«

»Sicher?«

»Ganz sicher. Der Kerl hatte ein Spatzengesicht, daran erinnere ich mich sehr gut. Er läuft noch immer draußen rum und lauert mir auf. Ich hab Ihnen jetzt alles gesagt, ich beantrage Personenschutz. Aber Ehrenwort, ich habe nichts gemacht, ich hab nur ...«

»Den Rückweg gesichert, ich habe verstanden, müh dich nicht. Aber glaubst du nicht, daß sich ein Mann in fünf Jahren Knast verändern kann? Vor allem, wenn er von Rachegedanken wie besessen ist? Glaubst du nicht, daß man Muskeln, anders als Hirnzellen, aufbauen kann? Und daß du zwar genauso blöde geblieben bist, er sich aber aus eigenem Antrieb verändert hat?«

»Um was zu machen?«

»Um die Schmach abzuwaschen, um zu leben und um euch zu richten.«

Adamsberg ging zum Schrank, zog einen Plastikbeutel heraus, der einen großen elfenbeinfarbenen Umschlag enthielt, und ließ ihn langsam vor Roubauds Augen hin und her baumeln.

»Kennst du das?«

»Ja«, erwiderte Roubaud stirnrunzelnd. »So einer lag auf dem Boden, als ich vorhin die Wohnung verlassen habe. Es war nichts drin, er war leer und bereits offen.«

»Das war der Pestbereiter. Der Umschlag hat dir die infizierten Flöhe gebracht.«

Roubaud verschränkte die Arme vor der Brust.

»Hast du Angst vor der Pest?«

»Nicht besonders«, antwortete Roubaud. »Ich glaube nicht so recht an diesen Blödsinn, das ist dummes Zeug, um die Leute einzuwickeln. Ich glaube, er erwürgt seine Opfer.«

»Da liegst du richtig. Bist du sicher, daß der Briefumschlag gestern noch nicht da war?«

»Ganz sicher.«

Adamsberg strich sich nachdenklich mit der Hand über die Wange.

»Komm und sieh dir den Mann an«, sagte er und wandte sich zur Tür.

Roubaud zögerte.

»Da amüsierst du dich schon weniger als früher, was? In der guten alten Zeit? Komm, du riskierst nichts, das Raubtier ist im Käfig.«

Adamsberg schleppte Roubaud zu Damas' Zelle. Ihr Insasse schlief noch immer den Schlaf des Gerechten, den Kopf seitlich auf der Decke, so daß man sein Gesicht im Profil sah.

»Sieh ihn dir genau an«, sagte Adamsberg. »Nimm dir Zeit. Vergiß nicht, daß du ihn fast acht Jahre nicht gesehen hast und der Kerl damals nicht gerade in Hochform war.«

Nicht ohne Faszination musterte Roubaud Damas durch die Gitterstäbe.

»Und?« fragte Adamsberg.

»Es ist möglich«, sagte Roubaud. »Der Mund ist möglich. Ich müßte seine Augen sehen.«

Zu Roubauds Entsetzen öffnete Adamsberg die Zelle.

»Soll ich sie wieder schließen?« fragte Adamsberg. »Oder willst du, daß ich dich mit ihm einschließe, damit ihr euch wie in eurer Jugend gemeinsam amüsieren und die schönen alten Erinnerungen aufleben lassen könnt?«

»Machen Sie keinen Scheiß«, stammelte Roubaud. »Vielleicht ist er gefährlich.«

»Du bist auch gefährlich gewesen.«

Adamsberg schloß sich in Damas' Zelle ein, und Roubaud beobachtete ihn voller Bewunderung, wie einen Dompteur in der Arena. Der Kommissar rüttelte Damas an der Schulter.

»Wach auf, Damas, du hast Besuch.«

Damas setzte sich brummend auf und betrachtete verblüfft die Wände der Zelle. Dann erinnerte er sich und warf seine Haare nach hinten.

»Was ist los?« fragte er. »Kann ich gehen?«

»Steh auf. Da ist ein Mann, der dich sehen will, ein alter Bekannter.«

Damas tat, wie ihm geheißen, in seine Decke gehüllt, immer noch gefügig, und Adamsbergs Blick wanderte von einem zum anderen. Ihm schien es, als nehme Damas' Gesicht einen verschlossenen Ausdruck an. Roubaud riß die Augen auf, dann verließ er eilig den Raum.

»Und?« fragte Adamsberg, als sie wieder in seinem Büro saßen. »Kommt es dir wieder?«

»Vielleicht«, sagte Roubaud wenig überzeugt. »Wenn er es ist, dann hat er seinen Umfang verdoppelt.«

»Sein Gesicht?«

»Vielleicht. Er hatte kein langes Haar.«

»Bloß kein Risiko eingehen, wie? Weil du Angst hast?«

Roubaud schüttelte den Kopf.

»Vielleicht hast du recht«, bemerkte Adamsberg. »Dein Rächer operiert wahrscheinlich nicht allein. Ich behalte dich hier, bis wir in der Sache klarer sehen.«

»Danke«, sagte Roubaud.

»Sag mir den Namen des nächsten Opfers.«

»Na, ich.«

»Das hab ich kapiert. Der andere. Ihr wart sieben, minus fünf, die gestorben sind, gleich zwei, minus eins gleich eins. Wer ist noch übrig?«

»Ein magerer Typ, häßlich wie ein Maulwurf, meiner Meinung nach der Schlimmste der Gruppe. Er hat ihm den Knüppel reingedrückt.«

»Sein Name?«

»Wir haben uns nicht beim Namen genannt, nicht mal beim Vornamen. Bei so was geht keiner ein Risiko ein.«

»Alter?«

»Wie wir alle. Er war so zwanzig, fünfundzwanzig.«

»Aus Paris?«

»Vermutlich.«

Adamsberg setzte Roubaud in eine Zelle, ohne sie abzuschließen, dann steckte er den Kopf durch die Gitterstäbe der Zelle von Damas und hielt ihm seine Kleidung hin.

»Der Richter hat Haftbefehl erteilt.«

»Gut«, sagte Damas, der auf seiner Bank saß, mit sanfter Stimme.

»Kannst du Latein, Damas?«

»Nein.«

»Hast du mir immer noch nichts zu sagen? Über diese Flöhe?«

»Nein.«

»Und über sechs Typen, die dich an einem Donnerstag, einem 17. März, hochnotpeinlich befragt haben? Hast du mir darüber auch nichts zu sagen? Und über ein Mädchen, das sich amüsiert hat?«

Damas schwieg weiter, die Handballen zu sich gewandt, während sein Daumen über den Diamanten strich.

»Was haben sie dir weggenommen, Damas? Abgesehen von deiner Freundin, deinem Körper, deiner Ehre? Was haben sie gesucht?«

Damas rührte sich nicht.

»Gut«, sagte Adamsberg. »Ich laß dir das Frühstück bringen. Zieh dich an.«

Adamsberg nahm Danglard beiseite.

»Dieses Miststück von Roubaud ist nicht sehr auskunftsfreudig«, stellte Danglard fest. »Das ist ärgerlich für Sie.«

»Damas hat einen Komplizen da draußen, Danglard. Die Flöhe wurden zu Roubaud gebracht, als Damas bereits bei uns war. Jemand hat ihn abgelöst, sobald bekannt wurde, daß wir ihn festgenommen haben. Er hat sich beeilt, ohne sich die Zeit zu nehmen, die prophylaktischen Vieren zu malen.«

»Die Existenz eines Komplizen würde auch seine Gelassenheit erklären. Er hat jemanden, der die Arbeit fortführt, auf den er sich verlassen kann.«

»Schicken Sie Männer los, die sollen seine Schwester, Eva und das ganze Stammpublikum auf dem Platz befragen, um herauszufinden, ob er sich mit Freunden traf. Vor allem will ich eine Auflistung sämtlicher Telefonate, die er in den letzten zwei Monaten geführt hat. Die aus dem Laden und die aus der Wohnung.«

»Wollen Sie uns nicht begleiten?«

»Ich bin auf dem Platz nicht mehr gern gesehen. Ich bin

der Verräter, Danglard. Die Leute werden eher mit Beamten reden, die sie nicht kennen.«

»Verstanden«, sagte Danglard. »Nach dieser Verknüpfung hätten wir noch lange suchen können. Ein Treffen, eine Bar, ein Abend, Typen, die sich nicht mal kennen. Was für ein Glück, daß dieser Roubaud in Panik geraten ist.«

»Er hatte allen Grund dazu, Danglard.«

Adamsberg zog sein Handy hervor und sah ihm in die Augen. Dadurch, daß er ihn so häufig heimlich beschwor, doch bitte zu klingeln, sich zu rühren, etwas Interessantes von sich zu geben, verwechselte er den Apparat allmählich mit einer Projektion von Camille selbst. Er redete bereits mit ihm, erzählte ihm sein Leben, als könnte Camille ihn mühelos hören. Aber wie Bertin ganz richtig sagte, machten einen diese Dinger auch nicht immer glücklich, und Camille materialisierte sich nicht aus dem Handy wie der Geist aus der Flasche. Möglicherweise war ihm das sogar egal. Er legte das Gerät vorsichtig auf den Boden, um ihm nicht weh zu tun, und streckte sich für anderthalb Stunden aus, um zu schlafen.

Danglard weckte ihn mit der Auflistung von Damas' Telefonaten. Die Befragungen auf dem Platz hatten nicht viel ergeben. Eva war verschlossen wie eine Auster, Marie-Belle brach alle naselang in Tränen aus, Decambrais war eingeschnappt, von Lizbeth kamen nur Beschimpfungen, und was Bertin betraf, war all sein normannischer Argwohn zurückgekehrt, und er hatte sich nur einsilbig geäußert. Trotzdem ging aus alldem hervor, daß Damas den Platz praktisch nie verließ und all seine Abende damit verbrachte, Lizbeth im Cabaret zu lauschen, ohne dort mit jemandem Bekanntschaft zu schließen. Niemand wußte von irgendeinem Freund, und den Sonntag verbrachte er mit seiner Schwester.

Auf der Suche nach Anrufen, die sich zurückverfolgen

ließen, ging Adamsberg die Liste mit den Telefonaten durch. Wenn es einen Komplizen gab, mußte Damas angesichts des komplizierten Timings der Vieren, der Flöhe und der Morde in regelmäßigem Kontakt zu ihm stehen. Aber Damas telefonierte ungewöhnlich selten. Von der Wohnung aus war im Laden angerufen worden, gewiß Anrufe von Marie-Belle bei Damas, und für den Laden gab es eine sehr kurze Liste mit Nummern, von denen sich nur wenige wiederholten. Adamsberg überprüfte die vier Nummern, die halbwegs regelmäßig angerufen worden waren, alles Lieferanten von Brettern, Rollen und Sportkappen. Adamsberg legte die Listen beiseite.

Damas war kein Idiot. Damas war ein Hochbegabter, der einen ausdruckslosen Blick einstudiert hatte. Auch das hatte er im Knast und danach geübt. Alles war seit sieben Jahren vorbereitet. Wenn er einen Komplizen hatte, würde er kaum das Risiko eingehen, ihn auffliegen zu lassen, indem er ihn von zu Hause aus anrief. Adamsberg rief die Filiale des 14. Arrondissements an und bat um eine Liste der von der öffentlichen Telefonzelle in der Rue de la Gaîté getätigten Anrufe. Zwanzig Minuten später spuckte sein Apparat das Fax aus. Seit Handys immer mehr Verbreitung fanden, telefonierte kaum noch jemand aus öffentlichen Telefonzellen, und Adamsberg hatte nicht viel Arbeit. Er registrierte elf Nummern, die mehrfach vorkamen.

»Ich entschlüssele sie Ihnen, wenn Sie wollen«, schlug Danglard vor.

»Die hier als erste«, sagte Adamsberg und legte den Finger auf eine Nummer. »Die hier im Departement 92, Hauts-de-Seine.«

»Kann ich sie haben?« fragte Danglard und ging, um seinen Bildschirm zu befragen.

»Nördliche Banlieue, das ist unsere. Mit etwas Glück stoßen wir auf Clichy.«

»Wäre es nicht klüger, die anderen zu überprüfen?«

»Die fliegen uns nicht weg.«

Schweigend hackte Danglard eine Weile auf seiner Tastatur herum.

»Clichy«, verkündete er.

»Ins Schwarze. Der Pestherd von 1920. Es ist seine Familie, es ist sein Mythos. Und dort hat er wahrscheinlich gewohnt. Schnell, Danglard, Namen und Adresse.«

»Clémentine Courbet, Rue Hauptoul 22.«

»Suchen Sie im Personenregister.«

Wieder bearbeitete Danglard die Tastatur, während Adamsberg umherlief und versuchte, dem Kätzchen aus dem Weg zu gehen, das mit einem Faden an seinem Hosensaum spielten wollte.

»Clémentine Courbet, geborene Journot, wohnhaft in Clichy, verheiratet mit Jean Courbet.«

»Was noch?«

»Das ergibt keinen Sinn, Kommissar. Sie ist sechsundachtzig. Eine alte Dame, völlig sinnlos.«

Adamsberg verzog das Gesicht.

»Was noch?« insistierte er.

»Eine Tochter, geboren 1942 in Clichy«, berichtete Danglard mechanisch, »Roseline Courbet.«

»Machen Sie bei dieser Roseline weiter.«

Adamsberg hob die Kugel auf und setzte sie unsanft in den Korb. Sie sprang sofort wieder heraus.

»Roseline, geborene Courbet, verheiratet mit Heller-Deville, Antoine.«

Danglard sah Adamsberg an.

»Hatten sie einen Sohn? Arnaud?«

»Arnaud Damas«, bestätigte Danglard.

»Seine Großmutter«, sagte Adamsberg. »Er ruft heimlich seine Großmutter an, aus einer öffentlichen Telefonzelle. Die Eltern dieser Großmutter, Danglard?«

»Sind tot. Wir werden doch nicht bis ins Mittelalter zurückgehen.«

»Ihre Namen?«

Die Tasten klapperten rasch.

»Émile Journot und Célestine Davelle, geboren in Clichy, Cité Hauptoul.«

»Da sind sie«, murmelte Adamsberg, »die Besieger der Pest. Damas' Großmutter war zur Zeit der Epidemie sechs Jahre alt.«

Er nahm Danglards Telefon und wählte die Nummer von Vandoosler.

»Marc Vandoosler? Hier Adamsberg.«

»Eine Sekunde, Kommissar«, sagte Marc, »ich stell mein Bügeleisen ab.«

»Sagt Ihnen die Cité Hauptoul in Clichy etwas?«

»Hauptoul war das Zentrum der Epidemie, die Barackensiedlung der Lumpensammler. Haben Sie eine ›Spezielle‹, die etwas darüber sagt?«

»Nein, eine Adresse.«

»Das Viertel ist schon vor langer Zeit abgerissen und durch billige Neubauten ersetzt worden.«

»Danke, Vandoosler.«

Adamsberg legte langsam auf.

»Zwei Männer, Danglard. Wir rasen los.«

»Zu viert? Wegen einer alten Frau?«

»Zu viert. Wir gehen beim Richter vorbei, um uns einen Durchsuchungsbefehl zu holen.«

»Und wann essen wir?«

»Unterwegs.«

34

Sie gingen einen holprigen, müllgesäumten Weg entlang, der zu einem altersschwachen kleinen Haus führte, mit einem Anbau aus schlecht verfugten, rohen Brettern. Es regnete sacht auf das Ziegeldach. Der Sommer war verregnet gewesen und der September auch.

»Kamin«, sagte Adamsberg und zeigte auf das Dach. »Holz. Apfelbaum.«

Er klopfte an die Tür, und eine alte, große, kräftig gebaute Frau mit einem massigen Gesicht voller Falten öffnete, die Haare unter einem geblümten Tuch verborgen. Ihre tiefdunklen Augen richteten sich stumm auf die vier Beamten. Dann nahm sie die Zigarette aus dem Mundwinkel.

»Die Bullen«, sagte sie.

Das war keine Frage, sondern eine entschiedene Diagnose.

»Die Bullen«, bestätigte Adamsberg und trat ein. »Clémentine Courbet?«

»Höchstpersönlich«, antwortete Clémentine.

Die alte Frau bat sie in ihr Wohnzimmer, richtete die Bank und forderte sie auf, Platz zu nehmen.

»Gibt es jetzt Frauen bei der Polizei?« fragte sie mit einem geringschätzigen Blick auf Oberleutnant Hélène Froissy. »Na, dazu kann ich Ihnen wirklich nicht gratulieren. Glauben Sie nicht, daß es schon genug Typen gibt, die mit Schußwaffen spielen, müssen Sie sie auch noch nachmachen? Haben Sie keine bessere Idee?«

Clémentine rollte das R wie eine Bäuerin.

Seufzend ging sie in die Küche und kam mit einem Tablett voller Gläser und einem Teller Kekse zurück.

»Ideen, genau daran fehlt es immer«, erklärte sie, als sie ihr Tablett auf das kleine Tischchen vor der geblümten Bank stellte. »Likör und Rahmkekse, ist Ihnen das recht?«

Adamsberg sah sie überrascht an, von ihrem schweren, vom Leben gezeichneten Gesicht fast bezaubert. Kernorkian gab dem Kommissar zu verstehen, daß er die Kekse nicht verachten würde, da ihm das im Auto hinuntergeschlungene Sandwich nicht gereicht hatte.

»Na schön«, sagte Clémentine. »Aber Rahm findet man nicht mehr. Milch ist zu reinem Wasser geworden. Ich ersetz ihn durch Sahne, ich bin dazu gezwungen.«

Clémentine füllte die fünf Gläser, nahm einen ordentlichen Schluck Likör und sah sie der Reihe nach an.

»Schluß mit dem Mist«, sagte sie und zündete sich eine Zigarette an. »Worum geht es?«

»Arnaud Damas Heller-Deville«, begann Adamsberg und nahm sich einen Keks.

»Entschuldigung: Arnaud Damas Viguier«, unterbrach Clémentine. »Das ist ihm lieber. Unter diesem Dach wird der Name Heller-Deville nicht genannt. Wenn es Sie juckt, sagen Sie ihn draußen.«

»Ist das Ihr Enkel?«

»Sagen Sie mal, schöner dunkler Mann«, entgegnete Clémentine und streckte Adamsberg das Kinn entgegen, »tun Sie nicht so, als hielten Sie mich für einen Esel. Wenn Sie es nicht wüßten, wären Sie doch nicht hier, oder? Wie sind die Kekse? Gut oder nicht gut?«

»Gut«, bestätigte Adamsberg.

»Hervorragend«, versicherte Danglard, und das entsprach seiner tiefsten Überzeugung. Um die Wahrheit zu sagen, hatte er seit mindestens vierzig Jahren keine so guten Kekse mehr gegessen, und dieser Eindruck erfüllte ihn mit einer unangebrachten Freude.

»Schluß mit dem Mist«, sagte die alte Frau, die noch immer dastand und die vier Bullen musterte.

»Lassen Sie mir die Zeit, die Schürze auszuziehen, das Gas abzudrehen und der Nachbarin Bescheid zu sagen, und ich folge Ihnen.«

»Clémentine Courbet«, sagte Adamsberg, »ich habe einen Durchsuchungsbefehl. Wir sehen uns erst hier im Haus um.«

»Wie heißen Sie?«

»Hauptkommissar Jean-Baptiste Adamsberg.«

»Jean-Baptiste Adamsberg, es ist nicht meine Art, das Leben von Leuten in Gefahr zu bringen, die mir nichts getan haben, seien es nun Bullen oder nicht. Die Ratten sind auf dem Speicher«, erklärte sie und deutete mit dem Finger zur Decke, »dreihundertzweiundzwanzig Ratten, plus elf Kadaver, übersät mit ausgehungerten Flöhen; ich rate Ihnen, denen nicht zu nahe zu kommen, oder ich garantiere nicht mehr für Ihr Leben. Wenn Sie Ihre Nase da oben reinstecken wollen, müßten Sie zuvor alles desinfizieren. Machen Sie sich keine Umstände: Die Aufzucht ist da oben, und der Apparat, mit dem Arnaud seine Botschaften geschrieben hat, steht in dem kleinen Zimmer. Die Umschläge liegen daneben. Was interessiert Sie noch?«

»Die Bibliothek«, erwiderte Danglard.

»Auch auf dem Speicher. Da muß man erst an den Ratten vorbei. Vierhundert Bände, ist das was?«

»Über die Pest?«

»Worüber sonst?«

»Clémentine«, sagte Adamsberg behutsam und nahm sich einen weiteren Keks, »möchten Sie sich nicht setzen?«

Clémentine zwängte ihren massigen Körper in einen geblümten Sessel und verschränkte die Arme.

»Warum sagen Sie uns das alles?« fragte Adamsberg. »Warum leugnen Sie nicht?«

»Was, die Pestkranken?«

»Ja, die fünf Opfer.«

»Opfer, daß ich nicht lache«, sagte Clémentine. »Peiniger.«

»Peiniger«, bestätigte Adamsberg. »Folterer.«

»Sie sollen ins Gras beißen. Je mehr verrecken, desto mehr lebt Arnaud wieder auf. Sie haben ihm alles genommen, sie haben ihn so tief gedemütigt, wie es tiefer nicht geht. Arnaud muß doch wieder aufleben. Das ist nicht möglich, so lange dieses Geschmeiß auf Erden ist.«

»Geschmeiß stirbt nicht von alleine.«

»Das wäre zu schön. Geschmeiß ist hartnäckiger als Disteln.«

»Mußte nachgeholfen werden, Clémentine?«

»Mehr als nur ein bißchen.«

»Warum die Pest?«

»Die Journots sind die Herren über die Pest«, erwiderte Clémentine barsch. »Einen Journot greift man nicht an, das ist alles.«

»Sonst?«

»Sonst schicken ihm die Journots die Pest. Sie sind die Herren der Großen Geißel.«

»Clémentine, warum sagen Sie uns das alles?« wiederholte Adamsberg.

»Anstatt was zu tun?«

»Anstatt zu schweigen.«

»Sie haben mich gefunden, oder? Und der Junge ist seit gestern eingelocht. Also Schluß mit dem Mist, wir gehen, und Schluß. Was ändert das?«

»Alles«, erwiderte Adamsberg.

»Nichts«, entgegnete Clémentine mit einem harten Lächeln. »Die Arbeit ist beendet. Kapieren Sie, Kommissar? Beendet. Der Feind ist schon eingedrungen. Die drei nächsten verrecken innerhalb von acht Tagen, was immer auch geschieht, ob ich hier bin oder anderswo. Für sie ist es zu spät. Die Arbeit ist beendet. Alle acht sind dann tot.«

»Acht?«

»Die sechs Folterer, das grausame Mädchen und der Auftraggeber. Bei mir macht das acht. Wissen Sie nun Bescheid, oder wissen Sie nicht Bescheid?«

»Damas hat nichts gesagt.«

»Klar. Er konnte nicht reden, bevor er nicht sicher war, daß die Arbeit beendet ist. So hatten wir es vereinbart, falls einer von uns beiden geschnappt würde. Wie haben Sie ihn gefunden?«

»Durch seinen Diamanten.«

»Er verbirgt ihn.«

»Ich habe ihn trotzdem gesehen.«

»Aha«, bemerkte Clémentine. »Sie haben Kenntnisse, Kenntnisse über die Geißel Gottes. Damit hatten wir nicht gerechnet.«

»Ich habe versucht, schnell zu lernen.«

»Aber zu spät. Die Arbeit ist beendet. Der Feind ist eingedrungen.«

»Durch die Flöhe?«

»Ja. Die Flöhe sind bereits auf ihnen drauf. Sie sind bereits infiziert.«

»Ihre Namen, Clémentine?«

»Rennen Sie nur. Um sie zu retten? Es ist ihr Schicksal, und es ist unaufhaltsam. Man hätte eben keinen Journot zerstören dürfen, Kommissar. Sie haben ihn zerstört, ihn und das Mädchen, das er liebte, das aus dem Fenster gesprungen ist, das arme Ding.«

Adamsberg wiegte den Kopf.

»Waren Sie es, Clémentine, die ihn überzeugt hat, sich zu rächen?«

»Fast jeden Tag haben wir im Gefängnis darüber gesprochen. Er ist der Erbe seines Urgroßvaters und des Rings. Arnaud mußte den Kopf hoch tragen, genau wie Émile während der Epidemie.«

»Haben Sie keine Angst vor dem Gefängnis? Angst um sich? Um Damas?«

»Vor dem Gefängnis?« fragte Clémentine und schlug sich mit den Händen auf die Oberschenkel. »Machen Sie Witze, Kommissar? Arnaud und ich haben niemanden umgebracht. Immer mit der Ruhe!«

»Wer dann?«

»Die Flöhe.«

»Infizierte Flöhe auszusetzen ist, wie auf einen Menschen zu schießen.«

»Niemand hat sie gezwungen zu beißen, langsam! Es ist die Geißel Gottes, sie schlägt zu, wo es ihr richtig erscheint. Wenn jemand getötet hat, dann Gott. Sie haben doch wohl nicht die Absicht, Gott einzulochen?«

Adamsberg betrachtete das Gesicht von Clémentine Courbet, das ebenso entspannt war wie das ihres Enkels. Er begriff allmählich, aus welcher Quelle sich die praktisch unerschütterliche Ruhe von Damas speiste. Er wie sie fühlten sich vollkommen unschuldig, was die fünf Morde anging, die sie begangen, und die drei, die sie noch geplant hatten.

»Schluß mit dem Mist«, erklärte Clémentine. »Folge ich Ihnen nun, oder bleibe ich, jetzt, wo wir geredet haben?«

»Ich werde Sie bitten, uns zu begleiten, Clémentine Courbet«, sagte Adamsberg und stand auf. »Um Ihre Aussage zu machen. Wir nehmen Sie hiermit in Polizeigewahrsam.«

»Nun, das kommt mir entgegen«, erwiderte Clémentine und stand ihrerseits auf. »So sehe ich den Kleinen.«

Während sie den Tisch abräumte, das Feuer abdeckte

und das Gas abdrehte, gab Kernorkian Adamsberg zu verstehen, daß er kein besonderes Verlangen habe, den Speicher zu durchsuchen.

»Die sind nicht infiziert, Brigadier«, sagte Adamsberg. »Verdammt, wo soll diese Frau Pestratten herhaben? Sie träumt, Kernorkian, es ist alles in ihrem Kopf.«

»Sagen tut sie aber etwas anderes«, wandte Kernorkian mit düsterem Gesicht ein.

»Sie faßt sie jeden Tag an. Sie hat keine Pest.«

»Die Journots sind geschützt, Kommissar.«

»Die Journots haben einen Mythos, das ist wie ein Geist, der Ihnen aber nichts antun wird, mein Wort darauf. Er greift nur diejenigen an, die versucht haben, einen Journot kaputtzumachen.«

»Ein Familienrächer sozusagen?«

»Ganz genau. Nehmen Sie auch noch eine Probe von der Holzkohle mit, und schicken Sie sie ins Labor, mit dem Hinweis, es sei eilig.«

Die Ankunft der alten Frau in der Brigade erregte einiges Aufsehen. Sie hatte eine große Dose Kekse mitgenommen, die sie fröhlich Damas zeigte, als sie vor seiner Zelle stehenblieb. Damas lächelte.

»Keine Sorge, Arnaud«, sagte sie, ohne auch nur den Versuch zu machen, leiser zu reden. »Die Arbeit ist beendet. Alle, sie haben sie alle.«

Damas' Lächeln wurde noch breiter, er nahm die Dose, die sie ihm durch die Gitterstäbe reichte, drehte sich um und setzte sich ruhig wieder auf seine Pritsche.

»Machen Sie ihr die Zelle neben der von Damas zurecht«, bat Adamsberg. »Holen Sie eine Matratze aus dem Umkleideraum herunter, und richten Sie das Ganze so bequem ein, wie Sie können. Sie ist sechsundachtzig Jahre alt. Clémentine«, fuhr er fort und wandte sich wieder der alten

Frau zu, »Schluß mit dem Mist. Packen wir diese Aussage jetzt an, oder fühlen Sie sich müde?«

»Wir packen's an«, erwiderte Clémentine entschlossen.

Gegen sechs Uhr abends verließ Adamsberg die Brigade, um ein Stück zu gehen, den Kopf schwer von den Enthüllungen Clémentine Courbets, geborene Journot. Er hatte ihr zwei Stunden lang zugehört und dann Großmutter und Enkel einander gegenübergestellt. Nicht ein einziges Mal war ihr Glaube an den bevorstehenden Tod der drei letzten Folterer erschüttert worden. Nicht einmal, als Adamsberg ihnen vor Augen geführt hatte, daß die zwischen dem Aussetzen der Flöhe und dem Tod der Opfer verstrichene Zeitspanne zu kurz, ja viel zu kurz gewesen war, um den Tod pestverseuchten Flöhen zuschreiben zu können. *Diese Geißel ist immer bereit und untersteht dem Befehl Gottes, der sie schickt und sie wieder verschwinden läßt, wann es ihm gefällt,* hatte Clémentine geantwortet und damit wörtlich die »Spezielle« vom 19. September wiederholt. Nicht einmal, als Adamsberg ihnen die negativen Ergebnisse der Analysen gezeigt hatte, die die absolute Unschädlichkeit ihrer Flöhe bewies. Nicht einmal, als er ihnen die Fotos mit den Würgemalen vor die Nase gehalten hatte. Der Glaube, den sie in ihre Insekten setzten, vor allem ihre Gewißheit, daß in Kürze drei Männer sterben würden, einer in Paris, der andere in Troyes und der letzte in Châtellerault, waren unerschütterlich geblieben.

Über eine Stunde lang ging er durch die Straßen und blieb dann gegenüber dem Santé-Gefängnis stehen. Dort oben streckte ein Gefangener einen Fuß zwischen den Gitterstäben hindurch. Es gab immer einen, der seinen Fuß rausstreckte und ihn in der Luft über dem Boulevard Arago baumeln ließ. Keine Hand, ein Fuß. Nicht mit Schuh, barfuß. Ein Typ, der genau wie er draußen herumlaufen wollte.

Er betrachtete den Fuß, stellte sich den von Clémentine, dann den von Damas vor, wie sie sich unter dem Himmel streckten. Er hielt sie keinesfalls für komplett verrückt, von dem schmalen Irrweg, auf den ihr Mythos sie führte, einmal abgesehen. Als der Fuß plötzlich wieder in die Zelle zurückkehrte, verstand Adamsberg, daß noch etwas Drittes außerhalb der Mauern existierte, jemand, der bereit war, das begonnene Werk mit dem Kabelbinder in Paris, in Troyes und in Châtellerault zu vollenden.

35

Adamsberg bog in Richtung Montparnasse ab und gelangte zur Place Edgar-Quinet. In einer Viertelstunde würde Bertin seinen abendlichen Donnerschlag ertönen lassen.

Er stieß die Tür zum *Viking* auf und fragte sich, ob der Normanne es wagen würde, ihn beim Kragen zu packen, wie er es mit dem Gast am Tag zuvor getan hatte. Aber Bertin rührte sich nicht, während Adamsberg sich unter den Bug des Drachenboots zwängte und an seinem Tisch Platz nahm. Er rührte sich nicht, grüßte aber auch nicht, und ging hinaus, kaum daß Adamsberg sich hingesetzt hatte. Adamsberg begriff, daß binnen zwei Minuten der gesamte Platz darüber informiert sein würde, daß der Bulle, der Damas abgeführt hatte, im Café saß. Bald würde er eine ganze Truppe am Hals haben. Aus diesem Grund war er gekommen. Vielleicht würde das Decambraissche Abendessen an diesem Abend ausnahmsweise sogar im *Viking* stattfinden. Er legte sein Handy auf den Tisch und wartete.

Fünf Minuten später stieß eine feindselig aussehende Gruppe von Menschen, die von Decambrais angeführt wurde und aus Lizbeth, Castillon, Le Guern, Eva und mehreren anderen bestand, die Tür des Cafés auf. Nur Le Guern schien der Situation relativ gleichgültig gegenüberzustehen. Umwerfende neue Nachrichten warfen ihn schon lange nicht mehr um.

»Setzen Sie sich«, sagte Adamsberg fast im Befehlston und hob den Kopf, um den aggressiven Gesichtern, die ihn umgaben, die Stirn zu bieten.

»Wo ist die Kleine?« fragte er und hielt Ausschau nach Marie-Belle.

»Sie ist krank«, erwiderte Eva dumpf. »Sie liegt im Bett. Wegen Ihnen.«

»Setzen Sie sich, Eva«, sagte Adamsberg.

Binnen eines Tages hatte die junge Frau ein anderes Gesicht bekommen, und Adamsberg entdeckte darin eine Menge unvermuteten Haß, der den etwas altmodischen Charme ihrer Melancholie verdrängt hatte. Gestern noch war sie anrührend gewesen, an diesem Abend war sie bedrohlich.

»Lassen Sie Damas da raus, Kommissar«, sagte Decambrais, der das Schweigen brach. »Sie sind auf dem Holzweg, Sie irren sich gewaltig. Damas ist friedfertig und hat ein weiches Herz. Er hat niemanden umgebracht, niemals.«

Adamsberg antwortete nicht und ging zur Toilette, um Danglard anzurufen. Zwei Männer zur Überwachung der Wohnung von Marie-Belle, Rue de la Convention. Dann kam er zurück an den Tisch und setzte sich dem alten Gelehrten gegenüber, der ihn hochmütig ansah.

»Fünf Minuten, Decambrais«, sagte er und spreizte die Finger einer Hand. »Ich erzähle Ihnen eine Geschichte. Und es ist mir egal, ob ich Sie alle langweile, ich erzähle trotzdem. Und wenn ich erzähle, erzähle ich in meinem Rhythmus und in meinen Worten. Manchmal wirke ich damit einschläfernd auf meinen Stellvertreter.«

Decambrais reckte das Kinn in die Luft und schwieg.

»Im Jahre 1918«, begann Adamsberg, »kehrt Émile Journot, seines Zeichens Lumpensammler, gesund und unversehrt aus dem Ersten Weltkrieg zurück.«

»Das ist uns schnurz«, bemerkte Lizbeth.

»Sei still, Lizbeth, er erzählt. Laß ihm seine Chance.«

»Vier Jahre an der Front, ohne auch nur ein einziges Mal verwundet worden zu sein«, fuhr Adamsberg fort. »Praktisch wie ein durch ein Wunder Geheilter. 1915 rettet der Lumpensammler seinem Hauptmann das Leben, indem er diesen, als er verwundet im Niemandsland liegt, zurückholt. Bevor der Hauptmann ins Hinterland gebracht wird, schenkt er dem einfachen Soldaten Journot zum Zeichen der Dankbarkeit seinen Ring.«

»Kommissar«, sagte Lizbeth, »wir sind nicht hier, um uns schöne Geschichten aus der guten alten Zeit zu erzählen. Lenken Sie nicht ab. Wir sind hier, um von Damas zu reden.«

Adamsberg sah Lizbeth an. Sie war blaß. Zum erstenmal sah er eine schwarze Haut, die erblaßte. Ihr Teint war grau geworden.

»Aber die Geschichte von Damas ist eine Geschichte aus der guten alten Zeit, Lizbeth« erklärte Adamsberg. »Ich fahre fort. Für den Soldaten Journot war das kein vertaner Tag. Der Ring des Hauptmanns hat einen Diamanten, der größer ist als eine Linse. Den ganzen Krieg über bewahrt Journot ihn an seinem Finger, den Stein nach innen gedreht und mit Schlamm eingeschmiert, damit man ihm den Ring nicht klaut. Als er 1918 demobilisiert wird, kehrt er in sein Elend in Clichy zurück, den Ring aber verkauft er nicht. Für Émile Journot ist der Ring ebenso heilbringend wie heilig. Zwei Jahre später bricht die Pest in seinem Viertel aus und richtet eine ganze Gasse zugrunde. Aber die Familie Journot, Émile, seine Frau und ihre sechsjährige Tochter Clémentine, werden verschont. Es wird getuschelt, es kommt zu Anschuldigungen. Von dem Arzt, der Krankenbesuche in dem Viertel macht, erfährt Émile, daß es der Diamant ist, der ihn vor der Geißel schützt.«

»Ist dieser Blödsinn wahr?« fragte Bertin vom Tresen aus.

»In den Büchern ist er wahr«, erwiderte Decambrais. »Machen Sie weiter, Adamsberg. Es zieht sich.«

»Ich habe Sie gewarnt. Wenn Sie Neuigkeiten von Damas wollen, hören Sie mir so lange zu, wie es sich zieht.«

»Neuigkeiten sind Neuigkeiten«, erklärte Joss, »ob alt oder neu, lang oder kurz.«

»Danke, Le Guern«, sagte Adamsberg. »Sofort beschuldigt man Émile Journot, die Pest in der Hand zu haben, sie vielleicht sogar zu verbreiten.«

»Mit diesem Émile haben wir nichts zu schaffen«, erklärte Lizbeth.

»Er ist der Urgroßvater von Damas, Lizbeth«, erwiderte Adamsberg bestimmt. »Die Familie Journot wird fast gelyncht und flieht eines Nachts aus der Cité Hauptoul, die Kleine auf dem Rücken ihres Vaters, an den Müllhalden vorbei, auf denen sich pestverseuchte Ratten im Todeskampf winden. Der Diamant schützt sie, gesund und unversehrt finden sie bei einem Cousin in Montreuil Zuflucht und kehren erst nach dem Ende des Dramas wieder in ihr altes Viertel zurück. Ihr Ruf ist gemacht. Die Journots, gestern noch verabscheut, sind jetzt Helden, sind Herrscher, sie sind die Herren über die Pest. Ihre wundersame Geschichte begründet den Ruhm der Familie von Lumpensammlern und wird zu ihrer Devise. Émile vernarrt sich endgültig in seinen Ring und alle möglichen Pestgeschichten. Als er stirbt, erbt seine Tochter Clémentine den Ring, den Ruhm und die Geschichten. Sie heiratet und erzieht ihre Tochter Roseline stolz in der Verehrung der Macht der Journots. Diese Tochter heiratet später Heller-Deville.«

»Wir kommen ab, wir kommen ab«, brummte Lizbeth.

»Wir nähern uns«, widersprach Adamsberg.

»Heller-Deville? Der Industrielle? Der von der Luftfahrt?« fragte Decambrais steif.

»Das wird er später. Zunächst ist er ein ehrgeiziger, intelligenter, gewalttätiger Kerl von dreiundzwanzig Jahren, der die Welt erobern will. Und er ist der Vater von Damas.«

»Damas heißt Viguier«, widersprach Bertin.

»Das ist nicht sein richtiger Name. Damas heißt Heller-Deville. Er wächst zwischen einem brutalen Vater und einer weinenden Mutter auf. Heller-Deville verprügelt seine Frau und schlägt seinen Sohn, und sieben Jahre nach der Geburt des Jungen läßt er die Familie mehr oder weniger im Stich.«

Adamsberg warf Eva, die plötzlich den Kopf senkte, einen Blick zu.

»Und die Kleine?« fragte Lizbeth, deren Interesse allmählich erwachte.

»Von Marie-Belle ist nicht die Rede. Sie wurde eine ganze Weile nach Damas geboren. Sooft Damas kann, sucht er Zuflucht bei seiner Großmutter Clémentine in Clichy. Sie tröstet das Kind, ermutigt es und stärkt es, indem sie ihm immer wieder von den ruhmreichen Heldentaten der Journots erzählt. Und nach der Zeit der Ohrfeigen, nach dem Verschwinden des Vaters wird die glorreiche Vergangenheit der Familie Jounot zu Damas' einzigem Trost. Zu seinem zehnten Geburtstag vertraut die Großmutter ihm feierlich den Ring an, und mit dem Diamanten die Macht, die Geißel Gottes zu befehligen. Was für den Jungen zunächst ein Kriegsspiel war, setzt sich nun in seinem Kopf fest und wird zu einem phantastischen, anfangs noch symbolischen Racheinstrument. Auf den Märkten von Saint-Ouen und Clignancourt hat die Großmutter eine Menge beeindrukkender Werke über die Pest zusammengetragen, über die von 1920, ›ihre‹ Pest, und über alle anderen Epidemien, die die Familiensaga nähren. Ich überlasse es Ihrer Phantasie, sich das auszumalen. Später ist Damas groß genug, um ganz allein Trost in diesen grauenhaften Berichten über die Schwarze Pest zu finden. Sie machen ihm keine Angst, im Gegenteil. Er hat den Diamanten des großen Émile, des Helden des Ersten Weltkrieges und der Pest. Diese Berichte bringen ihm Linderung, sie sind seine natürliche Kompensation für eine zerstörte Kindheit. Sein letzter Rettungsanker. Können Sie mir folgen?«

»Wo ist da der Zusammenhang«, sagte Bertin. »Das alles beweist noch gar nichts.«

»Damas ist achtzehn Jahre alt. Er ist ein schmächtiger junger Mann, ein Hänfling von Kindheit an, und auch später nicht viel mehr. Er wird Physiker und Ingenieur, wahrscheinlich, um seinen Vater zu überflügeln. Er ist gebildet, kann Latein, ist ein ausgezeichneter Kenner der Pest, ein kultivierter Wissenschaftler und hochbegabt, und er hat einen Mythos im Kopf. Er ist hartnäckig, und er beschäftigt sich mit Luftfahrttechnik. Mit vierundzwanzig Jahren entdeckt er ein Herstellungsverfahren, das die Bruchrisiken in einem wabenartig aufgebauten Stahl, der leicht wie ein Schwamm ist, auf ein Hundertstel reduziert, ich hab es nicht genau verstanden. Ich kann Ihnen nicht sagen, warum, aber dieser Stahl ist von höchstem Interesse für den Flugzeugbau.«

»Damas hat was entdeckt?« fragte Joss verblüfft. »Mit vierundzwanzig Jahren?«

»Absolut. Und er hat die Absicht, viel Geld aus der Sache zu schlagen. Jemand anderes beschließt, überhaupt kein Geld dafür zu zahlen und Damas seine Entdeckung zu stehlen, einfach so, nie gesehen, nie gehört. Dieser Jemand setzt sechs Männer auf ihn an, sechs räudige Hunde, die ihn erniedrigen, ihn foltern und seine Freundin vergewaltigen. Damas spuckt die Sache aus und verliert an einem einzigen Abend seinen Stolz, seine Liebe und seine Entdeckung. Und seine Ehre. Einen Monat später stürzt sich seine Freundin aus dem Fenster. Vor fast acht Jahren wurde der Fall Arnaud Heller-Deville vor Gericht verhandelt. Arnaud wird beschuldigt, das junge Mädchen aus dem Fenster gestoßen zu haben, und zu fünf Jahren Haft verurteilt, die er vor etwas mehr als zwei Jahren abgesessen hat.«

»Warum hat Damas beim Prozeß nichts gesagt? Warum hat er sich verknacken lassen?«

»Weil er jegliche Bewegungsfreiheit verloren hätte, wenn die Bullen die Folterer identifiziert hätten. Aber Damas wollte sich um jeden Preis rächen. Zu diesem Zeitpunkt war er nicht imstande zu kämpfen. Fünf Jahre später sieht die Sache jedoch ganz anders aus. Damas, der schwächliche Damas, verläßt das Gefängnis mit fünfzehn Kilo Muskeln und dem festen Entschluß, sich nie wieder mit Stahl zu beschäftigen, und besessen von dieser Rache. Im Gefängnis wird man leicht von etwas besessen. Das ist fast die einzige Zuflucht, die einem zur Verfügung steht: Besessenheit. Er kommt raus und hat acht Personen auf seiner Todesliste: Die sechs Folterer, das Mädchen, das sie begleitete, und den Auftraggeber. Fünf Jahre lang hat die alte Clémentine geduldig ihren Fährten nachgespürt, indem sie Damas' Hinweisen nachging. Nun sind sie bereit. Für die Morde greift Damas natürlich auf die besondere Macht der Familie zurück. Was sonst? Fünf sind diese Woche drangekommen. Drei bleiben noch.«

»Das ist nicht möglich«, erklärte Decambrais.

»Damas und seine Großmutter haben alles gestanden«, erwiderte Adamsberg und sah ihm in die Augen. »Sieben Jahre Vorbereitung. Die Ratten, die Flöhe und die alten Bücher sind bei der Großmutter, die noch immer in Clichy lebt. Die elfenbeinfarbenen Umschläge ebenfalls. Der Drucker. Das ganze Material.«

Decambrais schüttelte den Kopf.

»Damas kann nicht töten«, wiederholte er. »Oder ich hänge meinen Beruf als Berater in Lebensfragen an den Nagel.«

»Machen Sie nur, Sie sind nicht der einzige. Danglard hat bereits sein Hemd gefressen. Damas hat gestanden, Decambrais. Alles. Nur nicht die Namen der drei restlichen

Opfer, deren bevorstehenden Tod er voller Triumph erwartet.«

»Hat er gesagt, daß er sie getötet hat? Er selbst?«

»Nein«, gab Adamsberg zu. »Er hat gesagt, die Pestflöhe hätten sie getötet.«

»Wenn die Geschichte stimmt«, sagte Lizbeth, »werde ich ihr nicht widersprechen.«

»Gehen Sie zu ihm, Decambrais, wenn Sie wollen, zu ihm und seiner ›Mané‹, wie er sie nennt. Er wird Ihnen alles bestätigen, was ich Ihnen gerade erzählt habe. Gehen Sie hin, Decambrais. Gehen Sie, und hören Sie ihm zu.«

Über der Runde lag drückendes Schweigen. Bertin hatte vergessen, seinen Donner über den Platz zu schicken. Verstört schlug er um fünf vor halb neun mit der Faust auf die schwere Kupferplatte. Düster wie ein passender Abschluß der grauenhaften Geschichte aus der guten alten Zeit von Arnaud Damas Heller-Deville ertönte der Klang.

Eine Stunde später waren die schwerverdaulichen Brocken der Geschichte halbwegs geschluckt, und Adamsberg schlenderte neben einem gesättigten und beruhigten Decambrais auf dem Platz umher.

»So ist das, Decambrais«, sagte Adamsberg. »Wir können nichts dafür. Auch ich bedaure es.«

»Irgendwas stimmt da nicht«, beharrte Decambrais.

»Das ist richtig. Irgendwas stimmt nicht. Und zwar das mit der Kohle.«

»Ach, Sie wissen es?«

»Ein gewaltiger Schnitzer für einen so ausgezeichneten Pestologen«, murmelte Adamsberg. »Und ich bin mir auch nicht sicher, Decambrais, ob die drei Typen, die noch sterben sollen, da unbeschadet rauskommen werden.«

»Damas und Clémentine sind hinter Gittern.«

»Das ändert nichts.«

36

Um zehn verließ Adamsberg den Platz mit dem Gefühl, einen Punkt vernachlässigt zu haben, und er wußte auch, welchen. Er hätte gern Marie-Belle in der Runde gesehen. »Eine Familienangelegenheit«, Ferez hatte es bestätigt.

Das Fehlen Marie-Belles hatte die Tischgesellschaft vom *Viking* aus dem Gleichgewicht gebracht. Er mußte mit ihr reden. Sie war der einzige Anlaß für Meinungsverschiedenheiten zwischen Damas und Mané gewesen. Als Adamsberg den Namen des jungen Mädchens genannt hatte, hatte Damas antworten wollen, aber die alte Clémentine hatte sich wütend umgewandt und ihm befohlen, diese »Hurentochter« zu vergessen. Danach hatte die alte Frau vor sich hin gemurmelt, und ihm war, als habe er etwas wie »die Dicke von Romorantin« verstanden. Damas hatte ein ziemlich unglückliches Gesicht gemacht und versucht, das Thema zu wechseln, indem er Adamsberg einen intensiven Blick zuwarf, der ihn anzuflehen schien, sich nicht mehr um seine Schwester zu kümmern. Genau aus dem Grund kümmerte sich Adamsberg nun um sie.

Es war noch nicht elf, als er in der Rue de la Convention ankam. Er entdeckte zwei seiner Männer, die unweit des Gebäudes unauffällig in einem Zivilfahrzeug saßen. Oben im vierten Stock brannte Licht. Er konnte also bei Marie-Belle klingeln, ohne das Risiko einzugehen, sie zu wecken. Aber Lizbeth hatte gesagt, sie sei krank. Er zögerte. Marie-Belle gegenüber war er genauso zerrissen wie gegenüber Damas und Clémentine. Ein Teil von ihm war durch ihren festen Glauben an die eigene Unschuld geschwächt, ein anderer Teil war entschlossen, den Pestbereiter zur Strecke zu bringen, aus wie vielen Elementen er auch bestehen mochte.

Er sah an der Fassade hinauf. Ein Haussmannsches Gebäude aus hochwertigen Quadersteinen mit skulpturenverzierten Balkonen. Die Wohnung zog sich über alle sechs Fenster der Etage. Das große Vermögen der Familie Heller-Deville, ein sehr großes Vermögen. Adamsberg fragte sich, wieso Damas, wenn er denn überhaupt arbeiten mußte, nicht ein Luxus-Geschäft aufgemacht hatte anstelle dieses düsteren, vollgestopften *Roll-Rider*.

Während er noch unschlüssig im Dunkeln wartete, sah er, wie die Toreinfahrt geöffnet wurde. Marie-Belle kam am Arm eines sehr kleinen Mannes heraus und ging ein paar Schritte mit ihm auf dem verlassenen Bürgersteig. Sie redete aufgeregt und ungeduldig auf ihn ein. Ihr Liebhaber, dachte Adamsberg. Ein Streit unter Liebenden, wegen Damas. Vorsichtig näherte er sich. Er konnte sie im Licht der Straßenlaternen deutlich erkennen, zwei schmale blonde Köpfe. Der Mann wandte sich um, er schien Marie-Belle zu antworten, Adamsberg sah ihn nun von vorn. Ein ziemlich hübsches Gesicht, ein bißchen langweilig, ohne Brauen, aber zart. Marie-Belle drückte kräftig seinen Arm, dann küßte sie ihn auf beide Wangen, bevor sie wieder ins Haus ging.

Adamsberg beobachtete, wie sich die Tür des Gebäudes hinter ihr schloß und der junge Mann sich auf dem Bürgersteig entfernte. Nein, nicht ihr Liebhaber. Einen Liebhaber küßt man nicht auf die Wangen und nicht so flüchtig. Also jemand anderes, ein Freund. Adamsberg sah der Silhouette des jungen Mannes nach, dann überquerte er die Straße, um zu Marie-Belle hinaufzugehen. Sie war nicht krank. Sie war verabredet. Weiß der Teufel mit wem.

Mit ihrem Bruder.

Adamsberg blieb wie angewurzelt stehen, die Hand an der Haustür. Ihr Bruder. Ihr jüngerer Bruder. Dieselben blonden Haare, dieselben schmalen Augenbrauen, dasselbe verkniffene Lächeln. Marie-Belle in weich, in blaß. Der kleine Bruder aus Romorantin, der solche Angst vor Paris hatte. Der aber in Paris war. In dieser Sekunde wurde Adamsberg bewußt, daß er nicht ein einziges Telefonat mit Romorantin, im Departement Loir-et-Cher, auf den Listen von Damas entdeckt hatte. Dabei konnte man doch annehmen, daß sie ihn regelmäßig anrief. Der Kleine war nicht sehr helle, der Kleine wartete auf ihre Anrufe.

Aber der Kleine war in Paris. Der dritte Nachkomme Journot.

Adamsberg rannte die Rue de la Convention hinunter. Sie war lang, und er sah den jungen Heller-Deville von weitem. Als er sich ihm bis auf dreißig Meter genähert hatte, ging er langsamer. Der junge Mann blickte häufig suchend die Straße entlang, als sehe er sich nach einem Taxi um. Adamsberg drückte sich in einen Torbogen, um einen Wagen zu rufen. Dann steckte er das Handy in die Jackentasche, zog es sofort wieder hervor und sah es an. Als er in das tote Auge des Apparats blickte, begriff er, daß Camille nicht anrufen würde. Nicht in fünf Jahren, nicht in zehn Jahren, vielleicht nie. Gut, dann eben nicht, egal.

Er schob den Gedanken beiseite und nahm die Verfolgung von Heller-Deville wieder auf.

Heller-Deville junior, der zweite Mann, derjenige, der jetzt, da der Ältere und Mané verhaftet waren, das Pestwerk vollenden würde. Und weder Damas noch Clémentine zweifelten auch nur eine Sekunde daran, daß sie abgelöst werden würden. Die Macht der Familiensaga wirkte weiter. Bei den Nachkommen Journot wußte man zusammenzuhalten und duldete keinen Makel. Sie waren Herren und Meister, keine Märtyrer. Und die Schmach wurde durch das Blut der Pest abgewaschen. Gerade eben hatte Marie-Belle den Stab an den Benjamin der Journots weitergereicht. Damas hatte fünf umgebracht, der dort würde drei töten.

Adamsberg durfte ihn um keinen Preis verlieren oder verschrecken. Die Verfolgung wurde noch dadurch erschwert, daß der junge Mann sich unaufhörlich zur Straße umdrehte, was auch Adamsberg tat, in der Sorge, ein Taxi auftauchen zu sehen und es nicht aufhalten zu können, ohne sich bemerkbar zu machen. Dann sah er einen Wagen, der sich langsam mit Abblendlicht näherte, einen beigefarbenen Wagen, den er sofort als ein Fahrzeug der Brigade erkannte. Als er mit ihm auf gleicher Höhe war, gab Adamsberg dem Fahrer unauffällig und ohne sich umzudrehen ein Zeichen, langsamer zu fahren.

Als der junge Heller-Deville vier Minuten später die Kreuzung Félix-Faure erreicht hatte, hob er den Arm, worauf ein Taxi am Bürgersteig hielt. Dreißig Meter hinter ihm stieg Adamsberg in den beigefarbenen Wagen.

»Dem Taxi nach«, flüsterte er und schloß behutsam die Wagentür.

»Das war mir schon klar«, entgegnete Oberleutnant Violette Retancourt, die schwere, massige Frau, die ihn während der ersten Dringlichkeitssitzung so heftig attackiert hatte. An ihrer Seite erkannte Adamsberg den jungen Estalère mit den grünen Augen.

»Retancourt«, verkündete die Frau.

»Estalère«, sagte der junge Mann.

»Folgen Sie ihm vorsichtig, kein falsches Manöver, Retancourt. Ich hüte den Burschen wie meinen Augapfel.«

»Wer ist das?«

»Der zweite Mann, ein Urenkel Journot, ein kleiner Meister über die Pest. Er macht sich gerade auf den Weg, einen Folterer in Troyes, einen weiteren in Châtellerault und Kévin Roubaud in Paris zu bestrafen, sobald wir den freigelassen haben.«

»Dreckskerle«, bemerkte Retancourt. »Denen weine ich keine Träne nach.«

»Man kann aber nicht Karten spielen und zusehen, wie sie erdrosselt werden, Oberleutnant«, entgegnete Adamsberg.

»Warum nicht?« fragte Retancourt.

»Sie werden nicht davonkommen, glauben Sie mir. Wenn ich mich nicht täusche, gehen die Journot-Heller-Devilles in aufsteigender Reihenfolge vor, vom Mitläufer bis zum Anführer. Ich habe den Eindruck, daß sie ihr Massaker mit einem vergleichsweise harmlosen Mitglied der Bande begonnen haben und es mit dem Oberschweinehund beenden werden. Denn nach und nach haben die Mitglieder des Kommandos wie ein Sylvain Marmot und ein Kévin Roubaud verstanden, daß ihr einstiges Opfer zurückgekehrt ist. Die drei letzten wissen Bescheid, sie rechnen damit und sterben vor Angst. Das macht die Rache noch furchtbarer. Biegen Sie links ab, Retancourt.«

»Ich hab's gesehen.«

»Logischerweise müßte der letzte auf der Liste also derjenige sein, der den Auftrag zum Foltern gegeben hat. Ein Physiker, zwangsläufig auf Luftfahrttechnik spezialisiert, jemand, der in der Lage war, die Bedeutung des von Damas entdeckten Herstellungsverfahrens zu erkennen. Davon dürfte es in Troyes oder in Châtellerault nicht allzu viele geben. Ich habe Danglard darauf angesetzt. Bei ihm besteht die Chance, daß wir ihn finden.«

»Wir brauchen doch nur darauf zu warten, daß der Junge uns zu ihm führt.«

»Zusehen, bis etwas passiert, ist riskant, Retancourt. Solange wir andere Möglichkeiten haben, vermeide ich das lieber.«

»Wo führt der Junge uns hin? Wir fahren direkt nach Norden.«

»Zu sich, in ein Hotel oder ein gemietetes Zimmer. Er hat seine Befehle entgegengenommen und wird jetzt schlafen. Heute nacht wird es ruhig bleiben. Er wird sich nicht mit dem Taxi nach Troyes oder nach Châtellerault fahren lassen. Alles, was uns heute abend interessiert, ist die Adresse seines Schlupfwinkels. Aber gleich morgen wird er starten. Er muß so schnell wie möglich handeln.«

»Und die Schwester?«

»Wir wissen, wo die Schwester ist, und überwachen sie. Damas hat ihr alle Details anvertraut, damit sie sie, falls es Schwierigkeiten geben sollte, an den kleinen Bruder weitergeben kann. Für sie zählt allein, daß die Arbeit beendet wird, Oberleutnant. Die Journots reden von nichts anderem. Die Arbeit beenden. Denn ein Journot kennt keinen Mißerfolg, das ist so seit 1914, und er will ihn auch heute nicht erleben.«

Estalère pfiff durch die Zähne.

»Na, dann bin ich kein Journot«, sagte er. »Da bin ich mir jetzt sicher.«

»Ich auch nicht«, bemerkte Adamsberg.

»Wir nähern uns der Gare du Nord«, gab Retancourt zu bedenken. »Was ist, wenn er noch heute abend den Zug nimmt?«

»Dafür ist es zu spät. Außerdem hat er nicht einmal eine Tasche dabei.«

»Er kann ohne Gepäck reisen.«

»Und die schwarze Farbe, Oberleutnant? Das Schlosserwerkzeug? Der Umschlag mit den Flöhen? Das Tränengas? Die Schlinge? Die Holzkohle? Das kann er nicht alles in die Hosentasche stecken.«

»Das bedeutet, daß auch der kleine Bruder sich mit der Schlosserei versucht.«

»Ganz sicher. Es sei denn, er lockt sein Opfer nach draußen, wie im Fall von Viard und Clerc.«

»Gar nicht so einfach, wo die Opfer jetzt gewarnt sind«, wandte Estalère ein. »Und nach dem, was Sie sagen, sind sie es.«

»Und die Schwester?« fragte Retancourt. »Für ein Mädchen ist es erheblich einfacher, einen Typen rauszulocken. Ist sie hübsch?«

»Ja. Aber ich glaube, Marie-Belle wird nur zur Weitergabe von Informationen eingesetzt. Ich bin mir nicht sicher, ob sie alles weiß. Sie ist naiv und geschwätzig, und es ist wahrscheinlich, daß Damas deshalb vorsichtig ist oder daß er sie schützt.«

»Eine Art Männersache also?« fragte Retancourt ziemlich barsch. »Eine Sache von Übermenschen?«

»Genau darin liegt das Problem. Bremsen Sie, Retancourt. Machen Sie die Scheinwerfer aus.«

Das Taxi hatte den jungen Mann an einem verlassenen Abschnitt des Canal Saint-Martin abgesetzt.

»Ein ruhiger Ort, das zumindest steht schon mal fest«, murmelte Adamsberg.

»Er wartet, bis das Taxi wegfährt, bevor er nach Hause geht«, kommentierte Retancourt. »Klug, der Übermensch. Meiner Meinung nach hat er nicht die genaue Adresse angegeben. Er wird noch ein Stück laufen.«

»Folgen Sie ihm mit ausgeschalteten Scheinwerfern, Oberleutnant«, sagte Adamsberg, als der junge Mann sich in Bewegung setzte. »Folgen Sie. Stopp.«

»Scheiße, das seh ich selbst«, sagte Retancourt.

Estalère warf Violette Retancourt einen verschreckten Blick zu. Verdammt, man sagte nicht »Scheiße« zum Brigadechef.

»Entschuldigung«, brummte Retancourt. »Das ist mir so rausgerutscht. Ich hab's bloß selbst gesehen. Ich seh sehr gut im Dunkeln. Der junge Mann rührt sich nicht mehr. Er wartet am Kanal. Was lungert er da rum? Schläft der da, oder was?«

Adamsberg spähte zwischen den beiden Oberleutnants auf den Vordersitzen hindurch. Er brauchte einen Moment, um sich den Ort anzusehen.

»Ich steige aus«, sagte er. »Ich gehe so nah wie möglich ran, dort hinter die Werbetafel.«

»Die mit der Kaffeetasse drauf?« fragte Retancourt. »*Zum Sterben köstlich.* Nicht gerade ein aufmunterndes Versteck.«

»Sie haben tatsächlich gute Augen, Oberleutnant.«

»Wenn ich will. Ich kann Ihnen sogar sagen, daß da ziemlich viel Kies drumherum liegt. Das wird Lärm machen. Der Übermensch zündet sich eine Kippe an. Ich glaube, er wartet auf jemanden.«

»Oder er schnappt ein bißchen Luft, oder er denkt nach. Stellen Sie sich beide vierzig Schritt hinter mir auf, auf zehn vor und zehn nach.«

Adamsberg stieg leise aus dem Wagen und schlich auf die schmale Silhouette am Ufer des Kanals zu. Als er sich ihr bis auf dreißig Meter genähert hatte, zog er die Schuhe aus, überquerte Schritt für Schritt die Kiesfläche und zwängte sich hinter den zum Sterben köstlichen Kaffeegenuß. In diesem fast vollständig dunklen Abschnitt konnte man den Kanal kaum erkennen. Adamsberg hob den Kopf und stellte fest, daß die drei nächsten Straßenlaternen kaputt und ihre Gläser eingeschlagen waren. Vielleicht würde der Kerl nicht einfach nur Luft schnappen. Der junge Mann warf seine Zigarette ins Wasser, dann zog er an seinen Fingern und ließ die Gelenke knacken, erst an der einen Hand, dann an der anderen, und beobachtete den Kai zu seiner Linken. Adamsberg spähte in dieselbe Richtung. In der Ferne näherte sich ein großer, dünner Schatten mit zögerlichen Schritten. Ein alter Mann, der aufpaßte, wo er seine Füße hinsetzte. Ein vierter Journot? Ein Onkel? Ein Großonkel?

Als er bei dem jungen Mann angekommen war, blieb der Alte unentschlossen in der Dunkelheit stehen.

»Sind Sie es?« fragte er.

Statt einer Antwort bekam er einen kräftigen rechten Haken auf den Kiefer, gefolgt von einem Schlag in den Solarplexus, und stürzte wie ein Kartenhaus in sich zusammen.

Adamsberg rannte über die Fläche, die ihn vom Kai trennte, während der junge Mann den leblosen Körper in den Kanal warf. Bei dem Geräusch von Adamsbergs Schritten drehte er sich blitzschnell um und ergriff die Flucht.

»Estalère! Los!« rief Adamsberg, bevor er geradewegs in den Kanal sprang, in dem der reglose Körper des Alten bäuchlings im Wasser trieb. Mit ein paar Schwimmzügen zog Adamsberg ihn zum Ufer, wo Estalère ihm schon die Hand hinstreckte.

»Scheiße, Estalère!« rief Adamsberg. »Der Kerl! Rennen Sie dem Kerl nach!«

»Retancourt ist an ihm dran«, erklärte Estalère, als hätte er seine Hunde losgelassen.

Er half Adamsberg, wieder ans Ufer zu klettern und den schweren, glitschigen Körper hinaufzuhieven.

»Mund zu Mund«, befahl Adamsberg und stürzte los.

In der Ferne sah er die Silhouette des jungen Mannes dahinrennen, schnell wie ein Damhirsch. Hinter ihm folgte mit schweren Schritten der dicke Schatten von Retancourt, so machtlos wie ein Panzer, der eine Möwe verfolgt. Dann schien der dicke Schatten den Abstand zwischen sich und der Beute verringern zu können, ja, er kam ihr sogar deutlich näher. Verblüfft lief Adamsberg langsamer. Zwanzig Schritte später hörte er einen Zusammenprall, ein dumpfes

Geräusch und schließlich einen Schmerzensschrei. In der Ferne lief niemand mehr.

»Retancourt?« rief er.

»Lassen Sie sich Zeit«, antwortete die tiefe Stimme der Frau. »Er ist gut verkeilt.«

Zwei Minuten später sah Adamsberg Oberleutnant Retancourt, die bequem auf der Brust des Flüchtigen saß und ihm den Oberkörper plattdrückte. Der junge Mann konnte kaum atmen und wand sich in alle Richtungen, in dem Versuch, das Gewicht, das wie eine Bombe auf ihn gefallen war, loszuwerden. Retancourt hatte sich nicht die Mühe gemacht, ihre Pistole zu ziehen.

»Sie rennen schnell, Oberleutnant. Ich hätte nicht auf sie gewettet.«

»Weil ich einen dicken Hintern habe?«

»Nein«, log Adamsberg.

»Da haben Sie unrecht. Das bremst mich.«

»Aber gar nicht so sehr.«

»Sagen wir, ich habe viel Energie«, antwortete Retancourt. »Und die verwandle ich, in was ich will.«

»Zum Beispiel?«

»Im Moment verwandle ich sie zum Beispiel in Masse.«

»Haben Sie eine Taschenlampe? Meine ist naß geworden.«

Retancourt hielt ihm ihre Taschenlampe hin, und Adamsberg leuchtete seinem Gefangenen ins Gesicht. Dann legte er ihm Handschellen an und befestigte einen der Ringe am Handgelenk von Retancourt. Das war so gut wie ein Baum.

»Junger Nachfahre der Journots«, sagte er. »Hier auf dem Quai de Jemmapes endet der Rachefeldzug.«

Der Mann warf ihm einen haßerfüllten, fassungslosen Blick zu.

»Sie verwechseln mich«, erklärte er und verzog das Gesicht. »Der Alte wollte mich angreifen, ich habe mich verteidigt.«

»Ich war direkt hinter dir. Du hast ihm deine Faust ins Gesicht gestoßen.«

»Weil er eine Knarre gezückt hat! Er hat gesagt: ›Sind Sie es?‹, und gleichzeitig hat er eine Knarre gezückt! Da habe ich ihn geschlagen. Ich weiß nicht, was der Typ von mir wollte! Bitte, könnten Sie der guten Frau nicht sagen, daß sie zur Seite rücken soll? Ich ersticke.«

»Setzen Sie sich auf seine Beine, Retancourt.«

Adamsberg durchsuchte ihn nach seinen Papieren. In der Innentasche des Blousons entdeckte er eine Brieftasche und leerte ihren Inhalt auf dem Boden aus, um ihn im Schein der Taschenlampe zu untersuchen.

»Lassen Sie mich los!« rief der Mann. »Er hat mich angegriffen!«

»Sei still. Jetzt reicht's.«

»Das ist eine Verwechslung! Ich kenne keinen Journot!«

Stirnrunzelnd betrachtete Adamsberg den Personalausweis. »Heißt du auch nicht Heller-Deville?« fragte er überrascht.

»Nein! Sie sehen doch selbst, daß es eine Verwechslung ist! Der Kerl hat mich angegriffen!«

»Helfen Sie ihm hoch, Retancourt«, sagte Adamsberg. »Und dann führen Sie ihn zum Wagen.«

Adamsberg richtete sich auf, die Kleidung von dem dreckigen Wasser durchnäßt, und ging zu dem besorgt wartenden Estalère zurück. Der junge Mann hieß Antoine Hurfin, geboren in Vétigny im Departement Loir-et-Cher. Nur ein Freund von Marie-Belle? Der von dem Alten angegriffen wurde?

Estalère schien den Körper des alten Mannes, den er sitzend an sich lehnte und an der Schulter festhielt, ins Leben zurückgeholt zu haben.

»Estalère«, fragte Adamsberg, als er näher kam. »Warum sind Sie nicht gerannt, als ich Sie dazu aufgefordert habe?«

»Entschuldigung, Kommissar, ich habe Ihre Aufforderung nicht befolgt. Aber Retancourt rennt dreimal schneller als ich. Der Typ war schon außer Reichweite, ich dachte, sie sei unsere einzige Chance.«

»Komisch, daß ihre Eltern sie Violette genannt haben.«

»Wissen Sie, Kommissar, ein Baby ist nicht dick, man kann ja nicht ahnen, daß es sich in einen multifunktionalen Sturmpanzer verwandeln wird. Aber sie ist eine sehr sanfte Frau«, fügte er sofort hinzu, um sich zu verbessern. »Sehr lieb.«

»Tatsächlich?«

»Man muß sie natürlich kennen.«

»Wie geht es ihm?«

»Er atmet, aber er hatte schon Wasser in den Bronchien. Er ist noch sehr mitgenommen und erschöpft, vielleicht das Herz. Ich habe den Krankenwagen gerufen, war das richtig so?«

Adamsberg kniete nieder und richtete die Taschenlampe auf das Gesicht des Mannes, das an Estalères Schulter ruhte.

»Scheiße, Decambrais.«

Adamsberg faßte sein Kinn und bewegte es behutsam hin und her.

»Decambrais, ich bin's, Adamsberg. Machen Sie die Augen auf, mein Lieber.«

Decambrais schien der Aufforderung unter großer Anstrengung nachzukommen.

»Es war nicht Damas«, sagte er schwach. »Die Kohle.«

Neben ihnen bremste der Krankenwagen, und zwei Männer mit einer Trage stiegen aus.

»Wo bringen Sie ihn hin?« fragte Adamsberg.

»Ins Hôpital Saint-Louis«, antwortete einer der Sanitäter, die den alten Mann jetzt übernahmen.

Adamsberg sah zu, wie sie Decambrais auf die Trage legten und ihn zum Wagen brachten. Er zog sein Telefon aus der Tasche und schüttelte den Kopf.

»Mein Handy ist ertrunken«, sagte er zu Estalère. »Geben Sie mir Ihres.«

Adamsberg wurde bewußt, daß Camille ihn, selbst wenn sie wollte, nicht mehr anrufen konnte. Handy ertrunken. Aber das hatte keinerlei Bedeutung, da Camille ihn nicht anrufen wollte. Sehr gut. Ruf nicht mehr an. Und geh, Camille, geh.

Adamsberg wählte die Nummer des Hauses Decambrais und hatte Eva am Apparat, die offenbar noch nicht schlafen gegangen war.

»Eva, geben Sie mir Lizbeth, es ist dringend.«

»Lizbeth ist im Cabaret«, antwortete Eva barsch. »Sie singt.«

»Dann geben Sie mir die Nummer vom Cabaret.«

»Wenn Lizbeth auf der Bühne steht, darf man sie nicht stören.«

»Das ist ein Befehl, Eva.«

Eine Minute lang wartete Adamsberg, eine Minute, in der er sich fragte, ob er nicht allmählich doch ein Bulle wurde. Er verstand sehr gut, daß Eva das Bedürfnis hatte, die gesamte Welt zu bestrafen, aber dafür war jetzt schlicht nicht der Moment.

Er brauchte zehn Minuten, bis er Lizbeth erreichte.

»Ich wollte gerade gehen, Kommissar. Wenn Sie anrufen, um mir mitzuteilen, daß Sie Damas freilassen, höre ich Ihnen zu. Ansonsten bemühen Sie sich vergeblich.«

»Ich rufe an, um Ihnen mitzuteilen, daß Decambrais überfallen wurde. Er wird gerade ins Hôpital Saint-Louis gebracht. Nein, Lizbeth, er wird schon wieder, glaube ich. Nein, von einem jungen Kerl. Ich weiß es nicht, wir werden ihn befragen. Seien Sie so nett, und packen Sie ihm eine Tasche, vergessen Sie nicht, ein oder zwei Bücher dazuzulegen, und gehen Sie zu ihm. Er wird Sie brauchen.«

»Das ist Ihre Schuld. Warum haben Sie ihn dort hinbestellt?«

»Wohin, Lizbeth?«

»Als Sie ihn angerufen haben. Haben Sie bei der Polizei nicht genug Leute? Decambrais ist kein Reservist.«

»Ich habe ihn nicht angerufen, Lizbeth.«

»Es war ein Kollege von Ihnen«, versicherte Lizbeth. »Er hat in Ihrem Namen angerufen. Ich bin doch nicht verrückt, ich habe die Nachricht mit dem Treffpunkt selbst übermittelt.«

»Am Quai de Jemmapes?«

»Gegenüber von Hausnummer 57, um halb zwölf.«

Adamsberg schüttelte in der Dunkelheit den Kopf.

»Lizbeth, Decambrais soll sich nicht aus seinem Zimmer rühren. Unter keinem Vorwand, wer immer auch anruft.«

»Das waren gar nicht Sie, wie?«

»Nein, Lizbeth. Bleiben Sie bei ihm. Ich schicke Ihnen einen Beamten zur Verstärkung.«

Adamsberg legte auf und rief in der Brigade an.

»Brigadier Gardon«, meldete sich eine Stimme.

»Gardon, schicken Sie einen Mann ins Hôpital Saint-Louis zur Bewachung des Zimmers von Hervé Ducouëdic. Und zwei Mann als Ablösung in die Rue de la Convention, zur Wohnung von Marie-Belle. Nein, so wie bisher, sie sollen sich darauf beschränken, vor dem Gebäude zu stehen. Wenn sie morgen früh das Haus verläßt, soll man sie zu mir bringen.«

»Gewahrsam, Kommissar?«

»Nein, Zeugenaussage. Geht es der alten Dame gut?«

»Sie hat sich eine Weile durch die Gitter ihrer Zelle mit ihrem Enkel unterhalten. Jetzt schläft sie.«

»Worüber unterhalten, Gardon?«

»Um die Wahrheit zu sagen: Sie hat gespielt. Sie haben

Personenraten gespielt. Dieses Charakterspiel, wissen Sie. Was wäre er als Farbe? Was wäre er als Tier? Was wäre er als Geräusch? Und dann muß man die betreffende Person erraten. Nicht leicht.«

»Man kann wohl nicht gerade behaupten, daß ihr Schicksal sie irgendwie beunruhigt.«

»Noch nicht. Die alte Dame heitert eher die Brigade auf. Heller-Deville ist ein netter Typ, er hat seine Kekse mit uns geteilt. Normalerweise macht Mané sie mit Rahm, aber sie ...«

»... bekommt keinen mehr, ich weiß, Gardon. Sie nimmt Sahne. Haben wir inzwischen die Ergebnisse von Clémentines Holzkohle?«

»Vor einer Stunde. Tut mir leid, negativ. Keine Spur von Apfelholz. Es ist Esche, Ulme und Robinie, unsortierte Ware aus dem Handel.«

»Scheiße.«

»Ich weiß, Kommissar.«

Adamsberg ging zum Auto zurück, seine klitschnasse Kleidung klebte ihm am Körper, er fröstelte leicht. Estalère hatte sich ans Steuer gesetzt, Retancourt saß hinten, mit Handschellen an den Gefangenen gekettet. Er beugte sich durch die Tür.

»Estalère, haben Sie meine Schuhe aufgesammelt?« fragte er. »Ich kann sie nicht finden.«

»Nein, Kommissar, ich habe sie nicht gesehen.«

»Dann eben nicht«, sagte Adamsberg und stieg vorne ein. »Wir werden nicht die ganze Nacht damit verbringen, nach ihnen zu suchen.«

Estalère fuhr los. Der junge Mann hatte aufgehört, seine Unschuld zu beteuern, so als hätte ihn die unerschütterliche Masse Retancourts neben ihm entmutigt.

»Setzen Sie mich bei mir ab«, bat Adamsberg. »Sagen Sie der Nachtschicht, sie sollen mit dem Verhör von Antoine

Hurfin Heller-Deville, oder wie immer sein Name lauten mag, anfangen.«

»Hurfin«, knurrte der junge Mann. »Antoine Hurfin.«

»Feststellung der Identität, Hausdurchsuchung, Alibis und alles, was dazugehört. Ich werde mich um diese verdammte Holzkohle kümmern.«

»Wo?« fragte Retancourt.

»Im Bett.«

Adamsberg streckte sich in der Dunkelheit aus und schloß die Augen. Drei Gipfel ragten aus seiner Müdigkeit und den dichten Wolken der Tagesereignisse empor. Die Kekse von Clémentine, das ertrunkene Handy, die Holzkohle. Er verscheuchte die Kekse, die für die Ermittlung bedeutungslos waren, aber für den Seelenfrieden des Pestbereiters und seiner Großmutter sprachen, aus seinen Gedanken. Sein ertrunkenes Handy suchte ihn heim wie eine in den Abgrund gerissene Hoffnung, ein Wrack, wie ein Schiffbruch, der in Joss Le Guerns *Blättern aus der Geschichte* hätte vorkommen können.

Mobiltelefon Adamsberg, drei Tage Akku-Unabhängigkeit, ohne Fracht aufgebrochen in der Rue Delambre, erreicht Canal Saint-Martin und sinkt vor Anker. Mannschaft verloren. Eine Frau an Bord, Camille Forestier, verloren.

Einverstanden. Ruf nicht an, Camille. Geh. Alles ist egal.

Blieb die Holzkohle.

Man kam immer wieder darauf zurück. Fast ganz an den Anfang zurück.

Damas war ein ausgezeichneter Pestologe und hatte einen *gewaltigen Schnitzer* begangen. Diese beiden Feststellungen waren unvereinbar. Entweder hatte Damas in punkto Pest kaum eine Ahnung und beging einen Fehler, wie er jedem hätte unterlaufen können, indem er die Haut seiner Opfer schwärzte. Oder Damas hatte Ahnung, dann hätte er sich nie einen solchen Fehler erlaubt. Nicht ein Typ wie Damas. Nicht ein Typ, der alten Texten eine derartige Ehrfurcht entgegenbrachte, daß er alle von ihm vorgenommenen Kürzungen angab. Nichts zwang Damas dazu, diese Auslassungspunkte einzuführen, die dem Ausrufer das Vorlesen der »Speziellen« so erschwerten. Darin lag alles, dort in der Tiefe, in diesen kleinen Punkten, die wie die ins Auge springenden Zeichen der Ergebenheit eines Gelehrten gegenüber dem Originaltext eingefügt waren. Die Ergebenheit eines Pestologen. Den Text eines alten Autors zerstückelt man nicht, man nimmt ihn nicht nach Gutdünken auseinander, als handele es sich um etwas x-beliebiges. Man ehrt und respektiert ihn, man betrachtet ihn mit der Hochachtung eines Gläubigen, man betreibt keine Blasphemie. Ein Typ, der Auslassungspunkte setzt, schwärzt die Leichen nicht mit Kohle, begeht keinen *gewaltigen Schnitzer.* Das wäre eine Kränkung, eine Beleidigung der Geißel Gottes, die in seinen götzendienerischen Händen lag. Wer sich für den Herrn über einen Glauben hält, wird zu dessen Frömmler. Damas nutzte die Macht der Journots, aber er war der allerletzte, der sich über sie hätte hinwegsetzen können.

Adamsberg stand auf und ging in seinen beiden Zimmern umher. Damas hatte die alten Texte nicht zerstückelt. Damas hatte die Auslassungspunkte gesetzt. Also hatte Damas die Leichen nicht mit Kohle geschwärzt.

Also hatte Damas nicht getötet. Die Kohle verdeckte die Strangulationsmale. Es war die letzte Geste des Mörders, und nicht Damas hatte sie vollzogen. Weder hatte er die Opfer geschwärzt noch erwürgt. Noch ausgezogen. Noch eine Tür aufgebrochen.

Adamsberg blieb vor seinem Telefon stehen. Damas hatte nur das ausgeführt, woran er glaubte. Er war Herr über die Geißel und hatte Anzeigen verbreitet, Vieren gemalt und Pestflöhe ausgesetzt. Anzeigen, die die Rückkehr einer echten Pest garantierten, welche ihn entlastete. Anzeigen, die die öffentliche Meinung verstörten und ihm seine Allmacht zurückgaben. Anzeigen, die Verwirrung verbreiteten und ihm freie Hand ließen. Das Zeichen der Vier begrenzte die Schäden, die er anzurichten glaubte, und beruhigte das Gewissen dieses imaginären und gewissenhaften Mörders. Ein Meister agiert bei der Auswahl seiner Opfer nicht im ungefähren. Die Vieren waren erforderlich, um genau ins Ziel zu treffen. Es kam für Damas nicht in Frage, alle Bewohner eines Gebäudes abzumurksen, wenn er nur einen einzigen erledigen wollte. Das wäre eine unverzeihliche Dummheit für einen Journot-Sohn gewesen.

Das war's, was Damas getan hatte. Er hatte daran geglaubt. Er hatte seine Macht auf die angesetzt, die ihn zerstört hatten, um selbst wieder aufzuerstehen. Er hatte unter fünf Türen unschädliche Flöhe hindurchgeschoben. Clémentine hatte »die Arbeit beendet« und die Insekten bei den letzten drei Folterern ausgesetzt. Da endeten die unwirksamen Verbrechen des leichtgläubigen Pestbereiters.

Aber es gab jemanden, der im Schatten von Damas tötete. Jemand, der sich hinter seinem Mythos versteckte und an seiner Stelle tatsächlich mordete. Ein Pragmatiker, der nicht eine Sekunde an die Pest glaubte und auch keine Ahnung von der Krankheit hatte. Der dachte, daß die Haut der Pestkranken sich schwarz verfärbe. Jemand, der einen *gewaltigen Schnitzer* beging. Jemand, der Damas in die tiefe Grube stieß, die er sich gegraben hatte, und zwar bis zum unausweichlichen Ende. Eine einfache Operation. Während Damas zu töten glaubte, tat ein anderer es an seiner Stelle. Die Indizien gegen Damas waren erdrückend und bildeten eine lückenlose Kette, von den Rattenflöhen bis zur Holzkohle, und sie würden ihm ein »Lebenslänglich« einbringen. Wer würde da noch auf »Nicht schuldig« plädieren und sich dafür allein auf ein paar armselige Auslassungspunkte stützen? Das wäre, als wollte man eine Flutwelle von Beweisen mit ein bißchen Reisig eindämmen. Nicht ein einziger Geschworener würde sich mit diesen drei kleinen Punkten beschäftigen.

Decambrais hatte das begriffen. Er war über den Widerspruch zwischen den profunden Kenntnissen des Pestbereiters und dem groben Fehler am Ende gestolpert. Er war über die Holzkohle gestolpert und kurz davor gewesen, auf die einzig mögliche Schlußfolgerung zu kommen: Es gab zwei Männer. Einen Pestbereiter und einen Mörder. Und abends im *Viking* hatte Decambrais zuviel geredet. Der Mörder hatte verstanden. Er hatte die Folgen seines Fehlers ermessen. Es war nur eine Frage von Stunden, bis der Gelehrte seine Überlegungen zu Ende geführt haben und sich den Bullen anvertrauen würde. Es war Gefahr im Verzuge, und der Alte mußte zum Schweigen gebracht werden. Es blieb keine Zeit mehr für Feinarbeit. Es blieben der Unfall, das Ertrinken, der gemeine Zufall.

Hurfin. Ein Typ, der Damas so sehr haßte, daß er seinen Untergang herbeisehnte. Ein Typ, der sich Marie-Belle genähert hatte, um der arglosen Schwester die notwendigen Informationen zu entlocken. Ein kleines, sprödes, schwaches Gesicht, ein Mann, den man eher für gefügig gehalten hätte, der aber weder Angst noch Zögern kannte und einen alten Mann in Null Komma nichts ins Wasser schmiß. Ein Gewalttätiger, einer, der rasch mordete. Warum hatte er dann Damas nicht direkt umgebracht? Anstatt zuvor fünf andere Menschen umzubringen?

Adamsberg ging zu seinem Fenster, lehnte die Stirn gegen die Scheibe und sah auf die dunkle Straße hinunter.

Und wenn er sich nun bemühen würde, das Handy zu ersetzen und trotzdem seine alte Nummer zu behalten?

Er kramte in seiner durchnäßten Jacke, zog das Telefon

heraus und nahm es auseinander, um die inneren Organe des Geräts trocknen zu lassen. Man konnte nie wissen.

Und wenn der Mörder Damas schlicht nicht töten konnte? Weil er sofort verdächtigt werden würde? So wie der Mord an einer reichen Frau stets dem armen Ehemann zugeschrieben wird? Die einzige Lösung: Hurfin war der Ehemann von Damas. Der arme Ehemann eines reichen Damas.

Das Vermögen Heller-Deville.

Von seinem Festnetzanschluß aus rief Adamsberg die Brigade an.

»Was erzählt er?« fragte er.

»Daß der Alte ihn angegriffen und er sich verteidigt habe. Er wird böse, sehr böse.«

»Lassen Sie nicht locker. Ist da Gardon am Apparat?«

»Oberleutnant Mordent, Kommissar.«

»Er war's, Mordent. Er hat die vier Typen und die Frau erwürgt.«

»Das sagt er aber nicht.«

»Das hat er aber getan. Hat er Alibis?«

»Er war zu Hause in Romorantin.«

»Forschen Sie da intensiv nach, Mordent, forschen Sie in Romorantin. Suchen Sie die Verbindung zwischen Hurfin und dem Vermögen Heller-Deville. Mordent, einen Moment. Sagen Sie mir noch mal seinen Vornamen.«

»Antoine.«

»Der alte Heller-Deville hieß Antoine. Wecken Sie Danglard, schicken Sie ihn so schnell wie möglich nach Romorantin. Er muß gleich morgen früh mit der Untersuchung beginnen. Danglard ist Experte in Sachen Familienlogik, speziell für die Richtung ›Verwüstetes‹. Sagen Sie ihm, er soll herausfinden, ob Antoine Hurfin nicht ein Sohn von Heller-Deville ist. Ein illegitimer Sohn.«

»Warum suchen wir danach?«

»Weil er genau das ist, Mordent.«

Beim Aufwachen fiel Adamsbergs Blick auf das aufgeschlitzte, nackte, trockene Handy. Er wählte die Servicenummer, die allen Nervensägen Tag und Nacht zur Verfügung steht, und verlangte ein neues Gerät mit seiner alten, ertrunkenen Nummer.

»Das ist unmöglich«, antwortete ihm eine müde Frauenstimme.

»Das ist möglich. Das elektronische Dings ist trocken. Man muß es nur in einen anderen Apparat umfüllen.«

»Das ist unmöglich, Monsieur. Es handelt sich hier nicht um Hauswäsche, es handelt sich um eine Chipkarte. Diese Dinger sind so komplex, als wären es elektronische Insekten, winzig wie Flöhe, die kann man nicht ...«

»Ich weiß alles über Flöhe. Sie sind widerstandsfähig«, unterbrach Adamsberg. »Ich wünsche, daß Sie diese hier in ein anderes Umfeld transponieren.«

»Warum nehmen Sie sich nicht schlicht und einfach eine andere Nummer?«

»Weil ich in den nächsten zehn oder fünfzehn Jahren einen dringenden Anruf erwarte. Kriminalpolizei«, fügte Adamsberg hinzu.

»Ja, wenn das so ist ...«, sagte die Frau beeindruckt. »Ich lasse Ihnen das Gerät sofort bringen.«

In der Hoffnung, sein persönlicher Floh möge sich als wirkungsvoller erweisen als die Flöhe von Damas, legte er auf.

37

Danglard rief an, als Adamsberg sich gerade eine Hose und ein T-Shirt übergestreift hatte, die mit denen vom Vortag mehr oder minder identisch waren. Adamsberg strebte danach, eine universelle Kleidung zu entwickeln, die jegliche Frage der Auswahl und des Zusammenpassens hinfällig machen würde, um sein Leben sowenig wie möglich mit Kleidungsgeschichten zu belasten. Es war ihm jedoch nicht gelungen, andere Schuhe in seinem Kleiderschrank zu finden als ein Paar schwerer Bergstiefel, die für Pariser Straßenverhältnisse ungeeignet waren, und so hatte er auf ein Paar Ledersandalen zurückgegriffen, in die er schließlich barfuß hineinschlüpfte.

»Ich bin in Romorantin und bin müde«, sagte Danglard.

»Sie werden vier Tage am Stück schlafen, wenn Sie mit dieser Stadt fertig sind. Wir nähern uns dem neuralgischen Punkt. Lassen Sie die Spur Antoine Hurfin nicht aus den Augen.«

»Ich bin fertig mit Hurfin. Ich schlafe und mache mich dann wieder auf den Weg nach Paris.«

»Später, Danglard. Schütten Sie drei Kaffee in sich rein und bleiben Sie dran an der Spur.«

»Ich bin drangeblieben und fertig damit. Es hat genügt, die Mutter zu befragen, sie macht aus der Tatsache kein Geheimnis, ganz im Gegenteil. Antoine Hurfin ist der Sohn von Heller-Deville und wurde acht Jahre nach Damas geboren, ein illegitimes, nicht anerkanntes Kind. Heller-Deville hat ihm …«

»Wie sind ihre Lebensverhältnisse, Danglard? Sind sie arm?«

»Sagen wir, sie leben bescheiden. Antoine arbeitet bei einem Schlosser, er wohnt in einem kleinen Zimmer über dem Laden. Heller-Deville hat ihm ...«

»Wunderbar. Springen Sie ins Auto, die Details erzählen Sie mir, wenn Sie hier sind. Sind Sie mit dem folternden Physiker weitergekommen?«

»Ich habe ihn gestern um Mitternacht auf meinem Bildschirm dingfest gemacht. Es ist Châtellerault. Messelet-Stahl, ein ziemlich großes Unternehmen im Industriegebiet, Zulieferer Nummer eins für die Luftfahrt, und das auf dem Weltmarkt.«

»Ein dicker Fang, Danglard. Ist Messelet der Besitzer?«

»Ja, Rodolphe Messelet, Physiker, Professor an der Universität, Laborleiter, Unternehmer und Exklusivinhaber von neun Patenten.«

»Darunter ein Ultraleicht-Stahl, der praktisch unbrechbar ist?«

»Unzerbrechlich«, korrigierte Danglard. »Ja, unter anderem. Dieses Patent hat er vor sieben Jahren und sieben Monaten angemeldet.«

»Das ist er, Danglard, der Auftraggeber der Folteraktion wie des Diebstahls.«

»Natürlich ist er es. Aber er ist auch ein Provinzfürst und ein unantastbarer Großindustrieller.«

»Wir werden ihn antasten.«

»Ich glaube nicht, daß uns das Innenministerium in der Sache unterstützen wird, Kommissar. Da geht es um zuviel Geld und um nationales Ansehen.«

»Wir brauchen niemandem Bescheid zu geben, schon gar nicht Brézillon. Eine kleine undichte Stelle, ein paar Informationen an die Presse, und der Ölfleck erreicht dieses Miststück binnen zwei Tagen. Dann muß er nur noch drauf ausrutschen und stürzen. Dann liefern wir ihn vor Gericht ab.«

»Wunderbar«, sagte Danglard. »Was die Mutter von Hurfin angeht …«

»Später, Danglard, ich muß zu deren Sohn.«

Die Beamten der Nachtschicht hatten ihren Bericht auf den Tisch gelegt. Antoine Hurfin, dreiundzwanzig Jahre, geboren in Vétigny und wohnhaft in Romorantin, Loir-et-Cher, hatte hartnäckig an seiner ersten Aussage festgehalten und dann mit einem Anwalt telefoniert, der ihm geraten hatte, die Klappe zu halten. Seitdem war Antoine Hurfin verstummt.

Adamsberg stand vor der Zelle. Der junge Mann saß auf seiner Pritsche, preßte die Zähne aufeinander, ließ eine unendliche Zahl kleiner Muskeln in seinem knochigen Gesicht spielen und die Gelenke seiner mageren Finger knacken.

»Antoine«, sagte Adamsberg, »du bist der Sohn von Antoine. Du bist ein Heller-Deville, der um alles gebracht wurde. Um die Anerkennung, um den Vater, um das Geld. Dafür wahrscheinlich mehr als ausreichend versorgt mit Schlägen, Backpfeifen und Verzweiflung. Auch du schlägst zu und prügelst. Du verprügelst Damas, den anderen Sohn, den anerkannten, den vermögenden. Deinen Halbbruder. Der genausoviel aushalten mußte, wie du dir denken kannst. Derselbe Vater, dieselben Backpfeifen.«

Hurfin schwieg weiter und warf dem Bullen einen Blick zu, der haßerfüllt und verletzlich zugleich war.

»Dein Anwalt hat dir gesagt, du sollst die Klappe halten, und du gehorchst. Du bist diszipliniert und gefügig, Antoine. Das ist selten bei einem Mörder. Wenn ich deine Zelle beträte, wüßte ich nicht, ob du dich auf mich stürzen würdest, um mir die Kehle durchzuschneiden, oder ob du dich in einer Ecke zusammenrollen würdest. Oder beides. Ich weiß nicht einmal, ob du dir bewußt bist, was du tust. Du bist ganz Tat, und ich weiß nicht, wo dein Denken ist. Damas dagegen ist ganz Denken, aber gänzlich machtlos. Einer wie der andere zerstörerisch, du mit deinen Händen, er mit seinem Kopf. Hörst du mir zu, Antoine?«

Der junge Mann zitterte, rührte sich aber nicht.

Dieses gequälte und zuckende Gesicht betrübte Adamsberg fast ebensosehr wie die inkonsequente Unerschütterlichkeit von Damas. Adamsberg ließ das Gitter los und ging. Heller-Deville senior konnte stolz auf sich sein.

Die Zellen von Clémentine und Damas lagen auf der anderen Seite des Gebäudes. Clémentine hatte eine Partie Poker mit Damas begonnen, sie tauschten die Karten zwischen den Zellen aus, indem sie sie über den Boden schubsten. Da sie keinen anderen Einsatz hatten, setzten sie Kekse.

»Haben Sie schlafen können, Clémentine?« fragte Adamsberg, als er die Gittertür öffnete.

»Gar nicht so schlecht«, erwiderte die alte Frau. »Natürlich nicht zu vergleichen mit zu Hause, auch wenn das hier mal was anderes ist. Wann kommen ich und der Kleine raus?«

»Oberleutnant Froissy wird Sie in den Waschraum begleiten und Ihnen Wäsche zum Wechseln geben. Wo haben Sie die Karten her?«

»Das war Ihr Brigadier Gardon. Wir hatten gestern einen schönen Abend.«

»Damas«, sagte Adamsberg, »mach dich bereit. Danach bist du dran.«

»Womit?« fragte Damas.

»Dich zu waschen.«

Hélène Froissy führte die alte Frau weg, und Adamsberg ging zur Zelle von Kévin Roubaud.

»Du kommst raus, Roubaud, steh auf. Du wirst verlegt.«

»Mir geht's gut hier«, sagte Roubaud.

»Du kommst auch wieder«, erklärte Adamsberg und öffnete weit die Gittertür. »Du wirst der Körperverletzung und der Vergewaltigung beschuldigt.«

»Scheiße«, entgegnete Roubaud, »ich hab doch nur den Rückweg gesichert.«

»Anscheinend war das ein ziemlich brutaler Rückweg. Du warst der sechste auf der Liste. Also einer der gefährlichsten.«

»Verdammt, ich bin doch gekommen, um Ihnen zu helfen. Zusammenarbeit mit der Justiz, so was zählt schließlich, oder?«

»Hau ab. Ich bin nicht dein Richter.«

Zwei Beamte führten Roubaud aus der Brigade. Adamsberg sah in sein Notizbuch. Akne, Unterbiß, feinfühlig gleich Maurel.

»Maurel, wer hat die Wache vor der Wohnung von Marie-Belle abgelöst?« fragte er und sah auf die Wanduhr.

»Noël und Lamarre, Kommissar.«

»Was machen die? Es ist schon halb zehn.«

»Vielleicht verläßt sie das Haus nicht. Seitdem ihr Bruder eingelocht ist, macht sie den Laden nicht mehr auf.«

»Ich geh hin«, sagte Adamsberg. »Da Hurfin nicht redet, wird mir Marie-Belle erzählen, was er von ihr verlangt hat.«

»Gehen Sie so, Kommissar?«

»Wie, ›so‹?«

»Ich meine, in Sandalen? Sollen wir Ihnen nicht irgendwas leihen?«

Adamsberg sah durch die abgenutzten Lederriemen auf seine bloßen Füße und suchte nach dem Fehler.

»Was stimmt daran nicht, Maurel?« fragte er ganz aufrichtig.

»Ich weiß nicht«, erwiderte Maurel, der überlegte, wie er da wieder herauskommen sollte. »Sie sind Brigadechef.«

»Ach so«, bemerkte Adamsberg. »Das Erscheinungsbild, Maurel? Ist es das?«

Maurel antwortete nicht.

»Ich habe keine Zeit, mir Schuhe zu kaufen«, sagte Adamsberg achselzuckend. »Und Clémentine ist jetzt wichtiger als meine Kleidung, oder nicht?«

»Doch, Kommissar.«

»Achten Sie darauf, daß es ihr an nichts fehlt. Ich hole die Schwester und komme zurück.«

»Glauben Sie, daß sie mit uns redet?«

»Wahrscheinlich. Marie-Belle erzählt gern aus ihrem Leben.«

Als er die Toreinfahrt passierte, händigte ihm ein Expreßbote ein Päckchen aus, das er unterwegs öffnete. Darin fand er sein neues Handy. Er legte alles auf den Kofferraum eines Autos und suchte nach dem diesbezüglichen Vertrag. Widerstandsfähiger Floh. Die alte Nummer hatte erhalten werden können und war in ein neues Gerät übertragen worden. Zufrieden steckte er das Handy in seine Innentasche und setzte seinen Weg fort, wobei er eine Hand auf dem Stoff seiner Jacke ließ, wie um das Handy zu wärmen und den unterbrochenen Dialog mit ihm wiederaufzunehmen.

Er entdeckte Noël und Lamarre, die die Rue de la Convention überwachten. Der Kleinere war Noël. Ohren, Bürstenschnitt, Blouson gleich Noël. Der Große mit der starren Körperhaltung war Lamarre, der ehemalige Gendarm aus Granville. Die beiden Männer warfen einen raschen Blick auf seine Füße.

»Ja, Lamarre, ich weiß. Ich werde mir später welche kaufen. Ich geh hoch«, sagte er und deutete auf den vierten Stock. »Sie können fahren.«

Adamsberg durchquerte die luxuriöse Eingangshalle und ging die mit einem breiten roten Teppich ausgelegte Treppe hinauf. Er entdeckte den mit einem Reißnagel an Marie-Belles Tür befestigten Umschlag, noch bevor er den Treppenabsatz erreicht hatte, und erschrak. Sehr langsam erklomm er die letzten Stufen und näherte sich dem weißen Rechteck, das nichts als seinen Namen trug: *Jean-Baptiste Adamsberg.*

Abgehauen. Vor den Augen seiner Wache schiebenden Männer war Marie-Belle abgehauen. Sie hatte sich verdrückt. Verdrückt, ohne sich um Damas zu kümmern. Mit gerunzelter Stirn löste Adamsberg den Umschlag von der Tür. Die Schwester von Damas hatte das sinkende Schiff verlassen.

Die Schwester von Damas *und* die Schwester von Antoine.

Schwerfällig ließ Adamsberg sich auf einer Treppenstufe nieder, den Umschlag auf den Knien. Das Treppenlicht ging aus. Antoine hatte Marie-Belle die Informationen nicht abgenötigt, sondern Marie-Belle hatte sie ihm gegeben. Hurfin, dem Mörder, Hurfin, dem Gehorsamen. Unter dem Befehl seiner Schwester, Marie-Belle Hurfin. Im dunklen Treppenhaus wählte Adamsberg Danglards Nummer.

»Ich sitze im Auto«, sagte Danglard. »Ich habe geschlafen.«

»Danglard, gab es ein weiteres uneheliches Kind von Heller-Deville in der Familie in Romorantin? Eine Tochter?«

»Das habe ich doch versucht, Ihnen zu sagen. Marie-Belle Hurfin wurde zwei Jahre vor Antoine geboren. Sie ist die Halbschwester von Damas. Sie kannte ihn nicht, bis sie vor einem Jahr bei ihm in Paris aufkreuzte.«

Adamsberg wiegte schweigend den Kopf.

»Unangenehme Nachricht?« fragte Danglard.

»Ja. Ich suchte das Gesicht des Mörders, und jetzt habe ich es.«

Adamsberg beendete das Gespräch, stand auf, schaltete das Licht wieder ein, und lehnte sich an den Türflügel, um den Brief zu öffnen.

Lieber Kommissar,
ich schreibe Ihnen nicht, um Ihnen die Dinge zu erleichtern. Sie haben mich für eine Idiotin gehalten, und das gefällt mir nicht. Aber da ich wie eine Idiotin wirkte, kann ich Ihnen das logischerweise nicht vorwerfen. Wenn ich Ihnen schreibe, dann nur wegen Antoine. Ich möchte, daß dieser Brief bei seinem Prozeß vorgelesen wird, weil Antoine nicht verantwortlich ist. Ich war es, die ihn von Anfang bis Ende gelenkt hat, ich habe ihn aufgefordert zu töten. Ich habe ihm gesagt, warum, wen, wo, wie und wann. Antoine ist für nichts verantwortlich, er hat nichts getan, außer mir zu gehorchen, so wie er es immer gemacht hat. Es ist nicht seine Schuld, und nichts ist seine Schuld. Ich möchte, daß das bei seinem Prozeß gesagt wird; kann ich mich da auf Sie verlassen? Ich beeile mich, weil ich nicht viel Zeit habe. Es war ein bißchen blöd von Ihnen, Lizbeth anzurufen, um sie ins Krankenhaus zu dem Alten zu schicken. Man sollte es nicht meinen, aber Lizbeth braucht manchmal Zuspruch. Meinen Zuspruch. Daher hat sie mich sofort angerufen, um mir von Decambrais' Unfall zu erzählen.

Die Ermordung des Alten ist also schiefgegangen, und Antoine hat sich schnappen lassen. Sie werden nicht lange brauchen, zu kapieren, wer sein Vater ist, vor allem, da meine Mutter nun wirklich kein Geheimnis daraus macht, und Sie werden ziemlich bald hier aufkreuzen. Unten sitzen schon zwei Typen von Ihnen im Auto. Die Sache ist schiefgegangen, ich verzieh mich. Machen Sie sich keinen Kopf, mich zu su-

chen ist verlorene Mühe. Ich habe einen Haufen Bargeld, das ich mir vom Konto dieses Blödmanns Damas gezogen habe, und weiß mir zu helfen. Ich habe ein Afrikanerinnen-Kleid, das mir Lizbeth für ein Fest geliehen hat, Ihre Männer werden nichts merken, da mach ich mir keine Sorgen. Sie können's also logischerweise gleich bleibenlassen.

Ich schreibe Ihnen schnell noch ein paar Details, damit man wirklich kapiert, daß Antoine für nichts verantwortlich ist. Er hat den Damas genauso gehaßt wie ich, ist aber unfähig, irgendwas anzuzetteln. Abgesehen davon, daß er der Mutter und dem Vater gehorchte, wenn der ihm eine geklebt hat, konnte er als Kind nichts anderes machen, als Hühner und Kaninchen zu erwürgen, um seine Wut abzureagieren. Da hat er sich logischerweise nicht verändert. Unser Vater war vielleicht der König der Luftfahrtindustrie, aber vor allem war er der König der Dreckskerle, das muß Ihnen wirklich klar sein. Kinder machen und Prügel austeilen war alles, was er konnte. Er hatte einen ersten Sohn, einen anerkannten, den er in Samt und Seide in Paris aufgezogen hat. Ich meine diesen bekloppten Damas. Wir dagegen waren die Familie, für die man sich schämte, die Prolls von Romorantin, und er hat uns nie anerkennen wollen. Eine Frage des Ansehens, sagte er. Mit Ohrfeigen dagegen hat er nie lang gefackelt, weder bei meiner Mutter noch bei meinem Bruder, wir haben uns ordentlich was eingefangen. Mir war das egal, ich hatte beschlossen, ihn eines Tages umzubringen, aber schließlich hat's ihn ganz von allein zersägt. Und was die Kohle anging, hat er nie was rausgerückt, nur das Nötigste zum Überleben, weil er Angst hatte, daß die Nachbarn reden würden, wenn sie sähen, wie wir auf großem Fuß leben. Ein Dreckskerl, eine Bestie und ein Feigling war er.

Als er verreckt ist, haben Antoine und ich uns gesagt, daß wir gar nicht einsehen, warum wir nicht Anrecht auf einen Teil der Kohle haben sollten, wenn wir schon den Namen nicht haben. Wir hatten Anrecht drauf, immerhin waren wir seine Kinder. O.k., aber das mußte noch bewiesen werden. Logischerweise wußten wir, daß das mit dem genetischen Beweis nicht ging, da es ihn über dem Atlantik zerfetzt hat. Aber der Nachweis ging mit dem Damas, der sich den Schotter krallte, ohne zu teilen. Nur dachten wir uns schon, daß der Damas nicht damit einverstanden sein würde, den Test zu machen, weil ihn das logischerweise zwei Drittel von seiner Kohle kosten würde. Außer er würde uns mögen, habe ich mir gedacht. Außer er würde einen Narren an mir fressen. Das Spielchen kann ich ziemlich gut. Wir haben uns schon überlegt, ihn zu eliminieren, aber ich habe zu Antoine gesagt, kommt gar nicht in Frage: Wenn wir aufgekreuzt wären, um die Erbschaft zu fordern, wen hätte man da verdächtigt? Uns, logischerweise.

Mit der Idee bin ich nach Paris gekommen: ihm zu verkünden, daß ich seine Halbschwester bin, rumzujammern und von ihm akzeptiert zu werden. Innerhalb von zwei Tagen ist der Damas wie eine reife Birne vom Baum gefallen, der Trottel. Er hat mich mit offenen Armen empfangen, es hätte nicht viel gefehlt, und er hätte geweint, und als er erfahren hat, daß er einen Halbbruder hat, war's noch ärger. Er hätte mir aus der Hand gefressen, eine wahrer Blödhammel. Für unseren DNA-Plan lief alles wie geschmiert. Sobald wir uns zwei Drittel des Vermögens unter den Nagel gerissen hätten, hätte ich ihn da stehenlassen, den guten Damas. Ich mag diese Kerle nicht, die immer mit ihren Muskeln protzen und bei der geringsten Kleinigkeit anfangen zu flennen. Erst später habe ich kapiert, daß der Damas bekloppt ist. Da er mir aus der Hand gefressen hat und Unterstützung brauchte, hat er mir seinen ganzen bekloppten Plan erzählt, mit der Rache, der Pest, den Flöhen und all dem Kram. Ich wußte über die kleinsten Einzelheiten Bescheid, stundenlang hat er mir davon erzählt. Die Namen der Typen, die er wiedergefunden hatte, die Adressen, alles. Ich habe nicht eine Minute geglaubt, daß seine bescheuerten Flöhe auch nur irgendwen umbringen würden. Logischerweise habe ich meinen Plan geändert, versetzen Sie sich in meine Lage. Warum hätten wir uns mit zwei Dritteln begnügen sollen, wenn wir alles bekommen konnten? Der Damas hatte den Namen, und das war schon enorm. Und wir hatten nichts. Das Beste war noch, daß der Damas die Kohle seines Vaters auf keinen Fall anrühren wollte, er sagte, das wäre verflucht und verkommen. Ganz nebenbei: Ich habe den Eindruck, daß er auch nicht gerade viel Spaß hatte, als er klein war.

Ich spute mich. Wir brauchten den Damas nur seine Show abziehen zu lassen und dann hinter ihm zu töten. Wenn wir seinen Plan vollendeten, würde der Damas lebenslänglich in den Knast kommen. Nach den acht Morden hätte ich die Bullen ganz einfach auf seine Fährte gesetzt. Das Spielchen kann ich ziemlich gut. Da er mir aus der Hand gefressen hat, habe ich sein gesamtes Vermögen verwaltet, das heißt, ich hab's ihm zusammen mit Antoine geklaut, und tschüs, das war nur gerecht. Antoine mußte mir nur gehorchen und töten, das war gut aufgeteilt, und das gefällt ihm, sowohl das Gehorchen wie das Töten. Ich bin nicht so robust und mag das nicht so besonders. Ich habe ihm geholfen, die beiden Kerle rauszulocken, Viard und Clerc, als alles voll mit Bullen war, und Antoine hat sie einen nach dem anderen erledigt. Deshalb sage ich Ihnen, es ist nicht Antoines Schuld. Er hat mir gehorcht, er kann nichts anderes. Wenn ich ihn auffordern würde, einen Eimer Wasser vom Mars zu holen, würde er, ohne mit der Wimper zu zucken, gehen. Es ist nicht seine Schuld. Wenn er in ein Pflegeheim kommen könnte, irgendwas Intensives, Sie verstehen, dann wär das gerechter, denn logischerweise ist er nicht verantwortlich. Er hat nichts im Hirn.

Der Damas hat erfahren, daß die Leute gestorben sind, und hat sich nicht weiter gekümmert. Er war überzeugt, daß da die »Kraft der Journots« am Werk war, und wollte nichts mehr davon wissen. Was für ein Blödhammel. Wenn Sie nicht aufgetaucht wären, hätte ich ihn drangekriegt. Der täte auch gut daran, sich behandeln zu lassen, auch irgendwas Intensives.

Bei mir geht's. Mir mangelt's nie an Ideen, wegen meiner Zukunft laß ich mir keine grauen Haare wachsen, machen Sie sich keine Sorgen. Wenn der Damas ein bißchen von seiner verdorbenen Kohle an Mama schicken könnte, wär das kein Schaden für niemanden. Vergessen Sie vor allem Antoine nicht, ich verlaß mich auf Sie. Küsse an Lizbeth und diesen armen Dussel Eva. Ich umarme Sie, Sie haben alles zum Platzen gebracht, aber ich mag Ihre Art. Ohne Groll

Marie-Belle

Adamsberg faltete den Brief zusammen und blieb, die Faust auf den Lippen, lange im dunklen Treppenhaus sitzen.

In der Brigade öffnete er wortlos die Zelle von Damas und gab diesem ein Zeichen, ihm zu folgen. Damas nahm sich einen Stuhl, warf seine Haare nach hinten und sah ihn aufmerksam und geduldig an. Adamsberg streckte ihm, noch immer wortlos, den Brief seiner Schwester hin.

»Ist das für mich?« fragte Damas.

»Für mich. Lies.«

Damas verkraftete den Schock nur schwer. Der Brief baumelte zwischen seinen Fingern, den Kopf hatte er auf die Hand gestützt, und Adamsberg sah, wie ihm Tränen auf die Knie tropften. Es war viel Neues auf einmal, der Haß eines Bruders und einer Schwester und die völlige Haltlosigkeit des Glaubens an die Macht der Journots. Leise setzte sich Adamsberg ihm gegenüber und wartete ab.

»In den Flöhen war nichts?« flüsterte Damas schließlich, den Kopf noch immer gesenkt.

»Nichts.«

Wieder schwieg Damas lange Zeit, die Knie mit den Händen umklammert, als hätte er etwas Grauenhaftes zu trinken bekommen, das er nicht schlucken konnte. Adamsberg konnte fast zusehen, wie das Gewicht der Wirklichkeit auf ihn niederstürzte wie eine furchterregende Masse, seinen Schädel zum Platzen brachte, seine Welt, die rund war wie ein Ball, explodieren ließ und alles, woran er geglaubt hatte, in Schutt und Asche legte. Er fragte sich, ob der Mann mit einer derartigen Last, die wie ein Meteor auf ihn gefallen war, das Büro noch aufrecht würde verlassen können.

»Es gab keine Pest?« fragte er, mühsam nach Worten ringend.

»Nicht die geringste.«

»Sie sind nicht an der Pest gestorben?«

»Nein. Sie sind gestorben, weil sie von deinem Halbbruder Antoine Hurfin erwürgt wurden.«

Damas fiel noch mehr in sich zusammen und umklammerte seine Knie noch ein wenig krampfhafter.

»Erwürgt und geschwärzt«, fuhr Adamsberg fort. »Haben dich die Würgemale und die Kohle nicht gewundert?«

»Doch.«

»Und?«

»Ich habe gedacht, die Polizei hätte sich das ausgedacht, um die Pest zu verheimlichen, damit die Leute nicht durchdrehen. Aber es hat gestimmt?«

»Ja. Antoine kam nach dir und hat sie liquidiert.«

Damas blickte auf seine Hand und berührte den Diamanten.

»Und Marie-Belle hat die Anweisungen gegeben?«

»Ja.«

Wieder herrschte Schweigen, wieder brach ein Stück von Damas' Welt in sich zusammen.

In diesem Moment kam Danglard herein, und Adamsberg deutete mit dem Finger auf den Brief, der auf den Boden gefallen war. Danglard hob ihn auf, las ihn und schüttelte ernst den Kopf. Adamsberg schrieb ein paar Worte auf einen Zettel und gab ihn Danglard.

Rufen Sie Doktor Ferez wegen Damas an: Es ist dringend. Benachrichtigen Sie Interpol wegen Marie-Belle: Keine Hoffnung, viel zu gerissen.

»Und Marie-Belle mochte mich nicht?« flüsterte Damas.

»Nein.«

»Ich dachte, sie mochte mich.«

»Das habe ich auch geglaubt. Alle haben das geglaubt. So haben wir uns alle getäuscht.«

»Mochte sie Antoine?«

»Ja. Ein bißchen.«

Damas krümmte sich zusammen.

»Warum hat sie mich nicht um das Geld gebeten? Ich hätt's ihr gegeben, alles.«

»Die beiden haben sich nicht vorstellen können, daß das möglich gewesen wäre.«

»Ich will's sowieso nicht haben.«

»Du wirst es brauchen, Damas. Du wirst einen guten Anwalt für deinen Halbbruder engagieren.«

»Ja«, erwiderte Damas, das Gesicht noch immer in den Armen.

»Du mußt dich auch um ihre Mutter kümmern. Sie hat nichts zum Leben.«

»Ja. Die ›Dicke von Romorantin‹, so wurde sie zu Hause immer genannt. Ich wußte nicht, was sie damit sagen wollten und wer damit gemeint war.«

Plötzlich hob er den Kopf.

»Sie werden es ihr nicht sagen, nicht? Sie werden es ihr nicht sagen?«

»Ihrer Mutter?«

»Mané. Sie werden ihr nicht sagen, daß ihre Flöhe nicht ... daß ihre Flöhe nicht ...«

Adamsberg versuchte nicht, ihm zu helfen. Damas mußte die Worte selbst aussprechen, und zwar viele Male.

»Nicht ... infiziert waren?« vollendete Damas seine Frage. »Das würde sie umbringen.«

»Ich bin kein Mörder. Und du auch nicht. Denk daran, denk immer daran.«

»Was passiert mit mir?«

»Du hast niemanden umgebracht. Du bist nur für etwa dreißig Flohbisse und eine allgemeine Panik verantwortlich.«

»Also?«

»Der Richter wird die Sache nicht weiterverfolgen. Du kannst heute raus, jetzt.«

Damas erhob sich mit der Unbeholfenheit eines kreuzlahmen Mannes und ballte die Finger um seinen Diamanten zur Faust. Adamsberg sah ihm nach, als er den Raum verließ, und wartete gespannt auf Damas' ersten Kontakt mit der Realität da draußen. Aber Damas bog zu seiner offenen Zelle hin ab, legte sich mit angewinkelten Beinen auf die Pritsche und rührte sich nicht mehr. Antoine Hurfin in seiner Zelle hatte dieselbe Haltung eingenommen, nur spiegelverkehrt. Heller-Deville senior hatte ganze Arbeit geleistet.

Adamsberg ging hinüber zu Clémentine, die rauchte und eine Patience legte.

»Nun?« fragte sie und sah ihn an. »Kommt da was in Bewegung? Ein Kommen und Gehen, da weiß man nie genau, was passiert.«

»Sie können gehen, Clémentine. Wir fahren Sie nach Clichy zurück.«

»Es ist nicht gerade früh.«

Clémentine drückte ihre Kippe auf dem Boden aus und zog ihre Strickjacke an, die sie sorgfältig zuknöpfte.

»Ihre Sandalen sind gut«, sagte sie anerkennend. »Das macht einen schlanken Fuß.«

»Danke«, erwiderte Adamsberg.

»Sagen Sie, Kommissar, jetzt, wo wir uns ein bißchen kennen, können Sie mir vielleicht sagen, ob die drei letzten Dreckskerle auch noch ins Gras gebissen haben? Bei all dem Durcheinander habe ich die Nachrichten nicht mehr verfolgt.«

»Alle drei sind an der Pest gestorben, Clémentine. Kévin Roubaud als erster.«

Clémentine lächelte.

»Dann ein anderer, dessen Name ich vergessen habe, und schließlich Rodolphe Messelet, vor nicht mal einer Stunde. Er ist umgefallen wie ein Kegel.«

»Prächtig, prächtig«, sagte Clémentine mit einem breiten Lächeln. »Es gibt also eine Gerechtigkeit. Man darf es nur nicht eilig haben, das ist alles.«

»Clémentine, sagen Sie mir doch noch mal den Namen des zweiten, der ist mir entfallen.«

»Mir entfällt der nicht so leicht. Henri Tomé in der Rue de Grenelle. Der letzte Dreck.«

»Ganz recht.«

»Und der Kleine?«

»Ist eingeschlafen.«

»Zwangsläufig, wenn Sie ihm ständig auf die Pelle rücken, ermüdet ihn das. Sagen Sie ihm, ich erwarte ihn Sonntag wie gewöhnlich zum Mittagessen.«

»Er wird kommen.«

»Nun, ich glaube, wir haben uns alles gesagt, Kommissar«, schloß sie und streckte ihm eine kräftige Hand hin. »Ich werde Ihrem Gardon eine kurze Nachricht hinlegen, um ihm für die Spielkarten zu danken, und auch dem anderen, dem großen, etwas weichlichen mit dem schütteren Haar, der immer so gut angezogen ist, eine gute Erscheinung, ein Mann von Geschmack.«

»Danglard?«

»Ja, er hätte gern mein Keksrezept. Er hat es mir nicht so direkt gesagt, aber den Kern der Sache habe ich doch begriffen. Es schien ihm sehr wichtig zu sein.«

»Das ist sehr gut möglich.«

»Ein Mann, der zu leben versteht«, bemerkte Clémentine und nickte. »Pardon, ich gehe voran.«

Adamsberg brachte Clémentine Courbet zum Ausgang und nahm dort Ferez in Empfang, dem er bedeutete, ihm zu folgen.

»Der da?« fragte Ferez und deutete auf die Zelle, in der Hurfin hockte.

»Das ist der Mörder. Große Familienangelegenheit, Ferez. Wahrscheinlich wird er ins Irrenhaus eingewiesen werden müssen.«

»›Irrenhaus‹ sagt man nicht mehr, Adamsberg.«

»Aber der hier«, fuhr Adamsberg fort und deutete auf Damas, »soll raus und ist dazu nicht in der Lage. Sie würden mir einen großen Gefallen tun, Ferez, wenn Sie ihm helfen und ihn begleiten würden. Wiedereingliederung in die wirkliche Welt. Ein sehr tiefer Sturz, zehn Stockwerke.«

»Ist das der Typ mit dem Mythos?«

»Ebender.«

Während Ferez versuchte, Damas aufzurichten, setzte Adamsberg zwei Offiziere auf Henri Tomé und die Presse auf Rodolphe Messelet an. Dann telefonierte er mit Decambrais, der sich bereitmachte, das Krankenhaus am Nachmittag zu verlassen, sowie mit Lizbeth und Bertin, damit sie unauffällig Damas' Rückkehr vorbereiten konnten. Schließlich rief er Masséna an und als letzten Vandoosler, den er darüber informierte, wie die Geschichte mit dem gewaltigen Schnitzer ausgegangen war.

»Ich kann Sie schlecht verstehen, Vandoosler.«

»Lucien kippt gerade die Einkäufe auf den Tisch. Das macht Lärm.«

Deutlich vernehmbar war jedoch die kräftige Stimme von Lucien, der in dem hallenden großen Raum verkündete:

»Die außerordentliche Kraft des Kürbisses in der Natur wird viel zu sehr unterschätzt.«

Adamsberg legte auf und dachte, daß das eine gute Anzeige für Joss Le Guern gewesen wäre. Eine robuste, gesunde, klare Anzeige, ohne jedes Problem dahinter und weit, ja, sehr weit von den düsteren Klängen der Pest entfernt, die jetzt allmählich verhallten. Er legte sein Handy auf den Tisch, genau in die Mitte, und starrte es eine Weile an. Danglard kam mit einer Akte herein und folgte Adamsbergs Blick. Auch er begann schweigend das kleine Gerät zu mustern.

»Stimmt etwas mit dem Handy nicht?« fragte er nach einer langen Minute.

»Nein«, antwortete Adamsberg. »Es klingelt nicht.«

Danglard ließ die Akte »Romorantin« auf dem Tisch und ging kommentarlos hinaus. Adamsberg legte den Kopf auf die Arme, über der Akte, und schlief ein.

38

Um halb acht erreichte Adamsberg die Place Edgar-Quinet, ohne große Eile und leichteren Herzens als in den vergangenen vierzehn Tagen. Leichter und auch leerer. Er betrat Decambrais' Haus und ging in das kleine Büro, an dessen Tür ein bescheidenes Schild verkündete: *Berater in Lebensfragen.* Decambrais war auf seinem Posten, noch immer blaß, aber wieder aufrecht. Gerade sprach er mit einem dicken, rotgesichtigen Mann, der ziemlich aufgewühlt schien.

»So, so«, sagte Decambrais und warf einen Blick auf Adamsberg, dann auf dessen Sandalen. »Hermes, der Götterbote. Neuigkeiten?«

»Friede über der Stadt, Decambrais.«

»Warten Sie eine Minute auf mich, Kommissar. Ich bin gerade in einer Beratung.«

Adamsberg ging hinaus und hörte noch, wie das Gespräch wiederaufgenommen wurde.

»Diesmal ist es endgültig hin«, sagte der Mann.

»Aber wir haben es immer wieder eingerenkt«, antwortete Decambrais.

»Es ist hin.«

Zehn Minuten später bat Decambrais Adamsberg herein und bot ihm den Stuhl seines Vorgängers an; er war noch warm.

»Worum ging es?« fragte Adamsberg. »Ein Möbelstück? Ein Gelenk?«

»Eine Beziehung. Siebenundzwanzigmal in die Brüche gegangen und sechsundzwanzigmal wieder gekittet, immer mit derselben Frau, ein absoluter Rekord unter meiner Kundschaft. Man nennt ihn Bruch-Kitt.«

»Und was raten Sie ihm?«

»Niemals irgendwas. Ich versuche zu verstehen, was die Leute wirklich wollen, und helfen ihnen, es dann auch zu tun. Das bedeutet beraten. Wenn jemand den Bruch will, helfe ich ihm. Wenn er ihn am nächsten Tag kitten will, helfe ich ihm auch. Und Sie, Kommissar, was wollen Sie?«

»Ich weiß es nicht. Vielleicht ist es mir auch egal.«

»Dann kann ich Ihnen nicht helfen.«

»Nein. Niemand. Das war schon immer so.«

Decambrais lehnte sich mit einem leisen Lächeln auf seinem Stuhl zurück.

»Hatte ich nicht recht, was Damas angeht?«

»Doch. Sie sind ein guter Berater.«

»Er konnte nicht *wirklich* töten, das wußte ich. Er wollte es nicht *wirklich*.«

»Haben Sie ihn gesehen?«

»Er ist vor einer Stunde in seinen Laden gegangen. Aber er hat das Gitter nicht hochgezogen.«

»Hat er dem Ausrufen zugehört?«

»Zu spät. Das Abendausrufen erfolgt werktags um achtzehn Uhr zehn.«

»Pardon. Was Zeiten oder Daten angeht, bin ich nicht besonders gut.«

»Macht nichts.«

»Manchmal schon. Ich habe Damas in die Obhut eines Arztes gegeben.«

»Das haben Sie gut gemacht. Er ist von seiner Wolke auf die Erde gestürzt. Das ist nie sehr angenehm. Da oben gibt es nichts, was brechen oder nicht mehr gekittet werden könnte. Deshalb war er dort.«

»Lizbeth?«

»Sie ist sofort zu ihm gegangen.«

»Ah.«

»Eva wird ein wenig Kummer haben.«

»Logischerweise«, bemerkte Adamsberg.

Er schwieg einen Augenblick.

»Sehen Sie, Ducouëdic«, sagte er dann und wechselte die Position, um ihm gegenüber zu sitzen, »Damas war fünf Jahre im Knast wegen eines Verbrechens, das es nicht gab. Heute ist er frei wegen Verbrechen, die er begangen zu haben glaubte. Marie-Belle ist auf der Flucht wegen eines Gemetzels, das sie angeordnet hat. Antoine wird man wegen Morden verurteilen, die er nicht selbst beschlossen hat.«

»Die Verfehlung und der Anschein der Verfehlung«, sagte Decambrais leise. »Interessiert Sie das?«

»Ja«, erwiderte Adamsberg und sah ihm in die Augen. »An dem Punkt treffen wir uns alle.«

Decambrais hielt seinem Blick eine Weile stand und nickte dann sehr langsam.

»Ich habe dieses kleine Mädchen nicht angerührt, Adamsberg. Die drei Schüler hatten sich in der Toilette über sie hergemacht. Ich habe wie wild drauflos geschlagen, ich habe die Kleine aufgehoben und sie da rausgebracht. Aber die Zeugenaussagen waren erdrückend.«

Adamsberg zog zustimmend die Augenbrauen hoch.

»War es das, woran Sie gedacht haben?« fragte Decambrais.

»Ja.«

»Dann würden Sie einen guten Berater abgeben. Damals war ich schon fast impotent. Haben Sie sich das auch gedacht?«

»Nein.«

»Und jetzt ist es mir egal«, sagte Decambrais und verschränkte die Arme. »Oder fast.«

In diesem Augenblick dröhnte der Donner des Normannen über den Platz.

»Calvados«, bemerkte Decambrais und hob einen Finger. »Und ein warmes Essen. Das ist nicht zu verachten.«

Im *Viking* schmiß Bertin zu Ehren von Damas, dessen Kopf müde an Lizbeths Schulter ruhte, eine Runde für alle. Le Guern stand auf und schüttelte Adamsberg die Hand.

»Havarie abgedichtet«, kommentierte Joss. »Keine ›Speziellen‹ mehr. Der Gemüseverkauf gewinnt wieder die Oberhand.«

»Die außerordentliche Kraft des Kürbisses, übrigens, wird in der Natur viel zu sehr unterschätzt«, bemerkte Adamsberg.

»Das stimmt«, erwiderte Joss ernst. »Ich habe Kürbisse gesehen, die in zwei Nächten zu Ballons geworden sind.«

Adamsberg mischte sich unter die lärmende Gesellschaft, die zu essen begann. Lizbeth zog ihm einen Stuhl heran und lächelte ihm zu. Er verspürte das plötzliche Bedürfnis, sich an sie zu drücken, aber der Platz war bereits von Damas besetzt.

»Er wird an meiner Schulter einschlafen«, sagte sie und deutete mit dem Finger auf Damas.

»Das ist normal, Lizbeth. Er wird lange schlafen.«

Bertin stellte feierlich einen zusätzlichen Teller vor den Kommissar. Ein warmes Essen. Das war nicht zu verachten.

Während des Nachtischs stieß Danglard die Tür zum *Viking* auf, lehnte sich an die Bar, legte die Kugel zu seinen Füßen ab und gab Adamsberg unauffällig ein Zeichen.

»Ich habe nicht viel Zeit«, sagte Danglard. »Die Kinder erwarten mich.«

»Kein Ärger mit Hurfin?« fragte Adamsberg.

»Nein. Ferez war bei ihm. Er hat ihm ein Beruhigungsmittel gegeben. Er hat gehorcht und schläft jetzt.«

»Sehr gut. Alle werden wir heute abend endlich schlafen.«

Danglard bestellte bei Bertin ein Glas Wein.

»Sie nicht?« fragte er.

»Ich weiß nicht. Vielleicht laufe ich ein Stück.«

Danglard leerte sein Glas zur Hälfte und sah auf die Kugel hinunter, die es sich auf seinem Schuh bequem gemacht hatte.

»Sie wächst, was?« sagte Adamsberg.

»Ja.«

Danglard trank sein Glas aus und stellte es leise auf die Theke.

»Lissabon«, sagte er und legte einen zusammengefalteten Zettel auf die Theke. »Hotel *São Jorge*. Zimmer 302.«

»Marie-Belle?«

»Camille.«

Adamsberg spürte, wie sein Körper sich spannte wie nach einem heftigen Stoß. Er verschränkte die Arme fest vor der Brust und lehnte sich an die Theke.

»Woher wissen Sie das, Danglard?«

»Ich habe sie verfolgen lassen«, antwortete Danglard und bückte sich, um das Kätzchen aufzuheben oder um sein Gesicht zu verbergen. »Von Anfang an. Wie ein Dreckskerl. Sie darf es niemals erfahren.«

»Von einem Bullen?«

»Von Villeneuve, einem Ehemaligen aus dem Fünften.«

Adamsberg stand da wie angewurzelt, den Blick starr auf den gefalteten Zettel geheftet.

»Es wird weitere Kollisionen geben«, sagte er.

»Ich weiß.«

»Und vielleicht …«

»Ich weiß. Vielleicht.«

Adamsberg starrte noch immer auf den weißen Zettel, dann streckte er langsam die Hand aus und schloß seine Finger um das Papier.

»Danke, Danglard.«

Danglard klemmte sich das Kätzchen wieder unter den Arm und verließ das *Viking* mit einem kurzen Handzeichen, ohne sich umzuwenden.

»War das Ihr Kollege?« fragte Bertin.

»Ein Bote. Der Götter.«

Als die Dunkelheit sich über den Platz gesenkt hatte, schlug Adamsberg, der an der Platane lehnte, sein Notizbuch auf und riß eine Seite heraus. Er dachte nach, dann schrieb er: Camille. Er wartete einen Moment und fügte hinzu: Ich.

Der Beginn eines Satzes, dachte er. Das ist gar nicht so schlecht für den Anfang.

Da die Fortsetzung des Satzes sich nicht einstellen wollte, setzte er nach zehn Minuten schließlich einen Punkt hinter das Ich und faltete den Zettel um ein Fünf-Francs-Stück.

Dann überquerte er mit langsamen Schritten den Platz und warf seine Opfergabe in die blaue Urne von Joss Le Guern.